中国古典文学新解

胡维革　金海峰　丛书主编

赫灵华　周海燕　孙丹丹　李婷婷等　著

吉林人民出版社

图书在版编目（CIP）数据

中国古典文学新解 / 赫灵华等著. -- 长春：吉林
人民出版社，2020.10
　（三新丛书 / 胡维革，金海峰主编）
　ISBN 978-7-206-17613-5

　Ⅰ.①中… Ⅱ.①赫… Ⅲ.①中国文学—古典文学研
究 Ⅳ.①I206.2

中国版本图书馆CIP数据核字（2020）第201028号

出 品 人：常　宏
策 划 人：吴文阁
责任编辑：韩志国　王一莉
助理编辑：赵　航
封面设计：莫比乌斯设计公司

中国古典文学新解

ZHONGGUO GUDIAN WENXUE XINJIE

丛书主编：胡维革　金海峰
著　　者：赫灵华　周海燕　孙丹丹　李婷婷等
出版发行：吉林人民出版社（长春市人民大街7548号　邮政编码：130022）
咨询电话：0431-85378007
印　　刷：长春第二新华印刷有限责任公司
开　　本：720mm×1000mm　　　1/16
印　　张：21.5　　　　　　字　　数：280千字
标准书号：ISBN 978-7-206-17613-5
版　　次：2021年1月第1版　　印　　次：2021年1月第1次印刷
定　　价：50.00元

旧意翻成新格调

——《三新丛书》初析

在知识爆炸，写手蜂起、传媒遍布，书籍汗牛充栋的当下，在中国历史、文史典籍、历史人物已千百次被论及、被介绍、被炒作的今天，再要在这方面做文章、出成果，若无"旧意翻成新格调"的好手段，怕是难于一搏的。因此，当胡维革、金海峰二位学者主编，有众多学人、专家参与撰述的"三新丛书"达于我的案头时，即勾起我欲一探究竟的好奇："三"又如何？"新"在那里？待稍加披阅，竟难以释手。此丛书果然有赚人眼球的新意。

一

是书由《儒家文化新讲》《中国历史名人新评》和《中国古典文学新解》组成，故名"三新丛书"。各书都直冲中国人熟知的题材和目标而去，颇有点"虽千万人吾往矣"的豪气。但这种架构本身自有深意，它通过这三部书的指向，几乎涵盖了中国数千年历史上值得注意、可圈可点的人物、史实、典章、典籍。很有些宏大叙事的格局和眼光。这套丛书中，《儒家文化新讲》（以下简称《新讲》）这不只是因为它体量大，还因为它和盘托出的是儒家文化，儒家文化的代表人物正是孔子。孔子何许人？他是被国内外学术界、思想界尊为数千年来影响世界历史的百名文化巨人之一，是如同西方神话中众神之神宙斯般的人物。正像古希腊文明是整个西方文明的源头一样，孔子所代表的儒家文化也是中华文化的根脉，它如一张细腻坚韧而又无远弗届的精神之网，笼罩了中国数千年文明史的方方面面。孔子之后的历史名人也好，《论语》之后的古典文学也罢，大都与孔子及儒家文化有着内在的千丝万缕的联系。看一看《新讲》目录列出的30个小题所指陈的内容，古往今来哪一个中国人能与它完全切割？所以，要真正了解这些历史人物的人生轨迹、内心世界、道德文章、行事方式，要理解那些文学典籍的思想诉求、人物塑造、文化内涵、人文精神，往往都需要我们回到孔子，回到儒家文化。 正因为《新讲》一书，有挈领这套丛书的作用，所以，"三新丛书"在某种意义上构成了一个系列，构成了一部中国简史，一部中国文化、文学简史。看看《中国历史名人新评》，从孔子、老子、墨子、庄子到屈原、司马迁，从王羲之、顾恺之到陶渊明，从李白、杜甫到苏东坡、辛弃疾，从玄奘、李时珍到徐光启、詹天佑，从秦始皇、唐太宗到康熙，从王安石、林则徐到胡雪岩、梁启超，列出了史上政治、军事、经济、思想、宗教、文学等各个领域的代表性人物加以品评，我们放眼望去，漫漫历史长路上烟尘弥漫，让人油然而兴"不尽英雄滚滚来"之浩叹。而这些人物，其精神世界里都差不多有儒家文化的因子。再翻翻《中国古典文学新解》，所列名篇虽只30之数，但是从《诗经》《离骚》到《论语》到《山海经》，从四大古典名著到唐诗、宋词，再到《窦娥冤》《牡丹亭》，加之《赵氏孤儿》《长生殿》，直到《老残游记》，中国文学史上那些里程碑式的巨作，在文学史上具有节点意义的奇书，不论诗歌、小说、戏剧，都有所例举和独到之见。 由此观之，"三新丛书"在体例上、内容选择上、各部分衔接架构上，确实是下了一番排兵布将之苦心的。

二

实事求是地讲，这部"三新丛书"并没有尝试建构新的理论体系，也没打算提出惊世骇俗的新观点、新见解，但是，这并不意味着此书甘于平淡、平庸、平常。正如海峰在《儒家文化新讲》的自序中所言："所谓'新讲'，不是有什么新观点，新发现，甚至新理论。而是一个在中华传统文化面前，如同初登讲台的教师，新开了一门课程"。——这也就点明了这"三新丛书"等于是在以往各种高头讲章之后新开的一个课目。就凭敢开新课目，也就足以证明其敢于创新的胆识；其次，"因为是新开的讲座，就有很多不成熟的观点，挂一漏万的知识，自以为是的心得，缺乏逻辑的思索，无知感言的武断。"——这自然是过谦之词，"当然也许有一点点大师不懈顾及的拾遗，专家扫荡过的旧物市场'捡漏儿'，秋天田野收割之后的'溜土豆儿'。"——在他人不屑、不及、遗漏之处发掘出创见来，这是丛书又一"新意"。这套丛书十多位作者皆无"高冷"之态，他们的新说、新见、新讲，如清泉过石，在不经意间于字里行间渗泻出来。海峰在《新讲》之"子曰诗云"章中如此写道：《论语》给中国人打造了一个表达思想的方式，叫作"子曰"。什么是"子"？叫"匹夫而为百世师"。什么是"曰"？叫"一言而为天下法"……就是因为《论语》中这个"子曰"，打造出中国人表达思想的一个方式："引经据典"。 这一段话虽然只是"新讲"中的芥末之微，但它如滴水映射出了丛书的创意思维，它将"子曰"这一宣之于万人之口、司空见惯的口头禅，还原、释义为国人数千年沿用的引"经"据"典"思维定式，对其利弊也做出了分析。笔者也算是读过几本书的人，但这样去解释"子曰"，尚未得见。类似睿智之见在书中随处可拾。这当然只是一个小小的例子，但以小见大，这套丛书在表述方式和对儒家文化的整体把握上，都有别于它书，给人以新人新面的感受。《中国历史名人新评》亦为30篇，所涉领域也几乎是全方位的，这些名人的足迹遍布政治、经济、军事、思想、科技等各个领域，每篇皆以"为什么"叩问自己，也叩问历史。看得出来，作者们就是不满足于一般泛泛的缕述人物，介绍人物，而是要对这30位历史人物就其如何成其为"伟大"，他对时代对历史究竟有何意义，去刨根问底。既是刨根问底，对人物光鲜外表后面的思想动机、社会背景等做深入探究，写出独特的"这一个"。这就往往倒逼作者找出新论据，拿出新观点。而《中国古典文学新评》则篇篇直指30部文学经典最重要、最本质、最特色，抑或最为当下关注的菁华，也就是要"写其独至"。如《论语》之人生忠告，《左传》之人物透镜，《史记》之历史力量，《乐府诗集》之女性意识，《搜神记》之向死而生，《牡丹亭》之人性唤醒，《红楼梦》之生命哲思，等等。在无数人对这些经典做出研究提出见解之后，《新解》还能有置喙之力，发人之所未发，言人之所未言，从新的视角提出新见，这本身也是一种创新能力吧。比如，《山海经》之文化流脉篇，作者析出了它的三条文脉，其中"天地与我并生，万物与我为一——和谐共生"被列为第三条文脉。通过剖析《山海经》记载的多被人指为荒诞不经的神话和传说，看出它所折射出的天人合一的朴素自然观、宇宙观，直接与现代社会的人与自然和谐共生、构建人类地球家园的愿景接续起来，这就赋予了这部老之又老的古典以当代意义。

三

人们一想起、谈起皇皇理论学术著述，大致印象应是文笔肃然，内容高深，除非是通俗理论读物，方能放低身段。而这套"三新丛书"，走的不是通俗读物的路子，它的定位应是理论著作，注重学术内涵，在观点、体例、表述方式上都经反复斟酌。但是，它一反高头讲章必得正襟危坐的讲究，通过对引"经"据"典"来的大量素材重新释义，反复考求，联系现实，用生动平实的语言娓娓道来，观点严肃论述流畅自然，正应了"端庄杂流丽"之语也。 这套丛书的作者所撰著的文章，可能与其职业和专业不一定契合，但基本上都写出了专业水准。如关于红顶商人胡雪岩一文的作者，是美国史博士出身，但她写中国历史人物，对历史背景和人物行状都拿捏有分寸，叙事平实生动而流畅，且伴随着自己的见解。再如，撰写关汉卿一文的作者，将大学历史系所掌握的史识，与长期新闻工作的历练，加上读研的心得，层层叠加，融为一体，发于笔端，方能将生活在元代这一中国特殊历史时期的关汉卿，是如何成其为戏剧大师，成其为"东方莎士比亚"这一历史之问逐一破解，娓娓道来，厘说清楚。这方面可举之例在书中随处可得，读者诸君一读便知。我的一点感受是，初看这部丛书，掂掂它的分量，真有点生望而却步之想，但一旦读开，则觉指颊生香，难以罢读了。 这里还要指出的是，"三新丛书"之所以能以较高质量如期问世，同胡维革、金海峰二位主编总其事是分不开的。尤其是维革兄，不仅统筹全局，敲定体例，还以学者的严谨，亲力亲为，协调各作者各篇章，字斟句酌，反复润色。这就使得三书得以功德圆满。 列宁说过，最通俗的马克思主义＝最高的马克思主义。这话当适用于任何理论。的确，把复杂的东西简单化，这是思维和语言的艺术。而把高冷的东西暖心化，则是一种胸襟和情怀了。

洪 斌

2020年10月17日

目　　录

《诗经》之风雅精神

○ 赫灵华

　　"窈窕淑女，君子好逑""投我以桃，报之以李""执子之手，与子偕老"……这些美妙的诗句，是两千多年前的创作，但我们今天读起来，仍然觉得意境悠远、鲜活生动。《诗经》跨越时空，魅力恒久，已经融入我们的血液，深入我们的心底。孔子曾说："诗三百，一言以蔽之，曰：'思无邪'。"如果用一句话来概括《诗》，那就是思想雅正，没有邪念，因为诗歌的创作都是出于真情。在孔子的时代，《诗》简直就是一部无所不包的百科全书，孔子曾经明确地告诉自己的儿子孔鲤："不学诗，无以言。"如果不学习《诗》，就不懂得如何说话，无法有知识内涵与人谈论应对。所以，圣人不仅以诗礼传家，而且号召所有的学生都好好地去学《诗》。正是由于孔子的大力提倡并加工整理，《诗》才名正言顺地成为《诗经》，成为儒学的重要经典。

《诗经》在内容上分为风、雅、颂三类。风是周代各地的歌谣；雅是周人的正声雅乐，又分小雅和大雅；颂是宗教祭祀之乐。风和雅是华夏文学诗词之源头与经典，后世常用"风雅"一词作为高贵典雅的指代。《诗经》作为中国诗歌现实主义的源头，表现出的关注现实的热情、强烈的政治和道德意识、真诚积极的人生态度，被后人概括为"风雅"精神。它象征了春秋时代的文化精神和文化气度，之后的汉乐府缘事而发，建安诗人慷慨之音，都是这种精神的直接传承，后世诗人往往倡导风雅精神来进行文学革新。风雅精神引导后代文人在感情抒发上寻求一个积极、健康、向上的人生观念，培养良好的审美习惯和道德节操。

　　学习《诗经》，不应只将其看作文学作品，更要观照其优美文辞背后所传达的深厚文化意蕴和体现现实主义传统的风雅精神。亲近《诗经》，了解风雅精神，是我们溯源中华文明的一条必经之路。今天，我们就一同跨越两千多年的历史，怀着素朴之心触摸《诗经》，和《诗经》的风雅精神来一场心有灵犀的邂逅。

一、品察社会，关注现实的热情

诗歌是反映社会现实生活的，因此读者通过诗歌可以认识风俗的盛衰、自身的悲喜。《诗经》中除了公卿列士所献之诗，还有很多是从民间采集来的诗歌。汉代人认为周代设有采诗之官负责到民间采诗，献于朝廷了解民情。诗歌成了统治者下情上达、"观民风"而"知政教得失"的重要手段。钱穆先生说："我们要懂中国古代人对于世界、国家、社会、家庭种种方面的态度与观点，最好的资料，无过于此《诗经》三百篇。"《诗经》这种面向现实、表现现实的传统，也是其风雅精神的核心所在。

《诗经》包含了西周初年到春秋中叶五百年间社会生活的诸多方面，其中对于时政世风、战争徭役、婚姻爱情的叙写，展开了当时政治状况、社会生活、风俗民情的形象画卷。例如《大雅》中的五篇周族史诗反映了西周开国的历史。《生民》讲述始祖后稷的母亲姜嫄祷神求子，后来踏着神的脚印而怀孕，后稷诞生后受到种种磨难却得到异乎寻常的护佑：把他丢在小巷里，牛羊庇护他；把他扔在树林里，伐木人救起他；把他丢在寒冰上，鸟用羽翼温暖他。后稷长大，发明了农业种植的方法，五谷丰登后，他成家立业，成为周民族的始祖和农业之神。《公刘》叙述公刘率领周人迁徙到豳，开荒破土，建屋定居。《绵》介绍了古公亶父率周部族再次迁徙，划定土地疆界，开沟筑渠，设置官司、宗庙，建立城郭，创业立国，直到文王受命，开启周族强盛的历史。《皇矣》从太王、太伯、王季叙述到文王伐崇、伐密取得胜利。《大明》从文王出生叙述到武王牧野大战。五篇史诗将周人从产生到逐步强大，最后灭商，建立统一王朝的历史完整地表现出来，对于后世了解周人征服大自然的伟大功绩、推翻商朝统治的斗争有重要的作用。历代君主可以以《诗经》为鉴，反观自身，审视治国的盛衰得失。

爱情是现实生活中不可缺少的部分，爱情诗也是《诗经》中最精彩动人的篇章，有男女相慕相恋、相思相爱的情歌，也有反映婚嫁场面、家庭生活的婚恋诗，还有遭到不幸婚姻打击的弃妇诗。以下两首情诗反映了两千多年前男女爱情生活的幸福欢乐与波澜曲折。《邶风·静女》："静女其姝，俟我于城隅。爱而不见，搔首踟蹰。静女其娈，贻我彤管。彤管有炜，说怿女美。自牧归荑，洵美且异。匪女之为美，美人之贻。"静女就是娴静美好的女子，讲的是一个男子在城墙边的角楼等待情人，但心爱的人迟迟未出现，急得他搔首徘徊，想起了静女曾经送给他红色的管箫和初生的茅草芽，这些礼物他都倍感珍惜、爱不释手。并不是礼物本身有什么特别，而是因为这是心爱之人所赠，也就是我们所说的"爱屋及乌"，在这里就是"爱女及物"。这首《静女》以男子的视角入手，将他等待情人的行动与心理刻画得真实细腻，画面感极强。另一首《郑风·子衿》："青青子衿，悠悠我心。纵我不往，子宁不嗣音？青青子佩，悠悠我思。纵我不往，子宁不来？挑兮达兮，在城阙兮。一日不见，如三月兮。"这里写的则是女子对男子的思念。男子青色的衣领和音容笑貌都深深地刻在女子心里，但男子最近一直没有消息，女子在不断地抱怨：即使我没去找你，你就不能捎些音信吗？即使我没去找你，你就不能主动来找我吗？如果换在今天应该就是：即使我没联系你，你就不能主动给我发个微信、打个电话吗？连续的两句质问，把热恋中女子的内心感受刻画得淋漓尽致。女子在高高的城阙上来来回回地走，等待着情人，最后发出了"一日不见，如三月兮"的咏叹，把相思之苦表现得如怨如诉、深挚缠绵。钱钟书认为《子衿》开后世言情小说心理描写之先河。不管是男子等待心爱的女子，还是女子期盼着思念的男子，《诗经》中对于爱情的表达如此大胆而炽烈，热情而执着，这让我们今人都自叹不如。

　　《诗经》中的弃妇诗关注到男女不平等的夫权社会中女性的地

位问题。《卫风·氓》以一个普通妇女的口吻讲述了自己从恋爱、结婚到无辜被弃的过程，谴责了丈夫休弃她的负心忘义行为，抒发了女性内心的愤懑不平。文章开头称她的丈夫为"氓"，古代的"氓"不像今天的地痞流氓之类，可解释为庶民，没受过什么教育的人。当初"氓之蚩蚩，抱布贸丝。匪来贸丝，来即我谋"。男子一开始先以布匹换丝作为借口来接近这位女子，这个策略是有效的，女子陷入情网。在谈论婚事的时候，女子说："匪我愆期，子无良媒。将子无怒，秋以为期。"她解释不是故意拖延，而是男子没有请媒人来提亲，还希望他不要生气，定下秋天为婚期。看来这位"氓"的脾气不太好，女子在婚前就扮演着忍耐者的角色，也为后来的家暴埋下伏笔。男子家里一贫如洗，结婚到女方家迎娶时，女子还"以我贿迁"（把财物搬到男方家）。嫁过去之后，"三岁食贫"（多年来都是过着苦日子），男子却"士也罔极，二三其德"（反复无常，三心二意，对爱情不专一）。虽然女子"夙兴夜寐，靡有朝矣"（早晚操持家务不得休息），然而如此辛劳的结果却换来丈夫"至于暴矣"（到头来以暴力来对待她）。可怜的女子还得不到娘家人的支持，因为"兄弟不知，咥其笑矣"（如果被娘家兄弟知道了，反会遭到嘲笑），只有"静言思之，躬自悼矣"（静静地想一想，悲叹自己的命运）。回忆起曾经许下的白头到老的誓言，"信誓旦旦，不思其反"，更是让人痛苦不堪。这样默默忍受没有换来良人回头，最后还惨遭抛弃的妇女，在渡过淇水的时候，回顾自己的这段感情，悲从中来，只能告诉自己"反是不思，亦已焉哉"，过去的事就不要再想了，结束这段婚姻吧。《氓》反映了古代以男性为中心的社会中，妇女地位低下，婚姻是她们唯一的依靠，如果没有选对对象，遇人不淑，女性很可能成为弃妇。诗中揭露了男子"二三其德"的冷酷自私和对女子的任意欺凌，也为妇女无法拥有独立的社会地位鸣不平，具有一定的进步性和民主精神。

纵观这些爱情诗篇，我们看到了古人相恋时的温情缱绻，惊讶于他们在爱情受到阻挠时的自主追求，同情那些婚姻破裂而被休弃女性的悲惨遭际……这些婚恋爱情的民情画卷，这些跨越时间的真挚情感，这些彰显现实的真实图景，带给我们深深的共鸣与反思。

二、抒情言志，忧国忧民的情怀

赋、比、兴的手法是《诗经》艺术特征的重要标志，也是我国古代诗歌创作的基本手法。赋就是铺陈直叙，即诗人把思想感情及其有关的事物平铺直叙地表达出来，比如《七月》中叙述农夫在一年十二月中的生活。比就是比方，以彼物比此物，借一个事物来比喻，比如"手如柔荑，肤如凝脂"，用柔嫩的白茅芽、冻结的油脂比喻美人的手指柔软、肌肤温润。兴就是触物兴词，先言他物，以引起所咏之词。比如"关关雎鸠，在河之洲。窈窕淑女，君子好逑"，从求偶的关雎鸟想到了对心爱女子的追求；"蒹葭苍苍，白露为霜。所谓伊人，在水一方"，由河滨芦苇的露水凝结为霜，触动了诗人思念"伊人"之情。赋、比、兴手法的融合使用，也开创了我国诗歌的抒情诗传统。

《诗经》成书之后，广泛流行于诸侯各国，在当时的政治、外交、作战等场合中，发挥了重要的作用。《左传》中大量记载了诸侯君臣赋诗言志的事例。《左传·襄公八年》记载：晋国大夫范宣子出使鲁国，目的是希望鲁国能协助晋国共同讨伐郑国。范宣子想要先探听一下鲁国对于伐郑的态度，于是当场吟诵《召南·摽有梅》："摽有梅，其实七兮。求我庶士，迨其吉兮。摽有梅，其实三兮。求我庶士，迨其今兮。摽有梅，顷筐塈之。求我庶士，迨其谓之。"讲的是：梅子落地纷纷，树上还留七成。有心追求我的小伙子，请不要耽误良辰。梅子落地纷纷，枝头只剩三成。有心追求我的小伙子，到今儿切莫再等待。梅子纷纷落地，收拾要用簸箕。有心追求我的小伙子，快开口不要再迟疑。范宣子以此诗暗示鲁国此时正是伐郑的大好时机，鲁、晋两国应联手出击。鲁国的大臣季武子听后，马上心领神会，立刻回赋了《小雅·角弓》："骍骍角弓，翩其反矣。兄弟婚姻，无胥远矣。"意思是松紧度适当的角弓，一旦松弛就会反向弯曲。兄弟与亲戚彼此不要互相疏远。这是季武子在表明态度：鲁、晋两国是兄弟之邦，一方有事，另一方决不会袖手旁观。一场政治交易在两国使者以赋诗互通的情形下顺利达成。古人通过《诗经》达到抒发情志、感发他人、切磋沟通的作用；今天的我们用《诗经》中的美文佳句、文化底蕴来表情达意时，也是颇具风雅的。

《诗经》除了少数叙事的史诗，大部分都是抒情言志之作。那些辛辣而犀利地对统治者的揭露和嘲讽，被称为"怨刺诗"。如《魏风·硕鼠》把统治者比作大老鼠："硕鼠硕鼠，无食我黍！三岁贯女，莫我肯顾。"意思是：大老鼠啊大老鼠，不要吃我的谷子！多年来辛苦伺候你，你却对我不照顾。老鼠形象丑陋又狡黠，性喜窃食，就像贪婪的剥削者贪财重敛，蚕食百姓，使得百姓陷入绝境，幻想能够逃亡到理想的乐土。《魏风·伐檀》对不劳而获无功受禄者甚为愤慨，提出质问："不稼不穑，胡取禾三百廛兮？不狩不猎，胡瞻尔庭有县貆兮？"意思是：不播种也不收割，为何要拿走三百捆禾谷啊？不冬狩也不夜猎，为何你家庭院里挂着猎物啊？那些老爷们，只会欺压百姓，坐享其成。这首诗揭露了剥削者的寄生本质，也说明劳动者不堪忍受压迫，民怨沸腾。

周人热爱和平，对战争和徭役表现出厌倦之情。《卫风·伯兮》写一位妇女由于思念远戍的丈夫而痛苦不堪："自伯之东，首如飞蓬。岂无膏沐，谁适为容？"意思是：自从夫君东征，我的头发像杂草一般，无心梳妆。难道说是因为没有洗头的东西吗？夫君不在，我又为谁梳妆呢？女为悦己者容，所爱的人不在眼前，梳妆打扮还有什么意义呢？将思妇内心的相思之苦表现得精准到位。《小雅·采薇》讲的是西周中期，征人为了保卫家园到北方对抗猃狁（匈奴）。全诗以退役归来的兵士回忆和追述戍边生活的口吻，多层次、多角度地描绘了军旅行役之苦，以及归来后物换星移的感慨："靡室靡家，猃狁之故；不遑启居，猃狁之故。"没了妻室，没了家，无法闲暇，无法安定，都是因为猃狁来犯。就像我们今天说：没有国哪有家？诗人对侵犯者充满了愤怒，又对久战不休充满了厌倦。"曰归曰归，心亦忧止"，多么想回家啊，然而一路上无法收到家乡的消息，因为"我戍未定，靡使归聘"，军营一直在换地方，不断辗转，无法联系到家人，也无法进行音信往来。士兵被耗尽了心神气力，对自身遭际无限哀伤。篇末写道："昔我往矣，杨柳依依；今我来思，雨雪霏霏。行道迟迟，载渴载饥。我心伤悲，莫知我哀。"这被认为是《诗经》中的千古名句。意思是：昔日我离去时，杨柳摇曳；现在我回来了，大雪纷飞。一路上又饿又渴，走得好辛苦。我心里多么伤悲，可是无人了解。当初的杨柳依依，美好春色留人沉醉，却是黯然离别之际；如今的雨雪霏霏，冰天雪地的寒冷，竟是征夫回乡之时。不知经历了多少寒暑，人事全非。前者是乐景写哀，后者是哀景写乐。"杨柳依依"四句历来被视为以景托情抒发哀怨之思的典范。在《诗经》之后，杨柳被读者赋予了新的内涵，也成为诗人笔下的重要意象：或咏柳喻人，或借柳送别，或缘柳抒情，或道人生哲理。汉代开始有了折柳送别的习俗，古人赠柳，一是因为柳树易生速长，用它送友意味着无论漂泊何方都能枝繁叶茂，而纤柔细软的柳丝则象征情意绵绵；二是柳与"留"谐音，折柳相赠有"恋恋不舍"之意。《诗经》通过触物起兴，兴句与所咏之词的艺术联想，形成一种象征暗示的关系，为后世所沿用。

此外，《诗经》中还有对于政治腐朽的揭示、对残暴统治的愤慨、对王朝命运的担忧……表现出浓重的忧患意识和强烈的现实关注，诗中蕴含的干预政治的旨趣和关心民生疾苦的倾向，都是风雅精神的集中体现。

三、真诚积极，崇尚礼乐的情操

孔子说："兴于诗，立于礼，成于乐。"指人的修养开始于学诗，自立于学礼，完成于学乐。因为诗传达关于自然和人生的美好情愫，能够使人在受教育之初就因感悟世界美好而生发良善心志，进而使人性变得积极、健康、乐观。这种心志是风雅精神赖以形成的心理基础，正所谓："发乎情，止乎礼。"在个体层面，风雅表现为士人文质彬彬的君子之风，是人们推崇和追慕的气质风度；在社会层面，风雅集中反映了以周礼为导向的和谐、文明、有序的社会生活。风雅精神从一个诗学概念，逐渐推及士人典雅审美习惯的培养和道德节操的培育，并关乎中国文明。

《鄘风·相鼠》说道："相鼠有体，人而无礼。人而无礼，胡不遄死？"意思是：看那老鼠还有肢体，做人的却不守礼；做人无礼，何不快快去死？这是对那些失德违礼、不合礼法的行为的笔诛，认为他们还不如老鼠；反之，对温文尔雅、谦恭有德的彬彬君子则加以赞颂。

《论语》中记述了很多孔子和弟子探讨《诗》的片段。《论语·学而》记载：子贡曰："贫而无谄，富而无骄，何如？"子曰："可也。未若贫而乐，富而好礼者也。"子贡曰："《诗》云：'如切如磋，如琢如磨。'其斯之谓与？"子曰："赐也，始可与言《诗》已矣，告诸往而知来者。"这段对话的意思是：子贡说："人虽然贫穷，却不去巴结奉承，虽然富有，却不傲慢自大，怎么样？"

孔子说："还可以，但是不如在贫困的状态下依然保持心地宽广、从容安详；在富贵的状态下，依然可以处处遵礼而行、知礼好礼。"听了孔子的话，子贡反问："《诗》上说'如切如磋，如琢如磨'，处理骨器、玉器都要反复不断地切、磋、琢、磨，就是要精益求精的意思吧？"孔子很高兴："子贡呀，你能从我已经讲过的话中领会到我还没有说到的意思，举一反三，我可以同你谈论《诗》了。"子贡对于富贵，想到的是如何自守，而孔子是积极看待贫富的精神层次，更注重礼的层面。子贡用"如切如磋，如琢如磨"形容君子精神修为的过程，今天的我们用"切磋琢磨"比喻互相探讨、取长补短、共同砥砺。

《诗经》中的很多名句饱含着正直向上的做人原则和真诚积极的人生态度，千百年来熏陶着历代读者，它的精髓不仅亘古不变，而且历久弥新。《论语·先进》中记载："南容三复白圭，孔子以其兄之子妻之。"白圭指《诗经·大雅·抑》的诗句："白圭之玷，尚可磨也；斯言之玷，不可为也。"意思是白玉上的污点还可以磨掉；我们言论中有毛病，就无法挽回了。这是告诫人们要谨慎自己的言语。南容反复诵读《诗经》中的这句话，谨记于心，自我勉励，孔子观察到南容的美德，把哥哥家的女儿嫁给了他。这说明孔子很欣赏南容，觉得他是一个注重言辞的人。后世用"三复白圭"指反复吟诵《诗经》这句话，引申为谨言慎行。《小雅·车辖》中写道："高山仰止，景行行止。四牡骓骓，六辔如琴。觏尔新婚，以慰我心。"是说喜气洋洋的新郎官在快乐地吟唱娶亲之事：高山令人仰望，宽敞的大路可以行走，四匹马儿奔走不停，六根缰绳连在一起像是一把琴，见到你并与你成亲，我的内心好欣慰。这里"高山仰止，景行行止"本意是诗中那位意气风发的新郎用来赞美新娘美好品德的形容语，后来合并成了"景仰"一词。汉代司马迁在《史记·孔子世家》中写道："诗有之：'高山仰止，景行行止。'虽不能至，然心向往之。"司马迁借这句话表达了对孔子崇高德行的敬仰：高尚品德如同巍巍高山一样令人仰慕，光明言行如同通天大道一样使人遵循。虽然不能达到这种境界，但心里也知道了努力的方向。今天用"高山景行"比喻崇高的德行和正大光明的行为。再比如，"他山之石，可以攻玉"是说别的山上的石头能够用来琢磨玉器，比喻别国的贤才可为本国效力，也比喻能帮助自己改正缺点的人或意见；"岂曰无衣，与子同袍"表现了秦国壮士同穿战袍，共赴沙场的同仇敌忾；"投桃报李"比喻友好往来或互相赠送物品；"未雨绸缪"比喻事先做好工作，预防意外的发生……《诗经》凝结着优美文辞，蕴藏着哲理奥义，彰显着风雅气度。从古至今，我们喜爱它、珍视它、传颂它、研读它，由此形成自己的文化传统，找到自己的精神力量。

《诗经》是两千多年前的一些人在特定环境下的独特体会，却也是今天我们所有人的共通感受，是我们共同人生体验的文学表达，是我们民族价值观的文化表达，也是我们民族博大情怀的经典表达。《诗经》的风雅精神滋润了一代又一代人的心灵，又经过了历史上无数心灵的熔铸而变得越加丰富、博大。这些古老的文字并没有在时间的长河里尘封散去，这些真挚的情感依然在现代的生活中盛开如花。

《论语》之人生忠告

○ 赫灵华

中国古代的读书人几乎没有不读《论语》的，很多古人终其一生都在学习《论语》，研究《论语》，践行《论语》。国学大师钱穆先生说："《论语》应该是一部中国人人人必读的书。不仅中国，将来此书，应成为一部世界人类的人人必读书。"瑞典的诺贝尔奖得主阿尔文博士甚至得出结论：人类要生存下去，就必须回到两千五百年以前，去汲取孔子的智慧。

《论语》是儒家学派的经典著作。班固在《汉书·艺文志》中说："论语者，孔子应答弟子、时人及弟子相与言而接闻于夫子之语也。当时弟子各有所记。夫子既卒，门人相与辑而论纂，故谓之论语。"《论语》以语录体和对话文体为主，记录了孔子及其弟子的言语行事，后由孔子的弟子及其再传弟子编纂而成，全书共20篇，492章。《论语》以仁学为核心，围绕为人、为学、为政三位一体的内容展开。其中有天地之道、人生之道、理想之道、心灵之道；有为政之道、富民之道、君子之道、孝悌之道；也有生存之道、处世之道、交友之道、教育之道……但归根结底，还是在告诉我们如何做人，因为只有处理好为人，才能给为学、为政打好基础，才能处理好上至天人关系、君臣关系，下至朋友关系、邻里关系，才能让我们安贫乐道，守住心灵的净土。倘若人人都能做好自己，那整个社会还会不和谐吗？

《论语》是中华文化史上一座伟岸的丰碑，是一部百科全书式的著作。自战国时期成书以来，世代相传，被称为"中国人的圣经"。它跨越时空，历久弥新，辞约义丰，字字珠玑，是取之不尽、用之不竭的精神宝藏。今天我们就再次翻开这部支撑中华文明长盛不衰的经典，细细体悟圣贤留给我们的人生忠告。

一、忠恕是至上的道德境界

"忠恕"之道在孔子的思想体系中有着举足轻重的作用，是儒家伦理道德思想的核心内容。"忠恕"二字连在一起在《论语》中虽然只出现了一次，但它却是我们实践"仁"、达到"仁"的方法和途径，是"一以贯之"的"道"，更是为人处事的基本原则。从某种程度上看，只有把握了"忠恕"之道的含义，才能对孔子仁学思想有整体、全面的理解，才能对儒家伦理道德有更加深刻的认识。孔子曾对弟子曾参说："吾道一以贯之。"曾参告诉其他同学说："夫子之道，忠恕而已矣。"（《论语·里仁》）"吾道"就是孔子自己的整个思想体系，而贯穿这个思想体系的核心就是"忠恕"。孔子的"忠恕"之道包含了"忠"和"恕"两个方面的内容：从积极的方面讲："忠"，是"己欲立而立人，己欲达而达人"，自己希望达到的目标和诉求，也要推想和帮助别人达到和满足，这是对己的要求，表现为一种极认真、极虔诚、极守信的态度；从消极的方面说："恕"，是"己所不欲，勿施于人"，自己不能接受的事物也不要强加给别人，这是对人的态度，表现为对他人的理解、尊重、宽容等品质。

"忠"和"恕"作为"仁"的两个方面，是以推己及人的方式来实行"仁"的。孔子本人的一言一行都体现着他的"忠恕"之道，尤其是在他与学生的交往中，呈现出严厉而温和、处处为学生着想的高尚品德。《孔子家语·致思》中记载着这样一个故事：孔子有一次出门，没多久下起雨来了，而孔子乘坐的马车上却没带雨盖。当时孔子行走的地方离学生子夏家很近，一个学生就建议孔子说："子夏家有雨盖啊，咱们找他借不就行了？"孔子说："不要去借了，子夏这个学生比较吝惜财物。我听说人与人之间交往，要推崇别人的长处，避开别人的短处，这样的交往才能长久啊。"其实，孔子作为子夏的老师，去借他的雨盖，子夏当然不会拒绝。但孔子知道，子夏可能会为雨盖会不会损坏或者丢失而担心，自己借雨盖的举动会给子夏带来一些心理负担。这里，孔子就用自己的行动告诉了我们交往的原则：站在别人的角度想问题，不要使别人为难，要保全别人的名声。

春秋时期，齐国人管仲相貌堂堂，博古通今，有济世经邦的才能。年轻时，他和鲍叔牙一起做生意，赚了钱分账的时候，管仲总是多拿一些。别人看不惯，鲍叔牙却说："管仲不是一个贪小便宜的人，他多拿一点儿是因为家里穷，我是心甘情愿让他多拿的。"后来，管仲参了军，每次打仗都缩在最后面，撤退时又跑在最前面。别人都骂他是胆小鬼，瞧不起他，只有鲍叔牙说："管仲有老母亲需要赡养，他不是那种抓住机会就会逃跑的人。"管仲替鲍叔牙出谋办事，结果把事情弄得更加糟糕，鲍叔牙却说："管仲不是愚笨的人，他是没有赶上有利的时机啊。"管仲听了这些话，非常感动。后来，鲍叔牙劝说齐桓公重用管仲为相。在管仲的辅佐下，齐桓公成为春秋五霸之首。功成名就的管仲对鲍叔牙心怀感恩，他曾经说："生我者父母，知我者鲍子也。"鲍叔牙慧眼识才、胸怀宽广，能从管仲的立场为他着想，帮助管仲建功立业，才成就了千古称颂的"管鲍之交"。

北宋中叶名相范纯仁是范仲淹的儿子，他在当时及身后都有非常高的声望、非常好的口碑。他性格平易宽厚，从不对人疾言厉色，但遇到大的原则问题，却又意志坚定，决不屈从；官做到宰相，廉洁节俭，始终如一。范纯仁总结自己一生时说："我生平学到的东西，只有'忠恕'两个字，一辈子受用无穷。无论是立朝事君，还是接待僚友、亲睦宗族，从来没有须臾偏离此道啊！"可见，"忠恕"思想对于古人的影响是极其深刻的。

两千多年后，"忠恕"对当今社会依然有着重要的意义。我们应该学会以忠恕之道去对待别人。比如在家和亲人之间，在外和朋友之间，在单位和领导、同事之间，在学校和老师、同学之间，都要用这个原则。如果我们每个人都能够设身处地地去理解别人的感受，懂得包容、宽恕别人，那么人与人之间的关系就会和睦融洽；如果我们每个人都能够用"仁爱之心"去对待别人，愿意尽其所能、竭尽全力地帮助别人，那么整个社会就会变得和谐美好。可以说，孔子的"忠恕"之道是儒家向社会传播的"正能量"，是改善人与人之间陌生感、距离感的"润滑剂"。就像北大教授季羡林先生说的那样："不需要赵普所说的'半部论语治天下'，只要'己所不欲，勿施于人'这八个大字就可以了。"今天，"己所不欲，勿施于人"已经成为我们的道德金律，甚至被国际社会所认可，这句话对提高个人道德修养、构建和谐社会、维护世界和平、改善诚信危机等方面都有可借鉴的价值。

"忠恕"思想的"推己及人"还包括"推己及物"。人与天地万物一体，爱人也要爱天地生灵。在人与自然关系如此紧张的今天，人类还在为了自身的发展一味地向自然索取，不惜破坏自然，只顾眼前利益，不考虑后果，以致生态平衡被打破，难以计数的动植物被人类残忍地杀害，各种自然灾害、传染病毒接踵而至。人类真的有必要去学习孔子的"忠恕"思想，站在大自然的角度来思考问题，明白善待自然就是善待我们自己。

"忠恕"是至上的道德境界，它告诉我们将心比心，学会感恩；它点醒我们换位思考，温暖他人；它教导我们予人玫瑰，手留余香。

二、中庸是高妙的处世准则

中庸是孔子最先明确提出的一个道德规范和行为准则。《论语·雍也》中写道："子曰：'中庸之为德也，其至矣乎！民鲜久矣。'"这是《论语》中唯一一次用"中庸"一词的地方，意思是：

中庸这种道德，应该是最高妙的了，大家缺乏它已经很久了。那么什么是中庸呢？中，折中，无过，无不及，调和；庸在古代当作"用"讲，也作"平常"解释，现在我们说的"平庸"，就属于后者。历史上许多学者对"中庸"都给出了注解，宋代程颐对"中庸"的阐释后来最为流行："不偏之谓中，不易之谓庸。中者，天下之正道；庸者，天下之定理。"程颐在字面意思之上又进行了发挥，把不走极端和稳定不变作为一切事物正当不移的道理，比较接近孔子的意思。儒家提出的中庸思想，提倡有所为而有所不为：合乎情理者可为之，然不能为之太过；逆于社会运行之规则者，则坚决不能为。要做到中庸，第一是"执中守正"，守住正义，坚持原则，不偏不倚，无过也无不及；第二是"折中致和，因时制宜"，执两用中，和而不同，要根据不同的情况，采取灵活变通的方法，不能照搬教条。

中庸之德是儒家道德修养的最高层次。《中庸》有一句话："极高明而道中庸。"一个人的修为达到了极为高妙的程度，才能称得上具有中庸之德。孔子本人是力行中庸的典范。《论语·述而》中记载："子温而厉，威而不猛，恭而安。"是说孔子温和而严厉，有威仪而不凶猛，庄严而安详。这说明孔子是一个宽以待人却不失原则的人。《论语·述而》中写道："子钓而不纲，弋不射宿。"是说孔子钓鱼只用有一个鱼钩的钓竿，而不用大绳横断流水来取鱼；用带绳的箭射鸟时，只射飞着的鸟而不射归巢的鸟。这说明孔子知道适度地从自然索取，而不是涸泽而渔，焚林而猎。《论语·子罕》中记载："子绝四：勿意，勿必，勿固，勿我。"是说孔子杜绝了四种毛病：不凭空臆测，不武断绝对，不固执拘泥，不自以为是。这四点都是人性的弱点，孔子都能避免犯这样的错误，可以说，他的人格已经近乎完美，道德修养达到这种境界，的确令人倾心向往。

孔子讲中庸，就是要找到一个最佳点，不走极端。而且这个最佳点是随着情况变化的，并不是固定在两点中间。子曰："吾有知乎哉？无知也。有鄙夫问于我，空空如也。我叩其两端而竭焉。"（《论语·子罕》）大意是：我有知识吗？没有什么知识。有个农夫请教我问题，我好像腹中空空，一点儿也不知道怎么回事。我就从这个问题的正反两面、本末两点来反复询问考察，尽力搞清楚。这里孔子比较明确地提出了达到中庸的方法，那就是考察事情的两端，经过度量便可以找到不宽不严、不重不轻、不隆不简的中点，这个中点就是"适度"。例如有学生问孔子："以德报怨，何如？"孔子回答："何以报德？以直报怨，以德报德。"孔子的答案就是中庸之道，是孔子告诉我们的处世的分寸。"以怨报怨"和"以德报怨"就是事情的两端。"以怨报怨"，冤冤相报何时了？"以德报怨"，用太多的恩德去回报怨恨不值得。两者之间，还有一种态度，那就是用你的正直磊落、公平率真去回报怨恨，用你高尚的人格去坦然面对一切。在孔子看来，不走极端，而取中间，使两端相互补充又相互制约，把握合于"度"的位置，才恰到好处。历代圣君明主和有德之人都具备这种合于"度"的道德观念和道德践履。

《论语·先进》中记载了这样一件事：有一次，孔子与他的学生子贡闲谈。谈到孔子对弟子的看法时，子贡问道："老师，子张和子夏两个人，谁更好一些？"孔子回答说："子张呢，做事有些过分；子夏呢，做事有点儿不够火候。"子贡说："那么，是子张好一些吗？"孔子说："过分了和做得不够同样不好。"这就是成语"过犹不及"的来源。《战国策》中记载楚国大将昭阳率楚军攻打魏国，击杀魏将，大破其军，占领了八座城池，又移师攻打齐国。齐王使者陈轸去见昭阳，祝贺楚军的胜利，然后站起来问昭阳："按照楚国的制度，灭敌杀将能封什么官爵禄位？"昭阳答道："官至上柱国，爵为上执珪"。陈轸接着又问："比这更尊贵的还有什么？"昭阳说："那只有令尹了。"陈轸就说："令尹的确是最显贵的官职，但楚王却不可能设两个令尹！我愿意替将军打个比方。楚国有个贵族祭过祖先，把一壶酒赐给门客。门客们相互商议：'这酒，几个人喝不够，一个人享用却有余。让我们每人在地上画一条蛇，先画成的请饮此酒。'有个门客率先完成，取过酒杯准备先喝，就左手持杯，右手又在地上画了起来，并说：'我还可以为蛇添上足呢。'蛇足尚未画完，另一门客的蛇也画好了，于是夺过他手中的酒杯，说：'蛇本无脚，你怎能给它硬添上脚呢？'便喝了那酒。而画蛇脚的那位门客最终没有喝到酒。如今将军辅佐楚王攻打魏国，破军杀将，夺其八城，兵锋不减之际，又移师向齐，齐人震恐，凭这些，将军足以立身扬名了，而在官位上是不可能再有什么加封的。如果战无不胜却不懂得适可而止，只会招致杀身之祸，该得的官爵将不为将军所有，正如画蛇添足一样。"昭阳认为他的话有道理，就撤兵回国了。纵横家陈轸用"画蛇添足"的例子告诉昭阳物极必反、盛极而衰，为人处世要懂得适度。

其实，在世界各个民族文化之中，都有中庸之道的影子，只不过表述不同罢了。极端往往令人们堕入荒谬与争斗，甚至相互虐害，只有中庸才能让人类理性、平和、和谐，以期最终实现上下通达、左右平衡、允执厥中，臻于至善。

中庸是高妙的处世准则，它告诉我们不偏不倚，知足常乐；它点醒我们适可而止，有节有度；它教导我们文质彬彬，然后君子。

三、自省是难得的修身方法

自省是孔子提出来的一种重要的修身之法。孔子非常注重内外兼修，在他看来，只有不断地去反省自己，不断地检视自己的内心，才能更好地认识自己、战胜自己，从而使自己各方面得到提高和完善。《论语》中关于自省的论述有多处，大家最熟悉的莫过于曾子所说：

"吾日三省吾身——为人谋而不忠乎？与朋友交而不信乎？传不习乎？"意思是我每天多次反省自己，替别人办事是不是尽心尽力呢？与朋友交往是不是真诚相待呢？老师传授的知识是不是认真温习了呢？作为孔子的得意门生，曾子每天通过审视自己的行为，看自己是否已经达到"忠""信""习"。能做到"三省吾身"实属不易，这说明曾子已经领悟了孔子的教诲，并努力做到"自省"。

想要做到自省，首先要认识自己，从自身寻找原因。子曰："躬自厚而薄责于人，则远怨矣。"（《论语·卫灵公》）孔子认为多反省自身，少去责备他人，怨恨自然不会来了。人在遇到事情的时候，往往会认为外物影响了自己，而很少会去自省。"君子求诸己，小人求诸人。"因此，与其怨天尤人，不如反躬自省。当年越王勾践正是因为能够认真反省自己兵败的原因，卧薪尝胆，励精图治，抚慰百姓，笼络人心，才能最后一雪前耻，成为历史上的传奇人物。

想要做到自省，还要通过和他人的对比认识到自己的不足。子曰："见贤思齐焉，见不贤而内自省也。"（《论语·里仁》）见到贤能的、有很多优点的人，我们要让自己努力赶上；见到不贤者，甚至反面例子的时候，我们要反省自己身上是不是也有类似的特质，提醒自己及时改正。子曰："三人行，必有我师焉：择其善者而从之，其不善者而改之。"（《论语·述而》）每个人身上都有为我们所取法的地方，都值得我们请教学习。当年唐太宗就把魏征当作自己的一面镜子，"以人为镜，可以明得失"，才开创了大唐的贞观之治。

谦虚是自省的必备条件。子曰："文，莫吾犹人也。躬行君子，则吾未之有得。"（《论语·述而》）孔子说，书本上的学问，自己和大家一样，但实践中做一个君子，自己还差得远。事实上，孔子的学问已经超乎常人许多，但他却放下姿态，谦虚好学。因为只有把自己放到和他人平等的位置，才能更好地发现自身的不足。

自省是修身的过程，改正并提高才是修身的目的。孔子周游列国的时候，也曾有过一段清苦的日子，连野菜汤都喝不上。有一次，孔子和弟子们的粮食吃光了，所有人饿了七天。幸好弟子颜回出去讨到一些米，回来煮饭。就在米饭快熟的时候，孔子看见颜回自己抓起一把米饭偷偷塞进嘴里。孔子悄悄地离开了，他没有当场责问颜回，也没有和别的学生提起这件事。过了一会儿，饭熟了，颜回请孔子吃饭，孔子假装没看见颜回抓饭吃的事情。孔子说："就在刚才，我梦到了祖先，这一锅米饭还没动过，先拿来供奉先人之后我们再吃。"颜回立刻回绝了老师，直接承认了自己吃过这锅饭，已经不能拿来祭祖了。孔子问颜回："你为什么要这么做呢？"颜回解释道："刚刚煮饭时，房梁上有灰尘掉进锅里，我觉得直接扔掉沾灰的米饭太浪费了，就抓起来吃了。"孔子叹息道："都说眼见为实，但眼见不一定为实；都说遵从自己的内心，但内心往往也会欺骗自己。平日里，我最信任的学生就是颜回。今天看到他抓饭吃，我还是会怀疑他偷吃，可见，了解一个人是很不容易的。"后来孔子在一次集会上提到了这件事，当众承认自己处事不妥。孔子这样的圣人都能深刻反省自己的行为，并勇于改正，是极为难得的。所以，孔子说："过而不改，是谓过矣。"（《论语·卫灵公》）犯了错不可怕，可怕的是一意孤行不知自省，那才是真正的错误。

懂得自省是大智，敢于自省则是大勇。反思自省，看似容易，做起来却很难。因为承认自己的失误、过错、缺陷，既需要勇气，也需要担当。现代社会中，诱惑无处不在，面对错综复杂的职场关系，有几人可独善其身？面对光怪陆离的灯红酒绿，有几人能坚守内心？面对金光灿灿的金钱权力，有几人会原则至上？因此，我们更应常备自省之心。自省的方法不单对个人重要，对国家也必不可少，我们中华民族一路走来，也曾遇到过困难，也曾有过波折，正是靠着不断总结、不断反思，才成就了今天博大精深、与时俱进的中国文化。

自省是难得的修身方法。它告诉我们反躬自省，知错就改；它点醒我们见贤思齐，厚德于人；它教导我们明镜照身，时省时新。

经典是超越时空的，经典是百读不厌的，经典是历久弥新的。《论语》就是这样一部经典，它用最简单的言辞告诉我们最精深的人生道理。这些两千五百多年前的"只言片语"已经深深刻在中国人的脑海之中，融入中华民族的血液之中，塑造着中国人的性格、心理和思想品质，影响着中国的民族文化和秉性。《论语》是国学的典范："国"是国家的高度，民族的水平；"学"是学问，是文化，更是智慧。所以钱穆先生还说："今天的中国读书人，应负两大责任。一是自己读《论语》，一是劝人读《论语》。""读"只是我们了解《论语》的途径，"做"才是我们学习《论语》的目的。正如北宋理学家程颐所说："如读《论语》，未读时是此等人，读了后又只是此等人，便是不曾读。"希望我们读过《论语》，都能有所启发，有所改变，有所提高，也希望《论语》的智慧光芒永远闪耀着勃勃生机，温润着我们的心灵，启迪着我们的思想，指引着我们阔步前行。

《庄子》之逍遥境界

○ 赫灵华

　　面对激烈的社会竞争，你是否茫然无助？面对复杂的人际关系，你是否心力交瘁？面对各色的利益诱惑，你是否难以抉择？面对紧张的天人关系，你是否无所适从？今天的我们，虽然物质生活得到了极大的改善，但生命的真实和自由离我们愈发遥远，精神世界的困惑与无奈愈发凸显，我们迫切需要寻找一种力量来抚慰内心，平衡失落，摆脱困境。庄子就是那个可以给我们精神力量的先贤哲人！

　　庄子的思想在诸子百家中独具特色，因为孔子、老子、墨子等人普遍关注社会、人生、治国方面的大问题，而庄子更关注人本身，关注人的个体生命和自由精神。庄子的哲学充满了聪慧和灵气，让人读后心驰神往，难以忘怀。《庄子》内外杂篇共计33篇，首篇就是《逍遥游》，为我们构筑了"大鹏一日同风起，扶摇直上九万里"的理想世界。逍遥，悠闲自得、无拘无束的样子。"逍遥游"是庄子的人生追求，也代表了庄子思想的最高境界。庄子的逍遥是指"无所待而游于无穷"，也就是无视物我之别，无己、无功、无名，与自然化而为一，不受任何约束、自由自在地悠游。我们虽然无法真正做到庄子认为的"逍遥"，但庄子洒脱、豁达的人生态度可以为我们的生存困境打开一扇窗。《庄子》一书中通往逍遥的人生点拨可以让我们的精神世界透过一缕光，让我们离那令人神往的逍遥境界越来越近。

今天，我们就抛开执念，敞开心扉，去体会、去领悟庄子"逍遥于天地之间，而心意自得"的高远境界，使我们在失意时学会超然淡定，在苦闷时获得心灵慰藉，在困惑时点醒人生智慧。

一、不滞于物，挣脱物质利益的束缚

庄子《逍遥游》的开篇就让我们看到北冥之鲲化而为鹏，振翅高飞，挟泰山以超北海，"水击三千里，抟扶摇而上者九万里"。以翅膀拍击起三千里的水浪，冲上九万里的云霄，这是何等大气，何等潇洒！再看列子御风而行，"泠然善也，旬有五日而后反"。出门总是乘风而去，轻松愉快，来回半个月路程，这又是何等自由，何等飘逸！但庄子认为他们还未达到逍遥游的境界，因为他们有所待也。无论是振翼奋飞的大鹏，还是驾风而行的列子，抑或是仅仅穿飞于灌木之上的蜩鸠，尽管形体大小不同，飞行的高低远近迥异，却都是"有待"的，即有条件的，它们之所以能飞，靠的是风，也就是外力的帮助，这样的"游"都不算逍遥。而"有待"正是心灵活动的障碍，只有抛弃一切客观条件，摆脱物欲的束缚，达到"无待"，才能得到真正的自由，成就理想的人格。因此，庄子用他那汪洋恣肆的文笔烘托出一个高妙玄远的理想境界："若夫乘天地之正，而御六气之辩，以游无穷者，彼且恶乎待哉！"（意思是：如果有人能够乘着天地之道，应顺自然变化，遨游无穷之境，那么，他还需要凭借什么呢？）因而得出结论："至人无己、神人无功、圣人无名。"（意思是：修养最完善的"至人"能够达到忘我的境界，修养出神入化的"神人"心中没有功利和事业，道德智慧最高的"圣人"不去追求名誉和地位。）这就是庄子的逍遥境界，这就是庄子所憧憬的精神世界。

庄子一生贫穷困顿，却鄙弃荣华富贵、权势名利。他认为相对于生命来说，一切高官厚禄、名誉地位都是次要的。这些外在东西常常是以付出自由甚至生命为代价的。有一个故事大家都很熟悉，记载于《庄子·秋水》，讲的是楚国两位大夫千里迢迢来到濮水，找到正在河边钓鱼的庄子，请他出山辅佐楚王。庄子手把钓竿，头也不回地说："听说楚国有一种神龟，死了三千年了。楚王用竹箱装着它，用巾饰覆盖着它，珍藏在宗庙里。那么请问：作为一只乌龟，它是宁愿死去，留下骨头享受荣华富贵呢，还是宁愿活着，拖着尾巴在泥地里打滚呢？"两位大臣说："当然宁愿拖着尾巴活在泥水里。"庄子说："你们走吧！我会继续拖着尾巴在泥地里打滚的。"在庄子看来，只要自由地活着，即使像猪一样在淤泥中度日，也比锦衣玉食然后献祭的牛强上百倍。物质享受都是外在的，人最宝贵的是生命，生命的价值在于自由。

还有一次，惠子在梁国做宰相，庄子前往看望他。有人对惠子说："庄子来梁国，是想取代你做宰相。"于是惠子恐慌起来，花了三天三夜在都城内搜寻庄子。庄子看到惠子后，说："南方有一种鸟，它的名字叫鹓雏。鹓雏从南海出发飞到北海，不是梧桐树它不会停息，不是竹子的果实它不会进食，不是甘美的泉水它不会饮用。正在这时，一只鸱鹰寻觅到一只腐烂了的老鼠，鹓雏刚巧从空中飞过，鸱鹰抬头看着鹓雏，发出一声怒叱：'吓！'如今你也想用你的梁国来怒叱我吗？"庄子用一个形象的寓言故事嘲讽了惠子，因为他根本无意做官，也不会和惠子争抢宰相的位置，而惠子却对功名爵位看得很重，处处提防着庄子。这就是两种不同的人生境界，一种逍遥自在、安闲自得，一种提心吊胆、如履薄冰。可见，人类最大的痛苦便来源于欲望，深刻了解庄子的人生哲学就会明白人类生存的意义不在于物质满足，而在于心灵的自在和安静。

当年，尧帝要把国家让给名闻天下的大贤许由，认为许由比自己更适合治理天下。但许由说："你治理的天下，已经太平了。我如果来替代你，为了什么？难道为名？那么，名是什么？名、实之间，实为主人，名为随从。莫非，我要做一个无主的随从？你看鹪鹩在树林中筑巢，树木再多，自己也只不过占据一根树枝；鼹鼠到河里喝水，河水再多，自己也只不过喝饱肚皮。请回去吧，我哪里用得着天下。"许由之所以坚决辞让天下，并非做做样子，而是因为他通晓生命的本性，从而不想为外物所累。广厦万间，夜眠七尺；良田千顷，日仅三餐。金钱、名誉、地位、功业都是身外之物，都是我们通往逍遥境界的绊脚石。

但在现实社会中，庄子、许由这样的人凤毛麟角，更多的是芸芸众生和凡夫俗子。《逍遥游》中说："故夫知效一官，行比一乡，德合一君，而征一国者，其自视也，亦若此矣。"庄子认为这四种人和蓬间小雀一样，虽然他们的才智能胜任一官之职，品行能适合一乡之意，道德能符合一国之君，能力能取信一国之民，但他们仍是世俗中人、没有高才大智的人，目光短浅，气宇狭隘，沉溺于利益得失，困扰于功名利禄，他们无法领略心灵建树，仍然为物所累，不能全然超脱。这说明"万物有所待"是自然和社会的普遍现象。庄子所谓的"无待"也并非没有期待，没有人生理想，他只是要求人们不要为物欲和名利所累，成为庸俗尘世生活的奴隶，而要做自己心灵的主人，精神的富足丰饶才是最重要的。

今天的我们虽无法完全达到庄子"无所待"的逍遥之境，但我们可以从主观上自我修炼，从内心出发，自然、无为、不争、不怨，不受任何时代、环境所影响，坚持初心，不滞于物，挣脱物质利益的束缚，将精神从名利的桎梏中解脱出来，获得一种物质之外的精神满足。这也就达到了逍遥的第一层境界。

二、不乱于人，遵从自我内心的声音

庄子有个观点叫齐物论。齐物论的意思就是所有的物都是平等的，没有区别的，所有的活法都是平等的。庄子在《逍遥游》中谈到大小之辩时说寒蝉和小鸠看到大鹏背负青天，无可阻挡，讥笑道："哎呀，我们可飞不了那么高，我们顶多能够飞到树梢上。飞不了那么高就落下来，不是也很好吗？"这就是"燕雀焉知鸿鹄之志？"燕雀无法理解鸿鹄遨游四方的志向，但燕雀有燕雀的活法，鸿鹄有鸿鹄的追求。燕雀不会看到鸿鹄的高飞就改变自己的生活习惯，鸿鹄也不会因为燕雀的嘲讽就放弃自己的抱负。因此，我们不要干涉别人的选择，也不要扰乱别人的生活，更不要被他人的评价所左右。

孔子说过"己所不欲，勿施于人"，在庄子看来，"己所甚欲，也勿施于人"。《庄子》中讲到一个故事：鲁国飞来了一只海鸟，从来没人见过这么漂亮的鸟，于是鲁国国君就宝贝得不得了，为它举行国宴。宴会上，奇珍美味，舞女伴舞，琴师弹琴，让人眼花缭乱，结果鸟被吓死了。庄子说，你们这是不把鸟当鸟啊！鸟应该在大自然里吃蚯蚓、吃虫子、吃谷物，想睡就睡，想飞就飞，而不是钟鸣鼎食。事实上，你认为好的，别人未必也觉得好；你认为不好的，别人未必觉得糟。好心有时会办坏事。《庄子·马蹄》里说，马的蹄可以踏霜雪，毛可以御风寒，饿了就吃草，渴了就喝水，高兴了就撒欢，这就是马的天性。可是来了个伯乐，把马圈起来，说自己会驯马，能把它变成世界上最强的马。于是开始培训，又是钉马掌，又是套缰绳，这马就死了三分之一；然后，又训练它立正、稍息、齐步走，这马又死了三分之一；最后把马驯得乖乖的，让它干什么就干什么。庄子说，这马就死完了。为什么？因为这不是马要的生活，马的生活就是在大草原上，自由自在，想去哪儿就去哪儿。其实在父母教育孩子的问题上，就像庄子讲的伯乐训马一样，很多父母把自己的人生态度和理性期望强加到孩子身上，不考虑孩子的天性、爱好、意愿，使得很多孩子没了童年的快乐，少了纯真的性情，他们言不由衷，不敢表达自己的想法，甚至失去童真童言。所以，父母子女之间、同事朋友之间、夫妻之间，都不要打着爱的名义，把自己的意志凌驾在别人的意志之上，要保持起码的尊重和界限。

"子非鱼，安知鱼之乐？"庄子用这种问答方式表达了他的人生观，即我的人生与你无关，这是庄子人生哲学的重要观点。人要生活在自己的世界里，而不是别人的眼光里。《逍遥游》中的宋荣子"举世誉之而不加劝，举世非之而不加沮，定乎内外之分，辩乎荣辱之境"。这段话的意思是：全世界都赞誉他，他也不会更加奋勉；所有人都非难他，他也不会沮丧。宋荣子觉得，人生在世，分得清内外，认得清荣辱，也就可以了。有一则寓言，讲的是大鸟鸿雁的故事：由于鸿雁飞得又高又快，站在地面上的人只见鸟一飞而过，根本就辨别不出是什么鸟。楚国的燕子很多，楚国人看惯了燕子，就把飞在高空中的鸿雁当作燕子；越国的野鸭很多，越国人看惯了野鸭，就把飞在高空中的鸿雁当作野鸭。但不管在别人眼里你是燕子或者野鸭，你自己要清楚，你是一只鸿雁。别人怎么看不要紧，关键是坚守内心，合理定位自己的角色，确立崇高的精神追求，认识自己，成为自己，就像歌里唱的那样："我就是我，是颜色不一样的烟火。"一个活出自己精彩的人，心中必将充满宽容和自由、快乐与和谐，他会允许一切事物在身边自如地发生，因为他始终安住在自己的世界里面，遵从自我内心的声音而无比幸福。每个人都是世界上独一无二的个体，不评价别人是一种修养，而不理会别人的评价，不为俗议所限更是一种修行。

我们生活在一个由道生成的万物齐一的世界中，万物都有自己的运行规律和生灭之理，只有顺应自然，认识并遵行自然法则而后去思考、去行动，才能避免赘余的苦痛和烦扰。事实上，不乱于人的本质就是顺其自然。顺其自然，人心才会处于一种平和的状态，宁静地养生，平安地处世，宽厚地治理，淡泊地生活。所以道家思想中说，一个人的内心如果保持淳朴，即便是在俗世之中，也不会为外界的俗念所动，这样就能够合理地避开灾祸。就像惠子和庄子聊天时谈到的那棵大树一样：它的树干上面长满了一个一个的树瘤，没办法用来做家具。小树枝又弯弯曲曲的，同样做不了什么。长在路边，那些木匠经过的时候，连看都不看它一眼。长得虽然很大，却一点儿用处都没有。但庄子认为正是这"无用之用"，才逃过了木匠的斧头，能够自由自在地生长在广袤的土地上。大树顺其自然地生长，虽然没有做成家具发挥实用的功能，但它在无边无际的旷野里，让人们毫无牵挂地徘徊在它身边，逍遥自在地躺卧在它脚下，反而带来了另一番"无用之大用"。所以，人不要被实际的功用扰乱了心绪，不要被他人的看法左右了行动，对外界的事情以平静之心去对待，回归自我真诚的内心。凡事顺其自然，遇事处之泰然，得意之时淡然，失意之时坦然，艰辛曲折必然，历尽沧桑悟然，从容活着悠然。这也就达到了逍遥的第二层境界。

三、不惑于心，追求精神世界的自由

庄子通过奇特的想象，将自己的理想驰骋于辽阔的宇宙，在飘逸洒脱的字里行间，寄寓着他对自由精神的无限向往。庄子描述的逍遥境界是人类美好的精神家园，它与不幸的现实形成了鲜明的对比，这正表明庄子的追求不过是在强大的社会异己力量压抑下所做的精神反抗而已。庄子一生愤世嫉俗，耻于与媚世者为伍，不肯屈身迎合统治者，又无法寄身于天外。他只有将理想寄托于他的心灵，不惑于心，让思绪在广阔无垠的至大之域自由漫游，以求得一种无牵无挂、无拘无束的自由状态。

要获取精神世界的自由，必须坦然乐观地面对生死。《庄子·大宗师》中说："古之真人，不知说生，不知恶死……受而喜之，忘而复之。是之谓不以心损道，不以人助天，是之谓真人。"古时候的真人不懂得为生感到喜悦生存，也不懂得为死感到厌恶死亡；出生不欣喜，入死不推辞；无拘无束地走了，自由自在地又来了。不忘记自己从哪儿来，也不寻求自己往哪儿去，承受什么际遇都欢欢喜喜，忘掉死生像是回到了自己的本然，这就叫作不用心智去损害大道，也不用人为的因素去帮助自然，才能称为"真人"。现实中，很多人摆脱了物质利益的困扰，抛开了功名利禄的束缚，精神世界得到了升华，但面对生死，还是难以释怀，郁郁寡欢，甚至怀着悲观的心情，恐惧死亡的到来。在生死观方面，庄子认为生与死只不过是一种形态的转变，死亡乃是一种顺应天命、道法自然的表现，生命轮回如同四季变换，是一件非常平常的事。庄子临终前，他的弟子想买一副棺材厚葬他。庄子却说："我死后，天地就是我的棺材，太阳和月亮就是我的两块无双璧玉，群星就是我的珠宝，世间万物都是我的陪葬，难道我陪葬的东西还不齐全吗？为什么还要多此一举呢？"他的弟子说："我们是怕您死后被乌鸦和老鹰吃掉了啊。"庄子说："在地上就是被乌鸦和老鹰吃，到了地下就是被蝼蚁吃，既然都是被吃，为什么要剥夺乌鸦和老鹰的吃食反而给蝼蚁呢？这是何等的偏心啊！"庄子对生死的分析持有乐观主义精神，将自己融入永恒的自然变迁、无限的天地整体之中，追求形体之外的具有更高价值的东西。这样做的好处是，消除人们对死亡的恐惧。超越生死，人们的胸怀就会宽广，只有明白了生与死的自然之道，才能进一步实现自然中的逍遥状态。

　　庄子理想中的逍遥之人是能摆脱各种主客观条件的束缚，达到一种"无己"境界的真人。《庄子·达生》讲了一个木匠的故事：有一个鲁国的木匠，名叫梓庆。他平时帮人家做祭祀时挂钟的架子。虽然这是个很简单的活，但梓庆做的架子，人人见后都惊讶无比，以为鬼斧神工，觉得那上面的野兽栩栩如生、惟妙惟肖。梓庆的名声传了出去，传着传着就传到国君的耳朵里，国君召见木匠梓庆，要问一问他其中的奥秘。梓庆很谦虚，他说："我一个木匠，哪有什么诀窍？也没有什么技巧啊！无非就是在做任何一个架子之前，我都不敢损耗自己丝毫的力气，而要用心去斋戒。斋戒是为了'静心'，让自己的内心真正安静下来。斋戒的过程中，到第三天，我就可以忘记'庆赏爵禄'这些利益了，把我成功以后可以得到的封功啊、受赏啊、庆贺啊等念头全部扔掉，也就是说，斋戒到三天，我可以忘利。斋戒到第五天的时候，我就可以忘记'非誉巧拙'了，我已经不在乎别人对我是毁是誉、是好是坏，大家说我做得好也罢，做得不好也罢，我都已经不在乎了，也就是说，斋戒五天，我可以忘名。斋戒到第七天的时候，我可以忘却我这个人的'四肢形体'，也就是说，到第七天，达到忘我之境。这个时候，我就进山了。进山以后，静下心来，寻找我要的木材，观察树木的质地，一眼就能看出哪些木头天生长得像野兽，然后我就把这个最合适的木材砍回来，顺手一加工，它就会成为现在的这个样子了。我做的事情无非叫作'以天合天'，这就是我的奥秘。"木匠梓庆的故事让我们认识到，有一个坦荡的好心态才能达到最佳的状态，心无杂念才能把事情做到最好。木匠斋戒七天，其实是穿越了三个阶段：第一个阶段，忘记利益，不再功利化地想着去博取一个世间的大利；第二个阶段，忘记名誉，不再想着大家对自己的是非毁誉；第三个阶段，忘记自己，人只有达到忘我之境，才可以全身心地做到极致。如果能做到这三点，你就会知道世间大道的规则，明白朴素而又玄妙的道理，做到"以天合天"。这需要我们把心中很多朴素的东西重新拾捡回来，也就是所谓的"见素而抱朴"。

"忘利、忘名、忘我"中的"忘我"就是庄子认为的"无己"，从精神上超脱一切自然和社会的限制，泯灭物与我的对立，超越生与死的界限，把自己消融于天地万物之中而臻于道我合一、独与天地精神往来。这也就达到了逍遥的第三层境界。

古往今来，逍遥成为人们心灵上的一种追求、精神上的一种求索。逍遥的三重境界，不管能达到哪一层都是智者，都是高人。虽然极少有庄子这般乐天知命的逍遥之人，但不同的年代，不同的阅历，人们对于逍遥也有着不同的理解和诠释：于范蠡便是"五湖之中，天地为伴，佳人相依"的潇洒；于陶渊明便是"采菊东篱下，悠然见南山"的闲适；于李白便是"天子呼来不上船，自称臣是酒中仙"的狂傲；于苏轼便是"一蓑烟雨任平生"的豪放；而于今人，可能应了那句"不问时间，不问地点，来一场说走就走的旅行"。在现实社会中，每个人都在经历不同的人生，但同样都会面临沉与浮、荣与辱、成功与失败、幸福与痛苦的矛盾。人人都面临着摆脱人生困境、进行精神自救的问题。庄子用自己的人生实践展示了一位超凡脱俗、笑傲人生的隐士的风采，他对精神世界的大胆探索，对逍遥境界的执着追求，更为人们提供了一个安静的心灵港湾，给人们一种物质以外的精神安慰。但谈逍遥容易，成逍遥难。我们没有庄子的大智慧和大境界，做不到庄子的虚静无为、放浪形骸，但我们能尽己所能做好自己，尽己之力帮助他人，尽己之情看待生死，不过分追求物质，也不轻易随波逐流，竭尽所能找到真正的自己。即使身居于市井，心中亦无所缚；即使奔波于俗世，胸中也藏着海阔天空。不滞于物，不乱于人，不惑于心，如此才能逍遥于世，逍遥地找到诗意和远方！

《离骚》之精神价值

◎ 周海燕

人的生命在历史长河中不过须臾一瞬，但人的精神却可以生生不已、千载传颂。爱国精神、贵族精神、浪漫精神都是人类精神重要的养分，可以滋润人们干渴的心灵，点燃人们生命的热情。堪称楚辞中翘楚的《离骚》就是这样一部蕴含了丰厚精神财富的佳作。《离骚》是中国第一部由文人创作的诗歌，全诗三百七十多句，两千四百多字，为中国古代最长的抒情诗，是屈原的代表作。

屈原，在中国历史上和文学史上都是一个响当当的名字，可谓家喻户晓、老少咸知。屈原名平，字原，又自云名正则、字灵均，战国时楚国贵族。他是中国最伟大的浪漫主义诗人之一，也是我国已知最早的爱国诗人。屈原忧国忧民、行廉志洁的人品是后世楷模，他气魄宏伟、瑰丽奇绝的诗篇是世界文学殿堂的佳品。每到端午节，人们都会更加想念这位怀抱热诚理想自投汨罗江的爱国者，采摘粽叶、挂起艾蒿、划上龙舟……后人用一个节日和种种仪式祭奠他、怀念他。有史以来，其忌辰被列为全国性节日且被全民纪念的文人只有屈原。

《离骚》是一篇带有自叙性的长篇政治抒情诗，诗中不但叙述了屈原的家世、生平，而且集中表现了他的性格爱好、思想感情、斗争经历和政治理想，表现了他的崇高品格和伟大精神。从作品问世到今天，已然经过两千多年的岁月涤荡，但是作品中那被时光沉淀下来的爱国精神早已渗透在神州大地，那贵族精神一直警醒着万千民众，那浪漫精神时时感动着代代读者。

今天，当你在现实的迷雾中找不到方向，当你苦闷的心灵难觅知音，当你满腔的抱负无处施展，请打开《离骚》，你会发现，你所苦苦寻找的共鸣都在这篇千古名作中。

一、爱国精神是知识分子的最高情怀

爱国精神是内涵丰富的中华民族精神的核心，这种精神是这个民族能傲然屹立于世界民族之林的重要因素。从爱国主义生发出自强不息的开创精神、艰苦奋斗的自立精神……正是靠着这些精神，中华民族历经劫难而不亡，饱经沧桑而再生。而爱国精神也是历代知识分子的立德之源、立功之本、立言之基，是他们的最高情怀。屈原是这些知识分子的典型代表。两千多年来，屈原的爱国精神激励着一代又一代的中国人。司马迁认为：屈原精神包括"忠君、兴国、哀怨"。朱熹的《楚辞集注序》中说："原之为人，其志行虽或过于中庸而不可以为法，然皆出于忠君爱国之诚心。"这是有史以来，第一次用"爱国"来评价屈原。屈原热爱自己的国家，并为之不惧生死，他的代表作《离骚》中更是饱含着一颗拳拳的爱国之心。

一个人的身世经历与其爱国精神的形成息息相关。《离骚》第一句是"帝高阳之苗裔兮"，即"我是古帝高阳氏的子孙"，按照司马迁的《史记·楚世家》中所说："楚之先祖出自帝颛顼高阳。高阳者，黄帝子孙，昌意之子也。"所以，"帝高阳之苗裔兮"，其意也可以理解为：我屈原是黄帝的子孙。进一步理解就是，作为黄帝的子孙，与生俱来地拥有黄帝子孙的光荣和权利，同时也应承担黄帝子孙应尽的责任和义务。语意虽平实，气势却豪迈，字里行间洋溢着诗人强烈的民族自豪感和振兴楚国为己任的历史使命感。屈原的一生虽然只有短短的几十年，但却经历了楚威王、楚怀王、顷襄王三个时期。他做过左徒、三闾大夫，常与怀王商议国事，主持外交事务，他一心为国为君却被疏远、被谗害、被放逐。后来楚国政治腐败，国都郢为秦兵攻破，一腔热血的屈原再也无力拯救故国，自投汨罗江而死。一篇《离骚》，是屈原在政治上屡遭挫折以后面对个人苦闷和国家困境发出的探问，是关于过去和未来的思考，更是饱蘸着血泪的满腔爱国激情的抒发。

（一）坚持"美政"，忠君忠国是爱国精神的核心要旨

古今中外的历史证明，革弊立新是推进国家发展、加速国家强大的重要手段。屈原在《离骚》文末说道："既莫足与为美政兮，吾将从彭咸之所居！"意思是，既然不能和他们一起实行美政啊，我将追随彭咸去往他的居处！彭咸是殷贤大夫，谏其君不听，投水而死。屈原自沉汨罗就是效法彭咸。"美政"指的是明君贤臣共兴楚国，这是屈原的抱负，也是他以爱国精神为出发点为楚国开出的富国济民的良方。屈原忠君忠国，为实现楚国富强的梦想，对内用心辅弼怀王实行变法，对外坚决主张联齐抗秦，使楚国在一段时间内出现了国富民强的大好局面。

"美政"的实现需要圣明的君主和贤德的臣子。尧、舜、禹、汤、文王都是历史上赫赫有名的开明之主，他们品德高尚，顺应天地之道，任用贤能，是屈原热烈歌颂的对象。《离骚》中说："昔三后之纯粹兮，固众芳之所在。""三后"是指禹、汤、文王。"纯"指专一、不杂乱、纯粹，就是动机单一，一切为了劳苦百姓。那些上古的君王治理国家以百姓疾苦为先，所以那些品德高尚的贤者都愿意拥护他们。"彼尧舜之耿介兮，既遵道而得路。"屈原称赞尧、舜的光明正直，说他们是沿着正道登上坦途。"汤、禹俨而祗敬兮，周论道而莫差。举贤而授能兮，循绳墨而不颇。"屈原认为商汤、夏禹态度严肃恭敬，周文王、武王讲道义没有差错，能选拔贤者能人，遵循一定准则不会偏离。"夫维圣哲以茂行兮，苟得用此下土。"意思是，只有古代圣王德行高尚，才能够享有天下的土地。《离骚》表述的这些内容，指出了衡量明君的一些标准。而那些昏聩无能、骄奢淫逸的君主，像羿、浞、浇、桀、纣，他们不能任用贤才，而且常逆天而行，所以不能守住社稷。在明君和昏君的对比中，表达了屈原对明君的渴望，因为只有得到明君的任用，才能更好地忠君忠国。"屈平正

道直行，竭忠尽智，以事其君，谗人间之，可谓穷矣。信而见疑，忠而被谤，能无怨乎？"司马迁对屈原的忠君思想大为肯定。

一个对国、对君有着深厚感情的人会不自觉地将这种情感渗透在一言一行中。《离骚》的后一部分写到当屈原就要离开楚国的那一刻，他刚刚升上灿烂的天宇，猛回头看到熟悉得不能再熟悉的故乡。仆人在一旁哀伤悲泣，连马儿也在逡巡彷徨，它蜷曲着身子，频频回首，不肯前行。屈原虽然口口声声说"国无人莫我知兮，又何怀乎故都？"（国人没有谁了解我，我又何必怀念故国旧居呢？）但在这句看似决绝的气话之外，我们却分明感觉到屈原满含热泪的目光和对故国依依不舍的眷眷深情。

（二）守正不阿、勇于斗争是爱国精神的重要体现

爱国总要付诸实际行动，在前行路上可能遇到重重险阻，这就需要斗争的勇气。屈原说："惟夫党人之偷乐兮，路幽昧以险隘。"意思是，那些奸佞之人结成朋党，出于对忠良之臣的无端嫉妒，使用种种可鄙的手段残害他们。这些"党人"苟且偷乐，不仅不能辅佐国君，反而使得国君走入歧途，与贤明圣主之道背道而驰。在这种情况下，无惧邪恶、大胆发声是贤能之臣应有的品质与作为。屈原堪为此类人的代表。他说："乘骐骥以驰骋兮，来吾道夫先路！"（骑上千里马纵横驰骋吧，我在前面引导开路！）对于自己，屈原愿意以亲贵贤臣的身份辅佐怀王；对于君主，他希望怀王成为知人善任的贤能之君，而不是被别有用心的小人蒙蔽的昏聩之主。在实现理想的艰难征程上，他说："路曼曼其修远兮，吾将上下而求索。"屈原明白道路的艰险异常，也做好了不遗余力去追求探索的准备。他也实实在在是这样做的。战国时期，楚国逐渐成为国土面积最大的国家，但楚国社会存在的种种问题阻碍了其发展，如果不进行改革，则很容易快速走向衰落。楚怀王任用屈原治国，实施改革，取得了一定的效果，但是改革触及了一些旧贵族的利益，他们对屈原怀恨在心，一心要迫害屈

原。楚怀王被蒙蔽，对屈原渐渐疏远，最后在奸臣的一再挑拨下，撤掉屈原的官职，并把他流放到汉北和沅湘流域。但不管经历多少别有用心的迫害和不公正的待遇，屈原始终无畏无惧，他的一片爱国赤诚之心恒久不变。"亦余心之所善兮，虽九死其犹未悔"，屈原的爱国爱民之心掷地有声。"虽体解吾犹未变兮，岂余心之可惩"，即使粉身碎骨，他也决不改变志向。

屈原的抗争精神对我们民族精神的形成有着重要影响，他一生都在为真理而抗争，为理想而奋斗，从不畏惧，从不退缩，他用生命写成的一篇篇饱含爱国精神的诗作一直激励着一代又一代人。

（三）忧国忧民、心系苍生是爱国精神的生动展开

拥有爱国精神的人一定是忧国忧民、心系苍生的。屈原的这种民本思想激发他关注国家前途、民生疾苦。《离骚》中很多人们耳熟能详的深沉诗句都为此而作，"长太息以掩涕兮，哀民生之多艰"，屈原常常长声叹息，还掩面哭泣，哀伤人民生活的艰难。屈原出生于楚国丹阳（现在的湖北省宜昌市秭归县），生于斯，长于斯，对楚国人民的深沉情感与生俱来，他爱这片土地，爱这片土地上的人民。屈原自小浸润于楚文化之中，受到了历史上爱国主义传统的影响。他生活在社会变革的历史时期，目睹楚国艰难的现实处境。个人的生活经历和政治体验培育了屈原的爱国精神，而屈原的一腔热血也倾注在了荆楚大地上。

爱国精神是屈原的最高情怀，也是后世知识分子的最高情怀。这种精神如灯塔照亮人们前行的征程，如旗帜号召人们奔向正义的战场，如号角引领人们奏响时代的强音。屈原是楚国的优秀儿女，是楚民族的灵魂，屈原的爱国精神是楚文化最杰出的优秀文化遗产。《离骚》是饱蘸着血泪写成的一首忧伤、怨愤之歌，其中的忠君忠国、勇于抗争、忧国忧民使他的爱国精神清晰可感，也为后人培养爱国精神树立了典范。

二、贵族精神是伟大人格的中坚柱石

追求卓尔不凡的人格是人类文明发展的不竭动力。正是靠着一代又一代先行者前赴后继的探寻超越，人类才逐步摆脱野蛮，走上文明之路，而贵族精神正是伟大人格的中坚柱石。贵族精神不是一种身份的象征，平民也可以有贵族精神，比如自述"善养吾浩然之气"的孟子，安闲于"采菊东篱下"的陶渊明和大喊"天生我材必有用"的李白，他们都毫无疑问地具有贵族精神。贵族精神的具体呈现可大可小，大到"先天下之忧而忧，后天下之乐而乐"的政治抱负和伟大胸襟，小到"渴不饮盗泉之水""饿不食嗟来之食"的日常守节。贵族精神既不是凌空高蹈、杳渺难及的，也不是束之高阁、远离群众的。实际上，贵族精神和平民精神并存于中国历史中，它们并驾齐驱、相互补充，共同塑造了中华民族的人格。屈原是第一个树立起贵族精神的典型，其后的曹植、谢灵运、李白、曹雪芹等都是具有贵族精神的人物。总之，贵族精神不是来自高贵的血统、独特的身份、尊贵的地位，而是表现为心气高傲、理想卓越、品格高洁、精神雄健等。

心气高傲不是自大自骄，目中无人，而是来自坚贞高洁的一身傲骨、不苟同于流俗的卓越理想和不忘初心的坚韧品格。贵族出身当然不等于贵族精神，但是贵族出身对贵族精神的形成有一定的作用。《离骚》开篇"帝高阳之苗裔兮，朕皇考曰伯庸"，屈原点明了自己的高贵血统，是五帝之一颛顼的后裔，是楚武王熊通的后代。屈原是楚之同姓，高贵的出身使他具有了一种与生俱来的优越感与尊贵感，使之在其精神素质中有一种"天生德于予"的骄傲与"刚健中正之气象"。"摄提贞于孟陬兮，惟庚寅吾以降"，屈原的生辰不同寻常，少有的寅年寅月寅日出生。"皇览揆余初度兮，肇锡余以嘉名，名余曰正则兮，字余曰灵均。"正，平也；则，法也；灵，神也；均，调也。他的名和字都不同凡响。屈原的生辰和名字正符合"天开于子，地辟于丑，人生于寅"的天地人三统，大有"天将降大任"之命相。所以，屈原的出生就具有形成其贵族精神的感性成分。另外，屈原从小就接受了很好的教育，再加上他天赋极佳、才华出众，终于成为楚国末期推动国家发展的贤才翘楚。高贵的出身、内含天地之美的美名、与生俱来的诸多"内美"，再加上衣着服饰、饮食装扮、声乐车驾等的品位都说明屈原志向高洁，"内美"与"修能"兼具，才气与德行兼备。与他同时代的人相比，屈原的贵族精神尤为突出。

高洁的品行是贵族精神的应有之义。对理想的不懈追求，对真理的忘我探求，对百姓困苦的广泛同情，对祖国命运的深切关注，这些高洁品行在民间未必能得到世俗层面的普遍理解，在庙堂也很难得到持久的信任和支持，但贵族精神却让人"明知不可为而为之"，其精神雄健于此可见。比如屈原，他经历了长期的困顿和打击，终于对楚国朝廷失望，昏庸腐败的统治阶层已经让他的理想幻灭，他深切同情和热爱的人民也未能真正理解他的志向和所为。《渔父》中写到屈原被放逐后在沅江上和一个渔父的对话。渔父看到他后问道："你不是三闾大夫吗，怎么落得这般田地？"屈原回答："普天下都混浊，只有我还清白；所有人都醉了，只有我还醒着，所以被君王流放啊。"渔父就劝他说："圣人不会死板地应对事物，会随着世道变通处事，世人都肮脏，为什么不随波逐流保全自己，为什么一定要自命清高让自己落得个被放逐的下场呢？"屈原说："我听说，刚洗过头一定要弹弹帽子，洗过澡后一定要抖抖衣服。怎能让清白的身体去接触世俗尘埃的污染呢？我宁愿跳到湘江里，葬身在江鱼腹中。怎么能让晶莹剔透的纯洁，蒙上世俗的尘埃呢？"渔父听罢，微微一笑，用桨敲击着船舷，唱道："沧浪之水清又清，可以洗我的帽缨。沧浪之水混又浊，可以洗我的泥脚。"随后径自离去，不再和屈原说话。渔父的思想是大众式的，他明哲保身，而屈原在折节保身和舍生取义的鲜明对立中，以其坚定的抉择，表现出洁身自好、不同流合污的独立人格。

　　屈原在中国历史上并非第一个忠诚耿介、固守高洁的文人，也不是首位忠君爱国、关心人民疾苦的臣子。在他之前，有宁愿饿死也不食周粟最后饿死于首阳山的伯夷、叔齐，还有为了谏君被剖腹挖心的比干。但是伯夷、叔齐、比干都没有得到如屈原一样的殊荣。不单是因为他们没有像屈原一样流传于世的经典诗篇，还因为他们没有屈原一样的高贵气质和高远格局。王国维在《文学小言》中说屈原："若无文学之天才，其人格亦自足千古。故无高尚伟大之人格，而有高尚伟大之文学者，殆未之有也。"王国维实际上就指出了：屈原的伟大不仅在其情感丰富、浪漫恣肆的优秀作品，更在于其作品所蕴含的贵族精神。屈原最终是以壮烈的投江自沉明志，这仅仅是他个体生命在历史时空中的定格谢幕，但他的贵族精神却在中华民族的精神世界里生生不息。

　　屈原用血与火、生与死告诉我们，贵族精神就是具有高尚的人格修养、高尚的道德情操，不屈从于物质享受，不以享乐为目的；有卓越的理想，作为社会的精英，有自觉担当的责任感，扶助弱势群体，关注国家命运；有雄健的精神，不懈地追求真理，具有独立不迁的境界；心气高傲，有自由的灵魂和独立的意志。我们可以肯定地说，任何人、任何社会、任何时代，都需要这种贵族精神。

三、浪漫精神是人类心灵的永恒追求

　　浪漫精神是人类精神花园中的一朵奇异之花，它能开启智慧之光，让人在烦琐庸常中超拔脱俗，是人类心灵的永恒追求。浪漫精神以其独特的风格、独特的气派，在社会生活中演绎出无数的人生悲喜剧。《离骚》是体现浪漫精神的佳作。诗人展开丰富的想象，运用大量的神话和传说，通过隐喻和象征等手法，反复咏叹，表达自己上下求索、追求美好的理想，既增加了诗歌的神秘色彩，又增强了诗歌的表现力，令人回味无穷。如果你读懂了《离骚》，那就意味着你读懂了屈原，也读懂了浪漫精神。

浪漫主义风格的最大特点是离开现实世界，极力展现幻想天地。通过丰富想象和奇特联想，可以上天入地，可以人神同游，可以古今交替。浪漫主义的诗歌，不仅诗人自己可以尽情畅想，读者在欣赏诵读之时同样也可以融入那种意境，从而去感受诗人的理想。想象和联想在《离骚》等文学作品中得到充分的展现。屈原以大量的古代神话和历史传说为素材，以大胆丰富的想象和奇特的联想展开描写。诗中写"我"经过苍梧、县圃、灵琐、崦嵫、咸池、阆风、春宫、昆仑、不周山等，这些都是神话中的地方；"我"看到的扶桑、若木、帝阍、佚女都是神话中的人与物；"我"所驱使的羲和、飞廉、雷师、鸾皇、凤鸟、蛟龙等都包含着神话的内容和色彩。同时，诗人大胆想象，展开浪漫主义的翅膀，南访重华、饮马咸池、上叩阊阖、下求佚女，朝发天津、夕至西极，神游太空、驰骋仙境，使神话传说、历史人物、日月风云、山川河流等，构成了一个雄奇壮丽的境界。尤其是他"两次天游"所描写的超妙境界，更加瑰丽奇异，使刘熙载不由得慨叹："文之神妙，莫甚于能飞。"光怪陆离的想象世界令人目眩神迷，鲜明地体现了作品的浪漫精神。

《离骚》中的比喻、象征更体现了浪漫精神的气派。如以采摘香草喻加强自身修养，佩戴香草喻保持修洁，等等。东汉王逸为《楚辞》作注，他说："《离骚》之文，依《诗》取兴，引类譬喻。故善鸟香草，以配忠贞；恶禽臭物，以比谗佞；灵修美人，以媲于君；宓妃佚女，以譬贤臣；虬龙鸾凤，以托君子；飘风云霓，以为小人。"经过一番比喻象征、幻化升华，屈原把现实生活中的复杂斗争、美与善的崇高、恶与丑的卑鄙、光明与黑暗的不可两立等内容形象地表现出来，寄情于物，托物以讽，华丽辞藻背后隐藏着屈原忧愤的心。鲁迅对屈原的作品给予极高的评价："逸响伟辞，卓绝一世""其影响于后来之文章者，乃甚或在三百篇以上"。可见其浪漫主义精神对后世影响的深远。

《离骚》是屈原用他的理想、遭遇、痛苦、热情，以至整个生命所熔铸而成的宏伟诗篇，其中闪耀着诗人鲜明的个性光辉，这在中国文学史上还是第一次出现。他以其浪漫风格、浪漫气派，开辟了一个浪漫主义的文学流派，也为人类在心灵追求上开辟了一个新方向。

屈原作为中国文学史上第一位伟大的爱国诗人，他的卓越风姿在中国千年历史中始终熠熠生辉。在世界范围内，他同样以其成就、贡献和名望获得极高的评价。世界和平理事会在屈原逝世2230周年（1953年）之际，确定屈原为世界四位文化名人之一。虽然这位伟大人物的美政理想落空了，但他的生命却是饱满的，他最美好、最可贵的爱国精神、贵族精神、浪漫精神通过《离骚》留给了后世，融会到我们民族的心理素质、审美意识、伦理观念等各个方面，在两千多年的历史中余韵不绝，不断地震撼苦闷求索的心灵，涤荡浑噩庸碌的灵魂，点燃热爱生命的火种。今天，我们更应该倍加珍惜屈原精神，让屈原精神在新时代里散发出光和热，让那恢宏瑰丽的锦绣文章像一缕永恒的精神血脉，穿越千年时空，涌动在代代文人心中。

《左传》之人物透镜

○ 周海燕

　　《左传》很伟大，它既是经学著作，又是史学著作，还是文学著作，而且无论从哪个学科讲，它都是不可多得的上乘之作。

　　它的作者左丘明更伟大，仅用18万余字的篇幅，以叙事记言的笔法，记载了短短250多年历史阶段里有名有姓的人物近三千个，其中数以百计的人物表现出了一定的个性，有几十人的形象尤其鲜明。因而，从某种意义上说，《左传》又是一部收罗宏富的人物传记。更难能可贵的是，作者以音到弦不到、意到笔不到的表达艺术，通过上至天子诸侯、下到平民百姓的形形色色的人物，通过他们的思想修为和性格特征，通过他们不同的心理和目的，通过他们不同的活动和作用，标举了他自己对伟大与渺小、崇高与卑微、真诚与虚伪、谦逊与傲慢、美好与丑恶的态度和立场。从这个意义上说，《左传》又是一部透视人性、拷问灵魂的著作。两千多年来，《左传》

一书一直颇受人们欢迎，与这一点牵牵相结，紧密相连。

透视人性才能认识人性，拷问灵魂才能曝光灵魂。《左传》通过透视人性和拷问灵魂，向后人揭示了历史更深层次里的以下三项内容。

一、忠义爱国是高尚的精神品格

自古以来，中华民族的仁人志士都具有强烈的忧国忧民思想，他们以国富民安为己任，以忠义爱国的高尚精神品格铸就了中华民族的铮铮铁骨。《左传》中描写了三千多个人物，这些人物寄寓着作者的思想倾向和审美追求，具有忠义爱国精神品格的人物形象是作者不惜笔墨、倾心表现的重点，正如清代评论家所评论的那样：他们的"声音笑貌，千载如生"。春秋时期，人们对君与国的观念相对淡漠，国家可以选拔能人志士，贤能之人也可以选择国家或君主，有些人是碰到明君就尽心辅佐，遇到昏君则敬而远之，正因为如此，《左传》中那些忠义爱国人士显得弥足珍贵。

忠义爱国之士对国家命运常存忧虑之心。春秋时，秦国大夫蹇叔是有先见之明且忧国虑远的老臣，是我国历史上著名的政治家和军事家，后人认为蹇叔是立身的榜样、做人的楷模和爱国的典范。《左传·僖公三十二年》记载，公元前627年，秦国大夫杞子从郑国派人给秦国送信说："郑国人让我掌管他们国都北门的钥匙，如果悄悄派兵前来，就可以占领他们的国都。"秦穆公就打算发兵攻打郑国，和安插在郑国的奸细里应外合，夺取郑国都城。秦穆公向秦国老臣蹇叔征求意见。蹇叔认为此事不可行，他说军队辛劳出征，精疲力竭，那么远的路程，对方肯定会知道消息并做好防备，士兵们辛辛苦苦前去却没有收获，必定会产生叛逆的想法。蹇叔把战争形势和可能的后果分析得很清楚，但是秦穆公却不听蹇叔的劝阻，执意让三位将领孟明视、西乞术、白乙丙从东门外面出兵。蹇叔哭着对他们说："孟明啊，我看着大军出发，却看不见他们回来了！"秦穆公闻知此事，竟然特意派人对蹇叔说："你知道什么？要是你蹇叔只活个中寿就去世的话，你坟上的树都有两手合抱一般粗了。"意思是，蹇叔你现在离中寿都过去多少年了，早已昏聩，你的担忧不足为虑。蹇叔的儿子随军队出征，他哭着送儿子说："晋国人必定在崤山抗击我军，崤有两座山头，南面的山头是夏王皋的坟墓，北面的山头是周文王避过风雨的地方。你们一定会战死在这两座山之间，我到那里收拾你们的尸骨吧。"秦国军队依秦王命令东行，最后真如蹇叔所料定的那样被晋军在崤山打败。清代文人陆云士对此评论道："蹇叔以言谏不从，继之以哭，一哭再哭，以哭谏也。而穆公终不悟，而丧师枉死其子，是秦国再无第二个有识如蹇叔者，真所谓一个忠臣矣。至今读之，似闻青山犹哭声也。"蹇叔凭借自己丰富的阅历和政治经验指陈利害后，穆公不采纳他的建议，蹇叔无可奈何，先哭师，次哭子，一再哭谏，期望君王醒悟，他的确是谋虑深远，其忠君爱国、情深意长打动人心。

鲁国大夫曹刿是《左传》中另一个名留史册的爱国者。他以国事为重，在国家陷于危机时能够毅然挺身而出。鲁庄公十年，齐国以鲁国曾帮助齐国的公子纠争夺齐国君位为借口，兴兵攻鲁。当时齐国是大国，鲁国是小国，双方强弱对比悬殊。鲁庄公准备迎战。面对鲁国的困境，曹刿主动请求拜见鲁庄公。他的同乡对他说："当权的人自会谋划这件事，你又何必参与呢？"乡人善意地劝说他不要去参与"肉食者"的事，曹刿却直率地回答："肉食者鄙，未能远谋。"意思是："当权的人目光短浅，不能深谋远虑。"与乡人所表现出来的对"肉食者"和国事的冷漠态度相反，曹刿表示出对"肉食者"的不信任并积极要求为国家出力。齐军压境，他不能再让国家败在"肉食者"手中。曹刿和"乡人"的对话，一方面可以看出鲁国那些有权位的人见识浅薄且尸位素餐的状况，另一方面也能看出曹刿关心国事，具有护国安邦的责任感和忠君爱国的品德。在战斗中，曹刿采用适当时机出击、追击，后发制敌、以智取胜的战术，指挥鲁军在"齐人三鼓"之后才开始反攻，确认了齐军确实是败逃时才决定追击，最终以弱胜强，赢得了长勺之战的胜利，抵御住了齐国的进攻。

总之，《左传》中那些以忠义爱国为精神脊梁的人，或舍身救国，纵死不辱君命；或以国家为重，挽国家于将颓；或不二于君，宁死不事他主。他们是光耀千古的历史名人，他们是彪炳史册的精神典范。

二、机谋善辩是卓越的政治才干

春秋时期，各国纷争不断，一些机谋善辩之士具有不可估量的价值，往往是各国争相抢夺的资源。这些具有卓越政治才干的人凭借特有的思维和巧妙的言论参与政事，为统治者出谋划策、排忧解难，甚至搅动、左右政局，成为这一时期政坛中的重要力量。

精谋略、善权术是这类人物的典型特征。在著名的晋楚城濮之战和秦晋殽之战两大战役中，都出现过一个人物：先轸。他的运筹帷幄、能谋善划给后人留下了很深的印象。先轸是春秋时期以谋略著称的名将，晋国以善于识人、举贤而闻名的赵衰即评价"先轸有谋"。公元前632年，楚国带着诸侯联军攻打宋国，宋国向晋国求援。晋国是否伸出援助之手帮助宋国是建立霸权的关键问题。晋文公陷入犹豫不决的困境。不救宋，不仅会失去宋国，也会使得其他小国不再信任晋国；救宋，难度不小，一是楚国实力比晋国强，二是晋国距离宋国较远，还有曹国、卫国这两个楚国的盟国隔在中间，劳师远征，不太容易。这时，中军元帅先轸提供一个计策，非常巧妙地离间了楚国与齐国、秦国的关系。先轸对晋文公说，我们不应当收宋国给我们的重礼，而是要让宋国的使臣带着礼物分别去贿赂齐国和秦国，让齐国和秦国两个国家出面和解，向楚国表示希望楚国不再继续围攻宋国。但是因为这场战役对楚国来说好处太多了，所以楚国自然不会答应他们的要求，这样一来，楚国与齐国、秦国就产生矛盾了。齐国和秦国对楚国的做法不满意，自然就会与我们同心协力抗击楚国了。先轸又建议，晋国可以私下许诺曹、卫两国，同意他们复国，但是曹、卫必须断绝与楚国的关系。晋文公一一采纳先轸的计谋，最终在城濮将楚国打得落花流水。晋文公成为继齐桓公之后的第二位霸主。

公元前628年冬，晋文公逝世，晋襄公承继大业。秦国乘此机会偷偷越过晋国国境奔袭郑国，但是很快被郑国发觉，秦军就临时改变计划，灭掉了晋的邻国滑国后便返回了。晋文公还没下葬，晋国的霸权竟然遇到如此巨大的挑战。晋国内部对于如何行动，意见不能统一。先轸主张阻击秦军，但襄公与栾枝等都认为，晋国还未回报秦国出兵平乱、拥立晋文公的帮助，反而与他们为敌，这样的做法对不起先君。但先轸坚持己见，他认为秦国没有来吊丧已经是不合于礼，又偷过晋国国境，想要灭掉晋国的同姓国，秦国如此狂妄无礼，晋国根本不必讲什么恩施，现在攻秦正是合乎先君想法的有益之举，子孙后代会得到好处。于是晋国用先轸的计策在崤的狭路设伏，秦军经过崤时，被晋军打败，这就是"崤之战"。这一战，秦军孟明视等三名主将被俘，几乎全军覆没。先轸在秦国强大之前抓住战机，狠狠打击了这个潜在的敌人。先轸以其勇猛谋略在晋国的霸业中发挥了举足轻重的作用。

善辩也是卓越政治才干的一个重要方面。这些人深谙说话的艺术，洞察人心，能言善辩，在一场场危机中留下俊逸洒脱的身影。其中有一个人，民间对他的评价是："五论救弱国，妙语退秦师。"这个人就是郑国大夫烛之武。僖公十三年，晋军和秦军包围了郑国，形势危急之时，郑国大夫佚之狐推荐了烛之武。郑文公派烛之武去见秦穆公，希望能够劝说秦国撤兵。烛之武临危受命，向秦国陈述郑国的存亡和秦国、晋国之间的利害关系。他镇定自若，侃侃而谈，其说辞从四个角度展开：第一，郑国灭亡对秦国非但没有益处反而有害。他指出，越过邻国把远方的郑国作为（秦国的）东部边邑是很困难的，结果是增加晋国的实力。第二，放弃攻打郑国对于秦国来说不但无害反而有益。不灭郑国，可以把郑国作为秦国通往东方道路上接待过客的主人，这一点对于位于西方且颇有野心的秦国来说很有吸引力。第三，用晋国背弃秦国的事说明晋国不可靠。第四，指出晋国"东封郑"之后，又得扩张西面的边界，势必损害秦国的利益。以上四个角度，烛之武凭借事理和事实，处处为秦国设想，把利害得失剖析得非常清楚。从心理层面上说，他首先是示弱，先说"我们郑国知道一定要灭亡了，就请拿灭郑这件事麻烦您"，以退为进，明确秦灭郑轻而易举，不费吹灰之力，让秦穆公的虚荣心得到极大的满足，赢得了对方的好感，才有了继续劝说的可能。面对强秦，他不能硬碰硬，以柔克刚是绝佳选择。烛之武处处为秦国着想，想其之所想，想其之未想，想其之所忧，想其之未忧。心理学认为：一个势力强大的人，特别反感别人的强大；一个性格强硬的人，也特别反感别人的强硬，因为本身的强势、强硬，所以他并不畏惧别人的强势与强硬，但是往往却不知道如何去应付柔和。烛之武的说辞一共一百二十余字，层层深入，既简练又不失谨严，他运用自己的机智和巧妙的外交辞令最终使得秦穆公不仅撤兵回国，还留下了一支军队帮助郑国抵御晋国，化解了国家的危机。

除了烛之武，郑国还有一位著名的政治家子产，他在内政外交方面政绩显著。郑国介于晋国和楚国两大强国之间，生存环境比较艰难。子产当政的时候，巧妙地周旋于大国之间，他善用外交辞令，显露出极高的辩才。《左传·襄公三十一年》记载：子产陪同郑简公到晋国访问、纳贡，晋国不把郑国这个小国放在眼里，且不满于郑国又亲晋又亲楚，接待他们的住所条件很差，郑国带去纳贡的礼物没有地方安放。子产让人把住所的墙垣拆掉，把车马放进来。晋平公派人来兴师问罪。子产不卑不亢地从六个方面批评晋的无礼，陈述郑国必须毁掉墙垣的理由，句句针锋相对，有礼有节，事理俱明，最后使晋平公为之折服，向子产谢罪。晋平公以隆重的礼节接见了郑简公，宴会和礼品规格也特别高。待郑简公回国后，晋国建造了接待诸侯的专属住处。这一段文字之后，作者以晋国大夫叔向的赞语评论了子产："辞之不可以已也如是夫！子产有辞，诸侯赖之，若之何其释辞也？"意思是："辞令不可废弃就是这样的啊！子产善于辞令，诸侯靠他的辞令得到了好处，为什么要放弃辞令呢？"这段话充分肯定了子产的机敏和辩才，他为郑国争得了尊严，使他的国家和国君获得了晋国的尊重。

钱钟书先生在《管锥编》中指出："吾国史籍工于记言者，莫先乎《左传》。"的确，《左传》中如蹇叔、烛之武、子产这样兼具智谋、勇气、辩才的人物比比皆是，他们往往语言生动形象、精辟透彻，常常产生"一言兴邦，一言丧邦"的巨大效果。他们凭借不凡的才智和卓越的政治才干，拨开层层迷雾，厘清复杂的政治局势，深谙人与人之间的交际心理和利益原则。他们常常陪伴在诸侯霸主或执政者的身旁，为他们出谋划策，献计出力，成为国家的中坚力量。

三、卑鄙阴险是丑恶的人性病灶

《左传》中有道德高尚、品行端正的人，同样也有刁滑奸诈、卑鄙阴险之徒，他们或者为了达到目的不择手段，或者心怀鬼胎掀起政坛的血雨腥风……他们的所作所为对后世有极强的警示意义。

《左传·哀公十六年》中写道：卫庄公做了一个梦并要占卜他的梦。他的宠臣向太叔僖子要酒，没有得到，就和卜人勾结，而告诉卫庄公说："您有大臣在西南角上，不去掉他，恐怕有危害。"于是就驱逐太叔僖子。太叔僖子逃亡到晋国。求酒不得，就陷害大臣，挑动君主和大臣的矛盾，这样的事情实在不是正人君子所为。《左传·昭公二十年》中记载，楚国佞臣费无极由于担心太子建继位后对自己不利，就不断挑拨楚平王和太子建的关系。他陷害太子建与伍奢密谋叛乱，平王信以为真，太子建被迫逃到宋国，伍奢和伍尚被杀，伍子胥侥幸逃到吴国，这给后来楚国大乱埋下了伏笔。费无极的手段可谓卑劣至极。《左传·宣公二年》里还记叙了这样一个小故事：宣公二年的春天，郑国公子归生领兵攻打宋国。宋国派华元、乐吕对战。本来，在春秋诸侯混战的背景下这不算是什么大战，但这次战争的小细节却引起后世的注意。宋国之所以被打败是因为其主帅华元被俘、乐吕战死。主帅被俘也很平常，但《左传》却揭示了这件事的另一个原因。书中记载：华元杀羊慰劳士兵，却忘了分给驭手（驾车人）羊斟，因此与敌人交战时，这个驾车人竟然因为心怀不满而故意把车赶进敌人的重围之中，让华元成了俘虏。他说："畴昔之羊，子为政；今日之事，我为政。"大致是说：前天的羊，你做主；今天打仗，我做主。因此，一军主帅就这样被俘了。作者认为不管是在政治方面还是从道义上说，羊斟都是"以其私憾，败国殄民"，是"残民以逞"的没有良心的罪人。自私不顾大局、故意坑害主帅，这是其丑恶的人性病灶。当然，这个故事还有另一重警示意义：从华元将军这面看，他应做到平等对待每一位下属，不忽略任何一人，特别是身边直接为其服务的下属。这是为上之道，也是为人之道。

卑鄙阴险不单见于羊斟这样的小人物，一些"大人物"卑鄙阴险起来危害更大。"多行不义必自毙"这句常被人们引用的话即出自《左传》里的一段故事。故事讲述的是郑庄公因为出生的时候难产，他的母亲姜氏竟然因此而讨厌这个儿子，偏爱另一个儿子段（因为他在兄弟之中年岁最小，所以称"叔段"，谋反失败后出奔到共，所以又称"共叔段"）。这个矛盾成为庄公与共叔段兄弟相残的导火索。庄公即位后，姜氏为段请求"制"这个地势险要、便于攻守的地方作为封邑，庄公借口虢叔死在这里不吉利而没有答应。姜氏又为段请求"京"地作为封邑。段在京地建造违制的城墙，扩大自己的封地，为夺取王位做准备。大臣祭仲对郑庄公指出应该早点儿做出安排，否则以后很难控制。但郑庄公却说："姜氏欲之，焉辟害？"他表示他母亲要这样，他也没办法，显得很无奈。他又说："多行不义，必自毙，子姑待之。"意思是说，一个人若不仁义的事情做多了，必定会自取灭亡，你就等着吧！面对段已经表露出来的野心，他没有选择及时制止，而是等待着段一步步走向不能回头之路。接着，段又使本属于郑国的西部和北部的边地同时属于自己，大臣劝说时，庄公说："将自及。"意思是不用有所行动，段将自取其祸。不久，段把这两个地方完全收归自己所有，扩张到廪延，子封认为再这样下去，段势力越来越大，将会得到民心。庄公却说："不义，不暱，厚将崩。"他认为时机还没到，段不义的事情做多了，别人不会亲近他，早晚会垮台、崩溃。段修整盔甲武器，准备好兵马战车，将要偷袭郑国，而且已经和他母亲约定好由其开城门做内应，里应外合打败庄公。书中说"公闻其期"，庄公很快就得知了段偷袭的时间，说明整个事态一直在他的掌控之中。此时他认为时机成熟，命令子封率领车二百乘去讨伐京邑。京邑的人民背叛段，段于是逃到鄢城。庄公又追到鄢城讨伐他。五月辛丑那一天，段逃到共国。其实，庄公明明早就知道他弟弟的想法，但为了彻底铲除共叔段，却欲擒故纵，以退为进，一步一步地养成其恶，任其胡作非为，让其一点点掉进自己的陷阱，段却对此茫然无知，把郑庄公的妥协退让误认为是软弱可欺。等到段和姜氏的阴谋彻底显现时，早已经做好充分准备的郑庄公，一改之前看似无奈甚至懦弱的表现，毫不手软地派兵遣将攻打弟弟段，打败后还对其穷追不舍。庄公几次回答臣子的话："姜氏欲之，焉避害""多行不义，必自毙，子姑待之""将自及""不义，不暱，厚将崩"等，虽然都是简单的一两句话，但联系后面发生的事情，足可以看出郑庄公城府之深、用心险恶。《左传》中引用《春秋》中的话，"郑伯克段于鄢"，其实是在不动声色地评述郑庄公是一个卑鄙阴险的人，为了铲除弟弟，他可谓处心积虑，丝毫不在乎手足之情。消灭段以后，他还放逐了母亲，并且说出了不及黄泉不相见这样的话，没有顾念一点儿至亲之情。虽然后来"良心"发现，用颍考叔隧道相见的办法，与母亲"母子如初"，但这不过是一种表演。实际上，在权力欲望面前，他不惜任何手段，哪怕面对的是自己的母亲和弟弟。

《左传》的作者在冷静叙述的同时，写了众多类型的人物，像一面镜子一样反衬出人性的复杂性和丰富性。卑鄙阴险是丑陋的人性病灶，我们当以品格高洁的人为榜样，践行道德之美，磨砺人性之美。

深刻的理论能教育人，确凿的史实更能启发人。《左传》以有章可循、有例可考的"历史"，以栩栩如生、个性鲜明的人物形象，阐发了忠义爱国是高尚的精神品格，机谋善辩是卓越的政治才干，卑鄙阴险是丑恶的人性病灶等人世之道，读来发人深省。同时，它也启发我们，读书就要读那些核心价值不会随时间流逝而改变的经典之作，胸中有经典，脚下才有远方。

《山海经》之文化流脉

李婷婷

《山海经》究竟是一本什么书？人们历来看法不一。由于内容磅礴，记述独特，《山海经》与《易经》《黄帝内经》一起被称为"上古三大奇书"。对于这部奇书，司马迁道："故言九州山川，《尚书》近之矣，至《禹本纪》《山海经》所有怪物，余不敢言也。"西汉著名学者刘歆则认为《山海经》是一部地理博物著作。明代胡应麟评价它为"古今语怪之祖"。近代鲁迅先生认为它是一本"巫觋、方士之书"。这些古今文化大家的看法，更为《山海经》蒙上了一层层神秘的面纱。

揭开神秘面纱，我们认为，《山海经》是一部文化之书。《山海经》成书大约是从战国初期到汉代初期，传世版本共计18卷，《山经》5卷，《海经》13卷。具体作者不详，极有可能是楚国或巴蜀人所作。它以山为经，以海为纬，描绘了名山棋布的人文地理和四海内外的奇异风貌，记载了包括山水地理、日月天文、风雷气象、丰富矿藏、医药民俗、神话传说、祭祀巫术及瑰丽奇特的动植物等丰富内容。但是，如果我们稍加透视就会发现，在这些具象、具体、具实的记载中蕴含着丰富的文化内涵。它们是古代先民对人与自然、人与人和谐共存的探索思考，对天地的敬畏，对生命的追求，对天人共融，对构建和谐家园的美好希冀；是古代先民从关注"生存"到关注"生命"，从关注"环境"到关注"家园"的心路历程；是古代先民在写实与浪漫交错杂糅，粗糙与诗意交融汇聚中解码自然的过程。这些才是《山海经》的真正价值和意义。

今天，在人类经历付出了"人定胜天"的痛苦代价以后，开始修复生态，保护环境，重新思考人与人、人与自然的终极问题的时候，我们走进《山海经》，去领略古代先民们对待人、对待自然的那种虔诚心态、真挚情感、善良愿望和朴素认知，定会获得许多教益和启发。由于《山海经》蕴含的文化犹如一片汪洋大海，我们无法面面俱到，这里只能沿着三条文化流脉去溯源逐流，打开"脑洞"，放飞思想。

一、判天地之美，析万物之理——敬畏探索

　　记载和反映古代先民探索自然、了解自然是《山海经》的第一条文化流脉。古代先民过的是农耕和渔猎生活，这种生活与大自然有着密切的关系，或者说大自然的任何一点儿变化都会影响他们的生活。为使生活安宁无虞，古代先民对大自然所做的第一件事情就是探索自然和了解自然。《山海经》详细记载了古代先民"判天地之美，析万物之理"的原始却光辉的足迹。

　　古代先民认识自然首先是从他们身边的环境开始的。如《山海经》的《山经》介绍五藏山脉的地理位置，记载了每一座山、每一条河、每一种矿藏、每一种事物的形态和功效。这是古代先民用双脚丈量大地、用肉眼观察万物所描绘出的一幅经济地理地图。这幅地图今人看到毫不新鲜，但它却表现出了古代先民对大自然的热爱和探索。

　　苍天、高山、大河这些苍苍茫茫、无边无际的事物，远远超出了古代先民的知识范畴。古代先民对这些无力了解和掌握的自然现象便怀有恐惧和敬畏之心，产生原始崇拜，于是开始了祭天神、祭山神、祭水神的祭祀活动。《山海经》中记载的祭祀活动多是对山神的祭祀，如《西次一经》记载道："凡西经之首，自钱来之山至于騩山，凡十九山，二千九百五十七里。华山冢也，其祠之礼：太牢。羭山神也，祠之用烛，斋百日以百牺，瘗用百瑜，汤其酒百樽，婴以百珪百璧。其余十七山之属，皆毛牷用一羊祠之。烛者百草之未灰，白席采等纯之。"首先阐明华山是诸山神的宗主，祭祀华山山神的典礼：用猪、牛、羊齐全的三种牲畜作祭品。接着说羭山神是神奇威灵的，祭祀羭山山神用烛火，斋戒一百天后用一百只毛色纯正的牲畜，随一百块瑜埋入地下，再烫上一百樽美酒，祀神的玉器用一百块玉珪和一百块玉璧。祭祀其余十七座山的山神典礼相同，都是用一只完整的羊作祭品。由此可见，这一时期

的祭祀之礼已经非常讲究和完备。无论是对山神还是对其他自然物的祭祀，表现出的都是对自然的好奇探索和敬畏之心。

《山海经》除了记载大量的山神祭祀，还记载了许多关于图腾崇拜的内容。图腾是原始社会人们把动物、植物当作自己的祖先或者保护神，相信这些自然物具有保护自己的能力，因此要在生活中敬畏、崇拜这些自然物。图腾崇拜的对象比较多，如日月、植物、动物、女男生殖器等都曾经是古代先民崇拜的图腾。《山海经》中记载了许多部落是以鸟为图腾物。比如《南山经》中说："凡䧿山之首，自招摇之山，以至箕尾之山，凡十山，二千九百五十里。其神状皆鸟身而龙首，其祠之礼：毛用一璋玉瘗，糈用稌米，一璧，稻米、白菅为席。"这句话的意思是说：䧿山山系的山神都长着鸟的身子、龙的脑袋。人们祭祀的礼仪是：将祭祀的牲畜和璋、玉一起埋在地下，祭祀用的精米是稻米，拿白茅来做山神的座席。《西山经》中有一段说："西南三百里，曰女床之山，其阳多赤铜，其阴多石涅，其兽多虎豹犀兕。有鸟焉，其状如翟而五彩文，名曰鸾鸟，见则天下安宁。"意思是说：西南三百里的地方叫女床山，它的阳面多产红色的铜矿，阴面多产石墨，动物多虎、豹、犀、兕。有一种鸟，外貌像野鸡而有五彩花纹，名叫鸾鸟。这种鸟一出现，天下安宁。《南次三经》中有更详细的描述："又东五百里，曰丹穴之山。其上多金玉。丹水出焉，而南流注于渤海。有鸟焉，其状如鸡，五采而文，名曰凤皇，首文曰德，翼文曰义，背文曰礼，膺文曰仁，腹文曰信。是鸟也，饮食自然，自歌自舞，见则天下安宁。"是说丹穴山中有一种鸟，形状像普通的鸡，全身上下是五彩羽毛，名称是凤凰，头上的花纹是"德"字的形状，翅膀上的花纹是"义"字的形状，背部的花纹是"礼"字的形状，胸部的花纹是"仁"字的形状，腹部的花纹是"信"字的形状。这种叫作凤凰的鸟，吃喝很自然从容，常常是自个儿边唱边舞，一出现天下就会太平。《山海经》中的鸾鸟或凤凰是"非梧桐不栖，非竹实不食"的神鸟，它的出现会让天下太平、社会和谐安宁，后来它也成为至善、至美、至贵、至福的化身和代表。凤鸟之所以成为古老中国的重要图腾物，也是先民浪漫而诗意幻想的一种表达。

《山海经》中还记载了古代先民以蛇为本体的关于龙的图腾。比如，《大荒经》中说，西北海外的大荒中，在赤水的北岸，有一座章尾山。山上有尊神，人面蛇身，全身长达千里，红彤彤的，眼睛是直长的。它闭上眼，天下便黑夜；它睁开眼，天下便一片光明。它从不吃东西，从不睡觉，从不呼吸。它能呼风唤雨。这就是烛九阴——烛龙。还有《中次二经》说有座山叫鲜山，水中有很多鸣蛇，它的形状与蛇相似，但长着四只翅膀，叫声如同敲盘的声音，它在哪里出现，哪里就会发生大旱灾。《大荒东经》更进一步描述了一种叫应龙的生物，"应龙处南极，杀蚩尤夸父，不得复上。故下数旱，旱而为应龙之状，乃得大雨。"是说应龙已杀蚩尤，又杀夸父，乃去南方处之，故南方多雨。关于应龙的故事在《史记》中也有记载，应龙是非常接地气的一种神龙，无论是在黄帝时代还是在大禹时期，都为凡间扫清过障碍，创下不世功绩。《山海经》中还将颛顼、女娲、伏羲都描绘成人面蛇身，说明蛇在原始先民心目中的地位很重要。在古代传说中，蛇具有灵性和神奇的魔力，象征着勇猛无畏，因此令人敬畏。可以说，把蛇作为崇拜对象，由蛇形进一步进化为龙就形成了古老中华民族保护神的基本特征。

对自然山川极尽细致的描绘，对山神的祭祀，对自然物的崇拜，是古代先民对自然的最初探索，也是古代先民"判天地之美，析万物之理"的文明结晶。他们了解山川地貌和各种物质的功能，是为了在大自然的怀抱里更自由地生活；他们祭祀山神，是乞求山神保佑他们不受自然灾害之苦；他们把神鸟、神蛇、神龙作为图腾顶礼膜拜，是希望借助外在的力量强大自己。可见，这条文化流脉的核心是：热爱自然、探索自然、心存敬畏、行有所止。相比之下，现代社会的人类，因经济发展的需要而过度开采；因好奇尝鲜、满足味蕾而肆意捕猎；因追求所谓的舒适、快捷、高效而一味地向自然倾泻，是不是有些无知者无畏了呢？因为科技发达、经济增长，并不代表我们完全认识了自然，掌握了自然，征服了自然。"万物并育而不相害，道并行而不相悖"才是人类安身立命的根本。

二、愚公移山宁不智，精卫填海未必痴——抗争救赎

记载和反映古代先民抗争自然、掌握命运是《山海经》的第二条文化流脉。古代先民随着探索和了解自然的不断深入，便将思考人与自然的关系问题提上了日程。于是，他们追溯在天地之间自然之中的人类的起源、生命的延续，甚至与自然相抗争，希望能征服自然灾害，驾驭自然万物，从而使人类的生活更美好，使人类的生命更好地延续。《山海经》记载了许多神话传说，都深刻地反映了先民在探索人与自然的关系、与自然进行抗争的过程中，所表现出来的顽强不屈的生命精神和坚韧不拔的生命信念。这些神话传说我们虽然耳熟能详，但每次读来都能获得一次生命力的偾张。

（一）女娲造人的故事

创世女神女娲为化生万物，不但利用自身之肠创造出了十个神人，还利用大自然的黄土和泥水创造出了比山川草木、各类动物更高级的人类。女娲造人的故事，实际是先民们对生命起源的初步探索，这一问题后来成为哲学三大终极追向之一，是人类生命意识的最早萌芽。

（二）精卫填海的故事

《山海经》记载道："又北二百里，曰发鸠之山，其上多柘木，有鸟焉，其状如乌，文首、白喙、赤足，名曰'精卫'，其鸣自詨。是炎帝之少女名曰女娃。女娃游于东海，溺而不返，故为精卫。常衔

西山之木石，以堙于东海。"这段话的意思是，炎帝的小女儿名叫女娃，她到东海游泳，被溺死再也没回来，化为精卫鸟。它经常口衔西山上的树枝和石块来填塞东海。大海的浩瀚与精卫鸟的渺小形成一种鲜明的对比，辽阔无际的大海怎能是精卫鸟衔木石而能填塞？可是，被大海夺去生命的女娃却偏要以生命的另一种形式去做这件明知不可为的事。"愚公移山宁不智，精卫填海未必痴"，明知命运的结局是无法撼动的，却偏要拼尽全力去与之抗争，这不正是渺小的生命个体与自然抗争中所表现出来的顽强精神吗？

（三）夸父逐日的故事

《山海经》记载道：夸父为了族人的生存与太阳竞跑，一直追赶到太阳落下的地方。他感到口渴，想要喝水，就到黄河、渭河喝水。黄河、渭河的水不够，又去北方的大泽湖喝水。还没赶到大泽湖，就半路渴死了。他遗弃的手杖化成终年茂盛的桃林，为往来的过客遮风挡雨，桃树所结出的桃果则为辛勤赶路的人们解渴除劳。文学家萧兵先生在其《盗火英雄：夸父与普罗米修斯》一书中称："夸父逐日是为了给人类采撷火种，使大地获得光明与温暖。夸父是'盗火英雄'，是中国的普罗米修斯。"无论如何解说，夸父逐日的故事表现出了先民为了大地温暖和光明而英勇斗争、不惜牺牲的无畏精神；表现出了先民通过自身努力去改造自然、掌控自己命运的强烈愿望；表现出了先民争取与自然共生共存过程中的顽强的生命信念。

（四）大禹治水的故事

《山海经》记载道：鲧偷取天帝能生长不息的土壤去填堵洪水，因没有事先请示天帝，鲧被责令由火神处死。鲧生下了禹，于是天帝命令禹去治水。《史记·夏本纪》中写道："禹乃遂与益、后稷奉帝命，命诸侯百姓兴人徒以傅土，行山表木，定高山大川。禹伤先人父鲧功之不成受诛，乃劳身焦思，居外十三年，过家门不敢入。薄衣食，致孝于鬼神。卑宫室，致费于沟减。"禹接受了舜帝的命令，与益、后稷一起，命令诸侯百官发动那些被罚服劳役的罪人分治九州各方的土地。他穿山越岭，树立木桩作为标志，测定高山大川的状貌。禹为父亲鲧因治水无功而受罚感到难过，于是不顾劳累，苦苦思索，在外面生活了十三年，几次从家门前路过都没敢进去。他节衣缩食，尽力孝敬鬼神，居住的地方也非常简陋，把资财全都用于治理河川，最后终于疏通了洪水，安定了天下。在农业和渔猎时代，对先民生产生活危害最大的自然灾害可能就是洪水，所以无论是国内还是国外都有关于洪水的神话，或表现天对人的惩罚，或表现人对天的抗争、自省和救赎。《山海经》中关于鲧和禹治水的故事，就是描写这一时期人类对于自然的抗争和自我的拯救。鲧为了治水救民违抗帝命偷取天庭"息壤"的义无反顾，禹为了继承父志拯救黎民的三过家门而不入，同样是古代先民与自然抗争，对生命的坚守和对幸福的追求。

这一系列故事所讲述的先民们的抗争，不是对自然的宣战，也不是对自然的毁坏，而是在生活条件恶劣时期争取活下来，珍视生命的体现；是在自然灾害发生时，不畏艰辛、克服困难的决心；是在不断地自我努力中，对天下太平、河清海晏的希望。可见，这条文化流脉的核心是：顺应自然、积极作为、珍爱生命、自我救赎。相比之下，现代化的钢铁大军造成了环境污染、生态失衡、能源危机，整个自然遍体鳞伤。二者相较，我们不难看出，珍爱自然与珍爱生命相结合，顺应自然与自我救赎相统一，才是人类文明发展的永恒之路。

三、天地与我并生，万物与我为一——和谐共生

记载和反映古代先民与自然共生共长、天人合一是《山海经》的第三条文化流脉。古代先民在敬畏自然、探索自然、关注生命、与自然抗争和坚定生命信念的基础上，又开始探索人与自然和谐共存的

美好生活，这也是古代先民对人与自然共存共荣的真诚向往。《山海经》的成书时期与古代道家"天人合一"的哲学思想逐渐形成的阶段相近。《道德经》称："人法地，地法天，天法道，道法自然。"河上公注，"道性自然，无所法也"。这说明"道"之本性是自然而然，以"无为"为法则。所以"道法自然"就是主张天、地、人三者之间自然共生，道化生万物，皆自然无为而生，不受任何外物所制约。庄子认为："天地与我并生，而万物与我为一。"渺小的个体和短暂的生命融入宇宙万物之中，穿越时空的局限，进入无古今、无生死的境界。《山海经》记载的许多古代先民理想的生活场景与"天人合一"这一哲学思想是不谋而合的。

古代农耕社会，先民的生活、生产方式极大地受到自然条件的限制，风调雨顺便五谷丰登，洪水灾荒则家徒四壁。他们企盼"天人相和"。《山海经》中记载了一个关于羲和女神的故事："东南海之外，甘水之间，有羲和之国。有女子名曰羲和，方日浴于甘渊。羲和者，帝俊之妻，生十日。"意思是说：在东海之外、甘水之间有个羲和国。这里有个女子叫羲和，正在甘渊中给太阳洗澡。羲和是帝俊的妻子，生了十个太阳。羲和是掌管日月的女神，所以她能够控制人间的光明和黑暗。也就是说，她不仅要执掌日月的出入，还要调和阴阳风雨，以便利于百姓的生产和生活。无论任何时代，太阳和月亮都和人类有着密切的关系，是人类最为需要的天体或自然物。羲和的故事不仅表达了古代先民对于日、月的崇拜，还说明他们希望通过自己对自然的认识诠释自然、掌控自然或者拥有与自然和谐共生的能力。

要与自然共存共荣，必须弄清人与自然的关系。关于这一点，《山海经》中也有记载："钟山之神，名曰烛阴，视为昼，瞑为夜，吹为冬，呼为夏，不饮，不食，不息，息为风，身长千里。在无晵之东。其为物，人面，蛇身，赤色，居钟山下。"大意是说，钟山的山神叫烛龙。烛龙睁开眼睛，天下就是白昼；闭上眼睛，就是黑夜；烛龙吹一口气，天下就是冬季；呼一口气天下便是夏天。他不吃不喝没有气息，吐一口气就会刮起风。他身长千里，人一样的面孔，蛇一样的身体，通体红色。烛龙之神，他的生理行为能够引发昼夜交替、四季变换的自然现象。这实际上是在强调自然和人之间的亲和关系，在一定程度上表达了古代先民对人与自然关系的思考。

在弄清人与自然关系的同时，古代先民对人与自然共生共荣的美妙境界进行了纵情的描画，至今读起来还令人向往。《山海经》之《大荒西经》记载了一个沃民国："西有王母之山、壑山、海山。有沃之国，沃民是处。沃之野，凤鸟之卵是食，甘露是饮。凡其所欲，其味尽存。爰有甘华、甘柤、白柳、视肉、三骓、璇瑰、瑶碧、白木、琅玕、白丹、青丹，多银铁。鸾凤自歌，凤鸟自舞，爰有百兽，相群是处，是谓沃之野。"它的大致意思是说：有个沃民国，生活在这里的人，吃的是凤鸟生的蛋，喝的是天降的甘露。凡是他们想要的，都能在凤鸟蛋和甘露中品味到。这里拥有各种木材和矿藏。鸾鸟自由自在地歌唱，凤鸟自由自在地舞蹈，还有各种野兽，群居相处。《山海经》之《海外西经》同样有对沃野的描述："此诸夭之野，鸾鸟自歌，凤鸟自舞；凤皇卵，民食之；甘露，民饮之，所欲自从也。百兽相与群居。在四蛇北。其人两手操卵食之，两鸟居前导之。"说在沃野之地，鸾鸟自由自在地歌唱，凤鸟自由自在地舞蹈。凤凰下的蛋，那里的人就食用它；苍天降下的甘露，那里的人就饮用它，凡是他们想要的都能随其所愿。各种野兽群居在一起。那里的人用双手捧着凤凰蛋吃，有两只鸟在前面引导着。这两段文字所描写的沃野之地，人民可以不用刻意劳作，只需顺应自然即能生存，每天过着无忧无虑的生活，想干什么都能心想事成。人类和百兽可以共同生活并和睦相处。沃野正是一个人与自然和谐共存的地方，这样的地方不就是人人心之所向的"世外桃源"吗？沃野之境不正是古代先民对"天人合一"美好社会的构想吗？

《山海经》中描述的这种理想之境无疑是自然被保护最好的地方，是人与自然相处最为和谐的福瑞之地，是一种"顺应自然""无为而治"的逍遥境界。《庄子》中记载："天地固有常矣，日月固有明矣，星辰固有列矣，禽兽固有群矣，树木固有立矣。"沃野国的生活场景与《庄子》所说的天地、日月、星辰、禽兽、树木等，都有其内在本质与规律的一致性。可见，这条文化流脉的核心是：天人合一、共生共长、无为而治、自由王国。人与自然是一个有机统一的整体，人是自然万物中最有灵气、最有智慧的物种，自然是人类赖以生存和发展的必要条件。人与自然是相互依存、休戚与共的关系。自然界的万物只有和谐相处，才能共生共长，这是亘古不变的自然规律。在物质文明高度发达的当代社会，人与自然的关系仍是一个值得思考的课题。高度的商业化固然给人类的生活带来了许多便利，但也让人们过度重视外在物质而忽视纯真质朴的内在修为。我们无时无刻不在忙碌、打拼、竞争，却忘了古老的先民所提倡的和谐之道，所追求的至真之美。《山海经》所记载的先民与自然、与万物和谐共处的浪漫理想，将尊重自然与生存发展结合起来的深刻思考，正是现代社会所需要的理念和精神。

　　《山海经》是一本奇书，内容广博浩瀚，其中蕴含的三条文化流脉，既意味隽永，又意义深远。从第一条文化流脉的热爱自然、探索自然、心存敬畏、行有所止，到第二条文化流脉的顺应自然、积极作为、珍爱生命、自我救赎，再到第三条文化流脉的天人合一、共生共长、无为而治、自由王国。这三条文化流脉连接在一起，大致形成一个圈、一个循环。如果说人类历史是波浪式前进、螺旋式上升，那么这三条文化流脉所形成的循环，恰恰是人类历史发展的第一波、第一旋，是古代先民对主体、客体、主客体关系做出的最早回答。历史发展到今天，我们只有登高回望，真正了解这个起点，牢记这份初心，才能不忘本来，面向未来，在继承中发展，在创新中前行。

《史记》之历史力量

○ 孙丹丹

　　哲学上有三个著名的终极追问：我是谁，我从哪里来，要到哪里去？人的生命是有限的，但人类渴望让自己的思想和影响更加久远，这是人类对永恒的追求。美国现代哲学家詹姆士在《人之不朽》中如此说："不朽是人的伟大的精神需要之一。"历史正是具有这样不朽的力量。作为有着五千年悠久历史的文明国度，中华民族有着世界上最为完备的、从未间断的历史记载，这是我们民族的一笔宝贵的精神财富。中华民族历来十分重视历史的借鉴功能，有着"以史为鉴"的古训。读历史，才能读史明志，知古鉴今。

　　想了解中国历史，无论如何也绕不开的便是《史记》。它是中国正史第一部、二十四史之首，与《资治通鉴》并称为"史学双璧"。在中国古代，最初史学并不属于独立学科，仅隶属于经学范畴。史部之书在刘歆的《七略》里，仍附在《春秋》之后。自司马迁著成《史记》

之后，被后世史家继承，专门的史学著作才逐渐兴起。西晋的荀勖顺应时代，将历代的典籍分为甲、乙、丙、丁四部：甲记六艺小学，乙记诸子兵术，丙记史记皇览，丁记诗赋图赞。从而史学一门在中国学术领域里才取得了独立地位。饮水思源，这一功绩应该归于司马迁和他的《史记》。

《史记》除了在历史学上占有重要地位，在中国文学史上也有着不容小觑的地位。《史记》开创了我国传记文学的先河，为我国古代文化建立了不朽的丰碑。西汉的刘向、扬雄等评价《史记》道："善序事理，辨而不华，质而不俚。"意思是善于说明事理，说得清楚明白又不显耀，语言朴素大方又不粗俗。唐代大文豪柳宗元评价《史记》："朴素凝练，简洁利落，无枝蔓之疾，浑然天成，滴水不漏，增一字不容；遣词造句，煞费苦心，减一字不能。"鲁迅先生更是赞誉其为"史家之绝唱，无韵之离骚"。同时《史记》为中国文学建立了一批重要的人物原型。在后代的小说、戏剧中，所写的帝王将相、英雄侠客、官吏富贾等各种人物形象，有不少是从《史记》的人物形象演化出来的。因而，《史记》不仅是一部优秀的传记文学作品，而且成了一个巨大的文学母题。

作为"二十四史第一书"的《史记》，记载了从传说中的黄帝到汉武帝元狩元年共三千多年的历史。全书略于先秦，详于秦汉。有本纪十二篇、世家三十篇、列传七十篇、表十篇、书八篇，共一百三十篇。本纪是全书提纲，按年月记述帝王的言行政绩；世家记述子孙世袭的王侯封国史迹；列传是重要人物传记；表用表格来简列世系、人物和史事；书则记述制度发展，涉及礼乐制度、天文兵律、社会经济、河渠地理等诸多方面的内容。《史记》的传记体裁为中国史书开辟了历史的母本。

《史记》宛如一座文化宫殿，嵯峨雄伟，金碧辉煌。今天，让我们怀着敬畏之心，步入殿堂，去瞻仰先人的创造伟力，去汲取历史的力量，为我们的生命淬火加钢。

一、藏之名山——经典之力量

在转瞬即逝的时间之流中，人总想抓住些永恒的东西，这是仁人志士孜孜以求的一种凡世的永恒价值。说到永恒和不朽，中国历史上就有所谓的"三不朽"，即立德、立功、立言。《左传·襄公二十四年》中有云："太上有立德，其次有立功，其次有立言，虽久不废，此之谓不朽。"孔颖达疏："立德，谓创制垂法，博施济众；立功，谓拯厄除难，功济于时；立言，谓言得其要，理足可传。"司马迁曾经说过，他写《史记》的志向是"究天人之际，通古今之变，成一家之言"，可以说他的"一家之言"铸就了永恒不朽的历史经典。

那么什么样的著作能堪称经典呢？经典的本质是不屈从，不屈从于一时一刻的审美、政治、阶级和思潮。《报任安书》中司马迁自述："仆诚以著此书，藏之名山，传之其人，通邑大都，则仆偿前辱之责，虽万被戮，岂有悔哉！"为什么要"藏之名山"，好好的书为什么不可以光明正大地传之后人呢？可见司马迁对自己书中的内容有清醒的认识，一些不达时宜的内容未必会得到当朝者的认可。司马迁刚直不阿，秉笔直书，《史记》中记述了太多"当朝不喜欢的史实"，例如：汉高祖刘邦背信弃义，才占得先机大败项羽，最终称王，一统天下后又借故诛杀功臣，鸟尽弓藏，兔死狗烹；汉文帝"大义灭亲"，诛杀兄弟；汉景帝刻薄寡恩，冤杀周亚夫；汉武帝一心向道，追求永生，醉心"封禅"，好大喜功。司马迁如此写当代帝王，应该做足了最坏的打算：这部《史记》可能会被销毁或宣为禁书，因此可能得"藏之名山"，改朝换代之后才能"传之其人"。坊间有很多传言，有说武帝看过自己和父亲的本纪大为光火，责令整改，包括让后来的史家对《史记》口诛笔伐；又说武帝时期《史记》一直是"藏之名山"的，直到汉宣帝时才重见天日；还说司马迁将《史记》正本藏入太史公府，才得以传世；等等。无论历史如何，万幸，《史记》流传了下来。

经典的特征是稳定性，经典意味着稳定的价值和文化地位。这就要求它关注的不是某时某刻的热点资讯、流行趋势或者政策解读，而是恒定不变的人性、规律、文化和价值。

司马迁对人性的关注，在《史记》中俯拾即是。《史记》中描写了大量的小人物，如游侠、隐者、食客、赘婿、卜者、滑稽者等。《史记》重视社会下层，努力歌颂小人物，《史记》中很多的大事件是靠小人物驱动的。信陵君、平原君、孟尝君这些大人物能够成就一方霸业，诸多的小人物起着关键的作用。侯嬴、朱亥帮助信陵君窃符救赵；冯谖等助孟尝君脱离秦国，另辟事业；毛遂、李同搬来楚兵，帮平原君坚守围城。《史记》记录的这些小人物是历史长河中的沧海一粟，可见司马迁关注各个阶层各式各样的人物。不仅有帝王将相，也有平民百姓；不仅书写伟大的政治家、学者，也记录农民起义的领袖和失败的人物。司马迁不以成败论英雄，写陈涉、项羽，每个人物都是用悲悯的视角穿透纸背。从这些人物身上，我们看到了司马迁对起义英雄的赞颂，对下层人物的同情，具有这样的人本思想和革新精神是非常不易的，是超越当时的时代的。

司马迁对经济规律同样有超出时代的认知。《史记》包罗了政治、历史、天文、地理、哲学、文学、经济、军事、法学、医学、水利等各方面的知识。它的包罗万象让人惊叹，即使西方最著名的希腊思想家、科学家亚里士多德也没有在他的著作中提到关于经济的问题。自秦以来统治者认为，商人不归属于劳动者，他们并不创造财富，而是通过非法手段攫取利益，他们被看作是对整个社会发展毫无裨益的。封建主义绘制的理想社会蓝图是男耕女织、自给自足的，是小国寡民、强本弱末的。司马迁却主张农、工、商、虞齐驱并驾，反对统治者自古以来一以贯之的"重农抑商"的思想。司马迁这种超越时代的、今天看来都十分卓越的经济思想被压抑了两千多年。我们不妨大胆设想，如若从司马迁那个时代开始，"工农商虞"四者并重，那么或许中国古代史，甚至世界经济史都将是另外一种景象，然而历史没有如果，这恰恰正是历史的魅力所在。

司马迁对中国文化也有深刻的阐释，他批判地接受先秦诸子，评价阴阳家"大祥而众忌讳，使人拘而多所畏"；评价法家"严而少恩"；评价墨家"俭而难遵，是以其事不可遍循"，认为他们黜衣缩食，有违人的感性欲求。司马迁生活的汉武帝时期，武帝启用儒生董仲舒"罢黜百家，独尊儒术"。然而司马迁却有着自己独到的价值判断，他评价儒家"博而寡要，劳而少功"，认为他们礼节烦琐，不够通达；而肯定了道家的"使人精神专一，动合无形，赡足万物"，认为这样才有利于人的个性才能的全面发展。可见司马迁从文化的最初角度探讨它的价值，即文化是为人存在、为人服务的，而不仅是如儒家一样，先行规定，教化人伦。司马迁把"人"作为出发点，从人的生存和欲求出发来审视、评定文化的价值。这种对于文化价值的清醒判断，不仅是在"独尊儒术"的封建文化专制时代，即使在现代都有着极为深刻和合理的现实意义。

凡此种种，就是司马迁以不同世俗的"一家之言"而铸就的经典。历史虽然逝去，但经典从未走远。品读经典，可以使我们每个人的人格更加完善，使我们能够正确地理解自我、自我与他人、个人与社会、人与自然、个人与民族、物质与精神这诸多关系，用一种正义、温情、真诚、美好、和谐的底蕴濡染自己的心灵。我们带着这样完善的人格去参与社会，继而在全社会形成一种理想的人文气候，这就是经典的力量。

"不流于俗，便寡于众"，《史记》向我们证明此语未必适合"经典"。从当时当刻看，经典似乎不流世俗，高深悠远，曲高和寡，然而穿越历史长河，众多流于世俗的应景之作早已淹没在时间洪流中，而经典却一再被翻阅、玩味，一再被解读、审视，从历史脉络的纵向上看，经典才是曲高而和者众的永恒力量。

二、发愤著书——人格之力量

《史记》这部著作固然伟大，然而它的作者更加伟大，"读其书而想见其为人"，伟大的人格才能成就伟大的经典。可以说司马迁与《史记》，皇皇巨著，巍巍人生，相融相铸，熠熠生辉。让我们穿越历史长河，去靠近这个执着而苦难的人，这个屈辱且坚强的人；去了解他所经历的，去体悟他所感受的；走近他，理解他，去接受他给予的感动和震撼、陶染和洗涤。

司马迁是个执着的人，执着于他的历史和真相。他执着于历史，因为那是他和家族的使命，他努力承担着这份责任。司马迁出生于史学世家，他的先祖是周朝的史官，其父司马谈在汉武帝前期官为太史令，有志于著述汉史，临终嘱咐司马迁记汉事、修史书。司马迁10岁通"古文"，后来博览典籍，善于诗赋，精于散文。他20岁开始远行，遍游长江与黄河的中下游地区、长城内外，还奉使于西南，侍从汉武帝巡游各地。他到处调查访问，搜集资料，了解风俗，为修史打下了良好的基础。公元前108年，司马迁官为太史令，掌管天文、历法、记事、图书、档案，开始著述历史。司马迁42岁时开始写《史记》，历经13年，直到55岁，终于完成了这部巨著。

司马迁执着于真相，他不媚权贵，坚持实录，实事求是书写历史。或许大家觉得作为一个史学家，直录历史似乎是最基本的职业操守，然而事实却并非如此。在专制制度之下，敢于真实记录历史需要莫大的勇气和坚贞的品格，即使同时代的史家对司马迁的评价颇有微词，但也不得不承认他的人格操守。西汉的刘向、扬雄"博极群书，皆称迁有良史之材……其文直，其事核，不虚美，不隐恶，故谓之实录"。汉武帝一生好大喜功、征伐不断，对匈奴、对南越、对东越、对朝鲜、对大宛、对西南夷等等。然而除了对匈奴的战争是师出有名的正义自卫战争，其他多属于汉武帝自己的野心扩张。司马迁明录于史，甚至表现出了对被侵略一方的同情。他认为没有任何民族可以去压迫、侵略和掠夺其他民族，各民族应该友好一家，这种民族思想正是我们今天所支持的，它是我们团结、凝聚全国各族人民共同建设与保卫神圣家园的强大精神力量。

然而正是因为他对真相的执着，让他遭受了苦难。在他47岁时，在满朝文武三缄其口的李陵事件上，他缺少政治敏感，直言不讳，为李陵辩护，终于触怒汉武帝，获罪被施以宫刑并投入监狱，三年后才得以出狱。李陵之祸带给他身心的创痛是异常惨烈的，他在给好朋友的信《报任安书》中写道："仆以口语遇遭此祸，重为乡党戮笑，污辱先人，亦何面目复上父母之丘墓乎？虽累百世，垢弥甚耳！是以肠一日而九回，居则忽忽若有所亡，出则不知所如往。每念斯耻，汗未尝不发背沾衣也。"

可见这已经不仅仅是苦难，这是莫大的屈辱。古时候"刑不上大夫"，士大夫遭遇宫刑，皆视之为奇耻大辱，之后的选择大多是自杀以明志。但是司马迁没有如此选择，他认为"人固有一死，死有重于泰山，或轻于鸿毛"，他选择隐忍不屈，去完成太史公的使命。他说："盖西伯拘而演《周易》；仲尼厄而作《春秋》；屈原放逐，乃赋《离骚》；左丘失明，厥有《国语》；孙子膑脚，《兵法》修列；不韦迁蜀，世传《吕览》；韩非囚秦，《说难》《孤愤》；诗三百篇，大抵圣贤发愤之所为作也。此人皆意有所郁结，不得通其道，故述往事、思来者。及如左丘无目，孙子断足，终不可用，退而论书策，以舒其愤，思垂空文以自见。"古时圣贤在历经困厄之后，多有发愤而为的著作，因此这些磨难不仅没有影响他的修史工作，反而促使他更加发愤著书，最终完成《史记》，万古流芳。

《史记》的巨大价值是和司马迁本人的悲剧命运息息相关的。恶人恶报，善人善报，这是理想的因果世界。悲剧不是简单的因果世界，悲剧是好人遭受厄运，并在与厄运的抗争中彰显出人性的高昂品格。因此，冥冥之中或有意为之或无意为之，司马迁为众多悲剧人物立传，寄予自己深切的同情。譬如推行变法的吴起、商鞅，主张削藩的贾谊、晁错等人，为了实现他们的正确主张，无一例外地付出了惨重代价，甚至献出了生命。再譬如贯高、荆轲等人，尽管他们的悲剧性不是体现了顺应历史潮流的必然要求，然而他们死得非常壮烈，在他们身上闪现出的人性光辉，几千年来一直照耀后世。再如，他笔下的虞卿、范雎、蔡泽、魏豹、彭越等人，或在穷愁中著书立说，或历经磨难而愈加坚强，或身被刑戮而自负其材，欲有所用。所述这些苦难的经历都带有悲剧性，其中也暗含了司马迁自己的人生感慨。司马迁之所以能把自身之外"盛衰有无"的众多生命汇为波澜壮阔的历史长河，首先就在于他是把自己的生命也投射其中。在完成对三千年历史的轮廓勾画和细部描绘后，太史公或许也超脱了个人命运与天道人伦的对抗，达到了物我两忘的大境界。

"史家之绝唱，无韵之离骚"，这是鲁迅先生对《史记》的赞誉，同时也是对司马迁的赞誉。"屈原放逐，乃赋离骚"，司马迁和屈原，《史记》和《离骚》，同样高拔的品格让人钦佩不已，同样不朽的经典使人荡气回肠，历史终会给他们公平的评价，他们的人格让后世膜拜瞻仰，给后人以无穷力量。

三、以史为鉴——智慧之力量

"以铜为鉴，可以正衣冠；以史为鉴，可以知兴替；以人为鉴，可以知得失。"中华民族几千年的历史，见证了数不清的动荡，承载了无数朝代的兴衰与更迭。《史记》无疑是对这几千年历史的最好解读。读《史记》可知王侯将相兴衰之道、先哲圣贤治世之方。普罗大众也可在《史记》的字里行间中寻找到古为今用的智慧力量。

"厚德载物"历来是中华民族的智慧根基，司马迁在《史记》中也多次提到"德"乃人的立身之本。《史记·孔子世家》中，"《诗》有之：'高山仰止，景行行止。'虽不能至，然心向往之"。道德高尚之人像高山一样令人景仰，像大道一样使人遵循。司马迁借此句来表达对孔子的景仰之情，而"景仰"一词正出于此。《史记·李将军列传》中，"谚曰：'桃李不言，下自成蹊。'此言虽小，可以喻大也。"桃李之树虽不说话，树下却自然会被人踩出一条小路，虽然是小事情，蕴含的是大智慧。李广对国忠诚，爱兵如子，即使"李广难封"，依然赢得了很多人的拥护。《史记·礼书》中，"人道经纬万端，规矩无所不贯，诱进以仁义，束缚以刑罚，故德厚者位尊，禄重者宠荣，所以总一海内而整齐万民也。"这段话的意思是说，人要想使别人信服，就得拥有良好的德行，并将此德行拓展开来以影响更多的人，所谓"德配其位"。有德行的人一定会得到他人的尊重，因为他们不会私心自用，而是怀有一颗博爱之心，用真诚去感化众人。

"信"乃人的成事之基，人无信不立。《史记·季布栾布列传》中，"楚人谚曰：'得黄金百，不如得季布一诺'"。在这里，司马迁借一句楚国谚语强调了诚信的重要作用。秦朝末年，政治腐败，社会混乱。当时，楚人季布面对这种社会现实，立志要成为除恶济贫的侠士。他不但练就了一身武艺，还养成了信守诺言的品格。在如此混乱的社会秩序下，人人都为自己的安危着想，很少对别人施以承诺；即使做出承诺，也很少有人真正做到。而在这种背景之下，季布能够做到一诺千金，这正是他得以闻名于世的原因所在。《史记·游侠列传》中，"今游侠，其行虽不轨于正义，然其言必信，其行必果，已诺必诚，不爱其躯，赴士之厄困，既已存亡死生矣，而不矜其能，羞伐其德，盖亦有足多者焉。"游侠产生于春秋战国，兴盛于汉初，在平民中兴起的这一社会阶层追求道义和公平，但又比较狭隘，在官方看来，他们都是些违法乱纪、危害社会的人。韩非在《五蠹》中说，"儒以文乱法，侠以武犯禁"，将这一阶层比作社会的蛀虫。司马迁却认为，游侠的行为固然不合于礼法禁令，但他们重义气、讲信用，为道义可以忘记生死，继承了战国墨家的优良传统，是有可取之处的。那么如何做到"言必信，行必果"呢？人总有难以做到的事情，如果因为做事之前不考虑其中的可行性而轻下承诺，会给自己徒增麻烦，或失信于人，因此老祖宗教导我们"讷于言而敏于行"。然而一旦做出承诺，应该尽力做到言而有信，才能使自己拥有良好的信誉和口碑。

《史记》告诉我们想要成就一番事业，莫不是先要练就一套动心忍性的克己功夫，有意塑造自己的品性，正如司马迁本人。因此我们认识了好学而乐道的颜回，认识了功成而身退的范蠡，认识了显贵归故里的苏秦，认识了取履得兵书的张良，也认识了忍胯下之辱的韩信。《史记》告诉我们人生如棋局，高明的棋手总能看得更远，从而步步领先。或引而不发、虚与委蛇，或假痴不癫而内心洞明，有谋事、成事的韬略，致人而不致于人。因此我们看到了姜子牙垂钓渭水，看到了吕不韦奇货可居，看到了楚庄王一鸣惊人，看到了勾践卧薪尝胆，还看到了晋文公退避三舍。《史记》还告诉我们古人崇尚"义"，"义"者"宜"也，是合宜、应该的意思，君子活在这个世界上，做自己应该做的事情足矣，这是他们对人生的终极目标和根本价值思考之后的清醒追求。因此大禹过家门而不入，周公一饭三吐哺，程婴大义救赵孤，苏武放牧不丧节。《史记》让我们看到道义、仁义、侠义、节义，这些都是人间大义。我们领略的只不过是《史记》中的沧海一粟，如若能详读《史记》全本，所得之智慧可以成为取之不竭的人生力量。

《有的人》是现代诗人臧克家的诗，诗中写道："有的人活着，他已经死了；有的人死了，他还活着。"司马迁虽已逝去，化为历史的尘埃，但司马迁的精神智慧和《史记》的历史力量则永垂不朽。作为后人，我们要借助历史的力量，看清世界，参透生活，认识自己，把握当下，奔向未来。

《乐府诗集》之女性意识

赫灵华

在男女平等的大原则上，中国的妇女姐妹是人类妇女发展史上最幸福的一族。但在红尘滚滚的世界里，她们也时时刻刻面临着如何应对诱惑、压力、挑战等问题，面临着如何提高能力、意识、修为等问题。如果这些问题解决不好，幸福就会变成痛苦，喜剧就会变成悲剧，成功就会变成失败。当然，解决这些问题的路径有千条万条，但认真读一读《乐府诗集》也不失为一条小径，还可能收到"小径通幽处，别有洞天开"的效果。

《乐府诗集》由北宋时期的郭茂倩整理编辑而成，主要辑录汉魏到唐、五代的乐府歌辞兼及先秦至唐末的歌谣，共5000余首。乐府诗是在民间土壤中生长出来的鲜活的诗歌力量，展现和塑造了很多生动的艺术形象，尤以女性形象引人注目。她们质朴而活泼、纯情而自然，敢于大胆表露心声，执着于爱情信仰，没有功名的追求、利益的羁绊，独立意识、自我意识、平等意识都已经开始觉醒。如果直面《乐府诗集》中一个个鲜活的女性形象及她们所展现出来的女性意识、女性风采，我们今天的许多女性可能会汗颜低头。

下面，我们就看一看《乐府诗集》之女性意识中的最朴素的几项内容，因为越朴素、越日常、越世俗，越能给我们以启发。

一、拿得起放得下的情感张力

爱情是人世间最美好的情感，它神秘热烈，它浪漫自由，它温暖美丽，但它也是人世间最纠结的情感，一旦它不单纯那就是罪恶，不专一就是残忍，不对等就是自私。爱情作为人类永恒的话题，也是乐府诗着重表现的一种情感。这些爱情诗篇多来自民间，或者出自下层文人之手，因此，在表达婚恋方面的爱与恨时，热情而直率，真挚而大胆。《乐府诗集》中鼓吹曲辞收录的《上邪》就是一篇指天为誓的千古绝唱："上邪！我欲与君相知，长命无绝衰。山无陵，江水为竭，冬雷震震，夏雨雪，天地合，乃敢与君绝。"估计看过琼瑶的《还珠格格》的朋友对这句诗一定不陌生，紫薇曾经对尔康许下诺言：山无陵，天地合，乃敢与君绝！事实上，这句诗的来源是汉乐府，而并非琼瑶原创。这首诗用语奇警，别开生面。主人公像是对天盟誓，又像是祈求上苍保佑，愿自己能与意中人结为终身伴侣。接着一连举出五种不可能出现的自然现象作为假设：高山变为平地，江河干涸无水，冬天雷声轰鸣，夏天大雪纷飞，天地合一。最永久的存在物发生了巨变，最永恒的规律发生了怪变，宇宙发生了毁灭性的灾变，这五种情况同时发生了，我才能和你断绝爱恋！女子的情感如火山喷发，如江河奔腾，爱得热烈，爱得深沉，爱得专一，爱得执着，抒发了海枯石烂不变心的坚贞爱情。这种对爱情的直率追求和直抒胸臆，让我们今人都自愧不如。

鼓吹曲辞中的另一首《有所思》表现了一位未婚女子由爱变恨的内心变化。爱的时候可以义无反顾，恨的时候也可以果断决绝。诗中写道："有所思，乃在大海南。何用问遗君，双珠玳瑁簪，用玉绍缭之。闻君有他心，拉杂摧烧之。摧烧之，当风扬其灰，从今以往，勿复相思，相思与君绝！鸡鸣狗吠，兄嫂当知之。妃呼狶！秋风肃肃晨风飔，东方须臾高知之！"女主人公思念的情郎远在大海的南边，她精心准备了珍贵的礼物"双珠玳瑁簪，用玉绍缭之"。当她沉浸在爱情的甜蜜之中时，听说对方有了二心，她马上把礼物"拉杂摧烧之。摧烧之，当风扬其灰"，果断地割舍情思，毁掉信物，连灰都不留，发誓与之决裂："从今以往，勿复相思。"但是感情不是一扯就断，当她做完这些之后，不由回忆起初恋时的甜蜜，内心痛苦而矛盾，将失恋后女性的复杂心理刻画得更加真实。她爱得热烈，恨得痛切，她的选择是痛苦的，同时也是斩钉截铁的。正如《诗经》中的"及尔偕老，老使我怨"，对海誓山盟的背叛怎能不让人心生怨恨？《有所思》一改以往诗歌秉承的"怨而不怒"的态度，表达了"怨而怒矣"的心理，展现了一位真正敢爱敢恨的坚强女性。

汉乐府中还有一首《白头吟》，《西京杂记》认为它是汉代才女卓文君所作，但学术界尚无定论。卓文君和司马相如的爱情佳话流传已久，当年无钱无势的司马相如恋慕临邛首富卓王孙之女卓文君，弹奏了《凤求凰》示爱："有美人兮，见之不忘。一日不见兮，思之如狂。凤飞翱翔兮，四海求凰，无奈佳人兮，不在东墙。"卓文君不顾世俗观念，义无反顾与司马相如私奔，回到司马相如家徒四壁的成都老家，靠当垆卖酒为生。在那个年代，这就是一场轰轰烈烈的女性革命，为了爱情能够毅然决然舍弃所有，勇气可嘉。后来还是靠着卓王孙的帮助，他们的生活才有所改善。但司马相如发迹后，渐渐耽于享乐，还准备娶茂陵的一个女子为妾，卓文君得知消息后写下了这首《白头吟》，使得司马相如打消了娶妾的念头。诗歌开篇写道："皑如山上雪，皎若云间月。"用皑皑白雪和皎洁月光这两种纯洁之物来象征爱情，这也是女子对爱情的美好憧憬。然而当她"闻君有两意"，男人亵渎了纯洁的爱情时，马上"故来相决绝"。决绝的方式是"今日斗酒会，明旦沟水头"，一起喝下绝交酒，翌日就在护城河边分手。刚烈的她分手后，独自徘徊在护城河边，心里"凄凄复凄凄，嫁娶不须啼"，无须哭闹争吵博取同情，那样只会贬低了自己。

她的爱情理想是"愿得一心人，白首不相离"，但是当这爱情理想无法实现的时候，也无须挽留。诗歌最后写道："男儿重意气，何用钱刀为！"男人应该以情意为重，钱财是不能比拟感情的。这句说明男子是见利忘义之人，也无须留恋，离开他也是一种解脱。诗中的女子不是逆来顺受的弃妇，而是一个敢做敢当的女性，对三心二意的丈夫表现决绝，付出的时候够热烈，遭遇背叛的时候也够洒脱。

关于卓文君和司马相如的婚姻变故，还有一个民间流传的小故事。话说做了侍中郎的司马相如在繁华盛世、纸醉金迷中渐渐把持不住，有了娶妾的念头。司马相如给卓文君送出了一封十三字的信：一二三四五六七八九十百千万。聪明的卓文君读后，泪流满面：一行数字中唯独少了一个"亿"，无亿岂不是表示夫君对自己"无意"的暗示，已毫无留念？文君怀着十分悲痛的心情，回了一封《怨郎诗》："一别之后，二地相悬。只说三四月，谁知五六年。七弦琴无心弹，八行书无可传，九连环从中折断，十里长亭望眼欲穿。百思念，千系念，万般无奈把郎怨。万语千言说不完，百无聊赖十凭栏。重九登高看孤雁，八月中秋月圆人不圆。七月半，秉烛烧香问苍天，六月伏天人人摇扇我心寒。五月石榴似火红，偏遇阵阵冷雨浇花端。四月枇杷未黄，我欲对镜心意乱。急匆匆，三月桃花随水转；飘零零，二月风筝线儿断。噫，郎呀郎，巴不得下一世，你为女来我做男。"司马相如看完妻子的信，不禁惊叹妻子的才华横溢。遥想昔日夫妻恩爱之情，羞愧万分，从此不再提遗妻纳妾之事。卓文君靠自己的才情和智慧挽救了自己的婚姻。不管这个故事是不是发生在司马相如和卓文君身上，也不管《白头吟》是否出自卓文君之手，这都是一个女子真实的心声，是对负心男人无情的控诉。把它们放在卓文君身上可能更有代表性吧！毕竟他们的故事本身就是一个传奇。

《乐府诗集》中的这几首汉乐府，塑造了在封建社会中并不多见的敢爱敢恨、拿得起放得下的女性，她们由隐忍到犹豫再到决绝，女性的主体意识正在觉醒。作为现代女性也从中获得许多共鸣：一个女人想要一场对等的婚姻，除了志趣相投，三观相符，还要不断提升自己，自尊、自立、自信、自强，不依附于任何人，自己掌控自己的命运，活出自己的模样！

二、拒绝权贵诱惑的爱情坚守

"世界上最遥远的距离，不是我不能说我想你，而是彼此相爱，却不能够在一起。"《乐府诗集》杂曲歌辞中收录的《孔雀东南飞》就是这样一曲爱情悲歌。《孔雀东南飞》是中国古代叙事诗中的第一长篇，也是乐府诗歌发展史上的高峰之作，讲述了焦仲卿和刘兰芝的婚姻悲剧。原本恩爱的夫妻，却被外力活活拆散。焦母不喜欢兰芝，她不得不回到娘家，刘兄逼她改嫁，太守家又强迫兰芝成婚。无奈之下，刘兰芝和焦仲卿最后双双自杀，以死来反抗包办婚姻，表白了他们生死不渝的爱恋之情。

刘兰芝"十三能织素，十四学裁衣，十五弹箜篌，十六诵诗书"，说明兰芝是个心灵手巧、知书达理的女子，嫁到焦家后，日夜操劳，守节专一。然而焦母不喜欢她，因为她"举动自专由"，意思是说她行动自作主张，举动任性，不听尊长指挥。面对刁蛮婆婆的示威，刘兰芝从容不迫、镇定自若，自请"遣归"，对仲卿说："三日断五匹，大人故嫌迟。非为织作迟，君家妇难为。"态度坚强、持重；被休之后，兄长贪慕权势，不惜以牺牲妹妹做交易来换取个人的好处，逼兰芝改嫁。兰芝说："处分适兄意，那得自任专？"面对权势富贵的逼诱，她心如明镜，不为所动，佯装许诺，却暗自谋划以死殉情，这都说明了她性格刚烈而具有反抗精神的一面。此外，她还富有人情味，无论是告别阿母，辞别小姑，还是离别仲卿，语语情真、句句情切，显示了她待人以诚的善良的内心世界。刘兰芝面对外在压力对爱情的阻挠，即使被迫妥协于封建家长的专制，她也依旧选择了捍卫尊严。殉情时，"揽裙脱丝履，举身赴清池"，义无反顾，忠于爱情。正像她对焦仲卿说的那样："君当作磐石，妾当作蒲苇。蒲苇纫如丝，磐石无转移。"两人殉情之后，合葬的墓地里，松柏、梧桐"枝枝相覆盖，叶叶相交通"；鸳鸯在其中"仰头相向鸣，夜夜达五更"。诗歌用浪漫主义的手法表达了美好的愿望，二人生前不能相守，死后却能"相向鸣"，既肯定和称颂了刘兰芝夫妇奋力抗争封建礼教和权贵势力的正义性和合理性，也给后世的反叛者以鼓舞和激励。

和悲情的刘兰芝相比，《乐府诗集》中收录的《陌上桑》和《羽林郎》中的女主人公更具个性。她们机智聪慧，勇于反抗权贵，不仅敢于斗争，而且善于斗争。《陌上桑》讲述了一个民间美女罗敷在城南采桑，遭到使君调戏而严词拒绝的故事。故事的原型最早见于刘向《列女传》中的《秋胡戏妻》：秋胡娶妻五日就外出为官，五年之后才返乡。回家路上，秋胡遇见一位采桑女子。她的美貌使秋胡怦然心动，秋胡下车对采桑女说："力田不如逢丰年，力桑不如见国卿，吾有金，愿以与夫人。"女子坚决不从，秋胡只好作罢。回到家里，母亲让他妻子出来相见，一位容貌美丽、面带喜悦和娇羞的女子从屋里出来，原来正是秋胡路上调戏的那位采桑女。妻子不料自己等待多年的丈夫竟是个好色的负心汉，便含恨投河而死。《陌上桑》可以说是《秋胡戏妻》的故事流变，作品将秋胡之妻投河自尽的悲剧改为罗敷成功反抗权贵的喜剧。诗中对罗敷的美貌进行了细致的描绘，并通过侧面烘托的方法表现罗敷之美，没有一句语言涉及罗敷的容貌，而是写了旁人看到罗敷之后的反应："行者见罗敷，下担捋髭须。少年见罗敷，脱帽著帩头。耕者忘其犁，锄者忘其锄。来归相怨怒，但坐观罗敷。"大家都被罗敷的惊人美貌所吸引，为之倾倒，说明了美色的可贵和人们爱慕美色的天性。但像使君一样卑鄙无耻的好色之徒，一见罗敷，顿生邪念，刚开始停马不前，继而派小吏追问，最后要求共载，威胁利诱，步步紧逼，肮脏的灵魂暴露无遗。罗敷一个弱女子，如何摆脱权倾一时的使君呢？罗敷巧妙地用"夸夫"的方式作答，向使君描绘出一个官居要职、春风得意的夫婿形象。"使君自有妇，罗敷自有夫"，以此拒绝使君的无耻要求，表现了她不慕荣华、不事权贵的高洁品质。罗敷不但容貌出众，还聪慧勇敢，能够抓住使君惧怕权势的心理故意夸耀自己的丈夫，制服对方。她的勤劳、机智，寄托了作者对现实生活的美好理想，她的坚贞、自爱也为今天的女性树立了榜样。

　　和罗敷一样具有反抗精神的还有《羽林郎》中的卖酒女胡姬。诗歌开篇介绍了故事的梗概："昔有霍家奴，姓冯名子都。依倚将军势，调笑酒家胡。"霍将军的门人冯子都，曾经依仗将军的势力，调笑当垆卖酒的胡姬。接下来从胡姬的年龄、服装、首饰、发髻各方面着力铺陈，烘托胡姬的美貌艳丽。豪奴派头十足，驾着车马而来，一进酒坊，便径直走近胡姬，要酒要菜。胡姬提着玉壶给他斟酒，用精致的金盘盛了鲤鱼肉片给他上菜。他酒酣菜饱之后，再也按捺不住内心的欲火，公然对胡姬调戏：送给胡姬一面青铜镜，把青铜镜系在胡姬的红罗衣上。面对豪奴动手动脚的轻薄举动，胡姬奋起反抗，"不惜红罗裂，何论轻贱躯"，然后公开表明自己的态度："男儿爱后妇，女子重前夫。人生有新故，贵贱不相逾。"（男人总是喜欢新妇，而女子却永远忠于旧情；人生就是这样，相遇有早有晚，人有新有故，我对我的故人无论贵贱都不会辜负于他。）这四句话既谴责了豪奴的轻浮，也表达了胡姬对于爱情的忠贞。诗歌的最后两句"多谢金吾子，私爱徒区区。"（多谢您的好意，但是，您爱我也是白爱了！）"多谢"表面上是感谢，实际上是谢绝，柔中带刚，恰到好处，既使对方死了心，也没让对方太难堪。胡姬的这几句话，态度是坚决的，方式是委婉的，可见其智计过人、才思敏捷。题目《羽林郎》是指汉代皇家禁卫军中的将领，所以它谴责的范围不仅仅是一个道德败坏的冯子都，还是整个上层权势者；胡姬作为一个孤立无援的卖酒弱女子，她的反抗也不仅仅是坚守节操，忠于前夫，还表达了社会底层的劳动妇女对封建权势的蔑视和挑战。《羽林郎》和《陌上桑》在主题表达上颇有相似之处。

《乐府诗集》中塑造的这些矢志不渝的具有反抗精神的女性，她们温柔却不屈从，美丽却不盲从，聪慧而执着，热烈而刚强。在面对情感的变故或权贵的诱惑时，能够忠于内心，勇于表达。她们不仅仅是为自己的爱情而抗争，也是潜在地为女性地位的提升和社会文明的进步做出自己的努力。

三、巾帼不让须眉的自强意识

说到"巾帼不让须眉"，大家马上能想起花木兰的故事，《木兰辞》和《孔雀东南飞》并称为"乐府双璧"。《木兰辞》讲述了少女木兰女扮男装，替父从军，在刀光剑影的战场上出生入死十二载，凯旋后谢绝官职的传奇故事。很多评论中强调木兰替父从军，是为父尽孝、为国尽忠，忠孝两全、忠君爱国，这固然有道理，但透过儒家文化的阐释，我们还能发现，《木兰辞》中蕴含着女性意识的萌芽与觉醒。因为《木兰辞》是北朝民歌，相对于中原文化而言，在男女观念上相对开放一些。魏晋南北朝虽然是一个政治动荡的年代，却是中国文学史上第一个文学自觉的时代，一个人格自由独立、思想活跃开放的时代，这也是《木兰辞》得以诞生的时代契机。

中国封建社会是以男权为中心的，强调"男治乎外，女治乎内"，女子无权像男子那样参加一些社会活动，譬如科举考试、出仕做官、行军作战等。在根深蒂固的重男轻女思想下，木兰想要替父从军，以一个女性的面目和身份是无法完成的，所以她只能女扮男装，其实，她是作为一名"男性"实现了她的"忠孝"。女扮男装在某种程度上是对男权社会的一种屈从，但木兰毕竟还是以女性的真实身份完成了本应是男性该完成的任务。"万里赴戎机，关山度若飞。朔气传金柝，寒光照铁衣。将军百战死，壮士十年归。"可以想象，一个女性要在这样艰苦的战争环境中克服生理和心理的双重压力，不但生存下来，还勇往直前、冲锋陷阵，立下赫赫战功，表现得比男性更出色，这是十分困难的。但木兰用实际行动证明了自己的能力，有着不输男性的自信和勇敢，能够跳出当时社会给女性预设好的框架，否定了性别决定能力、性别决定尊卑的偏见，体现出女性的独立意识和自我意识的觉醒。木兰的形象和人们印象中的传统封建社会的女性形象是截然不同的。传统封建礼教的三从四德已经把女性们束缚在条条框框之中，她们可以成为别人的女儿、妻子、母亲，但是她们不能做真实的自己，无法掌控自己的命运，甚至不知道自己想要的是什么。而凯旋的木兰，面对男权社会最高的象征可汗，她不卑不亢；对于封赏她为尚书郎的决定，她断然拒绝。木兰敢于说出自己的心声，勇于追求自己的梦想，一位独立自强的女性形象跃然纸上。

《木兰辞》的最后一段："雄兔脚扑朔，雌兔眼迷离。双兔傍地走，安能辨我是雄雌？"（据说，提着兔子的耳朵悬在半空中的时候，雄兔两只前脚不停地动弹，雌兔两只眼睛时常眯着，所以容易辨别。但当两只兔子在地上跑的时候，就很难区分出它们的雌雄了。）前两句说明男女在客观上，特别是生理上存在着一定的差异，后两句则表明如果让他们获得同样的表现机会，两者是无法分出高下的。因此，这段话绝不仅仅只是收尾之词，更是点睛之笔，是对木兰独立意识、平等意识、自我意识的一个升华。

在《木兰辞》之后，讲述木兰故事的作品层出不穷，从最初的民歌发展到戏曲、小说、话剧、电视剧、电影、动画片等，木兰故事的演变过程折射着文化的变迁，不同时期显现着不同的时代特征。明代徐渭《雌木兰替父从军》中极力赞扬花木兰是一个奇女子，公开表达了对女子地位的肯定和认可；到了近代，梅兰芳的京剧《木兰从军》，则更强烈地鼓舞了广大女性反抗封建礼教的斗志，增强了她们追求自身解放的信心；到了当代，豫剧《花木兰》唱出了"谁说女子不如男"的心声，显示了女性当家作主的喜悦和自豪，标志着女子追求独立和解放达到了一个全新的阶段；美国迪士尼的动画片《花木兰》更是宣扬了女性要实现自我价值、证明自身能力的女权意识。总之，从古到今，对木兰故事的主题表现逐渐由忠孝观念向追求男女平等和个性解放方向发展。可以说，木兰身上体现出来的平等、自强、独立的自主意识深远地影响着后代女性，在女性解放的道路上可谓光焰万里，泽被后世。

古往今来，无数文人墨客在诗词曲赋中塑造了一个个鲜活生动的女性形象。《乐府诗集》中的女性也非常具有代表性，除了那些任劳任怨、忍辱负重的贤妻良母和那些被压抑、被损害、被抛弃的弃妇悲妇，聪慧美丽的机智姑娘、果敢坚决的刚毅妇女、情真意切的青年女子、勇于反抗的女性斗士、不让须眉的巾帼英雄……她们是《乐府诗集》中更加光彩照人的亮点。几千年来，中国诗歌中女性意识的觉醒经历了太多抗争，从最初的懵懂萌芽，到逐渐觉醒，再到独立人格的追求和女性价值的实现，这是一笔宝贵的精神财富。我们今天的女性要从中汲取力量，不负时代，不负韶华，努力活出属于自己的精彩，演绎出属于自己的人生。

《搜神记》之向死而生

○ 孙丹丹

　　《搜神记》成书于晋代，被定义为古代"志怪小说"的鼻祖。志怪小说指的是出现在魏晋南北朝时期的一种以记述神灵怪异故事为主要内容的小说形式。今本《搜神记》二十卷，共464个故事，可能是明代人的辑本。该书内容丰富庞杂，涉及神仙术士的灵异变化、仙凡相通的神灵感应、千奇百怪的精怪鬼魅以及五光十色的神话传说和历史故事。

　　《搜神记》的作者干宝是东晋时期鼎鼎大名的文学家、史学家，我们或许会发出疑问，史官干宝为何不务正业去写什么鬼神志怪？有此疑问，其实更多是站在今人的角度去思考问题。干宝在写成《搜神记》后，拿给当时的名士刘惔请教，得到一句很高的评价："卿可谓鬼之董狐。"董狐是春秋时期的一名史官，后世之人都把董狐作为史官的典范，所以刘惔对干宝的这句评价相当之高。这也从侧面说明，当时士大夫们看待《搜神记》里的内容是严肃的，至少没有把它当作小说来看待。正如鲁迅先生所说："六朝人之志怪，却大抵一如今日之记新闻，在当时并非有意做小说。"

因此我们看到的精怪鬼魅并不仅仅是今人所理解的愚昧无知，而是包含了古人对生与死的深沉思索，对彼岸世界的认真探讨。生死问题是人类关注的终极问题，无论哪种重要的哲学和宗教都对生死问题有所讨论。这一重大问题在后世小说中是极少涉及的，因而《搜神记》的艺术精神是十分超前的。

人生的问题，林林总总，似乎说不清也道不尽。然而人生最根本的问题只有一个，那便是生死。弄明白了生死问题，其他问题或许便迎刃而解了。至此我们似乎可以重新审视一下《搜神记》，带着更沉重的心情也好，更严肃的态度也罢，去一道聆听这些生死之间的智慧箴言，期望能得到豁达与超脱、淡定与从容。

一、高扬生命价值是对生的最高礼赞

生命是人类最古老的命题之一，媲之于浩浩宇宙，生命显得那般渺小与短暂，而这微微生命的意义在哪里，生命又该有怎样的情怀？

人们对于生命的意识自古有之，中国古人多借诗词抒情言志，而诗词中不乏古人对于生命的思索。李白赋予生命浪漫，因此有"钟鼓馔玉不足贵，但愿长醉不复醒"；屈原赋予生命志向，因此有"亦余心之所善兮，虽九死其犹未悔"；陶渊明赋予生命豁达，因此有"采菊东篱下，悠然见南山"。身处何地，心处何处，情由心生，笔随情动，对生命的意识也不尽相同。

人们经常发问，活着有什么意义？上面众多诗人给我们的启示是，每个人需要自己去创造和寻找人生的意义，这意义因人而异，自成一格。

《搜神记》卷十九中，其中有一篇是著名的《李寄斩蛇》，讲的是东越的闽中地区有一座庸岭，岭西北山洞里有一条大蛇，为祸一方，每年都要送去童女祭祀。将乐县的李诞，家里有六个女儿，没有儿子。小女儿名寄，要应征前往。寄曰："父母无相，惟生六女，无有一男，虽有如无。女无缇萦济父母之功，既不能供养，徒费衣食，生无所益，不如早死。卖寄之身，可得少钱，以供父母，岂不善耶！"李寄一个小小少女，却有如此胆识，正是由于她曾经思考了自己生命的意义，才知道如何更热烈地活着。当然这种思考在今人看来有可能略显粗浅，更有当时社会所赋予的局限性，例如她认为作为女儿，她没有缇萦那种能给父母解救苦难的力量，既然不能供养双亲，只是白白地浪费衣食，活着没有什么益处。因此当灾难来临，她毫不退缩，胆敢去直视生死，主动去寻求生命的价值。虽然"父母慈怜，终不听去"，但这都无法阻止李寄去进一步实践自己的价值，"寄自潜行，不可禁止"。最后李寄访求好剑和会咬蛇的狗，将蛇杀死了。东越国王听说这件事，来聘娶李寄为王后，任她的父亲为将乐县令，她母亲和姐姐们都得到赏赐。从此东越不再出现妖异怪物，歌唱李寄斩蛇的歌谣至今还在当地流传。

杀死蛇后的李寄进入蛇洞，发现九具女孩留下的骸骨。她从洞中把这些骸骨全拿出来，"咤言曰：'汝曹怯弱，为蛇所食，甚可哀愍！'"李寄所言是她对这些逝去生命的慨叹和悲悯，也是她坚毅勇敢的映射。蛇喻示着灾难与死亡，他人面对大蛇的怯弱和李寄面对大蛇的勇敢，干宝都呈现在我们面前，似乎让我们领悟到，面对劣势，有些人选择怯弱遁逃，有些人选择果敢向前。面对世道不平、命运坎坷、生死威胁抑或其他，生命意识中的反抗凸显，为不平而鸣而争，高扬生命价值。

苏轼也用诗词诉说着对生命的畅想，"寄蜉蝣于天地，渺沧海之一粟。哀吾生之须臾，羡长江之无穷。"这种对永恒生命的无限渴望，我们在《搜神记》中能找到众多知音。《搜神记》中有诸多故事将生命憧憬寄托于长生，《嫦娥奔月》《董永与织女》《淮南八公》等都是此类型的代表。嫦娥奔月的故事在《搜神记》中已初具雏形："羿请无死之药于西王母，嫦娥窃之以奔月。将往，枚筮之于有黄。有黄占之曰：'吉。翩翩归妹，独将西行。逢天晦芒，毋恐毋惊，后且大昌。'嫦娥遂托身于月，是为'蟾蜍'。"虽然《搜神记》中的嫦娥还只是那月宫中的一只弱小蟾蜍，但是因为依托月亮，她获得了永生。还有董永，虽然没有获得永生，但他因贤能朴实、孝感动天，获得了天帝的垂怜，派织女来帮助他偿还债务，受尽仙界恩泽。《淮南八公》中的淮南王因为喜好道术而受到八位仙人的召唤："淮南王安，好道术。设厨宰以候宾客。正月上辛，有八老公诣门求见。门吏白王，王使吏自以意难之，曰：'吾王好长生，先生无驻衰之术，未敢以闻。'公知不见，乃更形为八童子，色如桃花。王便见之，盛礼设乐，以享八公。援琴而弦歌曰：'明明上天，照四海兮。知我好道，公来下兮。公将与余，生羽毛兮。升腾青云，蹈梁甫兮。观见三光，遇北斗兮。驱乘风云，使玉女兮。'今所谓《淮南操》是也。"人身上长满了羽毛，潇洒地遨游于太空，随意穿梭于日月星辰间，并能乘风驾云、使唤神女，好一派仙界奇景。《宁封子》更是令人匪夷所思：相传宁封子是黄帝时期主管陶器的陶正，他从一个神异之人那里学会了在五色烟火中出入，最后竟然堆起高高的柴火焚烧自己，并且能够随着烟气任意出入天地之间。《蓟子训长寿》描写了一个奇异的年华不逝的逍遥之人的形象。《雨师赤松子》描写了在一片神奇曼妙的世界里，一个能够升天长生之人，最终周游天地人间的故事。这些自在自为的美妙生活，正是反映了人们对神道仙界无限的憧憬，对永生世界无限的遐想。

魏晋南北朝时期，战火纷飞，政权更迭频繁。在动荡不安的社会中，人们朝不保夕，生死变得无常，普遍产生忧生虑死的心理。"白骨露于野，千里无鸡鸣。生民百遗一，念之断人肠。""生存华屋处，零落归山丘。先民谁不死？知命复何忧？"曹操的诗歌让我们切身感受到当时的社会现实以及生死不由己的人生幻灭之感。在这样的时代，人们对生的眷恋和渴望异常强烈。因此从表面上看，这些故事张皇灵异、称鬼道神，但细细品味，它们给人带来的是不同寻常的生命体验，从根本上讲，那是古人对拥有无限生命力的幻想与希冀。这些故事是人们在极其恶劣的生存环境下，对生命能够得以长生的愿望，它们有效地调和了关于长生与必死之间的矛盾，实现了生命的延续。

对于生命的热爱，古今中外概莫能外。今天我活着，明天我将死去——所以，生于太平盛世的我们，更不应辜负这美好生命。我们要执着生命，热爱生命，赋予生命意义，高扬生命价值，度一个浓烈的百味人生。

二、死而复生是生命追求的浪漫遐想

在正常的生命进化中，长生的愿望似乎难以实现。对长生愿望的追求是美好的愿景，但最终都会以失败告终，死亡是每个人生命的必然归宿，无论你是帝王将相还是白丁布衣，最终殊途同归。然而《搜神记》却用它极富想象力的笔触，完成了死而复生的生命奇景。透过这些迷离的情节和怪诞的形象，我们看到的是魏晋人士试图突破生死的界限来实现生命中美好追求的浪漫理想。

在《搜神记》中，有的是靠自身修炼阴阳世界的相通之法来求得生死相同，死去的人以鬼魂的形式活着，并能与活人交流，甚至能完成生前的意愿，如《蒋济儿阴府任职》《文颖移棺》《温序之死》等篇目；还有的是讲鬼魂显灵，以梦的形式直接与凡人交流，如《驸马都尉》《卢充幽婚》等故事。

其中有些篇目的人物死而若生，让人印象深刻，如《钩弋夫人》。"初，钩弋夫人有罪，以谴死。既殡，尸不臭，而香闻十余里。因葬云陵，上哀悼之。又疑其非常人，乃发冢开视，棺空无尸，惟双履存。一云，昭帝即位，改葬之，棺空无尸，独丝履存焉。"这样的死而不腐、死而若生，甚至"香闻十余里"，最后不知所终，颇有一定的传奇色彩。然而这样的传说又是从何而来呢？一定有最初的杜撰者。那为何杜撰呢，要表达什么呢？这是值得我们思考的。在历史中，钩弋夫人是孝昭太后赵氏，汉昭帝刘弗陵的生母，她一生传奇，最后因儿子受封太子而被汉武帝赐死，瘗玉埋香。最普遍的理由是"子弱母壮，必乱天下"，然而真实的历史永远是亲历者才最清楚。历史真相已经随风逝去，留给我们的只有这些稗官野史、街谈巷语，我们在其中找到历史的蛛丝马迹去把玩和领悟，得到启示和思考。而《搜神记》中，这一小段奇异的记载也是作为史官的干宝的一种表达。你可以将其理解为关于历史的一段记录，也可以理解为关于神灵怪异的一段猎奇，或者理解为关于人生不圆满的一声喟叹。

再如卷十六的《紫玉》。吴王夫差之女紫玉，因不得如愿嫁给心仪的男子韩重，郁结而亡。三年后，韩重归来，在紫玉墓前凭吊。已经为鬼的紫玉不再受礼法约束，终于破墓而出，与韩重完成了夫妻之礼。"玉乃左顾，宛颈而歌曰：'南山有乌，北山张罗。乌既高飞，罗将奈何！意欲从君，谗言孔多。悲结生疾，没命黄垆。命之不造，冤如之何！羽族之长，名为凤凰。一日失雄，三年感伤。虽有众鸟，不为匹双。故见鄙姿，逢君辉光。身远心近，何当暂忘。'歌毕，歔欷流涕。"这段爱情悲歌情调凄婉，如泣如诉。我们看到紫玉爱而不得的苦痛和抑郁，看到她对爱情不自由的愤懑不平，看到她对韩重真挚忠诚的决心。仍然是卷十六的《汉谈生》，睢阳王家玉女毫不顾忌礼教观念和门阀差异，化为鬼形，与自己的意中人结合。"我与人不同，勿以火照我也，三年之后，方可照耳。"而令睢阳玉女畏惧的"火"，则是等级制度和封建束缚的意象，鲜明地映照出男女爱情不能自主的种种凄惨，以及他们渴望摆脱这种壁垒而实现自身愿望的美好理想。他们是即使死后也要达成所愿，对人生圆满的渴求达到了此种地步，给人以莫大的触动和震撼。

卷十五中的《王道平》，讲述了王道平与父喻"誓为夫妇"，王道平被差征伐后，父喻被迫嫁与刘祥，终抑郁而死。王道平归来后在其坟前痛哭，父喻魂魄显灵，"乃启墓门""果活"。篇末写道，"寿一百三十岁，实谓精诚贯于天地，而获感应如此。"或许正是这些至情至性的生死离合才给了汤显祖灵感，让他缔造了《牡丹亭》的"情不知所起，一往而深，生者可以死，死可以生"；也给了洪昇灵感，让他缔造了《长生殿》中李、杨先后升入仙界守护爱情的传奇之笔。

《搜神记》给后世文学的启迪不止如此，《西游记》中有孙悟空抹去生死簿的情节；纪昀的《阅微草堂笔记》中也记载了大量的复生故事；而后瞿佑的《剪灯新话》、蒲松龄的《聊斋志异》、李汝珍的《镜花缘》等都是"复生"母题的延续。这使得死而复生更像是一个隐喻，象征生命中的磨难和不圆满，只有经历磨难的人才会大放异彩。无论这个磨难来自天灾抑或人祸，无论是对死亡不公的抗争，还是对爱而不得的思考，都是魏晋时人对于生命的思考，对于生命追求的浪漫遐想。死是自然的规律，打破这个规律所要补偿的是现实的不完美，故而复生者重新回归后都会有一番作为，去补偿上一次生命中的遗憾。我们在阅读这些文学作品的过程中，不仅为动人而奇异的故事所打动，更为魏晋时人这一份执着的生命追求所感染，在体会和沉思这些真挚的故事中，我们也能够懂得魏晋之士的那一份未解的情怀。

这样曲折隐逸的表达和演绎生死，或许让我们感受到了他们生命中的种种磨难、不幸和不圆满。"人生之不如意十之八九"，遗憾是生命的常态，我们今人不应寄情于死而复生去弥补生命中的遗憾，而应在生命的进程中尽力减少遗憾。国泰民安之时，我们应该清醒认知生命圆满的不易，关切生命；家国罹难之际，我们应该真切理解生命状态的难得，珍惜生命。理解生命的真谛，清楚自己的生命追求，从而真实从容地活着，才能不枉余生。

三、坦然面对死亡是对死的智慧认知

思考死亡是为了更清醒地活着。因为无论活着的意义是什么，都是死亡所赋予的。任何一种哲学，都会讨论到生死问题；任何一种宗教，也都会为生死试作答案。试想如果没有死亡，生命是否还具有价值和意义呢？没有死，就没有爱和激情，没有冒险和悲剧，没有欢乐和痛苦，没有生命的魅力。总之，没有死，就没有了生的意义和价值。死亡其实正是人从形而下的生活通向形而上的精神的一条重要通道，借此打开的恰是生命的智慧之门。

以上谈到《搜神记》中有求得长生的羽士仙翁，有死而若生的奇人异事，人人都乐生恶死，谁都想逃离此自然规律。秦皇汉武的试图逃离，留给世人无限的故事和传奇，世界的多少文明也是在这一基础上生根发芽。然而《搜神记》中却有坦然赴死的非凡之人。他们是如何面对死亡和看待死亡的呢？我们不妨跟随他们去提前思考我们人生的必达终点，获得智慧和勇气。

《搜神记》卷十一中有三篇故事，《东海孝妇》《韩凭夫妇》与《三王墓》，三个故事中，主人公的命运大相径庭，但是他们最终都能勇敢地、坦然地面对死亡，成就一段自己的人生传奇。

《东海孝妇》是我国古典四大悲剧之一《窦娥冤》的前身。东海孝妇名周青，赡养婆婆非常恭敬。"姑（婆婆）曰：'妇养我勤苦，我已老，何惜余年，久累年少。'遂自缢死。其女告官云：'妇杀我母。'"官府将周青抓捕，用酷刑拷打审讯。周青不愿忍受屈辱，违心承担了罪名。"青将死，车载十丈竹竿，以悬五幡，立誓于众曰：'青若有罪，愿杀，血当顺下；青若枉死，血当逆流。'既行刑已，其血青黄，缘幡竹而上标，又缘幡而下云。""自后郡中枯旱，三年不雨。""太守实时身祭孝妇冢，因表其墓，天立雨，岁大熟。"周青用行刑完毕的鲜血倒流、三年枯旱来给自己鸣冤叫屈，终于在太守祭奠了坟墓，重立了石碑，表彰了孝顺后，才天降雨露、大获丰收。《魏书·张普惠传》中写道："人生有死，死得其所，夫复何恨。"革命者谭嗣同狱中绝笔："有心杀贼，无力回天。死得其所，快哉快哉！"可见很多人不惧死亡，但求死得其所。周青固然冤屈，然而也算死得其所。周青的遭遇，让人怜悯和同情；周青的死亡，让人愤慨和警醒；周青的反抗，让人纪念和传扬；周青的终局，让人书写和聆听。她启示我们，在直面死亡之时，要有坦然面对的智慧和勇气。

《三王墓》又名《干将莫邪》，鲁迅先生著名短篇小说《铸剑》的原型。楚国干将、莫邪夫妇为楚王铸剑。三年而成，剑有雌雄两柄。干将知楚王性情暴戾，带着雌剑去见楚王，临行嘱托妻子说："吾为王作剑，三年乃成；王怒，往，必杀我。汝若生子，是男，大，告之曰：'出户，望南山，松生石上，剑在其背。'"干将的儿子名叫赤比，赤比长大成人，拿到了雄剑，日夜想着杀楚王报父仇。楚王梦见一个男孩，两眉之间有尺宽，说要向他报仇，楚王就千金重赏缉拿他。赤比逃亡而去，一个侠客听到赤比的悲歌，问道："你年纪轻轻，为什么如此悲伤痛哭？"赤比说："我是干将、莫邪的儿子，楚王杀死了我的父亲，我定要报这杀父之仇。"侠客说："听说楚王悬赏千金要你的头，把你的头和剑拿来，我替你去向他报仇。"赤比割颈自刎，两手捧着自己的头和雄剑奉献给侠客，尸体仍然僵直地站立着，死而不倒。侠客说："我不会辜负你的。"尸体才倒下。侠客拿着赤比的头去见楚王，侠客说："这是勇士的头颅，应该放在汤锅中烧煮它。""王如其言。煮头三日三夕，不烂。头踔出汤中，瞋目大怒。客曰：'此儿头不烂，愿王自往临视之，是必烂也。'王即临之。客以剑拟王，王头随堕汤中。客亦自拟己头，头复堕汤中。三首俱烂，不可识别。乃分其汤肉葬之，故通名三王墓。"此篇故事在《列士传》《吴越春秋》《越绝书》《博物志》《列异传》等书中均有记载，虽然文字各异，但都悲歌慷慨。舍生取义，杀身成仁，向来是我中华民族不朽的英雄悲歌，这种视死如归的精神在历史中不断重演。这种精神感动着神州华胄，推动着历史车轮。

　　《韩凭夫妇》讲的是东周战国时，宋康王见舍人韩凭的妻子何氏貌美，就把何氏霸占过来。何氏决心一死，被宋康王察觉，因此命左右防范，然而"其妻乃阴腐其衣，王与之登台，妻遂自投台，左右揽之，衣不中手而死。遗书于带曰：'王利其生，妾利其死，愿以尸骨，赐凭合葬。'"韩凭夫妇双双殉情自杀，宋康王发怒，不准韩凭夫妇葬在一起，让他们的坟墓遥遥相望。然而，"宿昔之间，便有大梓木，生于二冢之端，旬日而大盈抱，屈体相就，根交于下，枝错于上。又有鸳鸯，雌雄各一，恒栖树上，晨夕不去，交颈悲鸣，音声感人。宋人哀之，遂号其木曰'相思树'"。传说树上的鸳鸯鸟就是韩凭夫妇精魂幻化而成，这便是"比翼鸟"和"连理枝"的动人出处。

生命是可贵的，失去它不免可惜，可是人们同时认为只要生命过程曾经充实过，这个充实可以是家人的牵绊、朋友的温情，可以是事业的奋斗、理想的追求，那么生命的价值也就实现了，面对死亡仿佛已经淡去了恐惧。

达·芬奇说："一个充分利用了的白天带来酣睡，一个充分利用了的一生带来休息。"法国作家司汤达的墓志铭写道："活过，写过，爱过。"北宋思想家张载："存，吾顺事；没，吾宁也。"这些古今中外的智慧哲人告诉我们，当你充实地活过，你会获得坦然面对死亡的勇气和智慧。

孔子说"逝者如斯夫，不舍昼夜"，呼吁我们生在当下，活出精彩；庄子说"生也死之徒，死也生之始，孰知其纪"，提醒我们死生如徒，返璞归真。我们一生殊途，然而死亡不可避免，只有对生与死都有清醒和智慧的认知，才可以在人生旅途中做到从容有度、向死而生。

《世说新语》之名士风度

赫灵华

名士风度即魏晋风度。近几年来，人们对魏晋风度越来越感兴趣，越感兴趣就越刨根问底，许多人都问道：魏晋风度的核心精神和主要内容是什么？它凭什么在中国历史上矗立起了阮籍、嵇康、山涛、刘伶等一批特立独行的风流名士，凭什么在中国艺术史上创作出了《兰亭集序》《女史箴图》《桃花源记》等一批影响深远的艺术作品，凭什么在中国语言史上创造出了望梅止渴、鹤立鸡群、标新立异、覆巢之下无完卵等一批言简意赅的成语典故……这个问题提得好，如果不弄清这个问题，我们就辜负了先人们为人格独立和思想自由而进行的呐喊与抗争，我们就浪费了魏晋风度中所蕴含的精髓和真谛。

要了解魏晋风度，必须认真研读《世说新语》一书。该书由南朝宋刘义庆编撰，全书共一千多个故事，每个故事少则十几个字，多则一二百字，虽然文字简约，但"记言则玄远冷隽，记行则高简瑰奇"，从言谈、举止、轶事等方面，把魏晋风度描摹得惟妙惟肖，把魏晋风度的精神实质揭示得深刻透彻。难怪鲁迅称其为"一部名士的教科书"，冯友兰把它当成"中国人的风流宝鉴"，傅雷把它推荐给儿子阅读，季羡林一生最爱的十本书里就有《世说新语》。

今天，我们就怀着敬畏之心，走进《世说新

语》那字字珠玑、意味隽永的艺术世界，将魏晋风度中尚有温度、尚有光芒、尚能与当今社会呼应的文化精神梳理出几端，与大家分享。

一、率性而为的旷达心境

魏晋风度的一个突出特点就是率性而为、不事修饰、追求率真的人生。《世说新语·任诞》中记载了王子猷雪夜访戴的故事：王羲之的第五个儿子王徽之，也就是王子猷，住在会稽山北面，一天夜里突然大雪纷飞，他一觉醒来，推开房门，命仆人斟上酒，看到四面一片洁白。于是他起身徘徊，吟咏起左思的《招隐诗》，忽然怀念起戴安道。当时戴安道在剡县，王子猷即刻连夜乘小船去拜访他。船行了一夜才到，到了戴安道家门前，他没进去就转身返回。有人问他为何这样，王子猷说："吾本乘兴而行，兴尽而返，何必见戴？"意思是：我本来是乘着兴致前往，兴致没了自然返回，为什么一定要见到戴安道呢？这是大家熟悉的一则轶事。位于江南的山阴之地很少下雪，雪夜皎洁的景色使富于生活情趣的王子猷油然兴感，想起左思的《招隐诗》，而诗中写的就是寻访隐士和对隐居生活的羡慕之情。因此他不由得想去剡县造访一位叫戴安道的高士，这种兴致在于本身的偶发性，并不以功利为目的，即不以见不见到戴安道为目标，而是以精神的自适作为最大的满足。故而兴发而行，兴尽而归，表现了当时名士率性任情的风度和乐观豁达的人生态度。在这里，"兴"就是目的与乐趣，寄兴趣于过程中体现的价值，而不拘泥于目的，追求快意而不计得失，这是何等的洒脱和自在！

这个故事告诉我们一个道理：人的追求，过程往往比目的更有趣味。比如有人请你吃一顿美餐，未去之前，想得很多，并寄很大兴趣，可吃饱以后，又觉索然；恋爱是浪漫的、美妙的，而结婚以后，又很难找到恋爱时的感觉了，就像钱钟书所说，婚姻像一座城，外面的人想冲进去，里面的人想逃出来；又如创业，虽然过程很艰苦，但值得玩味，回忆颇多，而一旦成功，也就如此这般了。所以我们要活在当下，享受当下，珍惜当下，就像来场说走就走的旅行一样，最美的风景在路上，旅行去哪里不重要，也不是最终的目的，旅行的兴致和心境才是最有价值的。

关于王子猷洒脱自在的故事还有很多。大家听说过《梅花三弄》的曲子吧？这其实是东晋名士、音乐家桓伊和王子猷的一次邂逅造就的经典。《世说新语·任诞》记载王子猷某次奉召赴京，在青溪渚停舟休憩，正巧遇上桓伊从岸上经过。王子猷虽早闻桓伊大名，知道他是冠绝江左的笛圣，但二人并不相识。今日偶遇客途，王子猷便派人前去传话："闻君善吹笛，试为我一奏。"这时的桓伊早已不是江湖散人，已然声名显贵，身居要职，也久闻王子猷的大名，听到这个不情之请，他更无一言，当即回身下车，坐在胡床上，为王子猷吹了三支曲子。"弄毕，便上车去。宾主不交一言。"演奏完毕，主客双方谁也没说话，各自离开了。两个人之间的交往，自始至终没有任何交谈和切磋，把两个人的心灵拉拢在一起的是对音乐美的欣赏。在这里，不看重世俗地位，不在乎是否相识，这种无功利的音乐欣赏，体现了魏晋士人共同的志趣和追求，又是何等的纵情和超凡不俗！

王子猷我行我素，过着潇洒自在的生活，这也是有传承的。王子猷的父亲，大书法家王羲之就是一个不拘泥于外物的真性情之人。有一个成语"坦腹东床"，又叫"东床快婿"，就是发生在王羲之身上的故事。《世说新语·雅量》中讲道：太尉郗鉴要给女儿挑选女婿，就派门客送给丞相王导一封信，想在王家的门生子弟中挑选。王丞相对郗太尉的使者说："您到东厢房里去，任意挑选好了。"门客回去后，禀告郗太尉："王家各位公子都值得赞美，很不错，听说来选女婿，各自做出一副庄重严肃的样子，有些矜持。只有一位公子在靠东边的床上裸出肚子躺着，好像没听见此事一样。"郗鉴说："就这一位好！"派人去查访，原来这位东床坦腹的人就是王羲之，于是便把女儿嫁给了他。后人就用东床比喻女婿。别的门生子弟一听说来选女婿，都变得不自然，整理整理衣服，调整调整坐姿，唯独王羲之，不被外在的情势所动，保持自己的本色，不滞于物，潇洒旷达。王羲之后来辞官，与东土人士营山水弋钓之乐。游名山，泛沧海，叹曰："我卒当以乐死！"王羲之说：我当快乐到死。这句话很容易让人想起《兰亭集序》里面的一句话："快然自足，不知老之将至。"

魏晋士人追求快意人生、超然自得，在言行上或是放达，或是玄远，或是任情，一方面是士人们的审美理想与精神追求的反映，另一方面也是对魏晋社会状况的一种反抗。

二、不拘礼法的自由追求

汉末的社会大动荡，冲垮了传统的礼教，同时也解放了人们的思想；传统思想中对道德的尊崇转变为对人格的尊重。魏晋名士中最有代表性的"竹林七贤"，嵇康、阮籍、山涛、向秀、刘伶、王戎及阮咸七人，因常在竹林之下喝酒、纵歌、肆意酣畅，因此得名。"竹林七贤"的代表人物阮籍、嵇康提出了"越名教而任自然"的主张，意指超越儒家的各种伦理纲常束缚，任人之自然本性自由伸展。弃"名教"而独举"自然"，实际上是放弃违逆自然人性的"名教"，但对符合人性积极进取的"名教"精神则有所保留。提倡顺应自然本性，不顾及社会的清规戒律，不理会社会的褒贬评价，即使行为怪诞，亦是性情所具。

阮籍是个不拘礼法的典型。年少时曾度过一段游侠式的浪漫生活，年长之后，"或闭户视书，累月不出；或登山临水，经日忘归"。出身仕宦之家的他，也曾对未来有一番远大的期许，他饱读诗书，满怀济世之志，但时局的变化使他看透了政治的黑暗，不愿卷入权力斗争之中。为了平衡政治生活上的苦闷，阮籍在日常生活中，以蔑视礼法出了名，司马昭曾想让儿子司马炎迎娶阮籍女儿，利用政治联姻，笼络名人学士，而阮籍为了避开当朝者的拉拢，一来求亲就醉酒，日日迷糊不清醒，索性大醉两个月，司马昭只好作罢。

《礼记·曲礼》规定："嫂叔不通问。"明文要求嫂嫂不得与丈夫的弟弟讲话。但这些自古制定下来的礼俗对向来作风特异独行的阮籍根本发挥不了作用。当他见到嫂嫂准备返回娘家省亲的时候，立即发乎自然之情与嫂子道别，其举止马上引来旁人非议，讥笑他的行为不合乎"礼"。阮籍倒是一副无所谓的样子，说道："礼岂为我辈设也？"他根本不认同那些不合时宜的礼制，当然也不觉得自己犯了什么错误。后世即用"礼岂为我辈设也"，比喻那些不为礼教、流俗所拘泥的人。

《世说新语·任诞》记载："阮公邻家妇，有美色，当垆酤酒，阮与王安丰常从妇饮酒。阮醉，便眠其妇侧。夫始殊疑之，伺察，终无他意。"说的是阮籍的邻家有个卖酒的美丽少妇，阮籍和王戎常常到她店里去买酒喝。阮籍喝醉了，就睡在那位少妇身旁。那家的丈夫起初特别怀疑阮籍，就暗中探察他的行为，发现他自始至终也没有别的意图。还有一回，阮籍邻家有个女孩没出嫁就去世了，阮籍根本不认识这家人，却跑去大哭一场，哭够了才回家。阮籍的这些行为实际上是对虚伪礼教的蔑视。

《礼记·丧大记》中记载："期终丧，不食肉、不饮酒。"但阮籍母亲去世了，服丧期间，他在司马昭的宴席上喝酒吃肉。当时的司隶校尉何曾就对司马昭说："您正在用孝道治理天下，可是阮籍身处母丧期间，却公然喝酒吃肉，应该把他流放到偏远的地方，以正教化。"而阮籍仍旧吃喝不停，神色自若，根本不理会何曾。当阮籍母亲下葬的时候，他蒸了一只小肥猪，喝了两斗酒，然后和母亲诀别，发出一声哭号，当场口吐鲜血，倒地不起，表现出失去母亲的悲恸至情。可见，阮籍在乎的是人发于内心的自然情绪反应，而非执着于礼教的形式规范。

竹林七贤中的另一位以喝酒著称的刘伶常常纵情狂饮，放荡不羁。有时脱得一丝不挂地待在屋中，有人看见后讥讽他，刘伶却说："我以天地为栋宇，屋室为裈衣，诸君何为入我裈中？"意思是：我以天地作为房屋，以居室作为衣裤，各位先生为什么要钻进我的裤子里头来呢？刘伶嗜酒如命，常常坐着鹿车，带一壶酒，使人扛着锹跟着，说："如果我醉死了，就把我埋了。"刘伶看不惯司马氏的黑暗统治和虚伪礼教，以放达形骸、畅快豁达的行为，成了蔑视礼法、纵酒避世的代表。

魏晋名士这种不拘礼法的自然追求直接影响了他们的美学思想，同时对魏晋山水画、游仙诗的兴起，放诞逍遥审美人格的形成皆有很大影响。潜藏在这种离经叛道、放浪不羁背后的是人性的觉醒和个性的张扬。

三、坚守本心的方正人格

方正，指品行正直不阿，有自己坚守的人格和操守。这也是魏晋名士的一种风骨。它起源于对礼法利禄之士的鄙视，表现为一种简傲之气。竹林七贤中的嵇康，可谓魏晋时期的精神领袖。同为七贤之一的山涛，是七个人中最年长的大哥。山涛当时任吏部尚书，向朝廷推荐嵇康接替自己的位置，嵇康却勃然大怒，写下了《与山巨源绝交书》，因为嵇康不想和司马氏集团有任何瓜葛，更不会为他们效力，因此对于朋友的好意力荐却以绝交表明自己坚定的立场。

嵇康对于钟会更是态度强硬。钟会其人，是司马氏的鹰犬，多次参与对曹魏名士的迫害，而且为人阴险，虽有才能但品格卑下，嵇康很看不起他。而钟会却屡屡想求得精神领袖嵇康的赏识，他写了一本书，叫《四本论》，很想让嵇康看看，给予指点，就把书放在怀里，到了嵇康家，却不敢进去，"畏其难，怀不敢出，于户外遥掷，便回急走"。（徘徊很久，无奈之下，从门外把书扔到院子里，随即掉头快步跑开了。）结果嵇康根本没看他煞费苦心送来的书。钟会等回音，一等就是三年，实在等不及了，就带着一群贤能才俊之士一起去找嵇康，嵇康当时正在树下打铁，向秀在一旁帮他拉风箱。嵇康不停地挥动铁锤，头也没抬，一副旁若无人的样子，好久都没有说话。钟会起身要离去，这时嵇康问了一句："何所闻而来？何所见而去？"钟会说："闻所闻而来，见所见而去。"钟会这一次专程拜访受到冷遇，因而怀恨在心，常对晋文王进谗言说嵇康的坏话，最后成为杀害嵇康的主谋。嵇康被押到刑场受刑时，神情自若，大义凛然，索要琴来弹奏，当场弹了一曲《广陵散》，一曲终了，他说道："当年袁准要学习弹奏此曲，我舍不得，不肯教他，从今以后《广陵散》就要失传了！"当时三千名太学生上书朝廷，请求拜嵇康为师，不被允许。嵇康为了坚守内心的操守，付出了生命的代价，更为后人所敬重。

《世说新语·方正》还记载了南阳郡人宗世林的故事，他和曹操是同时代的人，宗世林很鄙夷曹操的为人，不和曹操交往。后来曹操做了司空，总揽朝廷大权的时候，曾经委婉地问宗世林："我们现在可以交往了吗？"宗世林回答道："松柏之志犹存。"不管曹操有多大的权势、多高的地位，宗世林仍然坚持自己的本心，犹如松柏一般傲然挺立。魏晋名士中像宗世林一样的人物还有很多，当年，魏文帝曹丕称帝的时候，大臣陈群满脸愁容，文帝问他："朕顺应天命登基，你为什么闷闷不乐？"陈群回答："我和华歆都曾衷心拥戴前朝，现在虽然也为圣朝的建立高兴，但是怀念故主恩义的心情还是会在脸上显露出来。"陈群和华歆不假矫饰，遵从内心，不见风使舵、趋炎附势，这样的人反而更应该得到重视，是值得信赖和仰仗的人。

此外，魏晋时代不乏刚正不阿、崇尚气节、德行至上的名士们，有割席分坐的管宁，有直言父友失信无理的陈元方，有临危若安、至纯至真的谢安，有爱竹如命、"何可一日无此君"的王子猷，有"宁为兰摧玉折，不作萧敷艾荣"的毛伯成，有不委曲求全、无视权贵的王羲之，有"不为五斗米折腰"的陶渊明……这些名士们的言行有的是为了表示对浊世的鄙视，有的是出于对富贵的漠然，有的是对清白人格的证明……总之，表现为恢宏不凡的修养气度和对自然、自在、自我的执着追求。

四、妙语连珠的言语智慧

《世说新语》的三十六门中有一门专门讲言语。记述在各种语言环境中，为了各种目的而说的佳句名言，多是一两句话，非常简洁，可是一般却说得很得体、巧妙，或哲理深邃，或含而不露，或意境高远，或机警多锋，或气势磅礴，或善于抓住要害一针见血，很值得回味。

《孔融让梨》的故事估计大家都非常熟悉了，"融四岁，能让梨"，一个四岁的小孩，能够懂得兄友弟恭、尊长谦让的美德，实属难得。《世说新语·言语》中还记载了孔融的一段佳话。讲的是孔融十岁时，随着父亲来到洛阳。当时担任司隶校尉的人叫李膺，也就是李元礼，是掌管京师和属郡百官的督察。李膺当时名望很大，登门拜访他的都必须是才子、名流、内外亲戚，才能准许进门。孔融来到他家，对门房说："我是李府君的亲戚。"经通报后，他入门就座。李膺问道："你与我有何亲戚关系啊？"孔融说："过去我的祖先孔子曾向您的祖先老子问学，有过师徒关系，如此我与您就是老世交了。"因为孔融是孔子第二十四世孙，老子又名李耳，两家的祖先确实是师徒关系。听到此言，李膺和在场宾客无不赞赏孔融的聪明。后来太中大夫陈韪来了，别人就把孔融的话告诉他。陈韪听后，说：

"小时了了，大未必佳。"也就是说小时候聪明伶俐，长大了未必出人头地。孔融听后说："想君小时，必当了了。"意思是：那您小时候想必一定是非常聪明。陈韪听了，很难为情。李膺听了孔融对陈韪的嘲讽，大笑不已，连连称赞孔融长大之后必为伟器。"小时了了，大未必佳"的故事，是孔融进入名流社交圈的第一击，他借由敏捷的才思，成功地打开了知名度。

十岁的孔融思维活跃、能言善辩，那我们再看一下比孔融还小的徐孺子。徐孺子就是东汉的徐稚，因不满官宦专权，不入仕途，人称"南州高士"。徐孺子九岁时，一天在月下游戏，有人和他说："若令月中无物，当极明邪？"意思是：如果月亮里面什么都没有，是不是会更明亮些？徐孺子说："不然，譬如人眼中有瞳子，无此必不明。"也就是说：不会这样，就好像人的眼睛里有瞳孔，如果没有瞳孔，一定什么都看不见。徐孺子避开谈月亮，把着眼点放在有物无物上，借由人的眼睛的特点发挥，有理有据，聪慧过人。关于徐孺子的聪慧还有一则故事：他有一次和父亲去拜访当时的大学者郭林宗，一进门就看到几个人在砍一棵大树，问其缘由，郭林宗说："房子四四方方像个'口'字，院子当中长着一棵树，'木'在'口'中就是'困'，这很不吉利。"徐孺子听后觉得好笑，看郭林宗实在迂腐，他便装出吃惊的样子，说："先生，这房子也不能住人了。房子四四方方像个'口'字，房子里住着人，'人'在'口'中就是'囚'字，那住在房子里的人都会成为囚犯喽！"郭林宗听罢，哑口无言，以后再也不做那些迷信的傻事了。

魏晋时代，清谈之风大行，不仅要求言谈寓意深刻，见解精辟，而且要求言辞简洁得当，举止必须挥洒自如。受此风影响，士大夫在待人接物中特别注重言辞风度的修养，悉心磨炼语言技巧。《世说新语·言语》第五十七则："顾悦与简文同年，而发蚤白。简文曰：'卿何以先白？'对曰：'蒲柳之姿，望秋而落；松柏之质，经霜弥茂。'"讲的是顾悦和简文帝同岁，可是头发早已白了。简文帝问他："你的头发为什么比我的先白了呢？"顾悦回答说："蒲柳的资质差，一到秋天就凋零了；松柏质地坚实，经历过秋霜反而更加茂盛。"这话让简文帝很受用。可见，言语中充满智慧。有的时候，一句话可以化解危机，一句话可以表明立场，一句话可以力挽狂澜。得体的语言，巧妙的应答，能看出一个人的学识水平、思想高度和应变能力。

魏晋名士的妙语连珠、睿智幽默，如果换到今天，那就是一个个金句频出的段子手，一定会有众多的粉丝追捧。我们从《世说新语》的一则则简短精练的记述中，也会有所启发，体会语言的精妙、语言的艺术，锻炼自己高超的言谈本领。

毫无疑问，魏晋风度中的文化精神是丰富多彩的，但从以上四端我们就可以看出，魏晋名士是那个特殊时代不拘礼法的逆行者，魏晋风度中的文化精神是那个特殊时代思想文化星空中的一抹亮色。因此，错过魏晋，中国的诗篇再没有那人生若只如初见的光芒；错过魏晋，中国名士们再也不能群体张狂、恣意放达；错过魏晋，中国读者再也看不到闻美人殁而往吊之、闻自己死而叹琴曲绝世的另类抒怀……今天的我们，穿越历史时空，品味魏晋风度中的文化精神，是要站在历史先人的肩头上，来激发我们的生命力量和生命情调，来构建我们崇高的精神趣味和价值观念。

《唐诗三百首》之文化魅力

○ 周海燕

如果让人们说出中国历史上最知名的几部书，举凡读过几年书的中国人都会脱口而出：《诗经》《楚辞》《唐诗三百首》《宋词三百首》《红楼梦》《三国演义》《西游记》《水浒传》……如果让广大读者给这几部书的粉丝量从多到少排一个顺序，那么《唐诗三百首》不排第一，也排第二，绝不能排到第三的位置。如此说来，我们对《唐诗三百首》需要重新审视了。

《唐诗三百首》是由蘅塘退士编辑的唐诗选集。蘅塘退士原名孙洙，字临西，江苏无锡人，清乾隆十六年进士，带印数年，任官多省，颇有政声。卸任还乡后，与继室夫人徐兰英相互商榷，从近5万首唐诗中选出300余首，编辑成《唐诗三百首》一书。《唐诗三百首》共选入唐代诗人77位，计311首诗，配有注释与评点。该书面世以后，影响广泛，经久不衰。正如当代学者孙琴安在《唐诗选本六百种提要·自序》中所说的那样："唐诗选本经大量散佚，至今尚存三百余种。当中最流行而家喻户晓的，要算《唐诗三百首》。"同时，《唐诗三百首》还被世界纪录协会收录为中国流传最广的诗词选集。

那么，人们不禁要问：《红楼梦》凭"情"、《三国演义》凭"忠"、《西游记》凭"诚"、《水浒传》凭"义"、《诗经》凭"现实主义"、《楚辞》凭"浪漫主义"赢得了广大读者，《唐诗三百首》凭什么占据了首席？认真品味《唐诗三百首》我们就会发现，它的主旋律是赞美纯真情感，抒发远大志向，探索深邃理趣，阅读此书总是能给人感动、激励和启发，让人获得正能量。因此，读者们对它爱不释手，从历史上一代一代地读下来，今后还要一代一代地读下去。今天，我们就来感受一下《唐诗三百首》所蕴含的文化魅力。

一、以纯真的情感感动人

金元之际的著名词人元好问有句词："问世间，情为何物？直教生死相许。"这是一个千古诘问，从理论上几乎难以说清楚，但理论是灰色的，生活之树常绿，广大民众早已用实际行动把爱情、亲情、友情、乡情等人间最美好的情感洒在了人间大地上。因此，中国是充满情感的国度，中国人民是最重情感的人民。

爱情是各种情感中最美妙、最浪漫、最真挚、最幸福的。《唐诗三百首》中的许多篇什，把不好言说的爱情描写得鲜明、生动、形象、具体，令人感动。例如：孟郊有一首《列女操》："梧桐相待老，鸳鸯会双死。贞妇贵殉夫，舍生亦如此。波澜誓不起，妾心古井水。"诗歌颂扬贞妇烈女，以男子的心愿写烈女的情志。诗歌以梧桐树相携到老、鸳鸯鸟同生共死来写情，生动感人。杜甫的名作《月夜》写尽战乱时代满怀担忧的相思之情。"香雾云鬟湿，清辉玉臂寒"，从丈夫的角度遥想在鄜州的妻子于月下思念自己，雾气浓重，她站立已久，所以湿了鬟发，胳膊寒凉，这是多么温情美好的想象，又是多么真挚厚重的情感。"何时倚虚幌，双照泪痕干"，诗在最后设想了和妻子团聚的温馨场景，情真意切。李商隐的《无题》意境朦胧、寄托高远、情志缠绵，给人荡气回肠之感。"相见时难别亦难，东风无力百花残"，首先追想当初离别时的情景。两个"难"字，落笔不凡，点出了相见不容易、别离更难之情，感情缠绵。"东风无力百花残"一句写出晚春花落的样子，渲染离别时的感伤情绪。"春蚕到死丝方尽，蜡炬成灰泪始干"以春蚕和蜡炬作比，十分精彩，表示爱情坚贞不渝。接着，"晓镜但愁云鬓改，夜吟应觉月光寒"写一面是对镜梳妆，为自己鬓上新添白发而感伤，另一面是良夜苦吟，迎着冷风寒露抬头望月相思。同杜甫的《月夜》一样设想自己思念的人如何思念自己，这比直接写自己思念更有含蓄委婉之致。这种歌颂爱情的诗篇，无论是缠绵于花前月下的青年男女，还是牵手夕阳下的老夫老妻，谁能不为之感动呢？

骨肉亲情是人世间重于泰山的情感，因此也成了《唐诗三百首》所反复歌咏的重要对象，其中，最为人们熟知的莫过于孟郊的《慈母吟》了。游学在外的孟郊，饱尝世态炎凉、人间苦辛，也饱尝多次母子离别滋味。诗人以一幕日常生活场景，用简练质朴的语言勾勒出一个为游子裁制衣服的母亲形象。开头两句"慈母手中线，游子身上衣"，用"线"与"衣"这两件极常见的东西将"慈母"与"游子"紧紧联系在一起，写出母子之间的至深情感。"临行密密缝，意恐迟迟归"，慈母的动作是"密密缝"，细密的针脚中缝进了母亲多少不舍与惦念啊！最后两句"谁言寸草心，报得三春晖"是作者直接抒写其发自肺腑的感受：儿女像区区小草，母爱如春天阳光。儿女无论如何也是无法报答母爱的。这首诗艺术地表现了几乎所有人都感知得到的人性美，所以千百年来激起了无数读者强烈的情感共鸣。

"岂曰无衣，与子同袍"的友情历来广受人们的赞颂。《唐诗三百首》中表现友情的作品更是不胜枚举。家喻户晓的是王维的《九月九日忆山东兄弟》："独在异乡为异客，每逢佳节倍思亲。遥知兄弟登高处，遍插茱萸少一人。"这首诗写于重阳节，旧时重阳节有登高的习俗，登高的时候佩戴茱萸囊以辟邪免灾。王维以兄弟们登高时想到在外的兄弟（也就是自己）不在而遗憾这一悬想，使得抒发的情感更加深厚。全诗既朴素自然，又含蓄深沉。"每逢佳节倍思亲"一句更是成为离人怀归思亲最经典的表达。王勃的《送杜少府之任蜀州》深切体贴地表现了与友人的惜别之情。"海内存知己，天涯若比邻"以超脱、理智的态度慰勉对方不要在离别之时悲伤。只要海内有知心朋友，哪怕远隔天涯也仿佛近在身边，山水之隔无法阻断朋友在精神上和感情上的沟通。这两句诗不见送别绵绵之态，劝慰之意旷达豪放，成为千古传诵名句。李白和杜甫的友谊是文学史上的一段佳话。学者闻一多曾盛赞二人的相遇相知："四千年的历史里，除了孔子见老子，没有比这两人的会面，更重大，更神圣，更可纪念的。我们再逼紧我们的想象，譬如说，青天里太阳和月亮碰了头，那么，尘世上不知要焚起多少香案，不知有多少人要望天遥拜，说是皇天的祥瑞。"杜甫写给李白的诗作可考证的有15首，《唐诗三百首》中收有《梦李白》二首。杜甫当时流寓秦州，听说好友李白被皇帝赐金放还，非常担心，不时梦到李白，于是写成这两首诗。起笔写"死别已吞声，生别常恻恻。江南瘴疠地，逐客无消息"。死别往往使人泣不成声，而生离却常令人更加伤悲。江南山泽是瘴疠流行之处，被贬谪去那里的人为何毫无消息？这两首诗要写梦，先言别，说别之前先说死，以死别衬托生别，极写李白被流放到艰苦之地、音信皆无带给杜甫的巨大痛苦。开头这几句带来浸润整首诗的悲怆气氛。结尾"千秋万岁名，寂寞身后事"，李白生前遭遇如此，即使身后名垂万古，人却已寂寞无知，那又有何用呢？在这沉痛的感叹之中，杜甫表达了对李白的高度评价和深切同情。诗作中的友情至诚至真，正如清代徐增在《而庵说唐诗》中的评价："子美作是诗，肠回九曲，丝丝见血。朋友至情，千载而下，使人心动。"另外，王维的《送元二使安西》、李白的《送孟浩然之广陵》和《赠汪伦》、杜甫的《赠卫八处士》等作品都用诗歌这一最美的形式表现友情。在他们笔下，友情是世界上最美丽而有力量的情感，能跨越时空之限、地位之别。他们的作品或质朴无华，或慷慨激昂，或含蓄蕴藉，或率真热烈，共同的特点是情深义重、真切感人。

中国的很多诗词浸润着浓浓的乡愁。《唐诗三百首》中李白的《静夜思》在中国几乎是无人不知、无人不晓的作品。诗歌语言摈弃华丽的辞藻，全诗明白如话，笔法清新朴素，把客居他乡之人丰富深曲的思乡之情自然地表达出来。正如明代诗人、文艺评论家胡应麟在《诗薮·内编》中所说："太白诸绝句，信口而成，所谓无意于工而无不工者。"贺知章的《回乡偶书》："少小离家老大回，乡音无改鬓毛衰。儿童相见不相识，笑问客从何处来。"离家多年的诗人历经世事沧桑回到既熟悉又陌生的故乡，却被儿童当作"客"，这种"尴尬"引出他无尽的感慨。诗歌在这看似平淡的一问中结束，多少弦外之音如空谷传响，久久不绝。无论怎样，乡音不变，思乡爱乡的心不变。此外，王湾的《次北固山下》、岑参的《逢入京使》、李白的《夜上受降城闻笛》、王维的《杂诗》等诗都写尽乡情的朴实、恬淡、温馨。在远离故乡的游子心中，永远有那一方难以割舍的乡情乡思的田园。无论古人今人都是如此。

关于爱情、亲情、友情、乡情，《唐诗三百首》为我们展开了一幅绘满人情之美的优美画卷。人类的美好情感经过唐代诗人的艺术加工变得可知可感，它拓展了人们的情感世界，加深了人们对情感的认识，拨动了人们情感的心弦。如果说人们需要晨夕的袅袅炊烟，那么同样也需要情感天空里的明媚暖阳。

二、以高远的志向激励人

中国古人常常用诗歌来表现自己的理想志向。即使遭逢国家变乱、个人仕途坎坷等，不变的理想志向始终是他们前进的灯塔和永恒的信念。他们在字里行间抒发自己精忠报国的壮志和赴汤蹈火的赤诚。唐代是中国封建社会的鼎盛时期，经济高度发达，政治清明，强大的国力使得人们普遍具有强烈的民族自信心和自豪感，更加激发了唐代诗人们建功立业的普遍愿望。他们追求"济苍生""安社稷"的理想，热烈地向往有所作为、不同寻常的生活。时代精神注入他们的血脉中，诗人用其最擅长的形式——诗歌表达了他们对建立功勋的理想的追求。《唐诗三百首》中收录的表现高远志向的诗篇，不但激励了当时的人，而且直到今天人们还把它们当作磨刀石，甚至是座右铭。

"诗仙"李白在盛唐社会氛围的感召下，始终怀有远大的从政理想和政治抱负。在他《代寿山答孟少府移文书》这篇文章中谈到的"申管晏之谈，谋帝王之术，奋其智能，愿为辅弼，使寰区大定，海县清一"，就是他最执着的人生信念。李白曾写过三首《行路难》，《唐诗三百首》中辑选其一："金樽清酒斗十千，玉盘珍羞直万钱。停杯投箸不能食，拔剑四顾心茫然。欲渡黄河冰塞川，将登太行雪满山。闲来垂钓碧溪上，忽复乘舟梦日边。行路难，行路难，多歧路，今安在？长风破浪会有时，直挂云帆济沧海。"最能表现李白豪情壮志的是最后两句："长风破浪会有时，直挂云帆济沧海。"此处用到一个典故：刘宋时期的宗悫从小跟叔父宗少文读书，宗少文很有学问，但是自命清高，不想做官。他看宗悫聪慧，便问宗悫长大想做什么，小宗悫答说："愿乘长风破万里浪。"这话表达了小宗悫的远大志向，他的意思是将利用一切有利的条件克服种种困难，成就一番大事业。李白此处用这一典故表明虽然前路可能障碍重重，但终有一天会像宗悫所说的那样乘长风破万里浪，挂上云帆，横渡沧海，到达理想的彼岸。李白表现理想志向的还有《将进酒》中人们耳熟能详的两句："天生我材必有用，千金散尽还复来。"我们从诗中可以看到诗人对自我价值的认同：既然老天造就我这栋梁之材，就一定会有用武之地，即使散尽了千两黄金，也会重新得到。他高度乐观，深信自己的"材"和"用"。

"诗圣"杜甫同样在诗作中表达自己经邦治世的宏愿。在《唐诗三百首》中，有一首七言律诗《蜀相》很能体现杜甫的政治理想。"丞相祠堂何处寻，锦官城外柏森森。映阶碧草自春色，隔叶黄鹂空好音。三顾频烦天下计，两朝开济老臣心。出师未捷身先死，长使英雄泪满襟。"这首诗写于杜甫大概五十岁的时候，当时的杜甫饱尝颠沛流离之苦，他决定在成都住下来，所以在此期间有机会去位于成都的诸葛武侯祠凭吊并写下这首绝唱。杜甫可能是吟咏诸葛亮最多的诗人了。他的《咏怀古迹五首》之五写道："诸葛大名垂宇宙，宗臣遗像肃清高。三分割据纡筹策，万古云霄一羽毛。伯仲之间见伊吕，指挥若定失萧曹。运移汉祚终难复，志决身歼军务劳。"诗作传达出对诸葛亮在三国鼎立中独特地位的肯定，以热烈激扬的笔触高度颂扬了其雄才大略，对其壮志未遂叹惋不已。《咏怀古迹五首》为组诗。杜甫在唐代宗大历元年（766）从夔州出三峡，到江陵，寻访了宋玉宅、庾信古居、昭君村、永安宫、先主庙、武侯祠等古迹，他对这些古代的才士、国色、英雄、名相深表崇敬，借诗歌以抒情怀。

唐代诗人尚武，到边塞去建功立业也是诗人们的宏伟抱负。唐代边塞诗众多，因为这一时期文人从军的很多。科举是文人步入官场的一条路，但是在一些胸怀壮志、自视才高的文人心目中，军功比科举功名有时候可能来得更直接些。文人们到了边塞，目睹和中原江南截然不同的塞外风光与军中将士生活，诗兴大发，形之于笔端，写下了许多雄奇壮美的诗篇来抒发爱国热忱和实现自我的渴望。王翰的《凉州曲》是让无数热血男儿激情澎湃的一首千古绝唱。这首诗大概作于开元初年（712），王翰在幽州大都督张说帐下任职时。诗人以热情洋溢的笔触，用激越昂扬的音调、新奇夺目的词语，写下开篇第一句"葡萄美酒夜光杯"，就像一幕剧快速拉开帷幕，一下子把一个热闹非凡、酒香四溢的盛大筵席呈现在读者面前。第二句，"欲饮琵琶马上催"，酒宴外加音乐，着意渲染气氛。接着诗人写道，"醉卧沙场君莫笑，古来征战几人回？"将士们在沙场上开怀畅饮，尽情享乐，醉态渐显，但是不要取笑我，为什么呢？自古及今，出征奔赴战场的人有多少是能活着回来的？这最后一句包含了征人极为复杂的感情，走向战场，意味着他们在刀光剑影中随时命丧沙场，下一次这样肆意畅饮不知是什么时候，也不知道还有几次能这样酣畅地喝酒。征人们看透了死亡，已经将生死置之度外，表现了他们的旷达和壮烈情怀。高适的乐府诗《燕歌行并序》中有一句"死节从来岂顾勋"，士兵们久战沙场，历尽艰辛，但绝非为一己私利，不是求功勋、博厚赏，而是为了国家和百姓，自愿离开故乡和亲人来到战场，他们奋勇杀敌，丝毫不畏惧可能会战死沙场。

强烈鲜明的情感、昂扬向上的精神、浑融浓郁的意境在大唐盛世的诗歌花园中生出一朵朵光彩耀人的诗歌之花，这朵花散发出的幽香陶醉了一代代的中国人。宏远的理想志向这一《唐诗三百首》的重要主题，依然是今人热烈的向往，是人生奋进的风帆，是激发人们披荆斩浪的战鼓。

三、以深邃的理趣启迪人

因为唐代特殊的时代背景，唐代诗人普遍具有极为丰沛的情感，但这并非意味着他们缺少对于自然、人生、历史的深刻认识与把握。在《唐诗三百首》中，我们能看到很多唐代作家通过丰富的意象表达不同的理趣，启发人们对未知领域的多维思索，感发读者的审美热情，读来令人兴味无穷。

理性思考、深刻探索让诗歌更具生机和吸引力。白居易《赋得古原草送别》中的名句"野火烧不尽，春风吹又生"哲理性很强：事物是运动的、变化的、发展的，而且是有客观规律的。新事物是符合客观规律的，生命力强而且具有美好前途，它将由小到大、由弱到强，不断完善。旧事物灭亡、新事物产生，世界就是这样变化着的。王湾的《次北固山下》中写道："海日生残夜，江春入旧年。"海日生于残夜，将驱尽黑暗；那江上景物所表现的"春意"闯入旧年，将赶走严冬，形象地表现了新旧更替的生活哲理。

对人具有劝勉、激励和鼓舞的诗篇更有价值。王之涣的《登鹳雀楼》中："欲穷千里目，更上一层楼。"从景生理，壮丽雄奇的景色、凭高望远的思考、富于进取的精神混融一体。诗歌这两句给出的道理是：登得高才能望得远，人的能力是有限的，必须借助外力；天地广阔，大有可为，要实现更高远的目标，需要发挥主观能动性，不惧危险，勇于披荆斩棘才能饱览更美的风景。语言平实却蕴意深厚，让人回味无穷。大名鼎鼎的数学家陈景润正是有"欲穷千里目"的愿望和努力，才不断地"更上一层楼"。他向人们展现了一个奇迹：蜗居在6平方米的"斗室"中的数学家，借着煤油灯，以床板为书桌，用了6麻袋的草稿纸，攻克了世界著名数学难题"哥德巴赫猜想"中的"1+2"。陈景润研究"哥德巴赫猜想"和其他数论问题的成就，至今仍然在世界上遥遥领先。

有一首《金缕衣》中写道："劝君莫惜金缕衣，劝君惜取少年时。"告诉人们不要迷恋本不足惜的外物，不要白白耗损有限的生命，而要珍惜青春岁月。后两句"花开堪折直须折，莫待无花空折枝"，言近旨远，告诫人们要抓住机会，不要错过机会空留遗恨。我们现在常说"时间就是金钱""时间就是生命""时间就是速度"一类的标语，相比来说，这首《金缕衣》更形象生动，说理更容易被接受。

人们遭遇困境时该怎么办呢？杜甫的《丹青引赠曹将军霸》中说："但看古来盛名下，终日坎壈缠其身。"古来身负盛名的人常常是困苦缠身的，当厄运来袭，是任命运左右、意志消沉，还是顺其自然、坦然地弹奏出属于自己的生命旋律？《唐诗三百首》给出了答案。王维的《终南别业》大约写于唐肃宗乾元元年（758）之后，是王维晚年的作品。王维年少成名，仕途得意，中间经历波折，晚年官至尚书右丞，也是不算小的官。但是由于政局反复变化，他早已看透仕途的艰险，《终南别业》中"行到水穷处，坐看云起时"即是借水和云的变化表现人生道理：在困境中，甚至是绝境中要顺应自然，坦然地面对，放下得失之心，也许将迎来转机或是新的境界。杜甫的五言古诗《望岳》，尾句"会当凌绝顶，一览众山小"，表达了诗人不怕困难、勇攀峰顶，从而俯视苍生的英雄气概。身处人世，逆境不可避免，良好的心态和奋进的精神是面对挫折时必不可少的。古今中外，于逆境中奋发有为的人不胜枚举。英国大作家和诗人莎士比亚原来是剧院中的马夫、杂役，他不因身处逆境而怨天尤人，而是一有空闲便从剧院的门缝和小孔里偷看戏台上的演出，他"偷师学艺"，最终成为享誉中西的剧作家，为后世留下无数经典，这些作品至今仍然是舞台上久演不衰的佳作。《堂吉诃德》的作者塞万提斯出身于破落贵族家庭，在战争中失去一只手臂，被卖为奴隶五年后为人赎回，回国后被诬告而入狱，写作《堂吉诃德》时楼上是妓院，楼下是酒馆，书出版后钱都被出版社赚了……这位西班牙文学史上至今无人匹敌的大师经历坎坷至极，但是他不畏苦况发愤著书，其文光耀后世，其人名垂青史。人生绝非坦途，正视困难，笑对磨难，终将跨过沉沦的一切，迎来诗意的美好。

深邃的理趣是诗篇的精灵，启发人们对于人生、生死、困境、时间等的思考，增加了精神的厚度和深度，让"活着"不再是简单地在时光里游弋逡巡。

《唐诗三百首》展现的是普通人的平常生活和喜怒哀乐。诗人用诗歌表达对个人价值的不懈追求、对种种情感的无比珍视、对祖国壮丽河山的无限热爱、对为国为家的英雄行为的高度肯定、对宇宙人生的探寻思考。这些流传不息的典范作品所表达的内心情感、思考和价值判断跨越岁月之河，毫无阻碍地传递到今天。它们是用文字编成的精神密码，其情、志、思已经进入中华民族集体的文化程序，不但受到今人的珍视，还将被世世代代传承下去。同时，今天的诗人应该继承和弘扬《唐诗三百首》的创作传统，用真情鼓舞人，用理想激励人，用哲思启发人，让我们的诗歌园地姹紫嫣红开遍。

　　诗词写人生，人生品诗词，这就是《唐诗三百首》的文化魅力。

《宋词三百首》之审美体验

○ 李婷婷

　　王国维在《宋元戏曲考》中写道："凡一代有一代之文学，唐之诗、宋之词、元之曲，皆所谓一代之文学，而后世莫能继焉者也。"宋词作为独特的文学体裁，与唐诗、元曲并称于世，代表了宋代文学创作的最高水平。宋词的内容涉及政治、军事、生活、艺术等诸多领域，是我们了解宋代历史、文化和宋人生活、情感的宝贵材料。

　　据当代著名词学家唐圭璋和孔凡礼先后统计、合计，宋代共有词人1400余家，词作共有20000余首。为了读者学习方便，晚清四大词人之一的朱孝臧在林林总总的宋代词人词作中选出词人88家，词作300首，编辑《宋词三百首》一书。由于《宋词三百首》选词精当全面，注释简明准确，翻译优美畅达，充分反映了宋词抑扬顿挫的音乐美、错综变化的韵律美、长短不一的句式美，及其所抒发的细腻情感和豪迈情怀，因而书一面世，就受到了读者的广泛欢迎。现在，《宋词三百首》已经成为家家必备之书、人人必读之书、天天必谈之书。

　　著名主持人董卿在接受采访时曾经说过，现代人的生活节奏不断加快，值得花时间反复诵读的书很少，但唐诗、宋词是要反复读的，因为它们短小而又精美。今天，我们就利用一点儿碎片时间，走进《宋词三百首》，从宋词中汲取文化养分和生命力量。

一、充盈审美意蕴，激发艺术表达

词在产生之初是合乐而歌的。在大唐繁华的都市里，有许多以演唱为生的优伶乐师基于配合所演奏音乐节拍的需要，开始编制一些长短错落的曲词，这就是民间词的肇端。到了中唐时期，一些专业的文人有意识地开始倚声填词，此后越来越多的文人参与到填词中来，词才正式地成为一种文学体式。进入宋代后，词的发展达到了巅峰。词所吟咏的多是山水、情志、朋辈友谊、离愁别绪等，因而在表现手法上含蓄委婉，用语凝练精致，呈现出优美的意境、多样的情思。所以我们读词不仅能感受其高深的审美意蕴，还能丰富和提高自己的表达能力。

王国维就曾引用词句来概括人生、治学的三种境界："昨夜西风凋碧树，独上高楼，望尽天涯路"，此第一境也；"衣带渐宽终不悔，为伊消得人憔悴"，此第二境也；"众里寻他千百度，蓦然回首，那人却在灯火阑珊处"，此第三境也。从表面上看，这三句词是描写儿女私情的，而王国维却将这儿女私情之语推演到治学乃至人生的高度，赋予其更深刻的含义，这说明很多词不但能够细致地记录下古人的情感点滴，还会唤起今人的情感共鸣。我们可以用词的语言来表情达意，也可以用词的内涵来唤醒哲思。

与宋人相同的是当下的年轻人也喜欢用音乐来表达或者释放情绪，但如今的许多流行歌词却很少能写出像宋词那样优美隽永、幽微深邃的意味了。不光是歌词创作，很多时候我们在用词上也常常遭遇"词穷"的尴尬，似乎贴切地表达内心的情绪、想法成了一件难事。比如，恋爱的时候一定是一个人的情感最充盈澎湃的时候，那么当下的年轻男女会怎样表达自己的爱慕和相思之情呢？读一读宋词，你一定会迸发出许多灵感。

北宋的晏几道是晏殊的第七子，他的词多是描写爱情生活，把儿女情长写得荡气回肠，所以有"古之伤心人"之称。他的著名爱情词《临江仙·梦后楼台高锁》就写得妙不可言：

> 梦后楼台高锁，酒醒帘幕低垂。去年春恨却来时，落花人独立，微雨燕双飞。
>
> 记得小蘋初见，两重心字罗衣。琵琶弦上说相思，当时明月在，曾照彩云归。

晏几道在《小山词·自跋》中写道："沈廉叔，陈君宠家有莲、鸿、蘋、云几个歌女。"小晏创作了新词就会拿去给她们吟唱，他的词也通过两家的"歌儿酒使，俱流传人间"。这首词就是抒发小晏对歌女小蘋的怀念之情。词作虽未交代梦境的内容，但已给人以无限的遐想。词人从梦中醒来，看见的却是高楼台阁的门被紧紧锁住，酒意消退，重重的帘幕低垂，这景象说明爱人已远去，梦境与现实存在着巨大反差。"去年春恨却来时"，说明两人相爱已经很久了。"落花人独立，微雨燕双飞。""落花"是伤春之感，"燕双飞"是缱绻之情。"人独立"和"燕双飞"又是一个巨大的反差。遣词之妙，独具匠心；意境之高，不可言喻。下片借用小苹穿的"心字罗衣"来渲染他和小蘋的倾心爱恋，已经很令人心醉了。接着"琵琶弦上说相思"道明了自己的想念，可是明月依旧，人却远去，留下的是无尽的愁思。有人说小晏是"爱情圣手"，大家读罢是不是也要被他的相思之苦感染了呢？如果大家在恋爱时能用这么精美的文笔在情书中表达情思是不是也会令人动容呢？

《宋词三百首》也选录了周邦彦的一首《玉楼春·桃溪不作从容住》：

> 桃溪不作从容住，秋藕绝来无续处。当时相候赤栏桥，今日

独寻黄叶路。烟中列岫青无数，雁背夕阳红欲暮。人如风后入江云，情似雨馀黏地絮。

相传，东汉时候，刘晨、软肇入天台山采药，在桃溪边邂逅两个女子，姿容绝美，遂相爱慕，追随留居半年，及归家，子孙已历七世。后来重返天台山已经找不见二女。这首词是以这个仙凡相恋的故事开头，来抒写词人与情人分别后故地重游怅触前情的无限心绪。整首词通篇对偶，凝重流丽，情深意长。最后一句用雨后黏在泥土里的柳絮来比喻主人公感情的牢固胶着，以此说明这种感情是无法解脱的痴顽之情，是不是很妙呢？

宋词不仅能表达婉约细腻的儿女情长，也可以表现豪放高旷的家国情怀；不仅可以洋溢着柔美温润的情韵风雅，也可以散发着英雄盖世的磅礴力量。可见，能够运用丰富、优美、流畅的词汇去表情达意是多么可贵。在移动互联网时代，人们更喜欢通过读图、看视频来快速获取信息，有些人已经很难静下心来读一篇文章、一本书，去体会它的情感，学习它的措辞了。这个时候宋词简洁、优美的优势也就凸显出来。词中小令的字数仅在58字以内，中调则59~90字，长调91字以上，最长的词也只有240字，所以读一首词并不会耽误太多时间，还会给我们带来别样的审美体验，激发我们的艺术表达，使我们置身于词的繁花似锦中，闻其香，染其色，品其味。

二、纾解胸中块垒，溯归情感本真

《尚书·舜典》当中有一句话说："诗言志，歌永言，声依永，律和声。"大意是：诗可以表现人的内心情志，歌是咏唱诗的语言。因此诗人的笔触大多是入世的，抒发的多是建功立业、报效国家的志向抱负。词因为最早源于民间，是乐工、歌女在勾栏酒肆中传唱的，多是写男女的悲欢离合、亲朋的离愁别绪，所以有了"诗言志，词缘情"的说法。也正因如此，我们看到词所传递的情感细腻真挚、情深意切。相比之下，现代社会激烈的竞争使得人们大多疲于生计，少有时间关注自己的内心，人与人之间的情感疏离，甚至大部分人连自己同楼层的邻居都不认识。宋词中描写的真挚情感恰恰是现代人需要的。词不仅可以教我们如何写作，还可以用古人已有的作品和已有的情感给予我们温暖慰藉或帮助我们宣泄生活中的不快。先来看《宋词三百首》选录的范仲淹的《渔家傲·秋思》：

> 塞下秋来风景异，衡阳雁去无留意。四面边声连角起。千嶂里，长烟落日孤城闭。
>
> 浊酒一杯家万里，燕然未勒归无计。羌管悠悠霜满地。人不寐，将军白发征夫泪。

这首词是词人镇守西北边疆、身处军中的感怀之作，既饱含对家乡的无限思念，又满怀保家卫国的壮志。整首词上片布景，下片说情。"塞下"是地点，"秋来"是时节，我们看到了千嶂、孤城、长烟、落日，我们听到了边声、号角，这就是为什么"衡阳雁去无留意"。当然，雁是候鸟，到了秋季自然要飞到南方。但它的"无留意"也从侧面反映出了寒风萧瑟、满目荒凉的边塞景象。下片说了什么情呢？一杯浊酒，家乡万里。这一杯酒当然消解不了对万里家乡的思念。但是战争还未胜利，还乡之计将从何谈起？悠扬的羌管、满地的秋霜，词人一夜无眠，最后一句"将军白发征夫泪"由己及人结束全词。这将军的白发、征夫的眼泪都是因为"燕然未勒归无计"，战争未能胜利，万里家乡的妻儿不能团聚，爱国之情与归乡之思交融聚合，整首词苍凉悲壮。现代人当然也有与宋人同样的对家乡的眷恋和对祖国的热爱，当人们身处异地，深深地思念故乡时，该怎样来排遣这种情绪呢，读一读这首词是不是眼泪不由自主地流下来？流泪之余它也会给人以很大的鼓舞，让我们重新振作，整理情绪继续前行。

《宋词三百首》中有大量的作品是对思念之情的表达，比如柳永的《八声甘州》：

> 对潇潇暮雨洒江天，一番洗清秋。渐霜风凄紧，关河冷落，残照当楼。是处红衰翠减，苒苒物华休。唯有长江水，无语东流。
>
> 不忍登高临远，望故乡渺邈，归思难收。叹年来踪迹，何事苦淹留？想佳人，妆楼颙望，误几回，天际识归舟。争知我，倚栏杆处，正恁凝愁。

这首词总的来说是在慨叹漂泊的羁旅生涯，同时抒发对佳人的思念之情。词的上片布景，第一句用"对"作领字，勾画出词人面对着暮秋时节傍晚时刻的秋江雨景。接着用"渐"字领起三个排比句来烘托雨后凄凉、萧索的气氛。目及之处万物凋零，都是残花败叶，一切心绪都在这凋零中却又不说破，只能用无语东流的长江水来传递词人此刻的感触。词的下片说情，总体说来就是思乡怀人。上片词人写景明明就是在登高临远，可是下片起句就说"不忍登高临远"，登高自然是想要遥望家乡，可是故乡太过遥远，是登高不及的，故有"望故乡渺邈，归思难收"。到底是什么事耽搁了回乡的路呢？不说清说透，留给人无限遐想的空间，一个"叹"字也说尽了词人内心深处的凄苦。接着词人又从我方转向她方来写，通过想象、对比来传神地抒发彼此的思念。结尾又从她方回到我方，虚实结合，头尾呼应，结构巧妙，一切归思怀想都是"倚栏杆"这一行为所望及的景象而引起，一切愁绪都因此牵引出来。柳永还有一首《雨霖铃·寒蝉凄切》非常著名，不仅被选入《宋词三百首》，还是高中语文课本中的重要篇目。整首词将送别写得肝肠寸断，情人离别，依依不舍，千言万语化作无声，最后万般的心绪都随着千里烟波延宕开去。整个送别的过程被描写得细腻而又绵长，言浅而又情深。

无论世事如何变迁，人们的内心情感是不变的。现代人也有与家人、朋友、爱人分别的时刻，这个时候读一读宋词就可以帮助我们纾解别愁，获得安慰，从而平静淡然、豁然开朗。比如读到苏轼的《水调歌头》："不应有恨，何事长向别时圆？人有悲欢离合，月有阴晴圆缺，此事古难全。但愿人长久，千里共婵娟。"是不是所有的郁结一下子就解开了？我们透过那优美精妙的词句，从古人的情感抒发中学会一份冷静、一份忍让、一份宽容、一份超然。

三、关注生活细节，品味雅致情趣

宋词是宋代民间歌手与文人墨客表达情绪的重要手段，自然也会事无巨细地展现他们真切的生活场景。宋人的内在修养及外在修为超迈前人，生活非常雅致，甚至让人觉得他们已经将生活提升到了艺术的境界。在宋代，点茶、焚香、插花、挂画被合称为"生活四艺"，是当时文人雅士追求精致生活的一部分。苏轼就有一首诗名为《汲江煎茶》，把煎茶的过程写得细致入微、韵味无穷。当然这种生活追求和生活体验在《宋词三百首》的作品中也多有反映。

李清照的《摊破浣溪沙·病起萧萧两鬓华》中有两句写道："豆蔻连梢煎熟水，莫分茶。枕上诗书闲处好，门前风景雨来佳。"意思是说将豆蔻煎成沸腾的汤水，不用勉强自己打起精神去分茶而食，就靠在枕头上自由自在地读一本书，这是多么闲适的时光。饮茶不仅解渴，还能帮助人们修身养性。宋人饮茶是生活常态，据统计宋词中以咏茶为主旨的词有六十余首，从采茶到制茶，从茶的功用到烹茶的方法都有详细的描述，宋人已经将茶文化发展到了极致。

关于焚香，北宋的陈与义专门用一首诗加以详细记述："炉香袅孤碧，云缕飞数千。悠然凌空去，缥缈随风还。世事有过现，薰性无变迁。应如水中月，波定还自丸。"是说世界上的事情有过去现在的变换，烟气的性质却没有变迁，由小小的焚香引出对世事的认识。《宋词三百首》选录的关于焚香的名篇有晏殊的《踏莎行》：

> 小径红稀，芳郊绿遍。高台树色阴阴见。春风不解禁杨花，蒙蒙乱扑行人面。
>
> 翠叶藏莺，朱帘隔燕。炉香静逐游丝转。一场愁梦酒醒时，斜阳却照深深院。

这首词是描绘暮春景色，上片写郊外景，下片写院内景。小路两边的花儿已经凋零，芳香的郊野已经被翠绿染遍。台榭楼阁边的绿树已经蔚然成荫，遮掩得楼台若隐若现。春风不晓得去约束杨花，让它迷迷蒙蒙地扑打在行人的面庞上。黄莺躲藏在绿叶里面，红色的帘笆把燕子挡在外边。香炉中烟雾缭绕，恰似游丝般向上盘旋着。酒入愁肠催酒醒，睁开眼睛，日暮的阳光已经斜斜地照在庭院深处。由这首词我们可以看出，在宋人的生活中焚香也是一种常态。焚香具有安神的功效，能够让人收敛心神，清净内心，燕居而求幽玄的清境自然是少不了香的。在古代，能称得上是人生赢家的人没有几个，晏殊必定是其中的一位。晏殊少年得志，中年富贵，晚年安宁，宦海沉浮，官至宰相，文政均占首席。欧阳修曾形容晏殊："富贵优游五十年，始终明哲保身全。"虽贵为宰相，在晏殊的词中我们却很少看见觥筹交错、舞榭歌台的华丽奢侈场景。他喜欢宴请宾客，"未尝一日不宴饮，每有嘉客必留，留亦必以歌乐相佐"。可他宴请客人也不是大事铺张，而是清淡雅致。他家的客厅里长期置有一张供客人吃饭的桌子，桌子上放一个空杯，客人来了即命人斟上酒，陆续上几种菜肴，听听音乐再吟诗作词，互相切磋。所以后人常称赞晏殊"前辈风流，未之有比"。文如其人，在词作里，晏殊创作出了朱帘、炉香、亭台、庭院等一系列清淡雅致的艺术意象；在现实生活中，他虽富贵却从不夸耀，而是更注意营造一种闲适自得的氛围，追求悠然简单的生活。这也是他"文政均占首席"的秘诀。

宋词中关于品茶、焚香的描绘不胜枚举，由宋人简单的生活追求、高雅的审美志趣反观现代，虽然今人的生活水平已经远远超过宋人，却很少有人能有雅致的生活趣味，获得十足的幸福感。有一些人过分追求物质的满足，却忘记生活的本真，缺少发现生活之美的眼睛。因此，今天无论生活的节奏怎样急促，我们都要抽出一些时间，放松心情，驻足品味一些生活细节和生活场景，从而获得美好、幸福、温暖和慰藉，使生活除了忙碌，还有诗意和远方。

四、阅识超拔人格，开阔生命境界

《宋词三百首》是从宋词当中选取的精华，这一篇篇典范之作无疑只有第一流人品的词人才能写就，读词也是在读人。比如宋代的苏轼、辛弃疾不但词写得好，而且人格境界也非常超拔。所以当我们读这些作品时，不但会被词中的情感所感染，还会被他们卓越的人格所打动，反观自身，无论是精神生活的品位还是人生境界的高度都会有一个提升。

苏轼的《定风波·莫听穿林打叶声》大家一定不陌生：

> 莫听穿林打叶声，何妨吟啸且徐行。竹杖芒鞋轻胜马，谁怕？一蓑烟雨任平生。

料峭春风吹酒醒，微冷，山头斜照却相迎。回首向来萧瑟处，归去，也无风雨也无晴。

这首词是词人在野外醉酒归家遇雨抒怀之作。大致意思是：不必去听那风雨拍打林叶的声音，要从容吟唱悠然而行。穿着草鞋拄着竹杖反而觉得比骑马还要轻快，生活中遭遇风雨这样的小事算得了什么，我身披一件蓑衣就可以抵挡一生的风雨。料峭的春风吹醒我的酒意，虽然略微感到一丝寒冷，但是山头的斜阳已经迎面而来。回首满是风雨的来路，归去，不要理会是晴天还是阴雨。品读这首词，一个性情倔强、胸怀旷达的长者形象跃然纸上。词人面对风雨能有这样清旷豪放之感，一定是他内心舒阔、心境澄明的缘故。眼前这一路的风雨即是人生中的"风雨"，人生中的困难、挫折和自然界的风雨一样寻常，所以秉持一份豁然开朗的心境是弥足珍贵的。苏轼的《念奴娇·赤壁怀古》大家应该就更熟悉了，词人借助对古代战场的凭吊和对古代英雄谋士的英姿以及他们建功立业的怀思，曲折地表达了词人对历史和人生的旷达之心。笔力遒劲，意境开阔，给人震慑心魄之感。

纵观苏轼的一生，他虽深受儒家入世观念的影响，但他许多思想主张都与当政者相乖违，所以满腔抱负无处施展，仕途充满坎坷，他却总能于逆境中寻得解脱，写诗填词自然也多超然出尘之语。这些超拔的人生感悟对今人也有很深刻的教育意义，无论是家庭羁绊、事业坎坷、朋友矛盾，读一读苏轼的词，品一品苏轼的人生，是不是一切问题都迎刃而解了？人生这样短暂，为什么要沉溺于不悦呢？

王国维先生在《人间词话》中生动形象地用"苏词旷，辛词豪"评价苏轼与辛弃疾词作的特点。虽然苏、辛词在内容和情感基调上各有不同，但是两人的词作、两人的人生都是雅量而高致的，所以两人并称"苏辛"。辛弃疾一生以建功立业自许，以恢复中原为大志，但是却命途多舛，壮志难酬。可是他内心的信念始终没有动摇，他对国家、对百姓满腔的激情与关切只能寄寓在词作中。试看辛弃疾的《永遇乐·京口北固亭怀古》：

千古江山，英雄无觅孙仲谋处。舞榭歌台，风流总被雨打风吹去。斜阳草树，寻常巷陌，人道寄奴曾住。想当年，金戈铁马，气吞万里如虎。

元嘉草草，封狼居胥，赢得仓皇北顾。四十三年，望中犹记，烽火扬州路。可堪回首，佛狸祠下，一片神鸦社鼓。凭谁问，廉颇老矣，尚能饭否？

这首词稼轩是借京口当地历史人物的英雄事迹来表达自己的抗敌救国之情。稼轩登上北固亭，第一个就想到了这里的历史人物孙权，只可惜随着历史时光的消逝，他的英雄事迹、风流余韵此时已经荡然无存。接着又想起了南朝宋武帝刘裕当年率北伐军驰骋中原、气吞胡虏的英雄气概。通过古人前贤来隐隐地表达自己抗敌救国的急迫心情。下片还是先写历史：刘裕的儿子刘义隆未能继承父亲的功业，听信了王玄谟的大话草率地北伐导致惨败。以史为鉴，他想到自己曾经参加抗金战斗，原想凭借国力恢复中原，却未曾想到南宋朝廷昏庸无能，使得自己壮志未酬。追思往事，想到现在的自己已经苍老无力，不禁心惊忧患，以廉颇来自比也正是稼轩不服老，还希望能为国忠心效力的决心。无论是对国还是对家，辛弃疾的忠贞豪迈都是值得我们学习的。

宋人中当然不只"苏辛"这样的大文豪有着超拔的人格，李清照也是一个既有巾帼之淑贤又兼须眉之刚毅的词人。她学识渊博，志向高远，她的词有"物是人非事事休，欲语泪先流"的语尽而意不尽；有"此情无计可消除，才下眉头，却上心头"的意尽而情不尽；她的人有"生当作人杰，死亦为鬼雄"的傲骨铮铮，有"何须浅碧轻红色，自是花中第一流"的慷慨洒脱。面对国破家亡、颠沛流离的人生磨难，她用顽强坚定的生命意志、诚挚深沉的爱国情感、坚持不懈的艺术追求，在词中获取信念和力量，在词中展现独特而崇高的人格魅力。

诗词大家叶嘉莹先生常常被问及一个问题：现代社会学古典诗词还有什么用处？叶先生回答："古诗词让人心不死。"叶嘉莹一生才情兼备却命运坎坷，少年丧母，青年流离，中年丧女，这样的人生痛苦换作谁都是很难承受的，然而古典诗词让她超脱于尘世的苦难，给予她无穷的力量，帮她书写了智慧与审美的一生。读宋词无疑会给现代人带来回味无穷的审美体验，带领淡漠疏离、行将干涸的心灵走向细腻充盈。温暖我们的生命，纾解我们的苦难，让我们在这崎岖的路途中拥有更丰富充沛的精神情感、更自由有趣的逍遥灵魂、更开阔超拔的人生境界。

《窦娥冤》之正义呼唤

○ 李婷婷

美国著名诗人惠蒂尔曾说："正义是苦难者的希望和犯罪者的畏惧所在。"公平正义是铲除不公、主持正义、驱散黑暗、播撒光明的人间正道。无论哪个社会都离不开公平正义，如果没有公平正义，世间将是一片荒芜和黑暗。因此，每一个时代都不能缺少正义，每一个时代都呼唤正义。文学家们更是把"铁肩担道义，妙手著文章"作为自己的使命，把公平正义作为文学作品大力彰显的主题。位列"元曲四大家"之首的关汉卿笔下就有许多鞭挞社会黑暗、歌颂人民反抗、呼唤公平正义的佳作，《窦娥冤》就是其典型的代表。

正所谓"人命关天地"，窦娥之冤感天动地，乃至现代的大学者王国维先生都称其"列之于世界大悲剧中，亦无愧色也"。窦娥声嘶力竭的呼喊，道出一个强梁横行、道德败坏的不公时代，道出一个官吏贪赃枉法、营私舞弊的不平时代，道出一个冤狱层出不穷、正义无处伸张的不法时代。在元代的民族高压政策统治下，广大百姓灾难深重，苦不堪言，窦娥的挣扎是一个强有力的时代声音，她的刚烈不屈更是超越时代的精神力量。

　　在现代社会，我们也会面临一些不公平、不道义、不合理的事情，如何捍卫公平正义？让我们从《窦娥冤》中获得一些启示。

一、贪官污吏是祸国殃民的罪魁祸首

一个社会是否公平正义，关键在制度，在法律，在政策，但如果作为具体执行者的官吏贪赃枉法、胡作非为，那么，无论多么好的制度、法律、政策都等于零。《窦娥冤》中的窦娥是一个弱小、良善、贞节、守孝的本分女子，她恭谨地恪守"礼、义、廉、耻"的道德操守，却在地方恶霸阴险逼迫以及贪官污吏的颠倒是非之下被推向毁灭的境地。窦娥的遭遇不只是她个人的遭遇，更是一个时代百姓阶层水深火热生活的写照。原本应该为民做主的父母官，却肆意践踏公平正义和国家王法，不仅酿成了人间冤狱，还会将社会推向黑暗的深渊。

窦娥的父亲窦天章是个穷困的书生，为了偿还高利贷和筹备进京赶考的盘缠将七岁的女儿窦娥卖给了蔡婆婆家做童养媳。十七岁时，窦娥与蔡婆婆的儿子成了亲，可不到两年，她的丈夫就病死了，从此便开始了婆媳二人相依为命的生活，虽然丈夫病死但窦娥恪守妇道，对婆婆仍恭顺有加。蔡婆婆有些积蓄，曾把钱借给开药铺的赛卢医。一天，她去找赛卢医讨债，赛卢医无法还钱，便想把蔡婆婆骗到荒郊野外勒死了事。这一幕恰巧被流氓混子张驴儿父子看到，他们吓跑了赛卢医，救下了蔡婆婆。当张驴儿父子得知蔡婆婆与儿媳二人相依为命，家中并无男丁时，便泼皮耍赖以救命之恩相要挟，强逼蔡婆婆和儿媳窦娥嫁给他们父子。蔡婆婆胆小怕事，答应了下来，并为报恩让张驴儿父子住进家里。窦娥则执意不肯，张驴儿为逼迫窦娥与其成亲，想要毒死蔡婆婆，不料却误杀了自己的父亲。一怒之下，张驴儿便想通过诬陷窦娥达到自己强娶的目的。窦娥问心无愧，宁肯见官也不肯屈从。

《窦娥冤》中张驴儿父子的龌龊行为是元朝社会现实的一个缩影。元朝时期，民族歧视和民族压迫导致的阶级矛盾和社会矛盾非常尖锐。民族起义时有发生，社会混乱不堪。地方豪强欺男霸女，仗势欺人，泼皮无赖更是恃强凌弱，无恶不作。这些黑恶势力买通官府后更加有恃无恐，猖獗无度。张驴儿父子的无耻行为，自然是造成窦娥冤狱的重要原因，可是官府的包庇纵容才是这一悲剧的根源所在。

窦娥无辜蒙冤，寄希望于公正严明的官府还她清白，却没想到楚州太守桃杌是个黑白不分、贪婪残暴之人。他的做官原则是："我做官人胜别人，告状来的要金银。若是上司当刷卷，在家推病不出门。"桃杌收了张驴儿的钱，严审窦娥，试图屈打成招。"一杖下，一道血，一层皮"，窦娥被打得皮开肉绽，也未招认。桃杌继而想出通过毒打蔡婆婆逼窦娥招供的损招。窦娥生性善良孝顺，知道婆婆年事已高，经不起这番皮肉之苦，于是高呼："住住住，休打我婆婆，情愿我招了罢。是我药死公公来。"结果，窦娥被冤判，被押赴刑场处死。她哭诉："我不肯顺他人，倒着我赴法场；我不肯辱祖上，倒把我残生坏。""本一点孝顺的心怀，倒做了惹祸的胚胎。"窦娥的这番控诉是对贪官污吏不分黑白的巨大讽刺。

自古以来，各个朝代的贪官污吏都是祸国殃民的罪魁祸首。他们贪婪成性，滥用职权，搜刮百姓，压榨良善，给社会乃至国家造成极大的危害。清朝的嘉庆皇帝曾经写过一首诗斥责贪腐官员："满朝文武着锦袍，闾阎与朕无分毫；一杯美酒千人血，数碗肥羹万姓膏。人泪落时天泪落，笑声高处哭声高；牛羊付与豺狼牧，负尽皇恩为尔曹。"意思是说：满朝文武官员衣食享用和皇帝一般，而这些用度都是老百姓的血汗钱。官员们在高声欢笑的时候，有没有想过有多少百姓在流泪？贪官就像豺狼一般鱼肉百姓，这个国家还能兴盛吗？

在整个封建社会，贪官污吏祸国殃民的事例举不胜举。秦朝最大的贪官丞相赵高利用手中的权力，对国家事务大肆干涉，侵夺民田，操控赋税，横征暴敛，大发横财，使得百姓苦不堪言。秦始皇死后，他更是表面辅佐秦二世胡亥，实则独揽大权，结党营私，大兴苛政，最终将秦推向毁灭。西晋时期的石崇任职荆州期间，靠自己的官位巧取豪夺沿途客商使自己暴富，生活奢靡无度，甚至命令厨房用蜡烛当柴火烧。为了帮自己的宠妾纾解思乡之情，大建"金谷园""百丈高楼"，劳民伤财，腐败至极。北宋宰相蔡京与宦官童贯狼狈为奸，假公济私，搜刮百姓，大肆敛财，家赀巨万，到晚年为了领双倍的俸禄不惜造假账，所建西园比皇帝的东园还要奢华，危害百姓，臭名昭著。清朝时期的和珅，利用自己的地位和职权，收受贿赂，中饱私囊，富可敌国。这些贪官污吏的罪恶行径，无不使王朝陷入危机乃至走向灭亡。

《尚书》有言："任官惟贤才，左右惟其人。"意思是说：任命官吏只任命德才兼备的人，君王身边的大臣及侍从也只能是这样的人。只有这样，国家才能兴旺发达。如果一个国家、一个朝代，权力掌握在污秽腐朽的势力手中，则势必招致亡国的祸患。像《窦娥冤》中桃杌这样的贪赃枉法的官吏，任何时代都要警惕，都要严惩，都要斩草除根。

二、刚烈不屈是反抗压迫的可贵精神

元朝的民族高压政策使百姓生活在水深火热之中，地方流氓恶霸横行，贪官污吏腐败更使整个社会昏暗无光。窦娥三岁丧母，七岁被卖作童养媳，十七岁嫁做人妇，十九岁死了丈夫。这样的遭遇不但没有挫败她生活的信念，反而磨炼了她坚强的性格和心智。她循规蹈矩，恪守妇道，照顾婆婆，过着自己的生活。但安心生活的简单愿望却被丑恶的黑暗势力所打破，使她一步步看清了社会的丑态和官场的腐败，并坚定地走向了反抗。

当然，窦娥的反抗也是从懵懂逐渐走向觉醒的。当蔡婆婆在张驴儿父子的淫威之下软弱妥协时，窦娥对她糊涂改嫁的行为加以劝阻和嘲讽："你再寻思咱：俺家里又不是没有饭吃，没有衣穿，又不是少欠钱债，被人催逼不过；况你年纪高大，六十以外的人，怎生又招丈夫那？"这是窦娥反抗精神的最初表现。接着她又质问婆婆年已六旬，难道将与公公的旧恩爱都忘却了吗，这把年纪改嫁不怕被人笑话吗？当得知婆婆将婆媳二人都许给了张驴儿父子时，窦娥更决绝地说道："婆婆，你要招你自招，我并然不要女婿。"后来，蔡婆婆为报张驴儿父子救命之恩，将其父子二人接到家中侍奉时，窦娥更是直言呵斥婆婆：难道忘记了昔日公公生前走南闯北，好不容易挣下的殷实家业吗？怎么就忍心眼睁睁地白白给张驴儿父子这样的无赖霸占了去？窦娥对婆婆的呲呲言辞既是对张驴儿父子淫威的反抗，也是对自我尊严的守护。

后来，蔡婆婆病倒，想吃羊肚汤，窦娥做好端去，却被张驴儿偷偷下了药，张驴儿父亲误食了羊肚汤，倒地身亡。张驴儿看自己老父亲被毒死，竟想出诬陷窦娥逼迫她成亲的阴险招数。胆小的蔡婆婆在张驴儿的诬赖之下劝说儿媳改嫁张驴儿。窦娥执意拒绝道："我一马难将两鞍鞴。想男儿在日，曾两年匹配，却教我改嫁别人，其实做不得。"当张驴儿质问她杀了人想要官休还是私休时，窦娥坚定地说要去见官。窦娥寄希望于官府能公正审判，还自己清白，没想到县官桃杌是个只认钱财、不分是非的人。在桃杌与张驴儿的勾结摧残下，窦娥被逼供招认了罪名，生命也被推向了尽头。她寄希望于官府申冤的幻想彻底破灭了。在作品的第四折中，窦娥有一段唱词唱道："呀，这的是衙门从古向南开，就中无个不冤哉！"这其实是俗语中"衙门从古向南开，有理没钱莫进来"的改编，是对元代社会黑暗、官吏贪赃枉法、冤案数不尽数的有力鞭挞和谴责。

窦娥无辜含冤被押赴市曹处斩，在现实中孤立无援，濒临绝境的窦娥只能向天地发出控诉："有日月朝暮悬，有鬼神掌着生死权。天地也只合把清浊分辨，可怎生糊突了盗跖、颜渊？为善的受贫穷更命短，造恶的享富贵又寿延。天地也做得个怕硬欺软，却原来也这般顺水推船。地也，你不分好歹何为地；天也，你错勘贤愚枉做天！哎，只落得两泪涟涟。"这撕心裂肺的呐喊是一个安分守己、善良淳厚的顺民对现实的失望，对邪恶势力的不妥协，对人间不公的呼喊，对黑暗压迫义正词严的反抗。

窦娥在行刑前唱道："不是我窦娥罚下这等无头愿，委实的冤情不浅。若没些儿灵圣与世人传，也不见得湛湛青天。我不要半星热血红尘洒，都只在八尺旗枪素练悬。等他四下里皆瞧见，这就是咱苌弘化碧，望帝啼鹃。""苌弘化碧"讲的是博学的苌弘忠于周王室却蒙冤被杀，百姓感念他的忠贞将他的鲜血用玉匣子盛起并埋葬。三年后，掘土迁葬，发现苌弘的鲜血化为了碧玉。"望帝啼鹃"讲的是望帝生前爱民如子，死后依然惦念着子民的生活，因此灵魂化作杜鹃鸟。当故国破灭，无法扭转时局的望帝将心里的怨恨化作杜鹃的声声悲鸣。窦娥用这两个故事自比，她的冤好比古代的苌弘，她的委屈好比古代的望帝。此外，邹衍被谤五月飞霜的故事也广为流传。故事讲的是战国时候齐国的邹衍对燕惠王尽忠效力，而燕惠王却听信谗言将其定罪，邹衍仰天而哭，感动天地，五月的天气漫天飞霜。这些故事虽然没有窦娥的指天呐喊，却也是通过超现实的形式抒发了内心的冤屈怨恨，表现了对现实的反抗。

窦娥虽然是一个弱女子，但抗争精神贯穿于她生命的始终。在悲惨的生活境遇里，她努力地、有尊严地活着，是对苦难生活的反抗；张驴儿诬陷她杀人，她不惊不乱，坚定地选择官休，是对流氓恶霸的反抗；腐败的官府与流氓地痞沆瀣一气，严刑逼供她也不妥协，是对贪官污吏的反抗；申冤的大门被彻底关闭，极度绝望的她只能对天地呼喊，是对整个黑暗社会的反抗。窦娥的反抗一以贯之，不屈不挠，是对黑暗的苦斗，是对光明的呼求。

在封建时代，女性受伦理纲常的束缚，社会地位低下，但很多女性面对强大的黑暗势力能够坚持不妥协、不屈服并与之抗争到底，这是一种难能可贵的精神。比如乐府诗《孔雀东南飞》中的刘兰芝，为了捍卫自己的爱情，捍卫自己的尊严，"举身赴清池"，用生命去反抗封建家长的强权，去争取婚姻自由。《离魂记》中的张倩娘，青梅竹马的爱情被父亲活活拆散，死后的魂魄与所爱之人结合在一起，对自由爱情的追求只能以魂魄之身来实现，同样以死来反抗对现实的绝望。由于古代的女性深受封建礼教的约束，承受着政权、族权、父权、夫权等的压迫，在三从四德的束缚下，很难主宰自己的命运。所以窦娥、刘兰芝、张倩娘等的反抗精神是非常可贵的，她们面对社会的不公、命运的悲惨、礼教的束缚，不惜付出生命的代价来坚守自己内心正确的选择，这种刚烈不屈的精神有着超越时代的价值和意义。

三、公平正义是百姓安康的有力保障

在生命的最后一刻，绝望之下的窦娥发下三桩誓愿来请天地证明自己的清白：一要刀过头落，血溅丈二白练；二要三伏天降下三尺瑞雪；三要当地干旱三年。这三桩誓愿不仅是窦娥力求申冤的愿望和决心，也是生活在社会底层的民众对公平正义的呼求和渴望。窦娥发下三桩誓愿含冤而死，六七月的天气竟然寒风阵阵，飘起了雪花。行刑之后的血迹没有半点儿落到地上，竟向上飞溅到白练上。楚州三年不雨，草木凋零。三桩誓愿一一应验，现实中不能发生的事情在作品中实现了，这是对窦娥含冤的有力明证，也是对天地之间正义尚存的肯定。

窦娥之父窦天章，离开窦娥十六年，到京师赶考，一举及第，官拜参知政事，清正廉明，节操高尚，后来被加冕两淮提刑肃政廉访使之职，到处审囚刷卷，考察各地的贪官污吏。当他来到楚州，发现这里三年干旱，觉得很奇怪，在夜间审阅卷宗，被冤死的窦娥托梦倾诉冤屈。窦天章说："昔日汉朝有一孝妇守寡，其姑自缢身死，其姑女告孝妇杀姑。东海太守将孝妇斩了。只为一妇含冤，致令三年不雨。后于公治狱，仿佛见孝妇抱卷哭于厅前，于公将文卷改正，亲祭孝妇之墓，天乃大雨。今日你楚州大旱，岂不正与此事相类？"窦天章所提东海孝妇的故事是一则民间传说：孝妇很早死了丈夫，细心周到地赡养婆婆，婆婆因不想拖累孝妇上吊自缢，没想到却被邻居诬告成孝妇杀死婆婆，孝妇在狱中被屈打成招。行刑时，她许下三宗誓愿：如果自己是被冤杀将鲜血倒流、六月飞雪、大旱三年。孝妇被杀后，郡中果然大旱。一直到新的太守上任平反冤案，亲自祭奠孝妇并表彰其德行，天才下起大雨。孝妇的经历与窦娥的遭遇如出一辙。实际上关汉卿也是基于这个故事原型创作出了这部经典的《窦娥冤》。之后，窦天章彻查此案为窦娥昭雪，贪官污吏、流氓无赖得到了应有的惩罚。窦娥变成鬼魂托梦给父亲是一种美好的理想，可是这超现实的神秘托梦却是寄托了无数的贫苦大众对黑暗社会的控诉、反抗和对安康生活的向往，为窦娥平反昭雪的结局完全符合广大苦难民众的心理愿望。

宋代洪迈的《夷坚丁志》卷十三《汉阳石榴》也记载了和窦娥经历类似的一个故事：绍兴初年，汉阳有一个寡妇侍奉婆婆恭谨孝顺，但婆婆竟没有生病迹象就死去了，邻居诬告是寡妇毒杀。寡妇经不住拷打而屈招。行刑前有个狱卒给她一支石榴花，她对行刑者说，我将这支石榴花插在山坡的石缝中。婆婆不是我毒杀，有苍天为证。如果我是清白的，愿这支石榴花在石缝中长成参天大树；如果婆婆确实是我杀死，这支石榴花今天就枯萎死去。没想到寡妇死后的第二天这支石榴花就长出新枝，继而长成三尺高的大树，每年都会结出丰硕的果实。现实中冤屈只能在故事假定的结局中得以昭雪，可见，想要真正获得公平的裁决是多么困难！

无论是东海孝妇、《汉阳石榴》中的寡妇，还是窦娥，她们都是对婆婆孝顺的寡妇，是在生活中遭遇苦难却始终保持善良的恭顺良民，可是在那个黑暗时代，她们的冤屈却得不到公平正义的伸张。三人临刑前的誓愿就是对时代公平正义的呼喊，而誓愿全部应验则是人间尚有公平正义的希望。

　　在剧中，窦天章即是窦娥申冤的希望所在，窦天章是一个清正廉洁、秉公执法的"清官"。他同情民生疾苦，能够主持正义，剔除邪恶，为百姓做主，他代表的就是百姓所呼唤的公平和正义。公平正义不仅是穿越历史时空的人间正道，还是铲除罪恶、保护百姓、巩固家国的政治利器。《管子·内业》中说："一言得而天下服，一言定而天下听，公之谓也。"意思是说，一个人如果说一句话就能使天下人都信服，说一句话就能使天下人都听从，是因为他说的话是出自公平正义之心。《淮南子·修务训》中说："公正无私，一言而万民齐。"道出秉公办事、不徇私情才能言有号召力，行有凝聚力，得到民众信任的道理。清末民初的政治家、企业家何启说："公与平者，即国之基址也。"更是指出公平正义是国家的根基。这些古训都道出了公平正义的重要性。

　　在中国，乃至世界华人范围内，只要提起铁面无私的"包青天"，一定是无人不知，无人不晓。宋代名臣包拯因廉洁公正、英明决断、敢为百姓鸣冤而被称为"包公""包青天"。包拯刚到开封府上任时，得知过去前来告状的人要想申冤，得先把状纸交给守门的府吏，由府吏上呈下达，因此府吏常常在中间索要钱财，营私舞弊。许多给不起钱的百姓告状无门，蒙冤受屈。包拯上任后便力除此弊，大开正门，使所有告状者都能直接见官申冤，案件也都能得到公正无私的审理。包拯在开封府用的三口铡刀就是他办案的三大神器，龙头铡用来斩犯了死罪的皇亲国戚，虎头铡用来斩贪官污吏，狗头铡用来铡欺压百姓的土豪地痞。不管位高权重的皇族贵子，还是雄霸一方的地头蛇，都逃不掉包青天的公正裁决。不但如此，包拯一生都秉持清正廉洁的行事风格，二十三岁时他声名大振。家乡有一个富豪邀请他到家中赴宴，他严厉拒绝道："彼富人也，吾徒异日或守乡郡，今妄与之交，岂不为他日累乎？"他反复地强调："廉者，民之表也；贪者，民之贼也。"并将其列入家训。发生在包拯身上的此类事迹不胜枚举，被世代传颂。这也是世人对清正廉明、公正无私精神的赞赏、渴望的明证。

在历史上有很多像包拯一样秉持公平公正，敢于为民鸣不平的清官。唐朝的宰相狄仁杰体恤百姓，不畏权势；明代的海瑞严惩贪官，禁止徇私受贿；清代的于成龙刚正不阿，为民请命，被康熙称为"清官第一，天下第一廉吏"……他们的事迹为世人称道，他们的名字被世人铭记。在刘鹗的《老残游记》第九回中有这样一段话："人人好公，则天下太平；人人营私，则天下大乱。"意思是说，如果人人都能出于公心，天下就会太平无事；如果人人谋求私利，那么天下就会陷入混乱。宋代的朱熹说："一心可以兴邦，一心可以丧邦，只在公私之间尔。"公平正义与否不但关乎百姓的生活状态，还牵涉国家的兴衰荣辱，历史的经验告诉我们：公平正义是百姓安康、国基稳固的有力保障。

在吏治黑暗、冤案遍地的时代，善良的窦娥被迫走向了人生的尽头。她悲惨的命运与美好的生命背道而驰，令人惋惜；她的含冤呼喊穿越历史时空响彻天际，扣击古今；她陨灭的生命好似暗夜的明星划过无边的黑暗，照亮世人的眼睛。我们应该感谢关汉卿，他的一部《窦娥冤》不知惊醒了多少人；我们也应该感谢窦娥，她坚贞不屈的抗争不知给了人们多少力量。这就是伟大的艺术家和伟大的艺术作品的魅力所在、力量所在和价值所在！

《西厢记》之情感共鸣

○ 周海燕

法国哲学家罗素说过这样一段话："对爱情的渴望，对知识的追求，对人类苦难不可遏制的同情，是支配我一生的单纯而强烈的三种感情。这些感情如阵阵飓风，吹拂在我动荡不定的生涯中，有时甚至吹过深沉痛苦的海洋，直抵绝望的边缘。"美好而真挚的情感带给我们精神的成长和心灵的愉悦。古往今来，无论是叱咤风云的英雄豪杰还是默默无闻的平民百姓，不管是历经沧桑的白发老者，或是初经世事的稚嫩少年，都会为爱幸福或者为爱所苦。唐玄宗与杨玉环，梁山伯与祝英台，项羽与虞姬……这样的人物和故事不胜枚举，其中的直达肺腑之痛或是苦尽甘来之喜，直到今天仍让一代一代人唏嘘不已，也带给我们关于情感的思考。

元代王实甫的《西厢记》里也有人们耳熟能详的一对历经情感风波的恋人：张生（张珙）和崔莺莺。张生在普救寺巧遇相国小姐崔莺莺并对她一见钟情，正愁无可亲近，遇到叛将孙飞虎率兵包围寺庙，要崔莺莺做压寨夫人。张生得到崔母许婚，借助好友白马将军杜确之力解除了危机。可崔母却悔却前言，失信赖婚。张生相思成疾，几经波折后与崔莺莺有情人终成眷属。《西厢记》产生于戏曲兴盛的元代，是我国文学史和戏曲史上的一部杰作，和曹雪芹的《红楼梦》合称为"中国古典文艺中的双璧"，有"旧杂剧，新传奇，《西厢记》天下夺魁"的赞誉，明末清初的大批评家金圣叹将它列为"六才子书"加以评点。作品以强烈的反封建礼教的思想性和华美精致的艺术性获得学人读者的青睐。曲折动人的爱情故事、高超的语言艺术、华丽细腻的文笔都让人不禁拍案叫绝，而作品在人物情感方面的深刻探索和真实描摹更是丰富了其内涵，建构起不同于以往作品的超绝魅力，也同样给处于现代社会情感迷雾中的人以启示。

一、纯正不杂的自发情感直抵人心

中国古代的婚姻制度是宗法制度下的包办和买卖婚姻，青年男女对自己的婚姻没有发言权和决定权，情感被排除在考虑因素之外，婚姻的缔结和解除完全由双方家长决定，他们往往成为家族利益的牺牲品。正如恩格斯在《家庭、私有制和国家的起源》中所言：私有社会的个体婚制"是不以自然条件为基础，而以经济条件为基础""是一种由父母安排的、权衡利害的事情""是由双方的阶级地位来决定的"。青年男女结合之前甚至是素未谋面的，更谈不上情感如何，纯粹出自爱情本身的婚姻几乎毫无可能。

《西厢记》中最打动人心的并非最后的大团圆结局，而是张生与崔莺莺这两个刚开始体验情感的年轻人出于对爱情本真的追求所做的一系列勇敢行为。他们以纯正不杂的爱情反抗礼教的约束，使作品呈现出震撼人心的魅力。对于纯真爱情的渴望、强烈的情感冲动是《西厢记》情节发展最重要的动力，张生与崔莺莺本色的感情流露依稀与《诗经·国风》中的篇章一脉相承。比如《国风·卫风·氓》，其开篇部分写道："氓之蚩蚩，抱布贸丝。匪来贸丝，来即我谋。"诗中抱布贸丝的男子真正的用意是"来即我谋"，《西厢记》中张生同样如此，佛堂之上见过崔莺莺之后，"魂灵儿飞在半天""刚刚的打个照面，风魔了张解元""小姐呵，则被你兀的不引了人意马心猿"。他竟然就此做出了一个决定：不往京师应举。要知道，在那个时代，应举考试对读书人来讲是"鲤鱼跃龙门"的一次难得的机会，一旦成功，社会地位、声望名利将纷至沓来。出人头地几乎是每个读书人的狂热追求，但张生却如此"轻率"地改变了计划。他第二天便到普救寺向长老提出租住禅房做早晚温习之用，实则是希望有机会再睹芳容："倘遇那小姐出来，必当饱看一会。"功利因素并不在他考虑的范畴之内，甚至连传统的伦理规范在情感追求面前也难保庄重意味。《西厢记》共五本，第一本叫《张君瑞闹道场杂剧》，张生听到要为崔相国做道场后一本正经地对方丈说："小姐是一女子，尚然有报父母之心；小生湖海飘零数年，自父母下世之后，并不曾有一陌纸钱相报。望和尚慈悲为本，小生亦备钱五千，怎生带得一分儿斋，追荐俺父母咱！便夫人知也不妨，以尽人子之心。"张生振振有词，俨然是一个知礼有德之人，实则他关心的是"那小姐明日来么？"做道场本是追祭亡灵的仪式，而一个"闹"字极为恰切地写出了情感处于炽烈时期的男主人公的精神状态。张君瑞自己也说："人间天上，看莺莺强如做道场。"追祭父母成了他接近莺莺的手段。之后更是百般营求，最终与崔莺莺成婚。

而崔莺莺对于纯粹的情感的追求也很明显。她在初上场时唱的是："花落水流红，闲愁万种，无语怨东风。"她是服丧中的大家闺秀，但在佛殿上偶遇张生后是"尽人调戏""只将花笑拈"，离开佛殿时是"回顾觑末（张生）"，使得张生"空着我透骨髓相思病染，怎当她临去秋波那一转"。崔莺莺既有青春的躁动，又有对爱情的渴望。按照当时对女子，特别是未出嫁女子的要求，这都是不该有的行为。张生的住所与莺莺所住的西厢仅有一墙之隔。一天晚上，莺莺同红娘在园中烧香祷告，张生隔墙高声吟诗一首："月色溶溶夜，花阴寂寂春。如何临皓魄，不见月中人？"莺莺非但没有"非礼勿听"，反而毫不犹豫地说："好清新之诗，我依韵做一首。"她的和诗是："兰闺久寂寞，无事度芳春。料得行吟者，应怜长叹人。"隔墙唱和、月下联吟，何其大胆的行为！使崔莺莺有情的是因为张生"脸儿清秀身儿俊，性儿温克情儿顺"的风度和此"清新"之诗中显现的"一天星斗焕文章"的才华。她埋怨"老夫人拘系得紧"，讨厌红娘"影儿般不离身"，苦于和张生"难亲近"而"情思不快，茶饭不进""坐又不安，睡又不稳，我欲待登临又不快，闲行又闷。每日价情思睡昏昏"。崔莺莺没有表现出对张生出身及处境的任何嫌弃，更多的是一种发自内心的倾慕。

当然，王实甫并非停留于对崔张二人一见钟情的描写上，而是通过上述所说的联吟、寺警、听琴、赖婚、逼试等事情，一步步写出张生和莺莺成婚的爱情基础。他们从两情相悦到偷期密约，最后到喜结良缘，驱动他们走向完满的始终是相互之间的爱慕，没有任何的社会功利因素。

反观现在的一些人，物质条件量化计算是排在情感前面的。车、房、存款，某种程度上已成当下许多人择偶时看重的"新三件"，成为很多人面对婚姻情感问题的标配式考虑。毫无疑问，现代社会越来越包容，婚恋价值观也越来越多元，但人毕竟是感情动物，再多的金银财宝、锦衣美食都无法填补情感的空虚，不能带来发自人性的愉悦，像张生与崔莺莺不计外物的情感状态才能从内心深处激发其真正的幸福感。

二、深挚热烈的自主情感冲击人心

《礼记·昏义》中说："昏礼者，将合二姓之好，上以事宗庙，而下以继后世也，故君子重之。"说的是婚姻并非以爱情为基础的结合，而是传延宗族、接续后代的工具。在这种制度下，男女在结为夫妻之前有无感情并不重要，双方的家世门第等才是关键，所以古代男女失去了婚姻自主权，只能遵父母之命，听媒妁之言。"父母之命、媒妁之言"是中国古代婚姻制度的特色，《孟子·滕文公下》中写道："不待父母之命、媒妁之言，钻穴隙相窥，逾墙相从，则父母国人皆贱之。"说的是不经父母同意和媒人说合的结合被认为是伤风败俗、大逆不道，是不被社会认可的。家长掌握着子女婚姻的绝对权力，家长的意志大过婚姻当事人的意愿，他们形同玩偶、摆设，绝无一点儿自主权。很多爱情悲剧是因父母的强烈干涉而酿成的，一些有情人相思成疾、郁郁而终。比如，南宋大诗人陆游，他和唐婉就是父母之命下的苦命鸳鸯。陆游和唐婉青梅竹马，结婚后情意甚笃，但陆游的母亲觉得二人情感耽误陆游学业，加之结婚几年唐婉都未生育，遂强行要求陆游休妻。无奈之下，陆游和唐婉只好结束了本该长久的夫妻关系，各自婚娶。十年之后，两人在沈园意外相遇，陆游感慨万千，在沈园的墙壁上题了一首《钗头凤》。唐婉后来读到，也和了一首《钗头凤》，不久便郁郁而终。这样的悲剧还有很多，其根源都在于这种婚姻制度对男女情感的无视和践踏。

但是，过度钳制激起的反叛可能更强烈。罗素也曾经说过："回避绝对自然的东西意味着加强。"当情感被克制在种种纲常伦理的框架中时，一旦遇到强烈的刺激，往往可能导致封建家长最不愿意看到的后果。崔、张二人即表现出强烈的自主性。

长久接受礼教教育的相国之女崔莺莺写信邀约自己心仪的男子黄昏夜相会，虽然用一首类似谜语的小诗传达心意，其胆识已经足以使人惊诧。对于腹有诗书且痴情的张生，崔莺莺没有嫌弃他书剑飘零，反而抵抗住封建传统的压力，努力追求炽烈的爱情，虽然中间有约了张生却又变卦的一段。老夫人在孙飞虎之围得解之后，请张生赴宴，却让二人以兄妹相称，是出于门第家世之成见，正可见其乃封建制度封建家长的化身或者说是代言人。她步步设防，对崔莺莺严加约束，但崔、张二人在红娘的帮助下私传书简，崔莺莺表现得极为"过格"。第三本第二折中，莺莺试探了红娘并未在老夫人处说了什么后，在简中赫然相约张生后花园里相会："待月西厢下……疑是玉人来"，至此传统的大家闺秀形象发生变化。此后，莺莺更为大胆，在张生病后央求"好姐姐"红娘前去送药方："桂花"摇影夜深沉，醋酸"当归"浸。面靠着湖山背阴里窖，这方儿最难寻。一服两服令人恁。忌的是"知母"未寝，怕是"红娘"撒沁。稳情取"使君子"一星儿"参"。这里的"桂花""当归""知母""红娘""使君子""参"都是中药名,崔莺莺巧用中药名写成药方,其意为:在桂影摇曳的月夜,穷酸秀才要就寝的时候,在太湖石背阴处深藏起来。最忌老夫人还没有就寝,最怕的是红娘拿出来胡说,此方可使张生的病有一星(一点儿)痊愈的可能。张生听完药方后大喜过望,这是一封约会他的书信,他的病也就因此好了很多。经过激烈的思想斗争,莺莺最终选择了爱情而背叛了礼教,与张生私自结合,"停眠整宿",这对年轻人勇敢地、自主地摘取了爱情之花。尝到情感甘美滋味的崔莺莺"出落得精神,别样的风流",被母亲看出"语言恍惚,神思加倍,腰肢体态,比向日不同",因而猜出"那穷酸做了新婿,小姐做了娇妻"。在拷打红娘之后,老夫人被现实和红娘的劝说打动,为了相国家的门风,不得不再次许婚,但她又以崔家"三辈不招白衣女婿"为由,强逼张生上京应试,"拆鸳鸯在两下里"。

后来张生"得了头名状元",他为免莺莺挂念,派人送去书信:"张珙百拜奉启芳卿可人妆次:自暮秋拜违,倏尔半载。上赖祖宗之荫,下托贤妻之德,举中甲第……重功名而薄恩爱者,诚有浅见贪饕之罪。他日面会,自当请谢不备……"背离娇妻、求取功名实非张生所愿。功名既得,准备迎娶娇妻之时,谁料老夫人听信郑恒之言,以为张生已经另娶,所以又答应将莺莺嫁给郑恒。无论是赖婚还是悔婚,她从来没有考虑过女儿的情感,完全从家庭利益出发。正如恩格斯所说,对于封建社会的王公贵族,"结婚是一种政治行为,是一种借新的联姻来扩大自己势力的机会。起决定作用的是家世的利益,而绝不是个人的意愿"。但莺莺和张生的爱情之火越烧越旺,他们打破了封建礼教的重重束缚,冲破了老夫人设置的道道障碍,背弃了父母之命,更不用媒妁之言,私下里结成夫妻,情感占据了上峰并最终获得胜利。这种对情感和婚姻的自主性要求和努力正反映出作者王实甫思想的进步性。他高度肯定这对恋人"不恋豪杰,不恋骄奢,生则同衾，死则同穴"的忠贞爱情，在剧作的结尾更是借张生之口高调表达其爱情观："永老无别离，万古常完聚，愿普天下有情的都成了眷属。"这是对敢于反抗和背叛封建礼教的主人公的美好祝愿，也是对合理的婚姻制度的向往和召唤。主人公崔莺莺的不可替代在于她表达了人们心中对于爱情近乎不掺杂任何世俗因素的渴望。她从纠结犹豫到义无反顾地投入张生的怀抱，冲破世俗的种种桎梏，这光辉的形象照亮了很多后来人。《西厢记》对《红楼梦》的创作产生了深远影响，两部作品的女主人公崔莺莺和林黛玉都是追寻自由理想的爱情、面对封建礼教表现出无所畏惧的女子，她们看似柔弱，实则内心刚烈；她们才貌兼具，对待爱情忠贞不渝。

所以，情感的热度是强大的精神力量，丰富的情感体验洋溢着生命的气息，迸发出巨大的能量，驱动美好情感的完成进程。崔张二人就是这样的典型。

三、志诚不渝的专一情感震撼人心

德国启蒙文学的代表人物之一席勒曾说过："真正的爱情是专一的，爱情领域是非常狭小的，它狭到只能容下两个人生存；如果同时爱上几个人，那便不能称作爱情，它只是感情上的游戏。"张生是个多情之人，在邂逅崔莺莺后便一眼定情，决定"小生便不往京师去应举也罢"，不去在乎自己的抱负和理想，将爱情放在第一位，并对莺莺展开了猛烈的追求。自此以后，他的心里、眼里只有莺莺一人。他在这份情感中获得了丰富的人生感受。张生对莺莺的感情，经历了钟情——追求——失望——相爱——挫折——团圆的过程，真可谓一波三折，跌宕起伏。其间的喜、怨、伤、甜、苦、痛种种，张生一一尝过。初见莺莺，他是内心狂喜，作品对他的心理刻画较多，"正撞着五百年前风流业冤"，他的表现是"颠不刺的见了万千，似这般可喜娘的庞儿罕曾见。则着人眼花撩乱口难言，魂灵儿飞在半天"。美貌的崔莺莺单从外貌上就带给张生巨大的心灵冲击。他以"温习经史"为名借住寺中，希望跟莺莺更加亲近，傻乎乎地跟莺莺的贴身丫头红娘自我介绍："小生姓张，名珙，字君瑞，本贯西洛人也。年方二十三岁，正月十七日子时建生，并不曾娶妻。"紧接着又问："敢问小姐常出来么？"种种行为，使一个受强烈情感驱使的年轻人形象跃然纸上、如在眼前，他痴迷、冒失、挚诚、钟情、傻气，真成了"不酸不醋的疯魔汉"，让人既觉得他是开玩笑，又为他的多情而动容。张生害了相思病，托红娘传书信给莺莺，信写得情深义重，真挚热忱。"珙百拜奉书芳卿可人妆次：自别颜范，鸿稀鳞绝，悲怆不胜。孰料夫人以恩成怨，变易前姻，岂得不为失信乎？使小生目视东墙，恨不得腋翅于妆台左右；患成思渴，垂命有日……后成五言诗一首，就书录呈：相思恨转添，谩把瑶琴弄。乐事又逢春，芳心尔亦动。此情不可违，芳誉何须奉？莫负月华明，且怜花影重。"他将自己的辗转思念、痛苦不堪尽力写出，他的"悲怆""垂命"都是肺腑之辞。罗素说："我寻求爱情，首先因为爱情给我带来狂喜，它如此强烈以致我经常愿意为了几小时的欢愉而牺牲生命中的其他一切。"张生确实体会到美好情感带给他的狂喜和沉痛。

王实甫的《西厢记》中的张生是专一的。《西厢记》的故事来源是唐代元稹的《会真记》。《会真记》中张生对痴情的崔莺莺是始乱终弃，反映了爱情理想被社会任意摧折的人生悲剧，宣传了男尊女卑的封建糟粕思想。《西厢记》中张生却自始至终只有莺莺，他从来都是把崔莺莺放在第一位的，一心一意从未辜负。老夫人说"三辈儿不招白衣女婿，……得官来见我，驳落休来见我"，这也没难倒张生，他说"小生这一去，白夺一个状元"。虽然不舍得与莺莺分离，但是他的责任心使得他强忍痛苦上京赶考，在路上他日思夜想，满怀赤诚。第四本中在草桥店梦到崔莺莺："想人生最苦离别,可怜见千里关山,独自跋涉。""不恋豪杰,不羡骄奢;自愿的生则同衾,死则同穴。"其深挚真诚带给读者情感的愉悦和美感。张生言出必行,情话也是出自真心,每一句承诺都在行动中得到了证明。夺得状元后,对莺莺还是一如既往的好,"自离了小姐,无一日心闲",先派人给莺莺带去消息,自己也快马加鞭地赶回莺莺身边。这一形象跟以往作品中背信弃义的男主人公完全不同。张生在那个讲究门当户对的时代,不懈地追求自己的爱情,他不顾世俗之人的质疑和冷眼,从未放弃,老夫人的赖婚也不能阻止他追求情感的脚步。他虽然不能像现代人一样勇敢和有主见,但是较之于《董西厢》中张生过多的轻狂和庸俗已有很大进步,这一形象已足以打动人心。

王实甫的《西厢记》中的张生虽然遗留着一些贪色的市井无赖气息和当时文人的软弱无能,但其努力已是难能可贵。古人常云:男儿膝下有黄金。张生为白衣秀才,他在追求莺莺的过程中共下跪了三次。第一次是第二本第四折中,老夫人毁约让莺莺拜张生为哥哥,张生喝了闷酒,老夫人让红娘扶他去书房中歇息。他向红娘下跪,说道:"小生为小姐,昼夜忘餐废寝,魂劳梦断,常忽忽如有所失……小娘子怎生可怜见小生,将此意申与小姐,知小生之心。"他在追求爱情的艰难途中,为了获取帮助向一个丫鬟下跪。第二次是莺莺闹简之时,他又拉住红娘下跪哭云:"小生这一个性命,都在小娘子身上。"其痴情、无助让人忍俊不禁又充满同情。第三次是莺莺自荐枕席,张生跪莺莺云:"张珙有何德能,敢劳神仙下降,知他是睡里梦里?"在一个男尊女卑且男性占绝对统治地位的社会里,礼仪有着严格的规定,而张生足足向女性跪了三次,可以看出他是个真真正正的志诚种。

崔莺莺对情感的专一更是不需多说。在长亭送张生去赶考时,她说的是:"你休忧'文齐福不齐',我则怕你'停妻再娶妻'。休要

'一春鱼雁无消息'，我这里青鸾有信频须寄，你却休'金榜无名誓不归'。此一节君须记，若见了那异乡花草，再休似此处栖迟。"由此可见莺莺对爱情的态度非常执着。让张生上京谋取功名时，莺莺则轻功名重别离："张生，此一行得官不得官，疾便回来。"而后在浓重的相思之下，更是"悔教夫婿觅封侯"！当时的人，无论男女，对于功名利禄都尤为热衷，但是崔莺莺只看重感情，不愿承受因求官而带来的长期别离。

元曲名家贾仲明在《凌波仙》中说王实甫："作词章，风韵美，士林中等辈伏低。新杂剧，旧传奇，《西厢记》天下夺魁。"无论是对作者还是对作品而言，这种评价都很恰切。《西厢记》能得到当时广大市民阶层的欢迎和后世无数青年读者的喜好，因为它石破天惊地提出了"愿普天下有情的都成了眷属"的主张。文中纯正不杂的自发情感直抵人心，深挚热烈的自主情感冲击人心，志诚不渝的专一情感震撼人心，王实甫将人人有所想却并非人人皆可为的情感通过张生、崔莺莺的爱情故事加以呈现，将幽婉曲折、百转千回的情感体验与共鸣凝练成戏曲史上最为经典的作品，使《西厢记》拥有了跨越时空的群体认同。

《赵氏孤儿》之奸佞忠义

○ 李婷婷

在中国人的道德世界里，有两种道德行为：一是奸佞，二是忠义，最能拨动人们的心弦，最能激起人的道德波澜，最容易使人血脉偾张。这也是中华民族崇尚忠义精神的重要表现。正因为如此，《封神演义》《杨家将》《岳飞全传》等鞭挞奸佞、歌颂忠义的演义小说，一直广受人们的欢迎。

中国戏剧发展史上的璀璨明珠——《赵氏孤儿》，在鞭挞奸佞、歌颂忠义上，无论是艺术手法，还是故事情节，抑或是人物刻画，都有其创新独到之处。正如我国著名学者王国维先生所评价的那样，关汉卿的《窦娥冤》和纪君祥的《赵氏孤儿》是明朝以后最有悲剧性质的杂剧，且说道："剧中虽有恶人交构其间，而其蹈汤赴火者，仍出于其主人翁之意志，即列之于世界大悲剧中，亦无愧色也。"其文学价值可见一斑。因此，千百年来，《赵氏孤儿》被改编成多种剧目，在全国各地不断上演。同时，它也是中国第一个传入欧洲的戏剧，被改编成英、法、德、意等多种外文版本，广泛传唱，经久不衰。

今天，我们就走进《赵氏孤儿》，看一看奸佞们的奸诈、险恶、残暴、血腥以及多行不义必自毙的可悲下场，看一看义士们的人格、品德、勇敢、担当以及走向伟大的心灵历程，并在两者相较中校正我们人生道德的方向盘。

一、践踏忠义是酿成悲剧的祸根

"忠义"精神贯穿于中华民族的文化长河中，自古以来就是中国人立身处世的重要准则，是中国传统文化的重要组成部分。因此，"忠义"精神的存亡与一个社会的发展息息相关，在当代社会也不例外。元杂剧《赵氏孤儿》中赵盾是一个忠义之臣，可君王却偏听奸佞之言，使得赵氏家族惨遭灭顶之灾。赵盾的儿子赵朔的第一句唱词就唱道："枉了我报主的忠良一旦休，只他那蠹国的奸臣权在手。"义士韩厥在开篇也唱道："列国纷纷，莫强于晋。才安稳，怎有这屠岸贾贼臣，他则把忠孝的公卿损。"公孙杵臼的起始唱词亦与此同："兀的不屈沉杀大丈夫，损坏了真梁栋。被那些腌臜屠狗辈，欺负俺慷慨钓鳖翁。正遇着不道的灵公，偏贼子加恩宠，着贤人受困穷。"全剧之中的忠臣义士都对屠岸贾践踏忠义、残害忠良的罪恶行径义愤填膺、口诛笔伐，并指出奸佞横行必然造成人间悲剧。

屠岸贾是《赵氏孤儿》中最大的奸佞之臣，为了实现把控朝政、独擅大权的野心，多次陷害赵氏忠良。先是派人行刺，未成，又想出以灵犬试忠奸的损招，以反叛之名诬陷赵氏家族不忠，晋灵公昏庸无能，偏信谗言，酿成赵氏全家三百余口惨遭灭门之灾。纵览历朝历代君王的无道，大多也是源于奸臣的搬弄蒙蔽、庸臣的碌碌无为。人心不古，忠良被害，朝政昏暗，力透纸背的呼唤便是对忠义的渴盼。

在《赵氏孤儿》中，屠岸贾对赵氏赶尽杀绝用心阴毒，在赵氏一门惨遭杀戮后，屠岸贾得知公主腹中的赵氏余脉已经诞下，公主已死，韩厥已死，孤儿却不得去向。搜孤不得，屠岸贾便发号施令："若有盗出赵氏孤儿者，全家处斩，九族不留。一壁与我张挂榜文，遍告诸将，休得违误，自取其罪。"号令一出，未见有认罪者，气急败坏的屠岸贾变本加厉，佯传晋灵公命令，张挂榜文："把晋国内但是半岁之下、一月之上，新添的小厮，都与我拘刷将来，见一个剁三剑，其中必然有赵氏孤儿。"为彻底灭掉赵氏，屠岸贾不惜全城搜捕婴孩，牵连全城百姓，其手段之残忍以至灭绝人性。公孙杵臼痛斥其前所未有的恶行以至"万人恨千人嫌"，这样的一个人"不廉不公，不孝不忠，单只会把赵盾全家杀的个绝了种！"在杀害假赵孤一节，屠岸贾声嘶力竭地吼道："我拔出这剑来，一剑、两剑、三剑。把这一个小业种剁了三剑，兀的不称了我平生所愿也。"屠岸贾为灭赵家根脉，用三剑刺斩半岁的婴儿，其残忍与狠毒已不忍直视。

为达到"横行独步"之势，"心生嫉妒"的屠岸贾身为朝廷要臣却将"忠义"二字抛之脑后，谋戮忠臣，除君肱骨，其种种行为更是使其陷入泯灭人性的地步，于国于民造成无法挽回的损失，这就是践踏忠义、残害忠良的祸患。由此，我们也会想到南宋时期秦桧陷害精忠报国的大将岳飞的历史。南宋时期，国家、百姓深受金人侵扰，大将岳飞英勇抗金，一度使得沦陷十多年的中原有望被收复。立志要与众将"直抵黄龙府，与诸君痛饮尔"的岳飞却没想到，他在战场上为国为民出生入死即将取得胜利的时刻，秦桧却以权谋私怂恿朝廷连下十二道金牌，急令岳飞"措置班师"。皇命难违，岳飞无奈班师，他愤慨地说："十年之功，废于一旦！所得诸郡，一朝全休！社稷江山，难以中兴！乾坤世界，无有再复！"一回到临安，岳飞便遭到秦桧、张俊诬告"谋反"，接着被关进了临安大理寺严刑拷打。与此同时，在秦桧的撺掇下，宋、金正在策划第二次议和。在内外邪恶势力的夹击之下，岳飞被"莫须有"的罪名赐死于大理寺内，正气凛然的岳飞忠心报国含冤而死，时年三十九岁。临死前，他在供状上写下"天日昭昭，天日昭昭"八个大字。岳飞的儿子岳云、部将张宪也被腰斩于市门。岳飞的冤屈在宋高宗死后才得到平反昭雪，而岳飞的事迹被世代传颂，其名更是永垂不朽，成为千古的英雄。而对秦桧等奸臣的卑劣行径，百姓无不深恶痛绝，其名永遭世人唾弃，遗臭万年。

我们也会想到《史记》中关于蒙恬家族的记载。蒙氏家族对秦始皇统一六国功不可没。蒙恬的祖父辅佐秦王攻打城池，扩大秦国领土；其父蒙武帮嬴政攻克楚国，为统一打下基础；蒙恬参与征服齐国，又在秦始皇统一天下后多次驱逐匈奴，驻守边疆十几年；其弟蒙毅也被始皇重用为内政大臣。整个家族战功赫赫，实为国之栋梁。然而秦始皇死后，李斯和赵高假传圣旨扶立二皇子胡亥继位，并一手操控胡亥，将蒙毅谋害，又诬陷蒙恬谋反，最终蒙恬为保名节服毒自尽。

历史是公平、公正、公道的，不管是奸佞还是忠良都要接受历史的审判。屠岸贾虽然猖獗一时，但最后被钉在了历史的耻辱柱上；而赵盾、韩厥、公孙杵臼、程婴等忠良义士，虽然受尽磨难甚至牺牲了生命，但流芳百世，千古传颂。在奸佞与忠良的斗争中，忠义精神显得更加可贵。一个社会只有弘扬忠义精神，才能辨识忠奸，劝善惩恶，让和畅的惠风吹拂大地人心。

二、心存大义是成就伟大的力量

大义即正义、正道。《三国演义》中刘备去隆中拜访诸葛亮说道："汉室倾颓，奸臣窃命，备不量力，欲申大义于天下，而智术浅短，迄无所就。"意思就是说：汉室王朝摇摇欲坠，奸臣窃取政权，我自不量力，想要为天下人伸张大义，却因我才智与谋略短浅而失败。这里的大义就是正义、正道。《赵氏孤儿》中程婴救孤的英雄壮举并不是从始而终、一以贯之的选择，他也没有刘备那样侠肝义胆的魄力。他的救孤行为是一个由被动受托到主动承担慢慢递进的过程，他忍辱负重、含辛茹苦地将赵孤养大报仇，是一个普通人走向伟大的飞跃，而促使伟大的力量便是心存大义。

程婴一介草泽医人，受赵家优待已久，公主唤他过去，他只是以为公主将要生产，未曾想到赵家蒙难，公主会将赵氏孤儿托付于他。面对如此重托，程婴作为一个卑微的普通人的第一反应便是："公主，你还不知道，屠岸贾贼臣闻知你产下赵氏孤儿，四城门张挂榜文，但有掩藏孤儿的，全家处斩，九族不留。我怎么掩藏的他出去？"言辞之间流露着非常明显的畏惧。可是此时的公主已无他法，为保存赵氏家脉，她下跪哀求程婴，程婴依然顾虑重重地说道："假若是我掩藏出小舍人去，屠岸贾得知，问你要赵氏孤儿，你说道，我与了程婴也。俺一家儿便死了也罢，这小舍人休想是活的。"虽然迫于公主屈膝的压力，表面应承，但这番话仍可以看出：想到此事攸关全家性命，程婴并不是发自内心地想揽下。最终，公主以死掩护，自缢身亡。身为屠岸贾门客的韩厥奉命搜婴却仗义放行，韩厥呵斥程婴："你既没包身胆，谁着你强做保孤人？可不道忠臣不怕死，怕死不忠臣。"韩厥为保护赵孤自绝性命。公主与韩厥之死让畏首畏尾的程婴受到了一定的触动，但是当他带着赵孤投奔公孙杵臼时的表现，还是流露出了内心的慌张和担忧，他一遍遍申诉自己的顾虑，其胆小怕死的一面仍较为明显。在屠岸贾以全城之婴儿相要挟的情况之下，公孙杵臼为保护假孤，即程婴之子，而慷慨赴死。在大义面前，程婴选择了以亲子替赵孤而死。之后的漫长岁月，程婴严守秘密，保全了赵氏孤儿，他的义举也成就了流传千百年的佳话。

程婴作为一介平民，与公主这样的皇亲国戚、韩厥这样的当朝将军、公孙杵臼这样的当朝大夫自然不同，他是一个平凡的下层人物，他的怯懦谨慎，甚至贪生怕死是我们每一个普通人都有的人之常情，是合乎情理的情感。他的怯懦在关键时刻也恰恰成了赵孤的最好保护衣。屠岸贾不会想到，像程婴这么个胆小怕死的人竟然会牺牲了自己四十多岁才难得的骨肉而去保全不甚相干的赵孤。

"舍亲子，换赵孤"这一情节是全剧程婴大义大勇之所在。而剧中却并未刻意标榜程婴高尚的气节，或者对其大肆夸张渲染，只是将这种选择化作程婴的内心想法：把自己尚未满月的孩子假装作赵孤，让屠岸贾将父子二人一并处死，真赵孤由公孙杵臼抚养长大，岂不是成就了一件好事？然而，故事的走向并未按照程婴的预想进行。屠岸贾得知孤儿被救走后，竟然以晋国上下所有半岁以下、一月以上婴儿的生命相要挟，逼迫藏孤者交出孤儿。面对屠岸贾"宁可错杀一千，也不放过一个"的灭绝人性之举，程婴心中的大义被唤醒，将自己四十五岁才得的尚未满月的孩子交了出来，并眼睁睁地看着自己的骨肉被摔死，其妻更是痛心而死。虽救下了赵孤，程婴却付出了家破人亡的代价，而且在以后抚养赵孤长大的艰辛岁月里更是"踌躇辗转，昼夜无眠"。他不惜背负骂名，让赵孤认屠岸贾为义父。为了复仇，他卑躬屈膝地侍奉屠岸贾，为其充当门客，在痛楚与孤愤中含辛茹苦地将赵孤抚养长大。长大成人的赵孤在得知真相后手刃屠岸贾，铲除邪恶，完成为赵家忠良申冤报仇的使命。

在剧中，程婴与赵家无亲无故，一介草民为什么要舍弃自己唯一的孩子，牺牲妻子的性命，放下自己的尊严，救下赵孤并忍辱负重抚育赵孤，铲奸报仇？其根本原因就是心存大义，是下层的民众内心深处对忠良的怀念，对正义的崇敬，对国家命运的关切。关于程婴，虽全剧并无唱词，但其形象却最亲近逼真。他虽然没有义薄云天的英武气概，却是个血肉饱满的普通人；他的畏畏缩缩在大义面前转换为勇于承担，在寻常中成就了伟大。

大义是人类共同追求和赞誉的崇高美德，是人类理想人格的最高境界。南宋时期的隗顺，虽是一个狱卒，却能名留青史被后人称颂，也是因为他心存大义。岳飞被秦桧进谗言而惨遭冤杀于大理寺风波亭，当时众人畏惧秦桧的淫威，没有人敢去为其收尸。身为狱卒的隗顺早已仰慕岳飞的英雄品格，此时，他冒着生命危险将岳飞的遗体背负出城，偷偷埋葬在九曲丛祠旁，为了日后方便辨认，又将岳飞身上的玉环系在其遗体的腰下，还在坟前栽了两棵树。后来，隗顺将死，他才把这个秘密告诉了儿子，并嘱托儿子看护好岳飞之墓，将此事保密。正是因为隗顺的这番义举，才有了岳飞冤狱昭雪后其遗体被迁葬于杭州西子湖畔栖霞岭受后世瞻仰的可能。后人也许并不知道关于隗顺的其他事迹，但他这一生所做的这一件事就足以被后人铭记。隗顺心存大义，让人敬仰，他虽然是普通的小人物，却成就了伟大。

相较于放射万丈光芒的文天祥，张千载一定是一个暗淡无光的小人物。二人原本是一对要好的朋友，可是命运却大相径庭。当文天祥高中状元官至宰相时，张千载在家躬耕田亩，安贫乐道，不攀不附。当文天祥抗元失败被俘后，张千载即刻变卖家产，追随并照料文天祥，就这样，他不避寒暑，尽心尽力地服侍了文天祥三年之久，直到他被下令处决，又费尽心力将文氏夫妇的尸体搬运出来火化，并将骨灰带回老家。从对国家贡献和个人成就方面来讲，张千载并未当过大官，并未为国为民做过什么可歌可泣的事业，但是对于民族英雄文天祥来说，张千载能在其蒙难时勇于站出来，像一个忠诚的仆人一样服侍他，直至其死去后，为其妥善安置后事，这也是心存大义的伟大义举。因为张千载号一鹗，因此后人将这种情谊称为"生死交情，千载一鹗"。张千载用自己的方式表达了对文天祥的敬意，即表达了对正义的追求，他的生命也因此生发了万丈光芒。

心存大义使小人物、普通人在失道的时代觉醒和抗争，他们用思想和行动书写家国大义，他们的性情真实生动、鲜活饱满，他们的生命也充满光泽。在当今社会，我们也需要将"大义"牢记心间，因为它是明辨是非、奉献担当的勇气，它是"天下兴亡，匹夫有责"的情怀，它是向一切污秽邪恶说不的果敢。"大义长争日月光"，心存大义是成就伟大的力量。

三、舍生取义是崇高的民族气节

"生当作人杰，死亦为鬼雄"，这是女中英杰李清照的气节；"粉身碎骨浑不怕，要留清白在人间"，这是于谦的气节；"我自横刀向天笑，去留肝胆两昆仑"，这是谭嗣同的气节；"取义成仁今日事，人间遍种自由花"，这是陈毅的气节。《赵氏孤儿》为我们展现的是，舍生取义是崇高的民族气节。

韩厥是为救孤而牺牲生命的第一位义士。在剧中，韩厥是屠岸贾手下门客，在赵氏一族惨遭灭门后，韩厥愈加看清了"忠正的在市曹中斩首，谗佞的在省府内安身"的黑暗的社会现实，因此他对于国家命运也表现出深深的忧虑，但无奈晋灵公却偏信"人间恶煞"屠岸贾这样的贼臣，残害忠良，害国害民。作为屠岸贾的手下，韩厥清醒地认识到赵氏一家的忠良淳厚和屠岸贾的邪恶凶残，这种认识正是韩厥成就义举的思想基础。韩厥在屠岸贾发号施令搜捕孤儿斩草除根时，愤恨不已，在心中痛骂屠岸贾心狠手辣，不怕惹起民怨和众口攻击；更是希望上苍开眼，有朝一日能惩罚奸恶。程婴受公主之托将赵孤偷偷藏于药箱之内，以为公主看完病为由提着药箱准备出宫门时遇到了将军韩厥。韩厥在检查药箱时发现了藏于其中的赵孤："额颅上汗津津，口角头乳食喷；骨碌碌睁一双小眼儿将咱认。"看到可怜的孩子，听到程婴诉说赵家惨遭杀害的经过，为了保存忠良之后，他放走了程婴，并为保护程婴和孤儿自刎以绝后患。自刎前，韩厥对程婴说："将孤儿好去深山深处隐，那其间教训成人，演武修文，重掌三军，拿住贼臣，碎首分身，报答亡魂，也不负了我和你硬踹着是非门，担危困。"韩厥身为屠岸贾的门客，面对正义和邪恶做出了舍生而取义的选择，他的行为是壮烈的，气节是崇高的。

公孙杵臼是为救孤牺牲生命的第二位义士。公孙杵臼原为晋国的宰辅，即中大夫，他因痛恨晋灵公"屈沉杀大丈夫，损坏了真梁栋"，因不满屠岸贾专权将朝政操纵得昏暗无光，所以罢职归农，远离政事。当程婴告知赵氏孤儿尚存，且处境危险时，他慷慨赴义。屠岸贾为逼其交出赵孤，打得他"皮都绽，肉尽销"，但为了延续赵家忠良的余脉，他毫不犹豫地献出自己的生命，撞阶而死。公孙杵臼嘱托程婴："我嘱咐你个后死的程婴，休别了横亡的赵朔。畅道是光阴过去的疾，冤仇报复的早。将那厮万剐千刀，切莫要轻轻的素放了。"这嘱托是用生命换来的希望，是对忠良的维护，是对正义的坚守。

为了惩恶扬善，保存忠良和伸张正义，几位义士舍生取义，慷慨赴死，这种气冲霄汉的义士精神不是历史长河中某个人的偶然表现，而是中华民族长久积淀的崇高气节。孔子曾说："君子喻于义，小人喻于利。"孟子说："生亦我所欲也，义亦我所欲也，二者不可兼得，舍生而取义者也。""义"是儒家坚守的为人根本，因此将义放置于生命之上即成为这些义士的内在驱动力。

南宋文天祥舍生取义的故事尽人皆知。为了反抗侵略，保卫家园，身为文官的文天祥毅然拿出自己的家财招募三万壮士，抗元救国，直至南宋统治者投降元军，他仍然坚持抗战。兵败被俘后，元人多次对其劝降，文天祥都视死如归，毫不动摇，并留下荡气回肠的动人诗句："人生自古谁无死，留取丹心照汗青。"他高尚的民族气节和为正义而献身的精神是中华民族永恒的精神财富。

关于苏武牧羊的故事想必大家也是耳熟能详。苏武奉命以中郎将持节出使匈奴，却被扣留。匈奴以功名利禄引诱，以严刑拷打威胁，但苏武始终凛然大义，宁死不屈。班固在《汉书·苏武传》中称赞其"有杀身已成仁，无求生以害仁。"无计可施的匈奴遂"徙武北海上无人处"，然而在极端艰苦的生活环境之下，苏武宁可"掘野鼠，去草实而食之"也不退缩。曾经出使时的春秋鼎盛，再回到汉室时已经鬓发花白。虽然苏武并未赴死，但他坚定的民族气节及抛却生死的民族大义，已然是舍生取义的典范。

谭嗣同一生致力于维新变法，革除弊政，以"我以我血荐轩辕"的决心，在戊戌变法失败后希望用自己的鲜血唤醒沉睡的国人，年仅三十三岁的他在能够活下来的情况下毅然选择了舍生取义，其壮举深深地震撼了世人。梁启超称他为"中国为国流血第一士"；康有为赞扬他："挟高士之才，负万夫之勇，学奥博而文雄奇，思深远而仁质厚，以天下为己任，以救中国为事，气猛志锐。"他视死如归的精神为后世的人们竖起不朽的丰碑，他的大义值得人们永远尊重和景仰。

"舍生取义"当然是在极端情况下的不得已的选择，这里的"义"是对人生价值主宰与超越的指向和选择。在当今时代，我们很少能够面对生与义的选择取舍，但在人人重利轻义的不良氛围中，我们却需要认真地学习和传承这种"舍生取义""尽义而生"的精神。

《赵氏孤儿》给我们讲述了一个有血有肉、入情入理、真切感人的故事。它所表现的人性之善，所蕴含的可贵品质，所传递的义士精神，早已成为人们敬仰和传颂的对象。它所塑造的几位义士在伸张正义的路上前赴后继，用鲜血和生命将"义"之精神凝聚成永恒，给后人留下了深刻的警示：践踏忠义是酿成悲剧的祸根，心存大义是成就伟大的力量，舍生取义是崇高的民族气节。岁月荏苒，风云变幻，时代虽然在进步，但这三条警示仍然有着教育人、启迪人、鼓舞人的意义。

《牡丹亭》之人性唤醒

○ 周海燕

2001年5月18日，联合国教科文组织在巴黎宣布：中国昆曲艺术是"人类口述和非物质遗产代表作"。这是联合国教科文组织首次将一门戏曲艺术确立为"人类口述和非物质遗产代表作"。此举的目的是基于这些非物质遗产本身的文化价值及其亟须保护的程度，呼吁各国政府采取紧急措施，对这些文化遗产全力保护并大力复兴。昆曲作为中国戏曲艺术中的珍品，不但在汉族传统戏曲中占有重要地位，在世界范围内也影响深远。昆曲的代表作首推明代作家汤显祖的《牡丹亭》。

《牡丹亭》全名《牡丹亭还魂记》，又称《还魂记》，共55出，是我国戏曲史上浪漫主义的杰作，在文学史上与《西厢记》都以爱情主题闻名于世。汤显祖自己也最喜欢这部作品，他曾说："一生四梦，得意处唯在牡丹。"《牡丹亭》脱稿于万历二十六年（1598年）汤显祖弃官返回临川之后，它问世不久，就"家传户诵，几令《西厢》减价"，可见其反响非同小可。

四百多年来，《牡丹亭》不仅已成为古典文学和戏剧的经典剧目，而且其中的一些精彩折子至今还在戏曲舞台上传演不衰，仍然受到广大观众的欢迎。今天，我们就走进这部"几令《西厢》减价"的作品，领略大师挥洒出的情感世界。

一、揭橥人性的旗帜

《牡丹亭》故事取材于话本小说《杜丽娘慕色还魂记》，写南宋时江西南安府太守杜宝的女儿杜丽娘在梦中见一书生手持柳枝前来求爱，两人在牡丹亭畔幽会。醒来后她为相思所苦，抑郁而死。此时，杜宝升官离任，葬杜丽娘于牡丹亭畔。三年后，广州书生柳梦梅去临安应试，路过南安，拾得丽娘画像，悦其貌美，终日把玩。丽娘幽魂出现，又与柳梦梅相会，并起死回生，两人结为夫妇。后柳梦梅考中状元，杜宝拒不承认二人的婚事，最终由皇帝出面解决，夫妻父女团圆。在《牡丹亭》里，主人公柳梦梅与杜丽娘一见钟情，萌发青春之爱，并产生了性的结合。然而这一结合既不俗，也不是西方式的"放"。汤显祖用了一种特有的偏重精神层面的表现手法，那就是让男女主人公相约在梦里，用"花神舞"的表演来展现男女主人公的爱情，使之达到了一种绝妙的艺术境界，具有极高的审美价值。这出戏的意义就在于它在纲常名教盛行的社会里表现出了一种精神上的反叛性。《牡丹亭》对于爱情的描写，具有过去一些爱情剧所无法比拟的思想高度和时代特色。作者明确地把男女主人公这种叛逆之举当作思想解放、个性解放的一个突破口来表现，不再是停留在反对父母之命、媒妁之言这一狭隘含义之上。作者让剧中的青年男女为了爱情出生入死，除了具有浓厚的浪漫主义色彩之外，更重要的是赋予了爱情能战胜一切、超越生死的巨大力量。

20世纪，西方伟大的心理学家弗洛伊德指出人最本质的欲望、最本质的动力是性本能。而《牡丹亭》的作者汤显祖在这部剧里所展现的最"人性"的东西，就是杜丽娘对于这一生物本性的追求和向往，这一带有浪漫色彩的追逐在很大程度上是以牺牲主人公生命为代价换来的，以此更加沉痛地展现了人性被绝对压抑的巨大悲哀。

《牡丹亭》简单来说就是一个长期接受传统教育的美少女，一次偶然梦中邂逅书生，发现了长期以来在她身上残酷的真相，哪怕是她的居处都让人压抑。《惊梦》中，"梦回莺啭，乱煞年光遍。人立小庭深院。"她被整个社会无形的压力约束着，甚至感觉不到自己的美和对于性的渴望，后来外在世界的美好让她看清了现实，这些想法拯救和解放了她，却也摧毁了她。最后，她感伤自逝，而后又在阴间重生，面对父权和整个社会进行抗争，最终得到皇权的承认。

《牡丹亭》中有一个情节是一些现代人特别不能理解的，就是杜丽娘因梦中所见男子而死去。杜丽娘从梦中醒来之后，思慕梦中遇到的男子，因为当时的社会礼法和其他条件所限，她无法在现实生活中遇到一个这样的年轻男子。她不能像今天一样，通过各种方式来交友，在杜丽娘的时代，女子被要求"大门不出，二门不迈"，几乎没有可能与男子自由交往，所以她忧思成疾，抑郁而卒。因为梦中的一个男子而得了相思病并且赔上了性命，这在今天是无法想象的。但在这里，作者强调的就是"情"的感人至深，他在《牡丹亭》卷首写下一段题词："情不知所起，一往而深。生者可以死，死可以生。生而不可与死，死而不可复生者，皆非情之至也。"不能把这段话曲解成凡是没死的就不是真爱，凡是真情就都得去死，双双化成蝴蝶翩翩飞舞。他这一段话是礼教时代里对爱情最真切大胆的注解，肯定的是从人性出发的、人人都向往的"情"。不管是男人，还是女人，不管是今人，还是古人，人人都有。凭借这样一部为"情"立言、突破时代界限的《牡丹亭》，汤显祖奠定了自己在文坛的地位，后人甚至将他与西方顶尖的戏剧大师比肩，称其为"东方的莎士比亚"。

《牡丹亭》不仅得到了文人雅士的称赏，在社会上也引起了极大的反响。汤显祖所娓娓描述的爱情故事，曲折离奇，缠绵悱恻，征服了无数观众的心，尤其是那些情窦初开的青年。其中，最为典型的当数俞二娘。用眼下的流行语来说，她是一位"超级粉丝"，当今的追星族与她相比，莫不逊色。她在读了《牡丹亭》以后，用蝇头小楷在剧本间作了许多批注，深感自己不如意的命运也像杜丽娘一样，终日郁郁寡欢，最后"断肠而死"。杭州女伶商晓玲在演《牡丹亭》时哀感于自己的身世，猝死在舞台上。广陵冯小青独居山上，读《牡丹亭》后留下一首诗："冷雨幽窗不可听，挑灯先看牡丹亭。人间亦有痴如我，岂独伤心是小青。"后来也是抑郁而亡。四川内江一女子才貌俱佳，倾慕作者的才华欲嫁汤显祖，汤显祖以年老辞拒，她含恨投水而死。这些记载未见得确有其事，却足以说明这部作品具有震慑人心的力量。这些在现实世界中备受压抑的女子在作品中看到了自己，感受到了自己。《牡丹亭》之所以能赢得如此强烈的共鸣，正在于它表现了"情"的力量和"情"的合理性，而这也正是对封建礼教的冲击，抒发了深藏于人们心底的情感追求。

再比如，《红楼梦》作为中国古典小说的集大成之作，也从《牡丹亭》中吸收了不少精华，出现了多处与之相关的情节。最出名的还是第二十三回"西厢记妙词通戏语，牡丹亭艳曲警芳心"。这一回前面写黛玉正在葬花，恰好宝玉拿了《西厢记》给她看，宝玉自比张生是个"多愁多病身"，并比黛玉为莺莺就是那个"倾国倾城貌"，触动了二人的芳心。宝玉被袭人叫走后，黛玉"自己闷闷的"，"刚走到梨香院墙角外，只听见墙内笛韵悠扬，歌声婉转"，原来是那十二个女孩子在演习戏文，正是《牡丹亭》的《游园》一出。黛玉并未"留心去听"，然而"原来姹紫嫣红开遍，似这般都付与断井颓垣""良辰美景奈何天，赏心乐事谁家院"这样的句子，却明明白白一字不落。黛玉直感叹："原来戏上也有好文章，可惜世人只知看戏，未必能领略其中的趣味。"当听到"只为你如花美眷，似水流年"这一句时，"不觉心动神摇"，又听到"你在幽闺自怜"等句，"越发如醉如痴，站立不住"。由"如花美眷，似水流年"八个字，联想到"水流花谢两无情"的诗句，又想到"流水落花春去也，天上人间"的词，又兼方才所见《西厢记》中"花落水流红，闲愁万种"

之句，种种凑聚在一处，"不觉心痛神驰，眼中落泪"。毫无疑问，林黛玉作为女性也在作品中找到了渴望人性被尊重、被肯定的契合。

人性，是最简单的，也是最复杂的心理属性。有的时候人性能被一眼看穿，有的时候却又茫然无解。汤显祖在《牡丹亭》中让杜丽娘借梦中相会、死而复生来解放自己的人性，这种对爱情自由的向往与追求，代表着千千万万不甘压抑的女儿心。《牡丹亭》对人类天性和女儿情怀的诗意展露，成为中国封建社会后期那个思想启蒙和个性解放时代的一面旗帜。

二、掌控韶华的命运

《牡丹亭》这样的经典，在精神层面具有深刻而长远的影响力，能在大众文化低幼化中发出振聋发聩的思想穿透力和行动感召力，带给人们关于自身处境和命运掌控等各方面的深入思考。汤显祖用戏剧表现哲学理念，他所关心的问题是整个人类的处境问题，也就是一个思想史的问题、哲学层面的问题。

杜丽娘的父亲是个迂腐、顽固的人，为了让杜丽娘将来出嫁后能与丈夫"谈吐相称"，为她请了先生陈最良。杜丽娘读书并不是为了她自己，而是为了配得上将来的丈夫。她的老师陈最良也是一心只读圣贤书的老学究，他本身深受封建礼教的毒害，已经成了礼教的传声筒，所以他给杜丽娘讲解《关雎》时说《诗》是讲"后妃之德"的。"论《六经》，《诗经》最葩，闺门内许多风雅：有指证，姜嫄产哇；不嫉妒，后妃贤达。更有那咏鸡鸣，伤燕羽，泣江皋，思汉广，洗净铅华。有风有化，宜室宜家。"陈最良的观点与《关雎》的爱情主题完全不同，他认为《关雎》是一首颂扬"后妃之德"，能让闺阁女子收其芳心的标准范本。在当时的社会环境和生活环境中，杜丽娘的性格和欲望始终是被压抑的状态，女孩子嬉戏打闹、白天睡觉、情窦初开之类都是不被允许的。她不得不好好读书、做女工，但是她是有着"人性"的少女，所以她才读得懂"关关雎鸠，在河之洲。窈窕淑女，君子好逑"的真正含义，因为她有"爱好"的天性，她才会偷偷跑去游园。杜丽娘游园之后有一番感叹，其中有《皂罗袍》和《好姐姐》两支曲子，唱词是"原来姹紫嫣红开遍，似这般都付与断井颓垣。良辰美景奈何天，赏心乐事谁家院！朝飞暮卷，云霞翠轩，雨丝风片，烟波画船，锦屏人忒看的这韶光贱。""遍青山啼红了杜鹃，荼蘼外烟丝醉软，那牡丹虽好，他春归怎占的先！闲凝眄，生生燕语明如翦，呖呖莺声溜的圆。"这些唱词揭示了一个妙龄少女渴望爱情而不得的现实悲剧。

《牡丹亭》是一部很深刻的作品，汤显祖以春色意象连贯全篇，其实他要追求的就是这个生机盎然的生命。杜丽娘在暮春的时候来到花园看春光，她兴冲冲地来，可是一推开园门，第一眼看到的是什么："原来姹紫嫣红开遍，似这般都付与断井颓垣。"她一下子看到的是姹紫嫣红的春花都开在荒芜破落的田园里，繁华跟寥落并存，灿烂跟衰颓共现，是生也是死，是美丽也是哀愁，而这样一个生与死、美丽与哀愁并存的景观，不是个案，不是偶然，是人生的常态。所以杜丽娘推开园门的一刹那，无限感慨，原来人生竟然是这样的。当我们这一面在生机盎然的时候，另外同步就是繁华的寥落，正是"原来姹紫嫣红开遍，似这般都付与断井颓垣"的时候，游园的所见让杜丽娘有了深刻的感悟。

再看这一句，"遍青山啼红了杜鹃，荼蘼外烟丝醉软"。杜丽娘的感慨，丫鬟春香并不知道。春香觉得只要逃课游园就很开心了，她看什么都很高兴：你看杜鹃也开了，荼蘼也开了，什么花都开了。杜丽娘的反应却不一样：是，杜鹃开了，荼蘼也开了，可是杜鹃和荼蘼都是春花的最后一季。春香开心地在花中指指点点，可是杜丽娘感慨的是，春花都开了，也就表示春天要过去了。春香很开心地接着讲，所有花都开了，只有牡丹还没有开。各位知道牡丹什么时候开吗？初夏，牡丹春天不开，因为不够热，可是太热了也不行，所以是初夏盛开，花期很短。所以杜丽娘游园是晚春、暮春，这时牡丹还没有开。而杜丽娘唱的这句是什么意思呢？牡丹绝对是花中之王，牡丹虽好，可是"他春归怎占的先"，花中之王怎能抢在春去之前先开呢？牡丹开放的时候已经是初夏了，所以当牡丹绽放的时候，百花零落，春意凋残。这句话的意思，杜丽娘指的是自己，自己这么美好的生命，就像花中之王牡丹一样，等到我的生命绽放的时候，已经春残花落了。《牡丹亭》哪里只是一个爱情故事呢？它其实讲述了一个青春生命的无力自主，因为无力自主，才反过来强烈地渴求生命的自主性，所以我们说这个故事其实是讲一个人的生命要如何安顿的问题，是一个哲学的思考。《惊梦》的结尾，杜丽娘在梦中跟这个男子欢会之后，醒来发觉所有的一切都不是真的，原来只有在梦中才能掌握自己的生命，这时的她倍感失落。

杜丽娘虽然是在梦中实现了对自我命运的掌控，但正是因为她迈出了这勇敢的第一步，才有了后来在皇权的承认下婚姻得以圆满的大团圆结局。一段生而复死、死而复生的姻缘故事看似荒诞，但杜丽娘争取自身权利、捍卫自身命运的举动却引起了无数年轻女性的强烈共鸣。不管是礼教压抑下的封建社会，还是提倡民主自由的当今时代，一个人能够真正掌握自己的命运是很难的，但我们要有信心、有决心去战胜现实的种种困难，倾听内心真实的声音，努力争取实现自己无悔无憾的人生。

三、珍重情感的价值

著名的汉乐府诗《上邪》中写道："上邪！我欲与君相知，长命无绝衰。山无陵，江水为竭，冬雷震震，夏雨雪，天地合，乃敢与君绝。"一个心直口快的姑娘指天为誓，以一连串不可能发生的事情来表明自己爱的心迹。此诗字少情深，可是，今天很多人并不珍视这种感情。一些人的婚恋观存在问题，爱情来得快，去得也快，对一个人的热情来得快，冷却得也快。所谓自由"爱情"却不是真正的爱情。快餐式爱情引发很多问题，不知道该怎么谈真正的恋爱。而人之所以高贵，正是在于情感的高贵和自由。

《牡丹亭》整个故事就是对情的演绎。杜丽娘因情而死，又因情而生，"情"可惊天地、泣鬼神，是推动剧情发展的全部动力。可以说，这是一曲至情、至纯、至美的爱情颂歌。很多情节体现出人类情感的高贵和自由。比如，杜丽娘去世后，魂游梅花庵，唱道："生和死，孤寒命，有情人叫不出情人应。为什么不唱出你可人名姓？似俺孤魂独趁，待谁来叫唤俺一声。不分明，无倒断，再消停。"大意是：我无论生在阳世还是魂归冥府，都是孤苦冷落的境遇，有情之人却等不来我那梦中情人的回应。你为什么不叫出你心爱之人的名姓？想我杜丽娘孤魂独来独往，要等到谁来叫唤我一声呢？听这声音似明非明，断断续续，无休无止。那边未来的一书生，睡梦中怕是呓语不断吧。在这支曲子中，我们看到：杜丽娘深觉自己不管是活着还是死后都是如此孤单寂寥，等不来那梦中情人的回应，只得这样游荡。正在杜丽娘苦于这种凄惨境遇的时候，那似有若无的呼唤之声骤然开启了她的心绪。此曲的人物情绪从凄冷开始逐渐升温。再看下一支曲子："不由俺无情有情，凑着叫的人三声两声，冷惺忪红泪飘零。呀，怕不是梦人儿梅卿柳卿？俺记着这花亭水亭，趁的这风清月清。则这鬼宿前程，盼得上三星、四星？"曲子的大意是：不管我是有情意还是无情意，我恍惚听到的那断断续续的呼唤之声，不经意间将我感动得流下泪来。难道真的是我梦中的人吗？我还依稀记得当初梦中言之难尽的恩爱，也是在这样风轻月清的夜晚。我已然由人变鬼，我的姻缘前途还有几成希望呢？此曲情感层次有三：其一，杜丽娘在书生的呼唤声中牵动情思，其情绪已经被带动起来，所以她不由自主地趋着呼唤之声而接近，也就越来越清楚地听到声音，她已经被感动了。其二，杜丽娘逐渐意识到这呼唤之人极有可能就是自己当初梦中所遇之人，因而她不自觉地便想起了当年梦中欢会之事，那梦中缠绵悱恻的场景都涌到眼前。其三，杜丽娘又想到"鬼"这一身份，不确信自己的这段姻缘前途能有多大把握，本能地怀疑起自己刚才的判断了。这支曲子表现人物情感时与上一曲相同，人物情绪"升温两小步再跌落一小步"，显得起伏有致。杜丽娘的生和死都经历了闺怨和孤苦，虽然在《冥判》中已经听闻自己和梦中人日后能有"姻缘之分，发迹之期"，但是当梦中之人真的就要出现在眼前的时候，杜丽娘还是不太相信自己的判断，她自己都在怀疑这是不是真的就是梦中之人。越是用这种情绪描写人物，就越能把杜丽娘对爱情的极度渴望展现出来，就越能呼应杜丽娘为情而死的难以忘却之恋情，也更加呼应《牡丹亭》剧作的主旨精神。

《牡丹亭》以昆曲特有的艺术手法，把"人鬼情未了"这一难以表达的情感酣畅淋漓地表现出来。在《冥誓》一出中，杜丽娘显示出"至情者"的巨大勇气，对着情人，她真挚地向他表白了自己的爱情："是看上你年少多情，迤逗俺睡魂难贴。"在杜丽娘强烈情感的感召下，柳梦梅和杜丽娘对天盟誓，订立了偕老之盟。柳梦梅发誓道："神天的，神天的，盟香满爇。柳梦梅，柳梦梅，南安郡舍，遇了这佳人提挈，作夫妻。生同室，死同穴。口不心齐，寿随香灭。"他们对于爱情有着真诚的期许和坚定的信心。它告诉我们：恋爱可以这么谈。拒绝快餐式爱情，珍惜情感，情感发展过程中的每个细节都值得细细品味。马克思说："真正的爱情是表现在恋人对他的偶像采取含蓄、谦虚甚至羞涩的态度，而绝不是表现在随意流露热情和过早的亲昵。"树立正确的情感观，恋爱和婚姻都回归爱情本身，认真体会爱的含蓄、谦虚，把爱情融入理想、学业以及事业，才能赋予人生更丰富的含义，互相尊重、理解、包容，这才是我们每个现代人应有的婚恋观。

在明代剧坛上，汤显祖就像一颗明亮的星辰划破晚明社会的天空；《牡丹亭》的问世，犹如一股强劲的风，给沉闷压抑的社会带来清新的空气，激起文人学士、名娃闺秀的强烈共鸣。四百余年来，人们从未间断过对它的热情与兴致，许多真知灼见也正是从这种热情与兴致中迸发出来的。今天，如果我们能够找到经典进入各国民众精神世界和日常生活的畅达路径，建立起与现代人生活和情感的关联，那么，《牡丹亭》将会闪耀出更加灿烂的光芒！

《三国演义》之君子达德

○ 李婷婷

把《三国演义》这部战争小说与"君子达德"连在一起，难免使人感到有些唐突。其实，从某种意义上说，《三国演义》就是一部歌颂、传扬、赞誉"君子达德"的君子之书。

孔子在《论语》中指出：君子应具备三种重要的德行，即仁、智、勇，并解释道："仁者无忧，智者无惑，勇者无惧。"意思是说：仁者胸怀坦荡，俯仰天地，践行大道，不计私利，还担忧什么事情做不成呢？智者知识渊博，思维敏捷，足智多谋，明察善断，还有什么难题解决不了呢？勇者浑身是胆，威武刚毅，不怕困苦，不惧强敌，还有什么可惧怕的呢？后来，《中庸》一书将仁、智、勇概括为"三达德"。所谓"达"，就是通达之意，也是通行的意思。"达德"，就是通行的、普遍的道德。仁、智、勇三达德是天下凡君子者都应该具备的德行。在整个封建时代，无论是官方还是民间，也无论是儒家经典还是启蒙读物，都想方设法地宣传"三达德"。

罗贯中的伟大之处，是用《三国演义》这部战争小说来宣传仁、智、勇三达德，可谓是一项发明创造。《三国演义》以从东汉末年群雄割据混战，到魏、蜀、吴三足鼎立，再到司马炎统一三国建立晋朝为历史景深，以黄巾起义、董卓之乱、群雄逐鹿、三国鼎立、三国归晋为现实舞台，把仁、智、勇阐扬得气贯长虹、神采飞扬、充盈天地、感人肺腑。它用金戈铁马、刀光剑影、沙场点兵、大军决战、千钧一发、命悬一线般的故事桥段，把仁、智、勇阐扬得活灵活现、有血有肉、感天动地、令人敬仰。因此，在人们心目中，《三国演义》中的许多人物都成为仁、智、勇的代表，有的人物至今还被人们广泛供奉，顶礼膜拜，配享香火。

今天，我们就走进《三国演义》，领略一下群雄逐鹿中仁、智、勇的表现、价值和意义，从而提升我们今人的仁、智、勇修为。

一、上报国家，下安黎庶——仁的高尚品德

"仁"是儒家的核心道德。早在孔子时期，他就提出了"仁者，爱人""仁者，莫大于爱民"的主张。孟子在孔子的基础上进一步提出了"民为贵，君为轻"的民本思想，强调"君行仁政，斯民亲其上，死其长矣"。渴望仁政、反对暴虐、向往真善美是中华民族一以贯之的追求。

在《三国演义》中，刘备便是"仁"的代表，他胸怀"上报国家，下安黎庶"的大志，宽仁爱民，以诚待人，是一个近乎完美的明主、贤君的形象。第四十一回描写的关于刘备"携民渡江"的故事，是最能体现刘备之"仁"的一个片段。刘备和诸葛亮在新野大败曹军，之后转移到樊城，没想到曹操亲自率军杀向樊城，刘备被迫撤退。紧急撤退之际，刘备因心怀仁德，不忍抛弃追随已久的百姓，而在城中发布通告道："今曹兵将至，孤城不可久守，百姓愿随者，便同过江。"并不顾众将反对，坚定地说："举大事者必以人为本，今人归我，奈何弃之？"刘备的举动极大地感动了民心，老百姓皆表示宁死相随。撤退途中刘备收留难民，他们拖家带口，扶老携幼，号泣而行，哭声不绝。当刘备到了南岸，回顾江北，江北未渡江的百姓无不向南招手呼号，最终刘备一直看着百姓将要渡完江后，才上马离去。刘备此举虽然给撤退的士兵带来了不小的麻烦和风险，但是却极大地赢得了民心。这与曹操的"宁可我负天下人，不可天下人负我"的信条形成了鲜明对比。对此，有诗赞道："临难仁心存百姓，登舟挥泪动三军。至今凭吊襄江口，父老犹然忆使君。"刘备之"仁"是心系天下苍生，他关注追随他的每一个百姓的生死安危，百姓自然真心拥护、宁死追随。

仁与忠和义历来紧密相连，是中国传统道德的重要内容。如果说"忠"是自下对上的恭敬、服从，是上下级关系的精神约束，那么

"义"便是朋友、兄弟之间的精神纽带。《三国演义》以"忠义"为书胆，"鞠躬尽瘁，死而后已"的诸葛亮，被曹操誉为"真义士"的关羽，忠义勇猛的赵云，等等，皆是忠义的典范。

《三国演义》开篇第一回即桃园三结义。刘备、关羽和张飞，在那个纷乱的年代因志趣相投，一见如故。他们在一个桃花盛开的季节，在绚烂的桃林焚香举酒，明誓道："念刘备、关羽、张飞，虽然异姓，既结为兄弟，则同心协力，救困扶危；上报国家，下安黎庶。不求同年同月同日生，只愿同年同月同日死。皇天后土，实鉴此心，背义忘恩，天人共戮！"他们立志要共同干一番事业，实现自己的人生理想。从此三人肝胆相照，情深谊重，因而后人把"桃园三结义"视为互帮互助、精诚团结的典范。

建安五年，曹操大败刘备，将关羽围在屯土山上，关羽在不得已的情况下与曹操订下"土山三约"：其一，降汉不降曹；其二，保全刘备两个夫人；其三，一旦知道刘备消息，无论千里万里，赴汤蹈火也要投奔兄长。这三条约定足以见得关羽的忠义之心。第二十六回关羽在给刘备的一封信中写道："窃闻义不负心，忠不顾死。羽自幼读书，粗知礼义，观羊角哀、左伯桃之事，未尝不三叹而流涕也。前守下邳，内无积粟，外无援兵。欲即致死，奈二嫂之重，未敢断首捐躯，致负所托。"这种忍辱负重的两难选择，将一个英勇卓绝、忠义无双的英雄形象跃然纸上。曹操对关羽英武忠勇极为欣赏，因此对他礼遇有加，三日一小宴，五日一大宴，并封侯赐爵，希望能够感动他。但关羽不为所动，并对张辽感叹道："吾固知曹公待我甚厚，奈吾受刘皇叔厚恩，誓以共死，不可背之。吾终不留此，要必立效以报曹公，然后去耳。"所以当关羽有了刘备消息之后，立即向曹操请辞，曹操避而不见，关羽竟不辞而别，斩了曹操六名大将，攻克五道关卡，护送两位嫂子前往河北寻找兄长，成就了"过五关，斩六将"的忠勇佳话。

关羽不仅对自己的义兄忠心不渝，对曹操的态度也将他的"义"

表现到极致。赤壁之战后，曹操从华容道败逃，诸葛亮派关羽埋伏在这里，当人困马乏的曹操遇到提青龙刀、跨赤兔马的关羽，已无力招架。于是曹操听了谋士的话对关羽动之以情："五关斩将之时，将军还能记否？大丈夫以信义为重。"关羽义重如山的性情让他想起从前曹操的恩情，再看到曹军垂泪哭拜的场景，他竟违背军令放走了曹操。关羽所表现的"义"已经超越了一般层面的意义，他将"义"的范围进一步扩大，让人有荡气回肠之感。

"仁、忠、义"是儒家道德的核心内容，在漫长的历史中，它是一种强有力的精神约束力，是连接风雨中飘摇的人们的精神纽带。它能让生活在辽阔土地上的数万万同胞面对磨难团结一致，相互救援，共克时艰；能让不同个性的人们为了共同的梦想勠力同心，奋斗不渝。即使在当代社会，这种高尚的道德情怀同样值得我们钦敬和景仰。

二、经天纬地之才，神出鬼没守计——智的运筹帷幄

《孙子兵法》有一段话说："攻城为下，攻心为上，不战而屈人之兵，上上策。"这说明在战争中智慧与经验是胜负的关键。《三国演义》的叙事建立在文韬武略之上，塑造了许多运筹帷幄、用兵如神的形象，如蜀国的诸葛亮，吴国的周瑜，魏国的曹操、司马懿，等等，都有取之不尽、用之不竭的奇谋妙算。他们在战争与生活中展现出超人的智慧，使全书顿然生色，扣人心弦。正如毛宗岗先生所评论的那样："古史甚多，而人独看《三国志》者，以古今人才之聚，未有盛于三国者也。观才与不才敌，不奇；观才与才敌，则奇；观才与才敌，而一方又遇众才之匹，不奇；观才与才敌，而众才尤让一才之胜，则更奇。"《三国演义》给我们呈现了汉末至西晋这一动荡时

期，奇才辈出、智者对弈的磅礴历史画卷，让我们在一段段争奇斗智的对垒中充分体悟智慧的能量。

在众多谋臣策士中，诸葛亮"多智近妖"，超越群伦。诸葛亮博览群书，上知天文，下晓地理，无所不能，但他却清淡傲世，隐居南阳。刘备三兄弟"三顾茅庐"后，诸葛亮决意辅佐刘备光复汉室，恢复大统。他制定了"北让曹操占天时，南让孙权占地利。先取荆州为家，后取四川建基业。西和诸戎，南抚彝越，外结孙权，内修政理。天下有变，则命一上将将荆州之兵以向宛、洛，将军率益州之众以出秦川"的总体战略。在对敌作战上，诸葛亮也常常以少胜多，以弱胜强。诸葛亮凭借过人的智慧，为刘备打下了江山，创下了基业。徐庶赞叹诸葛亮时曾说："有经天纬地之才，出鬼入神之计，真当世之奇才。"

赤壁之战是《三国演义》着力描写的一场重要战役，在这场战役中，曹、刘、孙全部参战，各方谋士尽显谋略，斗智斗勇，展开了一幅宏伟壮观的战争画面。首先来看曹操，在赤壁之战之前，曹操困陶谦、击张绣、战袁术、斩吕布、破袁绍、降刘琮，几乎没有对手。但在赤壁之战中遇到了周瑜，曾以善战高傲自负的曹操似乎显得有些难以应对了。再看周瑜，他智赚蒋干、上演"苦肉计"、设计火攻方案，无不显示其卓越的军事才能。根据《三国志》的记载，历史上的周瑜相貌英俊，风流儒雅，宽宏大度，不计恩怨。但在《三国演义》中作者却对周瑜的性格进行了相反的描写，小说中的周瑜气量狭小，因嫉妒诸葛亮的才能，在赤壁之战中多次想要设计杀害他。先是派诸葛亮去聚铁山断曹操的粮道，试图借曹操之手将其杀害；接着，命诸葛亮承诺十天造十万支箭，并立军令状以期除掉他；后来，又派丁奉、徐盛两人企图将其杀掉。周瑜的种种计策在诸葛亮面前都处处落空，使得他更加愤懑、忧郁，最终因在荆州城前诸葛亮大叫一声，他竟箭疮复裂，坠下马去，并因此而死。

在这场较量中，"草船借箭"的故事是最为经典的。周瑜让诸葛亮在十日之内赶制十万支箭，没想到诸葛亮不但没有推脱，还说三天即可达成。周瑜认为诸葛亮无法在三天之内造出这样庞大数量的箭，当即与其立下军令状。当别人都埋怨诸葛亮时，却见他波澜不惊，泰然自若。其实，诸葛亮从鲁肃那儿偷偷借了二十只船，每船配置三十名军卒，船只全用青布为幔，各束草把千余个，分别竖在船的两舷。在一个雾气重重的早晨，蜀军佯装袭击曹军，雾气迷江，曹操无法辨别真伪，不敢贸然出战，只能急调弓弩手向江中乱射，一时间箭如飞蝗纷纷射在江心船上的草把和布幔之上。等船上的草把密密麻麻排满箭支，诸葛亮才下令返回，士兵齐声高喊"谢曹丞相赐箭。"等曹操发现上当时，懊悔不已。不过三天，得到了十万余只箭，目睹这一切的鲁肃连连称赞诸葛亮为"神人"，周瑜知道此事后也自叹不如。

赤壁一战，这几人的才能高下即可窥见一斑。周瑜虽智力出众却度量狭小，目光短浅，意气用事。而与之相比的诸葛亮则宽宏大量，遇事沉着，顾全大局，运筹帷幄。曹操在赤壁败走后，在乌林、葫芦口、华容道三处都曾大笑："周瑜无谋，诸葛亮少智。若是吾用兵之时，预先在这里埋伏一军，如之奈何？"却未曾想到，诸葛亮早已派赵云、张飞、关羽分别守候在这里。这也足以见得其谋略较诸葛亮还稍逊一筹。毛宗岗也曾批注道："周瑜少年，经怒不起，盖其读书养气之学不及孔明耳。"并认为，曹操与诸葛亮都曾担任丞相，总揽朝政，独握兵权，能征善战，但诸葛亮尽忠，曹操谋篡；诸葛亮为公，曹操为私；诸葛亮不为子孙计，而曹操则为子孙计。

此外，司马懿也是深谙谋略、极善用兵的高手。小说中对司马懿与诸葛亮的交锋过招也多有描写，比较精彩的如"空城计"。司马懿率领十五万精兵杀到城下，只见诸葛亮坐于四门大开的空城之上抚琴以待，于是推断"诸葛亮平生谨慎，不曾弄险。今大开城门，必有埋伏。我军若进，中其计也。"遂领兵撤退。司马懿谨慎且极具忍耐力，诸葛亮曾为了激怒司马懿送给他"巾帼并妇人缟素之服"，司马懿却忍住怒气笑着接受。两座智慧大山相撞，自然能发出不同凡俗的巨响。

世间万物都蕴含着智慧的能量，人的一生也是从始至终都在运用智慧的能量去认识自我、改造自我，认识世界、改造世界。如果对于问题我们没有自己的思考和判断，就无法去探求未知的秘密和建设更美好的未来。诸葛亮曾在《诫子书》中写道："夫君子之行，静以修身，俭以养德。非淡泊无以明志，非宁静无以致远。夫学须静也，才须学也。非学无以广才，非志无以成学。淫慢则不能励精，险躁则不能治性。年与时驰，意与日去，遂成枯落，多不接世，悲守穷庐，将复何及！"这是诸葛亮一生智慧的总结。一个人修养的提高、品德的培养、志向的确立、理想的实现，都需要精神做支撑和智慧做引领。

在《论语》中有这样一段记载：樊迟问知（智）。子曰："知人。"樊迟未达。子曰："举直错诸枉，能使枉者直。"大致意思是说，樊迟问孔子什么是智，孔子说"了解人"。樊迟不明白。孔子又说："选拔正直的人，罢黜邪恶的人，这样就能使邪者归正。"关于智，孔子的观点是要了解人，选拔贤才，罢黜奸佞。诸葛亮在他的《前出师表》中也道出了同样的道理："亲贤臣，远小人，此先汉所以兴隆也；亲小人，远贤臣，此后汉所以倾颓也。"真正的大智慧需要我们沉静下来，去阅己，也要阅人；既要看穿人性，又要读懂世情；既要遵守规律，又要不断创新。

《三国演义》演绎的一段段动人心弦的故事，塑造的一个个奇绝于世的形象，是对中华民族智慧的多彩展现。无论谁是你心中的智者，我们都不得不叹服智慧所赋予人的极大能量，在性格迥异、谋略纵横的人物比较中我们都能获得丰富的启示。只有充分发挥智慧的力量，我们才能成为一个讲仁义、有智谋、懂韬略的人，才能为家庭、为社会、为国家做出贡献。

三、一身是胆，勇冠三军——勇的英雄气概

《三国演义》不仅展现了一幕幕高深奇绝的智慧对决，还描写了一场场猛将斗士的勇武较量。自古乱世出英雄，小说中的英雄豪杰层出不穷。民间有一种说法：一吕二赵三典韦，四关五马六张飞，七许八黄九姜维。说的是《三国演义》里的武将排名：吕布、赵云、典韦、关羽、马超、张飞、许褚、黄忠、姜维。这种说法虽然有不少争议，但也道出了这部小说中勇武之士的大致情况。

吕布，诛杀董卓，击败张燕，大败袁术，立下赫赫战绩，一代枭雄，却难过美人关，先后被李肃、王允设计，被貂蝉诱惑，杀掉义父丁原和董卓，被张飞称为"三姓家奴"，最终遭部下叛变被杀。勇而无谋的吕布仅够一半英雄。

"一身是胆，勇冠三军"的赵云与关羽才是拥有忠义、勇武、智慧的完美英雄。第四十一回讲述了赵子龙单骑救主的故事：新野一战，刘备大败曹操，曹操引五十万大军前来报仇，慌乱中大家走散，赵云急忙集合三十骑兵杀回乱军中寻找刘备和走散的糜夫人母子。当找到糜夫人母子后，糜夫人怕拖累赵云，跳井自尽，赵云含泪推倒土墙埋葬夫人，并抱起尚幼的阿斗勇突重围。赵云七进七出，视曹营百万大军如草芥，意志坚定，勇猛无敌，最后将阿斗平安交给刘备。如果赵云没有百万军中取上将首级如探囊取物的高超武艺，就不会有流传至今的千古美谈。

赵云杀出重围带着救出的阿斗行至长坂坡时遇见了张飞，便让张飞帮忙断后。长坂桥上，张飞横握长矛，对着追兵大声吼道："我乃燕人张翼德也！谁敢与我决一死战？"吓得夏侯杰坠马而死，曹军没有一人敢上前来犯。张飞性格虽然鲁莽，但也是勇敢无畏的猛将，他十余回合战死大将纪灵，在虎牢关勇挡吕布，与飞将吕布大战五十回合不分胜负，都表现了极高的武艺和不屈不挠的战斗意志。

《三国演义》中关羽不仅是忠义的化身，而且是勇武的代表。第七十五回讲述了关羽刮骨疗毒的故事。关羽攻打樊城，在城下骂阵，没想到被毒箭射中，后来伤口虽然愈合，但每到阴雨天，骨头便常常疼痛。名医华佗早就欣赏关羽是个真英雄，听说他偶中剑伤，特地前来治疗。华佗说，箭头有毒，其毒已渗入骨头中，需要在臂上重新开刀，刮去臂骨上的毒素，才能彻底除掉这一病患。没想到关羽当即伸出臂膀让华佗切开，并一边疗毒一边和马良下棋喝酒，臂膀上鲜血淋漓，可他却谈笑自若，丝毫没有流露出惧怕和痛苦。这段著名的"刮骨疗毒"不知感动了多少人。

第五回描写了关羽"温酒斩华雄"的神勇一幕。董卓立刘协为帝后，擅权专政，残暴不仁。十八路诸侯前去讨伐董卓，董卓令华雄为先锋，华雄武力凶猛，先后前来迎战的几员大将皆被其斩败。在华雄即将杀至诸侯大营时，当时只是马弓手的关羽主动请缨前去迎敌。只有曹操看好关羽，准备温酒为他壮行。没想到关羽却没有喝酒，提着刀便出去迎战，一会儿工夫就提着华雄的人头回来了，回来时刚刚温好的酒还没有凉。

赤壁之战后，刘备得到荆湘九郡，其中荆州是兵家必争的军事要地，刘备派关羽镇守在这里。吴国为了夺回失地以设宴为名邀关羽过江赴会，以便将其杀掉。关羽在明知是一场鸿门宴的情况下只带着十几个随从，提着宝刀前去赴会。宴席间，关羽假借与鲁肃叙旧，拉着鲁肃敬酒而周旋其左右，早已埋伏好的刀斧手见鲁肃实则已成人质，不敢轻易动手，关羽最终可以平安脱身。这场"单刀赴会"不仅彰显了关羽作为一代英豪临危不惧的勇武气概，更是极大地挫败了吴国的锐气。

"铁戟双提八十斤，濮阳城外建功勋。"让人闻风胆裂、望影魂飞的典韦；被诸葛亮誉为"兼资文武，雄烈过人，一世之杰"的马超；"凛凛威风震九州"的许褚；老当益壮，被封为"五虎上将"的黄忠；胆大如斗的姜维……这些豪杰之士虽然分属不同的阵营，各效其主，但在争斗对决中表现出不同凡响的勇武气概，都令人崇敬和赞扬。

勇武的气概其实是一种精神的力量，也是一种人格的力量和智慧的力量。面对困难时，面对抉择时，面对理想时，处处都需要这种勇武之气。只要具有"可上九天揽月，可下五洋捉鳖"的英雄气概，具有敢于斗争、敢于胜利的斗争精神，我们面前就没有翻不过的高山，就没有跨不过的大河，就没有应付不了的挑战，就没有克服不了的困难，我们就能主宰自己的命运，奔向既定的目标。

写到这里，我们愈发感觉到，电视连续剧《三国演义》片尾曲《历史的天空》中，有几句歌词寓意深刻："暗淡了刀光剑影，远去了鼓角争鸣……历史的天空闪耀着几颗星，人间一股英雄气在驰骋纵横。"是啊，三国的历史已经过去将近两千年，英雄人物已经谢幕，烽火硝烟已经散去，千里战场已经变成良田，但《三国演义》所传扬的高尚精神——仁的高贵品德，智的运筹帷幄，勇的英雄气概，却穿越历史时空，仍在中华民族的精神世界里驰骋纵横。我们要继承和弘扬中华民族的优秀文化传统，构建起新时代的仁、智、勇三达德，扬起我们的头颅，挺直我们的脊梁，完成新时代的历史使命。

《水浒传》之经典人格

○ 孙丹丹

　　人和文化是天地间神奇的存在，人离不开文化，文化也离不开人。无论是帝王将相、才子佳人，还是江湖游侠、山乡老妪，都是文化的人，他们心中都有一套结构不同的文化密码，都是按着文化密码制导的方向走完文化的一生。对此可能有人要问，梁山上大块吃肉、大碗喝酒的草莽英雄们，难道也是文化的人，他们的人生也是一道文化轨迹？这个问题提得好，因为《水浒传》从它问世以来就聚讼纷纭，莫衷一是。

　　有人认为《水浒传》是盗贼书，宣传强盗逻辑，违背伦理道德，到处攻城破狱，打家劫舍，如此必然造成天下大乱。因而，他们咬牙切齿，恨不能将书付之一炬，将作者挫骨扬灰。据说，朱元璋看了《水浒传》抄本后震怒，当即批示："此倡乱之书也。此人胸中定有逆谋，不除之贻患。"并下令逮捕施耐庵，后经多方周旋，施耐庵才免于一死。

也有人认为《水浒传》是英雄书，不畏强权，揭竿而起，惩恶扬善，杀富济贫，痛快淋漓，大快人心。因此，它面世以后备受欢迎，广得称道。例如清朝怪才金圣叹高度评价《水浒传》，认为"天下之文章无有出《水浒传》右者。"梁启超说："施耐庵之著《水浒》……因外族闯入中原，痛切陆沉之祸……以雄大笔，作壮伟文，鼓吹武德，提振侠风，以为排外之起点。"

我们用第三只眼睛看《水浒传》，认为它是文化书。它把儒、释、道三家文化写在了八方聚义的梁山上，写在了金戈铁马的战场上，写在了绿林好汉的骨子里，写在了终极关怀的归宿中。现在几百年过去了，它却给我们留下了一个个鲜活的文化人格。与文化人格对话，自然能获得智慧的启发。

一、修身进取的儒家人格

"天行健，君子以自强不息。"儒家文化，就如《周易》中的乾卦，勇猛精进、自强不息。从孔子开始，儒学的基本精神就是积极奋斗、积极参与、修身进取、刚健不息。由于千百年来儒学的影响，儒家文化提倡的仁、义、礼、智、信已经内化到中国人的血液之中，成为读书人人格结构中不可分割的一部分。《水浒传》诸多人物中最能体现儒家思想观念的莫过于宋江。

宋江出身刀笔小吏，曾任郓城县押司，"自幼曾攻经史"，可见其深受儒家文化的熏陶。他同时也是符合儒家规范的理想人物，身上具有儒家高度评价的忠义仁孝的美德。

宋江的"忠"在《水浒传》中随处可见。宋江虽是满腹抱负，但最初对于造反还是抗拒的；人在江湖身不由己，最终被逼落草为寇，也仍然忠心不改。第五十六回"吴用使时迁盗甲，汤隆赚徐宁上山"，宋江劝徐宁到梁山落草之时，表露心迹："宋江执杯向前陪告道：'现今宋江暂居水泊，专待朝廷招安，尽忠竭力报国。非敢贪财好杀，行不仁不义之事。万望观察怜此真情，一同替天行道。'"可见虽已逼上梁山，仍然心系朝廷，以受奸臣排挤的忠良自居。水泊梁山受命招安后，宋江认为自己"再见天日"，成为"国家臣子"，为了不负"天子洪恩"，带领诸兄弟冲锋陷阵，不改初衷。第一百二十回"宋公明神聚蓼儿洼，徽宗帝梦游梁山泊"，宋江临死对李逵说："兄弟，你休怪我！前日朝廷差天使，赐药酒与我服了，死在旦夕。我为人一世，只主张'忠义'二字，不肯半点欺心。今日朝廷赐死无辜，宁可朝廷负我，我忠心不负朝廷。我死之后，恐怕你造反，坏了我梁山泊替天行道忠义之名。因此，请将你来，相见一面。昨日酒中，已与了你慢药服了，回至润州必死。"可见宋江对忠义的追求，至死方休。也有人诟病宋江"不忠"，不忠的首要原因就是宋江私放晁盖，认为宋江舍国家法律于不顾，只取兄弟情义，这便是宋江"不忠"的铁证。然而宋江深受"忠君"思想的影响，不认可贪官污吏是忠于朝廷之人，因此他私放晁盖，除了二人私交甚厚，"不救他时，晁盖性命便休了"，还有晁盖所劫的是梁中书送与蔡京庆生的民脂民膏，这既是"替天行道"，也是变相"忠于朝廷"，前者是梁山队伍的宗旨之一，后者是宋江安身立命的信仰所在。

宋江的"义"，从他的别称"及时雨"就可见一斑。"及时雨"，皆因他时常接济贫苦落难之人，得到江湖人士的认可，名传四海。第十八回"美髯公智稳插翅虎，宋公明私放晁天王"，宋江一出场，我们对他的"义"就有了足够深刻的印象。"平生只好结识江湖上好汉，但有人来投奔他的，若高若低，无有不纳，便留在庄上馆谷，终日追陪，并无厌倦。若要起身，尽力资助，端的是挥金似土。人问他求钱物，亦不推托，且好做方便，每每排难解纷，只是周全人性命。时常散施棺材药饵，济人贫苦，周人之急，扶人之困，以此山东、河北闻名，都称他做'及时雨'，却把他比做天上下的及时雨一般，能救万物。"曾有一首《临江仙》赞宋江义行：

起自花村刀笔吏，英灵上应天星，疏财仗义更多能。事亲行孝敬，待士有声名。济弱扶倾心慷慨，高名水月双清。及时甘雨四方称，山东呼保义，豪杰宋公明。

宋江的"孝"也有别称，叫作"孝义黑三郎"。"孝"字是形声字，上有"老"，下有"子"。老在上，子在下，这是一种儒家推崇的家庭中的秩序，认为是上天所定的规范："夫孝，天之经也，地之义也，人之行也。"宋江杀了阎婆惜恐连累了父亲，宁可担负了"不孝"的罪名，"告了忤逆，各户另居"，让父亲出面告他忤逆，与父亲划清了界限，以免连累家人。他带领众人投奔梁山，半路得知父亲"病故"，哭得发昏，不顾众人的苦苦挽留，抛下一切，星夜赶回家行孝。父亲告诫他不要在梁山入伙，即使晁盖等人苦口劝说，他仍坚持"家中尚有老父在堂""免累老父仓皇惊恐"，不肯入伙梁山。当他被梁山兄弟救出虎口，在梁山安顿后，第一件事就是要回乡接父亲，"以绝挂念"。宋江一心想要青史留名，这也是出于光宗耀祖的想法，其实仍是另一种意义的"孝"。功成名就之后，他衣锦还乡，厚葬父母，祭奠亡灵，也是尽最后的作为人子的责任。宋江的孝顺之心溢于言表，"孝义黑三郎"绝非浪得虚名。

宋江的"仁"更是有迹可循。书中写宋江有"养济万人之度量"，其宽广胸怀可见一斑。宋江胸襟开阔，不计前嫌，有人假借宋江之名，抢夺民女，李逵莽撞信以为真，污泥浊水倾泻而下；但是当李逵负荆请罪之时，宋江宽容其过失，让他戴罪立功。对于降将呼延灼，侠骨豪情的宋江忠诚相待，不仅不计前嫌，而且还令李忠等人归还宝马。他求贤若渴，礼贤下士，为请武艺超群、声名显赫的卢俊义上梁山共谋大事，他宁可让位与人。而后来收服董平、力保张清都可以看出其礼贤下士的姿态。他胸藏韬略，含而不露，为兄弟赴汤蹈火，为百姓除暴安良，带领众弟兄招安于朝廷，寻求最终的安身立命，深谋远虑为众兄弟谋得长久出路。这样的境界正是儒家所宣扬的最高境界：仁。

宋江能够稳坐梁山第一把交椅，正是凭着这些今天听来似乎早已过时、早已老掉牙的老皇历。然而无论世事如何变迁，人性亘古依然，儒家文化中仁、义、礼、智、信这些人性中的文明智慧，不会因为时代的改变而掩去光芒，只会在浮躁的年代更加彰显其历久弥新。我们应将"圣人之言"作为约束自己的圭臬，而不是评判别人的利器。我们不做仅流于表面的"伪君子"，而求"己所不欲，勿施于人"的纯粹本心。反之"己所欲而施于人"，我们想要一个什么样的世界，就去付出一个什么样的自己。

二、虚静自守的道家人格

道教是中国土生土长的宗教，其源流据考可追溯到上古时代，经老子、庄子发扬光大，于汉代建立道教，历经各个朝代，一直到今天。可以说中国人的骨子里都有着很深的道家文化基因。不同的朝代对儒、释、道三教都有所偏重，宋朝就是一个崇道的朝代。宋代以道教为国教，历代皇帝都册封天师，宋徽宗更是好道，甚至自封为"神霄王府真主宣和羽士虚靖道君皇帝"。道教从产生之日起似乎就与绿林起义结下了不解之缘。从汉末张角等人的黄巾军起义开始，道教的教义和法术就被起义者们加以利用，成为号召和组织大众的工具。

在《水浒传》中被渲染得最为神通广大的就是道家。书中三位法力高强的神仙都是道家人物，他们就是张天师、九天玄女和罗真人。全书开篇的楔子"张天师祈禳瘟疫，洪太尉误走妖魔"，就为全书笼上了一层神秘的面纱。说是天下大疫，医药不济，宋仁宗差殿前太尉洪信去请张天师"修设三千六百分罗天大醮"，把道教圣地龙虎山描绘得正大庄严，把张天师写得未卜先知、法力无边。九天玄女的两次出现对宋江可谓是恩重如山，有重生、再造之德。罗真人是当世的活神仙，站在梁山好汉一边，传授公孙胜"五雷天罡正法"，助梁山事业成功。对道家的尊崇足可见之。这些道教神仙的所作所为，一方面提高了道教的威信，另一方面也表现了梁山事业顺应天意的正义性。

在一百零八人中，之前道士有两位：公孙胜和樊瑞，后来皈依道教的还有朱武和戴宗，他们无一例外得到了善终。这充分反映了作者对道教人物或者说是道家精神的偏爱。

"入云龙"公孙胜，上应天闲星，自幼师从罗真人学道，能"呼风唤雨，腾云驾雾"，一柄"松纹古铜剑"更是从不离身。每当他嘴里念念有词的时候，总是风云突变，飞沙走石，掀起一场大战的序幕。这位"天闲星"下凡的出家人却有一颗热切的用世之心，他与梁山好汉意气相投、出生入死：主动投奔晁盖，劫取生辰纲；征战沙场，九宫八卦阵克敌制胜，善用法术助宋江屡建奇功。及至功成名就，在忠义堂上稳坐第四把交椅，身份仅次于宋江、卢俊义和吴用，与吴用同为山寨中的"总参谋长"，共掌军机，属于梁山领导层核心成员。最终他却选择退隐山林，出世修行，一说是在征大辽后，一说是在征王庆后。但不管怎样他是谨遵师命，功成不居，辞别众兄弟飘然而去，成为少数没有参加征方腊之役的梁山头领之一，获得善终。

神行太保戴宗是梁山中的又一位道教代表人物。在宋代，人们称巫者为"太保"。戴宗"日行八百里"，果然如同神助，他每次做神行法，又要吃素，又要拴上"甲马"（承载一些道符能力的符纸），用完后还得取出一串纸钱来烧化，愈发显得神秘莫测。因其功绩，他名列水浒英雄榜第二十位，征讨方腊，戴宗负责飞报文书、打探消息、传达将令等。平定方腊，戴宗作为幸存的十二位主将之一，由于南征北讨有功，被封兖州府都统制。戴宗不愿为官，辞别宋江到泰安岳庙，"陪堂求闲"。忽然一日无疾而终，书中写道，戴宗"后数月，大笑而终"。看来这样的归宿应该是符合他的心愿的。此后他在岳庙里屡屡显灵，最终成神。正如宋江所言："生身既为神行太保，他日必作岳府灵聪"。

《史记·范雎蔡泽列传》："语曰：'日中则移，月满则亏'。物盛则衰，天地之常数也。"能做到功成身退，确实不易，需要过人的智慧与定力。在世人看来，似乎道家是方外之学，寻求出世，修道成仙。然而我们在《水浒传》中看到的道家人物，无论是道家神仙，还是修行道人都秉承天意，达成使命后，才离俗遁世。这与儒家所倡导的"达则兼济天下，穷则独善其身"似乎有异曲同工之妙。"达"不仅指自己的亨通显达，也可喻世道之太平昌盛，此时自然可以如儒家般进取不息；"穷"也不单指自身的困厄困境，也可表世间之乱世凶年，此时大可效法道家飘然而去。道法自然，顺势而为，需要入世之时便做中流砥柱，选择兼济天下；功成名遂之后也可急流勇退，选择独善其身。

对于芸芸众生，江山社稷似乎遥不可及，然而人生在世，通达阻遏随时都能遭遇。我们也如水浒英雄，置身江湖之中。江湖之大，身不由己吗？其实拥有了道法自然的智慧，从心所欲也就不远了。

三、慈悲为怀的佛家人格

相比之下，《水浒传》中的佛门人物远不及道家人物神通广大，但他们身上似乎蕴含着真正的宗教意味。《水浒传》中的佛门之人，我们先来看大家最耳熟能详的两位：武松和鲁智深。

行者武松，在梁山排行第十四位，武勇非凡，曾经在景阳冈上空手打死猛虎，"武松打虎"的事迹也在后世广为流传。武松甚至都没有真正皈依佛门，不曾受过戒，只是假扮成带发修行的"行者"，一直冒用别人的度牒。他自然不把佛门的戒律放在眼里，大碗喝酒、大块吃肉，甚至打家劫舍、杀人放火，但最后落得心已成灰。在征讨方腊战斗中，武松被包道乙暗算失去左臂，仍战斗到最后。后班师时，武松拒绝回汴京，在六和寺出家，八十岁圆寂。看客也许会替他惋惜，而在武松看来，经历了一番沧桑变幻之后，世间也确实没有什么值得留恋的了。正所谓"看破红尘，遁入空门"，只有经历了诸般色相，才能真正悟得"空"的含义。

鲁智深原名鲁达，当过提辖，在梁山泊一百单八将中排在第十三位。因为偶遇金翠莲父女，获知郑屠夫仗势欺人，三拳将其打死，被迫出家当了和尚，法名智深，绰号"花和尚"。从表面上看，鲁智深并不是虔诚的佛门弟子，只是因为杀人之后，穷途末路，才糊里糊涂地出家当了和尚，遁入空门不是为了修行而是为了避祸。但在他的身上，我们恰恰能感受到佛门的真谛。

鲁智深在五台山上，大口吃肉，喝酒闹事，打坏了寺门前的金刚，又打得满堂僧众"卷堂大散"；到了大相国寺，他又与一帮泼皮来往，舞刀弄棒，就是不见他念经拜佛，"不看经卷花和尚，酒肉沙门鲁智深"。然而鲁智深关心的从来不是自己，而是天下生民的疾苦。他要"度人"而非"度己"，如《水浒传》第四回中所云："这人笑挥禅杖，战天下英雄好汉；怒掣戒刀，砍世上逆子谗臣。"他秉承了江湖好汉"路见不平，拔刀相助"的美德，一根六十二斤重的水磨禅杖打尽天下不平之事：周通强抢民女，他醉入销金帐，大闹桃花村；崔道成、丘小乙占寺为王，为非作歹，他火烧瓦罐寺；林冲遭受高俅陷害，他大闹野猪林。鲁智深没有半点儿私心杂念，率性而为，仗义做人。作者还着力渲染了鲁智深身上的神秘色彩，他曾两次在阵前失踪，又突然出现，分别完成了擒拿夏侯成和方腊的奇功，正应了智真长老"逢夏而擒，遇腊而执"的预言。这个偈子的后两句是"听潮而圆，见信而寂"，后来他果然伴随着钱塘江潮信在六和寺坐化。

宋江劝鲁智深还俗为官，封妻荫子，光宗耀祖，鲁智深说："洒家心已成灰，不愿为官，只图寻个净了去处，安身立命足矣。"宋江又劝他住持名山，光显宗风，报答父母，智深说："都不要！要多也无用。只得个囫囵尸首，便是强了。"第一百一十九回，鲁智深坐化前，给还在名利场中苦苦挣扎的宋江留下了一张意味深长的偈子，道："平生不修善果，只爱杀人放火。忽地顿开金绳，这里扯断玉锁。咦！钱塘江上潮信来，今日方知我是我。"此时的鲁智深，经历了种种大喜大悲，已经达到了"空"的境界，对功名利禄，他早已不放在眼里，最终拂袖而去，了无牵挂。

在容与堂本《水浒传》的批语里，对花和尚的赞扬可说是无以复加，称鲁智深为"仁人、智人、勇人、圣人、神人、菩萨、罗汉、佛"，认为他是狂禅精神的代表，正所谓"酒肉穿肠过，佛祖心中留"，率性不拘小节，是成佛作祖的根基。他不受任何清规戒律的束缚，恣意任性，惊世骇俗，这就是狂禅。这一狂，所有的外在束缚全没有了，心灵达到了空前的解放，生命达到了一种极致的自由。禅宗的顿悟讲究直指人心、见性成佛，认为人能成佛的根由全在自心，即心即佛，佛性就在你我心中，一旦明心见性，悟了，那就是成佛了，什么拜佛祖、菩萨、观音，什么持戒、禁欲、坐禅，统统可以免去。这就是为什么"平生不修善果，只爱杀人放火"的鲁智深能够扯断枷锁、见性成佛的狂禅意趣。大惠禅师最后点评鲁智深的法语是：鲁智深，鲁智深！起身自绿林。两只放火眼，一片杀人心。忽地随潮归去，果然无处跟寻。咄！解使满空飞白玉，能令大地作黄金。后两句"解使满空飞白玉，能令大地作黄金"是佛的所为，是佛才能做到的。所以鲁智深死后得到了超脱，成了佛。

鲁智深和武松虽是瑕不掩瑜，也算是与佛门有缘，但是真正能代表佛家风范的是点化了鲁达的智真长老。在对待鲁智深的问题上，他表现出了一位洞察世事的高僧与众有别的敏锐目光。智真长老看出了鲁智深的慧根，看出了他众生未度、誓不成佛的精神，认定他日后必成正果，他送给鲁智深的预言后来也一一应验。在问题面前，他总能看到实质，极为透彻，是真正超脱、睿智之人。

至此，我们不能不承认，施耐庵不仅是文学巨匠，也是文化大师，他通过一个个艺术形象把儒、释、道三家的文化精神生动、鲜明、深刻地展现出来，给人以人生智慧的启发。生存在现实世界中，我们要锐意进取、自强不息，才能获得安身立命的独立人格；面对世俗中庞杂的纷扰，我们要道通天地、顺其自然，才能获得返璞归真的平常之心；面对白驹过隙的匆匆人生，我们要了然真谛、无欲则刚，才能获得潇洒走一回的自由自在。人生若能做到如此通透，那便是"朝闻道，夕死可矣"。

《西游记》之心灵感悟

○ 赫灵华

　　谈到四大名著，估计大家最熟悉的就是《西游记》了。每到寒暑假的时候，各大电视台的必播剧目一定有《西游记》，它也是迄今为止世界上收视率和重播率最高的一部电视剧。但很多观众只是通过电视剧的方式了解《西游记》，而完整地看过《西游记》这部文学作品原著的朋友就不太多了。事实上，电视剧中的情节和原著的内容还是有很多差异的，我们应从原著的角度来正确解读这部中国最伟大的神魔小说。

　　翻开《西游记》，全篇第一回，开宗明义，诗曰：欲知造化会元功，须看《西游释厄传》。造化，一指自然界的发展繁衍，创造演化；一指命运、运气，造化弄人。会元，指时间，一元分为12会，一会有10800年，一元有129600年。就像一天有12个时辰，一年有12个月一样。功，指功能、功用、力量、变化、作用等。西，是指西方极乐世界；西游，是向西方游走、游历。

释厄，就是消除困难、走出困境。这句话的意思是：要想知道人生的真谛、命运的变迁，就得看《西游记》，它会告诉你如何走出困境、排解困惑。《西游记》真的有这么大的功用吗？一部看似斩妖除魔、打打杀杀的神魔小说，又会对我们有哪些启示呢？今天就让我们一起慢慢品味其中的奥秘。

一、历经磨砺，方懂珍惜

《西游记》讲的是唐僧取经的故事。那么，唐僧为什么要取经？取的什么经？取来的经有什么用？很多人会说：唐僧是为了弘扬佛法，是为了学习更高深、更正宗的佛家经典，才去取经的。这其实是历史上真实存在的大唐高僧玄奘去天竺取经的目的。在《西游记》中，吴承恩设定的唐僧取经并非唐僧的主观意愿，他领命的时候说："贫僧不才，愿效犬马之劳，与陛下求取真经，祈保我王江山永固。"这说明不是唐僧要去取经，而是帮唐太宗去西天取经。唐太宗取经又是为了什么呢？《西游记》第十、十一回，讲了一个关于唐太宗死而复生、地府还魂的故事，说的是唐太宗被一个龙王的冤魂索命，最后到阎王殿报到去了。在地府，唐太宗看到了当年在玄武门之变中死去的哥哥李建成、弟弟李元吉，还有六十四处烟尘、七十二处草寇，那些冤死的鬼魂前来索命，把唐太宗吓得不行。这时，地府的崔判官告诉唐太宗："陛下到阳间，千万做个水陆大会，超度那无主的冤魂，切勿忘了。若是阴司里无抱怨之声，阳世间方得享太平之庆。凡百不善之处，俱可一一改过，普谕世人为善，管教你后代绵长，江山永固。"因此，唐太宗到地府转了一圈，死而复生之后，大兴水陆法会。而观音菩萨化作老和尚，告诉唐太宗，你们这水陆法会讲的小乘佛法不行，只有大乘佛法才是真经，"可以度亡脱苦，寿身无坏"，"能解百冤之结，能消无妄之灾"。这正符合唐太宗的内心需求，因此才问谁能前往西天求取真经，唐僧在这个时候挺身而出，接此重任，成为取经人。

但是细想，如果观音菩萨不告诉唐太宗，唐太宗怎么会知道如来那儿有大乘佛法可以消灾解难、祈保江山呢？他又怎么会派唐僧取经呢？那观音菩萨又为什么要指点唐太宗呢？《西游记》第八回"我佛造经传极乐，观音奉旨上长安"里讲得非常清楚。如来召唤众弟子，说道："我今有三藏真经，可以劝人为善……我待要送上东土，叵耐那方众生愚蠢，毁谤真言，不识我法门之旨要，怠慢了瑜迦之正宗。怎么得一个有法力的，去东土寻一个善信，教他苦历千山，远经万水，到我处求取真经，永传东土……谁肯去走一遭来？"观音菩萨道："弟子不才，愿上东土寻一个取经人来也。"如来见了，心中大喜，道："别个是也去不得，须是观音尊者，神通广大，方可去得。"这段说明：取经的最初缘由是如来佛祖要传经，但东土众生顽固不化，诽谤真言，不识旨要，怠慢正宗。也就是说，如来想进一步扩大佛法的影响力，但在南赡部洲，在东土大唐，不管是底层老百姓，还是小富小康之人，对佛不仅不感兴趣，还"谤"佛。所以，要到一个没有市场的地方去推广自己的产品，如来深知其中不易，才选中在老百姓中声望最高、知名度最大的观音菩萨去寻找善信。观音觉得如果把一国之君的工作做好了，剩下的任务就迎刃而解了。于是才有了"唐太宗地府还魂"这一幕。我们把所有的关系捋顺一下：如来要传经——观音菩萨接旨寻取经人——唐太宗地府还魂死而复生办水陆法会——陈玄奘当选法会主持——观音菩萨当众显象点化——唐太宗决定求取真经—唐僧接取经重任——收徒降妖历磨难——取回真经方珍重。

如来为什么要如此大费周折，明确表示不能送经，只能让人历经千难险阻前来求取真经呢？因为如来明白一个道理：白给的东西都不会在意、不会重视，只有经历重重困难获取的东西才会分外珍惜。如果他主动给东土送经，在一个不识法门要旨的地方佛经是很难推广的，也达不到如来弘扬佛法的目的。但如果在大唐一国之君唐太宗的大力倡导下，首先获得了官方认证，接着再设置重重艰险，让取经队伍经过九九八十一难，跋山涉水，斩妖除魔，花了一十四年的时间，走了十万八千里才取到经书，回到东土定奉为珍宝，视为圭臬，这才是如来想要看到的效果。而且，唐僧师徒也是在历经磨砺之后，证明了自身的价值，通过自己的努力修得金身正果。

人就是有这种劣根性，得不到的才是最好的，太轻易得到的很多人根本不在乎，因为会觉得反正都不用付出什么代价就能得到，那失去了自然就不会觉得可惜。就像是电视或小说里面，男女主角动人的爱情总是经历了风风雨雨、坎坎坷坷，最后才会有圆满的结局一样。如果一开始就在一起了，又怎么会让你记忆深刻？如果爱情没有明显的阻碍和挫折，没有经历风浪，又怎会感动人呢？就像歌中唱的那样：不经历风雨，怎么见彩虹？只有历经磨砺，才让人分外珍惜。

人生变化万千，遭遇困境也是常态，度厄不是要打垮你，而是要成就你！

二、不忘初心，方得始终

何为初心？就是最初的本心，也指事情一开始所抱持的信念。只有时时念着这颗初心，才能坚持到成功的彼岸。

唐僧当年领命西行的时候，在唐太宗面前发下宏誓大愿："我这一去，定要捐躯努力，直至西天。如不到西天，不得真经，即死也不敢回国，永堕沉沦地狱。"其实唐太宗也不知道唐僧是否能坚持到最后，因而在举杯践行之时，拾起一撮尘土，弹入酒中。三藏不解其意，太宗笑道："御弟呵，这一去，到西天，几时可回？"三藏道："只在三年，径回上国。"太宗道："日久年深，山遥路远，御弟可进此酒：宁恋本乡一捻土，莫爱他乡万两金。"三藏方悟捻土之意。后来，法门寺众僧议论西天取经之事，唐僧说道："心生，种种魔生；心灭，种种魔灭。我弟子曾在化生寺对佛设下洪誓大愿，不由我不尽此心。这一去，定要到西天，见佛求经，使我们法轮回转，愿圣主皇图永固。"可以说，唐僧是怀着一颗虔诚而坚定的初心西行取经的。虽然他没有实现和唐王许诺的三年归期，而是花了一十四年才取回真经，反而说明这一路水远山高难走，毒魔恶怪难降，唐僧能够克服私心杂念，抵御风险诱惑，度过困境险厄，实属不易。

《西游记》中看似在写宗教里的修行，实则写的是世俗里的修行。唐僧不畏艰难险阻，战胜困难的这种精神是世俗的，他的成功也是世俗的，得到一个佛果位的封授也是世俗的。其实，早在车迟国过通天河时，唐僧看到虽然河水结冰，但仍有沉没的危险，可此时却有无数人影在河面上匆忙奔走。唐僧问那些在冰上走的人往哪里去，得到的回答是："河那边乃西梁女国，这起人都是做买卖的。我这边百钱之物，到那边可值万钱；那边百钱之物，到这边亦可值万钱。利重本轻，所以人不顾生死而去。常年家有五七人一船，或十数人一船，漂洋而过。见如今河道冻住，故舍命而步行也。"于是，连一向淡泊高远的三藏法师也不由感叹："世间事惟名利最重。似他为利的，舍死忘生，我弟子奉旨全忠，也只是为名，与他能差几何！"是啊，就连大唐高僧和他的徒弟们也是为名利而来。正如《史记》中所说的那样："天下熙熙，皆为利来；天下攘攘，皆为利往。"

所谓初心，并非没有目的性，它是一份信念、一份坚持、一份执着、一份担当。当年观音菩萨许诺：肯去西天拜佛求经者，求正果金身。这也是唐僧取经的一个重要原因。四个徒弟的取经目的更是非常明确。观音菩萨一个一个做了思想工作，对压在五行山下五百年苦不堪言的悟空说："待我到了东土大唐国寻一个取经的人来，教他救你。你可跟他做个徒弟，秉教伽持，入我佛门，再修正果，如何？"大圣声声道："愿去！愿去！"观音又对贬入凡间托生为猪的八戒说道："人有善愿，天必从之。汝若肯皈依正果，自有养身之处……我领了佛旨，上东土寻取经人。你可跟他做个徒弟，往西天走一遭来，将功折罪，管教你脱离灾瘴。"八戒满口道："愿随！愿随！"又找到经受飞剑穿心之苦、靠吃人度日的沙和尚说道："你在天有罪，既贬下来，今又这等伤生，正所谓罪上加罪。我今领了佛旨，上东土寻取经人，你何不入我门来，皈依善果，跟那取经人做个徒弟，上西天拜佛求经？我教飞剑不来穿你。那时节功成免罪，复你本职，心下如何？"沙和尚道："我愿皈依正果。"观音更是救下了触犯天条、不日遭诛的小白龙，给唐僧做个脚力。小白龙叩头拜谢活命之恩，听从菩萨使唤。观音很顺利地给唐僧找了四个曾经犯错的罪人当徒弟，并许下诺言：只要护送唐僧到了西天，求取真经，即可将功折过，修得正果。这对于四个犯人而言，保佑唐僧取经成功就算完成使命，这是唯一洗脱罪名、重新做人的好出路。所以，他们四个西行的初心也是非常简单的，那就是完成一件菩萨交代的任务，成就功名。

唐僧和四个徒弟，他们的初心是更现实的，更能让读者产生共鸣的。唐僧的修行就是在取经路上克服种种困难，徒弟的修行就是帮助师傅完成取经重任。这种世俗的修行其实和我们大家一样，坚定信念，朝着目标前进。看似简单，实则不易。因为"不忘初心，方得始终"这句话还有下一句，那就是"初心易得，始终难守"。

每个人在人生路上都有或多或少偏离内心的时候，或被金钱的物欲所左右，或被男女的情欲所羁绊，或被性格的执拗所阻滞，或被权势的名利所蒙蔽。《西游记》中也向我们昭示了太多的欲望，唐僧师徒整个取经路上，也是围绕初心和欲望斗争的过程。唐僧拒绝了西凉女国国主招为夫婿、高登宝位、即位称君的美意；抵御了蝎子精、玉兔公主、老鼠精、杏仙等妖精的貌美如花、花言巧语的色诱。孙悟空保护唐僧西行第一站就打死了六个强盗，分别是眼看喜、耳听怒、鼻嗅爱、舌尝思、意见欲、身本忧，其实就是"六根"，说明六根清净是取经之本。猪八戒虽不能戒掉贪吃好色的欲望，但也要压制欲望，坚守信念。虽然欲望是不可能彻底消失的，但面对欲望，要有"度"。所谓："饮酒不醉是英豪，恋色不迷最为高。不义之财不可取，有气不生气自消。"修行本不苦，苦的是我们的欲望太多，执着太深；人心本不累，累的是所求太多，放不下的太多。

三、有舍有得，方可平衡

唐僧师徒历尽千辛万苦到达灵山，在领取真经的时候，负责传经的阿傩、伽叶索要人事。第一次没有给人事，所以传了无字的白本；第二次将唐王所赠的紫金钵盂送给二位尊者，才取了有字真经。因为是唐太宗要取经，所以这个人事由唐太宗来出，也是理所应当的。就像佛祖说的那样："经不可轻传，亦不可以空取，向时众比丘圣僧下山，曾将此经在舍卫国赵长者家与他诵了一遍，保他家生者安全，亡者超脱，只讨得他三斗三升米粒黄金回来。我还说他们忒卖贱了，教后代儿孙没钱使用。你如今空手来取，是以传了白本。白本者，乃无字真经，倒也是好的。因你那东土众生，愚迷不悟，只可以此传之耳。"其实，无字真经和有字真经都是真经，能否学懂，是要看个人的修为造化，无字真经要靠"悟"，只可意会不可言传；有字真经是为了唐太宗祈保江山永固而取的，所以他要付出人事，也就是说还没有达到至上的境界，那就必须有礼物来疏通，才能使有字真经发挥它应有的作用。

对于世俗的人而言，要明白舍与得的道理：舍得，舍得，有舍才有得，不舍不得；小舍小得，大舍大得；欲学有得，先学施舍。豁达的人懂得超脱，真情的人懂得牺牲，幸福的人懂得放弃，智慧的人懂得得失。舍弃一部分，才有可能拥有另一部分。生活并非只需要一部分，而是需要各个部分互相协调，就要有所取舍，方可平衡。

有的人为了得到事业上的成功，放弃了亲情、爱情，还有自己的健康。但当他如愿成功之后，很可能会后悔，因为他觉得自己失去了比事业更重要的东西，而这些东西大多是不能再次拥有的。人生，往往得到的越多，失去的也会越多。得到了满满的财富，失去了心灵的自由；得到了虚荣的名利，失去了生活的本真。有一天，我们幡然醒悟：失去的，比得到的更多。从前不认为是"得"的东西，回头看看，恰恰不该舍；从前认为不能"舍"的东西，现在想想，舍又何妨？而此时，那已经失去的，却难以再得到了。卡耐基说：我们在生活中获得的快乐，并不在于我们身处何方，也不在于我们拥有什么，更不在于我们是怎样的一个人，而只在于我们的心灵所达到的境界。

再说唐僧师徒取到有字真经后，遭遇第八十一难：通天河遇鼋湿经书。由于师徒忘记给通天河的老鼋问何时可得人身之事，老鼋一气之下将他四众连马并经，一起翻入河中，所有的经书都被水浸湿了。无奈之下，只好到岸边石头上晒经。不期石上把《佛本行经》沾住了几卷，将经尾沾破了，所以至今本行经不全，晒经石上尤有字迹。当时唐僧非常懊恼："是我们怠慢了，不曾看顾得！"孙悟空却笑道："不在此！不在此！盖天地不全，这经原是全全的，今沾破了，乃是应不全之奥妙也，岂人力所能与耶！"是啊，斗战胜佛的悟空已经认识到：天地本不全，万物皆有缺。女娲炼五色石以补苍天，但还是天倾西北，地不满东南。正所谓，世间难有完美的事，就像苏东坡在《水调歌头》中写的那样："人有悲欢离合，月有阴晴圆缺。此事古难全。"

人生没有所谓的完美，正因为有缺憾，才会给我们更多的动力和激情，让我们努力去接近完美；正因为有舍去，才会给我们更多的希望和坚守，让我们珍惜当下所得。学会平衡，平衡得与失、全与残、胜与败、因与果。所有的失去，都会以另一种方式归来；所有的遗憾，都会以另一种方式圆满。

四、扫除心魔，方能胜己

《西游记》中第五十六回到五十八回写的是"真假美猴王"这个

桥段，这是西游故事中非常精彩的部分。两个猴子，不但长相一样，本事也一样，分不出胜负。托塔李天王用照妖镜照不出真假，观音菩萨用紧箍咒试不出真伪，阎罗殿谛听看出来但不敢说。最后闹到了如来跟前，如来佛祖道出了六耳猕猴的真身，并且用金钵盂罩住，被孙悟空劈头一棒打死。难道真有六耳猕猴的存在吗？这就是如来的一个说辞，"真假美猴王"其实就是孙悟空变了一个自己出来。起因是孙悟空打死了很多强盗，唐僧把所有责任都推到悟空身上，又念紧箍咒赶悟空走，悟空很委屈，觉得："这和尚负了我心。"最后悟空发怒了，终于撕破脸皮反了目："你这狠心的泼秃！十分贱我！"一棒子把唐僧打晕在地，扬长而去。虽然孙悟空冒充妖怪把唐僧暴打一顿，出了一口恶气。但他这点儿分身术的把戏，又怎能瞒得过如来佛？在他还没到灵山之前，如来就已经对大众说了："汝等俱是一心，且看二心竞斗而来也。"其实就是猴子自己生了二心，一个真心向佛的悟空和一个不真心向佛的悟空，是自己的两种意志在相互争斗，或者说是自我矛盾的体现：既有对唐僧的忠，因为是他从五行山下救出自己的；又有对唐僧的恨，恨他不明事理、爱憎不分。六耳猕猴代表了孙悟空的矛盾心理，如果自己不能战胜自己，就连观音大士、玉皇大帝也帮不上忙。既然生出了二心，就必须除掉第二颗心，大圣为了表明态度，把代表自己不忠的孙悟空打死了。只有打消二心，一心一意，才能取得成功。在"真假美猴王"之后，悟空和唐僧之间的关系更加和谐，悟空也坚定了保护唐僧西天取经的信念，这正是修行人必须经历的过程。

有人说，《西游记》看似打妖除怪的故事，其实是引领我们在人生路上不断克服内心、战胜心魔，最终取得真经、成就人生的历程。孙悟空也被看作是人的"心"，在书中也管他叫"心猿"。他学艺的地方是"灵台方寸山，斜月三星洞"，灵台是心灵的台阶，方寸是心灵之地，斜月三星就是"心"字。他一个筋斗就是十万八千里，也就是心的一个念头而已。孙悟空有一颗躁动不安、向往自由，于天堂地狱、善恶之间自由穿梭的心。取经路上，面对一个个心魔幻化的妖怪，面对唐僧不辨真假的"道昧之心"，面对八戒、沙僧不肯说情的"嫉妒之心"，面对师徒兄弟之间的"猜忌之心"，面对自己的"好胜之心""虚荣之心"……只有控制心魔，战胜心魔，扫除心魔，才能心猿归正，明心见性。所以当孙悟空修成正果之时，代表"定心真言"的紧箍咒自然就消失了。西游故事的精彩恰恰是每个人面对未知的长路，不禁要怀疑自己，怀疑身边的人，甚至怀疑目标本身的时候，要用强大的内心来克服自身的心魔，打败别人的猜忌，又要齐心合力对抗外界的艰难险阻。

《道德经》说："知人者智，自知者明。胜人者有力，自胜者强。"意思是说，如果一个人能够了解他人，就是智慧的人；能够了解自己，就是高明的人；能够战胜他人，是有力量的人；能够战胜自己，才是真正的强者。在《西游记》中，孙悟空在面对妖魔鬼怪的时候毫不畏惧，在面对天兵天将的时候也愈战愈勇，不管是天庭还是地府，他都闹了个遍，所有的对手他都不放在眼里，但是面对自己的内心，却还是困惑、彷徨、煎熬。所以，自己才是最大的敌人。战胜对手，只是赛场的赢家；战胜自己，才是命运的强者。

一部《西游记》，虽然是神魔小说，但毕竟都是"人间幻象"。它就像一面镜子，折射着真实人间的炎凉冷暖，折射着现实社会的千奇百怪，折射着芸芸众生的苦辣酸甜。读着读着，它又似乎成了一碗心灵鸡汤，历久弥新，常读常新。最后，还是送给大家《西游记》开篇的那句话：欲知造化会元功，须看《西游释厄传》。

《封神演义》之世相智慧

○ 李婷婷

武王伐纣原本是一个真实的历史事件，但在民间流传过程中完全被文学化和艺术化了。早在汉、唐时期，就有了姜太公善用神术和纣王之妃妲己是狐狸精的说法。宋、元时期，民间的"讲史"之风开始盛行，说书场上的说书人为了吸引听众，又以武王伐纣为"酵母"，虚构出了许多人物形象和故事情节，形成了《武王伐纣书》《武王伐纣平话》《列国志传》等"话本"。明代作家许仲琳根据以上"话本"提供的素材，进一步神化、美化或鬼化、丑化，创作出了《封神演义》一书。《封神演义》正如鲁迅先生所说，"实不过假商周之争，自写幻想"而已。

文以载道是中国文化的一个传统。从表面上看，《封神演义》的内容从天上到人间，从妖狐到凡人，从君主到众黎，从冰火到铁血，似乎是一部现代科幻大片。但在实际上，作者通过精心设计、巧妙构思，通过一个个人物、一个个故事、一个个桥段，对中华民族传统的审美观、道德观、宗教观和价值观进行了充分的阐扬。《封神演义》面世几百年来，既作为一部文学作品，也作为一个文化母题。之所以广受读者欢迎，既在它的艺术感染力上，也在它的思想吸引力上。作为艺术，它深入了我们的生活，作为文化，它滋养了我们的生命。

那么，《封神演义》究竟宣传了哪些传统文化观念？到底能给人们怎样的正能量？今天，我们就走进文本，进行一番心灵体察。

一、正与邪的必然归宿

在《封神演义》中出现的人物都处于正与邪两个阵营。人间层面是武王与纣王的对立，教派层面是"阐教"与"截教"的斗争。作品夸张描写文王、武王的仁与纣王的恶，通过正与邪、仁与恶的对比和对抗，来肯定仁德正义，抨击暴虐奸邪。

西伯侯姬昌（后为周文王），勤于政事，礼贤下士，广罗人才，坚持仁德正义，并拜姜尚为军师，听从忠言，深受百姓爱戴。他作为纣王的臣属是个真正的谦谦君子，即使纣王荒淫无道，也并无谋反之心，一直到死对纣王都恭敬有加。不过，纣王在内心深处却一直将其当作最大隐患，总是想法设法要除掉他。但面对纣王咄咄逼人的进攻，姬昌总能以宽容之心化解矛盾，至死也没有背叛商朝。在姬昌与纣王的比较中，仁德更为闪光，而邪恶更为卑劣。

姬昌之子姬发（后为周武王），虽未能遵循父亲的遗训，带兵伐纣，但在整个征战过程中也表现出了对父德仁义的继承。在武王攻入朝歌前，姜子牙考虑到朝歌的百姓备受纣王残虐，如果再以武力攻城，会给百姓带来新的苦难，所以发出告示历数纣王十罪。朝歌百姓看到告示都说："周主仁德著于海内，姜元帅吊伐，诚为至公。吾等遭昏君凌虐，深入骨髓，若不献城，是逆民也。"等到三更时分，朝歌城四门大开，父老军民齐声高呼："吾等俱系军民百姓，愿献朝歌，迎迓真主！"呼喊声感天动地，迎来了朝歌的黎明。可见，武王伐纣是众望所归。

在武王攻入朝歌后，看到摘星楼纣王自焚、烟焰未尽的情景，竟命人将其遗骸安葬掩埋。对此，姜子牙称赞他说："纣王无道，人神共愤，今日自焚，实所以报之也。今大王以礼葬之，诚大王之仁耳。"当武王率众诸侯来到鹿台，看到鹿台楼阁连接云端，"亭台叠叠，殿宇巍峨，栏枰玉饰，栋梁金装……明珠异宝，珊瑚玉树"的奢华情景时，不禁心生感慨："如今纣王已灭，天下诸侯与闾阎百姓，受纣王剥削之祸，荼毒之苦，征敛之烦，自坐水火之中，衽席不安，重足而立。今不若将鹿台聚积之货财，给散与诸侯、百姓，将巨桥聚敛之稻粟，赈济与饥民，使万民昭苏，享一日安康之福耳。"所以，当即命人将财宝和米粟发放给百姓。

武王伐纣之所以势如破竹，一方面是以武力为后盾，另一方面是深得百姓拥护。得人心者得天下，从古至今都是一条颠扑不破的真理。

其实，纣王也不是天生的暴君。《封神演义》在开篇，对纣王予以了充分的肯定。赫然写道："文有太师闻仲，武有镇国武成王黄飞虎；文足以安邦，武足以定国。中宫原配皇后姜氏、西宫妃黄氏、馨庆宫妃杨氏，三宫后妃皆德性贞静，柔和贤淑。纣王坐享太平，万民乐业，风调雨顺，国泰民安，四夷拱手，八方宾服。八百镇诸侯尽朝于商，有四路大诸侯率领八百小诸侯，东伯侯姜桓楚，居于东鲁；南伯侯鄂崇禹，西伯侯姬昌，北伯侯崇侯虎。每一镇诸侯领二百镇小诸侯，共八百镇诸侯属商。"这不是一位很优秀的君主吗？可惜纣王膨胀了，昏头了，变了。他变得残暴不仁，不听忠言，反信奸佞，胡作非为，不知自省。纣王在妲己的蛊惑下害死姜皇后，为了斩草除根，将姜桓楚、姬昌、鄂崇禹、崇侯虎四大诸侯诱骗到朝歌，诬陷姜桓楚意图谋反，姜桓楚厉声正色历数纣王的罪行，大骂其无道，使得纣王大怒，将他用巨钉钉住手脚，乱刀剁碎，醢尸而亡。比干也因生有七窍玲珑心，能辨识天下一切妖邪，最终惹怒妲己，被剖心而死。杨任作为殷商大夫，因进谏鹿台之事，被挖眼而死。纣王的日常，骄奢淫逸，歌舞升平，在妲己的怂恿之下，设酒池肉林，炮烙皇后、臣子，甚至剖腹取胎，做下种种惨无人道、令人发指的暴行。姜子牙曾当着天下诸侯历数纣王的十宗罪：一、沉湎酒色，不敬上天；二、杀死皇后；三、追杀太子；四、诛杀朝臣；五、杀死诸侯；六、制造炮烙等惨无人道的刑罚;七、穷奢极欲,搜刮民脂民膏;八、害死臣妻贾氏;九、敲断老人的腿骨,剖开孕妇的肚腹;十、割炙肾命,绝万姓嗣脉,残忍惨痛。

随着纣王的腐败堕落,残暴不仁,他的统治集团也分崩离析了。当黄飞虎反出朝歌时,虽闻太师能够谏言:"乞陛下可赦黄飞虎一概大罪,待臣追赶飞虎回来,社稷可保,国家太平。"但大夫徐荣则坚决反对:"君欺臣妻,天子负臣;不顾恩爱,摔死黄娘娘,也是天子失政。黄飞虎岂得率众杀入午门,声言天子之罪,与天子在午门大战,臣节全无,故武成王黄飞虎也有不是。"结果黄飞虎一去不归,加入周武王的阵营,成了推翻商纣的主力。当司天台首官杜元铣被处以枭首之刑、上大夫梅伯被炮烙时,丞相商容并没有立刻做到"文死谏",而是选择了致政荣归。到第九回,商容虽然上奏道:"臣商容奏:为朝廷失政,三纲尽绝,伦纪全乖,社稷颠危,祸乱已生,隐忧百出事。臣闻:'天子以道治国,以德治民,克勤克戒,毋敢怠荒。夙夜祗惧,以祀上帝。'……臣虽死之日,犹生之年。臣临启不胜惶悚待命之至!谨疏以闻。"但为时已晚。商朝的臣属都非常清楚纣王所作所为并非仁义,但是大部分为保全性命,根本不敢正言直谏,个别敢于提出质疑的却也不知道如何凝聚众臣之力阻止邪佞,引导仁善。可见,商纣王的统治已经走到了尽头。

"得道多助,失道寡助",这是一条任何人都抗拒不了的历史逻辑和历史规律。商纣王恰恰在这条历史逻辑和历史规律面前碰得头破血流。

在宗教层面,"阐教"的神仙多是人修炼而成,"截教"的神仙多是妖类;是飞禽走兽等异类修炼而成,人是正道,妖是邪道。另外,"阐教"众仙因犯红尘杀厄,无法清心修行,所以鸿钧老祖的三大弟子共同制定了封神榜。原始天尊领导的"阐教"和通天教主领导的"截教"诸弟子需要渡劫,故"阐教"帮助武王作战,"截教"则助纣王作战。最终，"阐教"帮助的武王取得了胜利。武王分封诸侯，姜子牙分封诸神，亦属于正义战胜了邪恶。

人间也好，神界也罢，一切生灵皆有善恶之分、正邪之别。但是，不论世相如何变迁，正义总是能够站在审判席上，对邪恶进行裁决；而邪恶不管怎样猖獗，最后都难逃覆灭的下场。这就是正与邪的必然归宿。

二、智与愚的比较互见

《老子》中说：大智若愚，大巧若拙，大音希声，大象无形。"大智若愚"是指那些看似很愚笨的人，实际上是有大智慧的人；相反，那些看似很精明的人，实际上则是非常愚钝的。但对智慧和愚钝，只有保持清醒的头脑和澄明的心，才能真正洞察明辨。《封神演义》塑造的各色形象，他们或属于武王阵营或属于殷商队伍，或属于"阐教"或属于"截教"，如果不认真体会、仔细辨别，是很难认清其真面目的。

武王的军师姜子牙是一个耄耋老翁，并不像传统英雄那般孔武有力，道行也没有多么高深，如同普通农夫一般。但当武王囿于臣节和父训不愿讨伐纣王时，却是姜子牙提出进兵朝歌只是"与天下诸侯陈兵商郊，观政于商，俟其自改"，使武王既得到诸侯的支持，又不致背上"叛君背父"的罪名。在发动讨伐商纣的战争时，又是姜子牙下令："各门止许进兵五万，其余俱在城外驻扎，不可入城搅扰。如入城者，不可妄行杀戮，擅取民间物用。违者定按军法枭首！"从而一举推翻了商纣的统治。可见，他的智慧是顺应历史潮流，眼界高远，不拘泥于"愚夫愚妇之小忠小谅"，始终维护"人民之所愿"。因此，姜子牙成为全书不可撼摇的中心人物，最后封神榜上的三百六十五位正神也是由他来敕封。

书中在第十二至十四回对哪吒的身世来历以及主要事迹进行了具体的描写刻画。陈塘关总兵李靖的夫人殷夫人怀胎三年零六个月生出了一个肉球，李靖以为是个妖物，将其切开，从中出现一婴孩。这个孩子天生具有神力，可以随意行走，太乙真人将其收作徒弟，取名"哪吒"。七年后，哪吒在东海洗澡，用混天绫翻江倒海，大闹龙宫，并用乾坤圈将巡海夜叉打死，又抽了东海龙王三龙子敖丙的龙筋给父亲做腰带当礼物，闯下滔天大祸。四海龙王齐力上奏天帝，哪吒害怕连累父母，说道："一人行事一人当，我打死敖丙、李良，我当偿命，岂有子连累父母之理？"于是剖腹剔肠、剜骨割肉还与父母，不累双亲。哪吒的孝行使龙王大受感动，李靖夫妇也因此被赦免。哪吒死后托梦给母亲，母亲因此常常哭泣，可李靖却大怒："你还哭他？他害我们不浅。"其母偷偷造庙供香，哪吒得以在神庙显灵显圣。但是作为哪吒的生父，李靖总是对他的魂魄迫害阻挠，甚至骂道："畜生！你生前扰害父母，死后愚弄百姓。"并一鞭把哪吒的金身打得粉碎，传令放火烧了庙宇。李靖所做的一切终于惹怒哪吒，在哪吒被太乙真人用莲花荷叶做新身而复活后，脱胎换骨恢复人形，手持火尖枪，脚踩风火轮追杀其父李靖报仇。父子再见，李靖大惊问曰："你这畜生！你生前作怪，死后还魂，又来这里缠扰！"哪吒说："李靖！我骨肉已交还与你，我与你无干碍。"李靖在世人面前是一个正义忠诚之士，哪吒似乎是个玩世不恭的魔童，但在父子关系中，当哪吒闯下弥天大祸时，李靖想到的不是承担，而是抱怨不孝子连累了自己，立刻与其划清界限。而哪吒剜肉剔骨还与父母，独自承担罪责，对李靖来说是极大的讽刺。哪吒已死，魂魄将归，李靖作为生父，没有丝毫对自己的反省和对骨肉至亲的思念，反而百般阻挠。这个故事让我们对智与愚有了重新的思考。

《封神演义》中还塑造了殷郊和殷洪这一对兄弟。他们是纣王之子，纣王听从妲己的谗言残害了姜后，他们想要杀妲己报母仇，打算下山帮助姜子牙伐纣。但在三纲五常的束缚下，他们又认为反叛、弑父是有违人伦的事，所以何去何从一直犹豫不决。第五十九回写殷洪遇申公豹，申公豹说："你乃愚迷之人，执一之夫，不知大义。你乃成汤苗裔，虽纣王无道，无子伐父之理。况百年之后，谁为继嗣之人？"申公豹的这番花言巧语，将殷洪彻底说服。第六十回，赤精子质问殷洪时，殷洪却说："且老师之教弟子，且不论证佛成仙，亦无有教人有逆伦弑父之子。"非常气愤地反驳了赤精子的一番美意。其实纣王逆伦灭纪，残酷不道，杀忠害长，淫酗无忌，恶贯满盈，百姓深受其害。而殷洪竟无视这些，完全被封建伦理纲常、父子君臣大义这套观念所支配，他自觉聪明，却实则糊涂。

第六十三回，殷郊想要下山助周的时候，申公豹又试图用那套父子君臣大义的理论来说服他，见不起作用就编造了姜子牙"欲邀己功"害死殷洪，是个"无德之人"的谎话。殷郊和殷洪一母同胞，手足情深，听了这诬骗之语自然很容易就上了当，大叫一声便昏倒在地，立誓要杀姜子牙为兄弟报仇。第六十四回，广成子质问殷郊为什么变了卦，殷郊哭诉道："弟子知吾父残虐不仁，肆行无道，固得罪于天下，弟子不敢有违天命；只吾幼弟又何得罪，竟将太极图将他化作飞灰。"并表示："俟弟子杀了姜尚，以报弟仇，再议东征。"殷郊比殷洪更为悲哀，竟对一番谎话信以为真，而将天下兴亡、群黎生死等大义抛弃脑后。

《封神演义》通过对这些人物命运的描写，让我们对于智与愚有了重新的思考。姜子牙的大智若愚，哪吒的剜肉剔骨断除血亲以免父母之罪，殷郊、殷洪在伦理困境中摇摆不定的选择，武王的背弃父训，黄飞虎的逼父反商，等等，这些人物的命运经历让我们清楚地看到，真正的智慧是在具体情境对具体问题具体分析所表现的灵活变通，而不是愚顽地恪守某些既定的规矩或原则。

三、美与丑的真假辨识

《封神演义》也塑造了许多异类，这些人物或美得不可方物或丑得令人畏惧，但是我们却发现，仅从外在的美与丑来评判一个人会被表面现象蒙蔽双眼，甚至铸成大错。

在《封神演义》中，妲己堪称是人间尤物、绝美佳人。第四回描写真正的妲己在得知要被献给帝辛时："泪流满面，娇啼婉转，真如带雨梨花，啼春娇鸟。"由此可见她的柔媚非同一般了。接着描写被狐狸精吸去魂魄，附其体中，见到纣王时她的容貌："乌云叠鬓，杏脸桃腮，浅淡春山，娇柔柳腰，真似海棠醉日，梨花带雨，不亚九天仙女下瑶池，月里嫦娥离玉阙。妲己启朱唇似一点樱桃，舌尖上吐的是美孜孜一团和气；转秋波如双弯凤目，眼角里送的是娇滴滴万种风情。口称：'犯臣女妲己愿陛下万岁，万岁，万万岁！'只这几句，就把纣王叫得魂游天外，魄散九霄，骨软筋酥，耳热眼跳，不知如何是好。"妲己之美已不用多说。但这个美人是不是为创造美而生呢？显然不是。在《封神演义》中，纣王所携之恶都直接或间接与妲己有关。

第七回和第八回描写了纣王杀妻诛子一事。夜里，姜皇后听到音乐之声，便来到寿仙宫劝说纣王不要荒淫无道了，醉酒的纣王听了皇后的一番言辞后恼羞成怒，命妲己再舞一曲给他解闷。妲己不但没有劝阻纣王，反而泪如雨下、楚楚可怜地说："妾身从今不敢歌舞""姜皇后深责妾身，此歌舞乃倾家丧国之物。况皇后所见甚正，妾身蒙圣恩宠眷，不敢暂离左右。倘娘娘传出宫闱，道贱妾蛊惑圣聪，引诱天子不行仁政，使外廷诸臣将此督责，妾虽拔发，不足以偿其罪矣！"纣王听完自然更加恼怒地说："美人只管侍朕，明日便废了贱人，立你为皇后。朕自作主，美人勿忧。"妲己借着纣王醉酒的恼怒，激起纣王对姜皇后的愤恨，一步一步达到自己的目的，真可谓心怀叵测。

在审讯姜皇后的过程中，当纣王面对黄妃和姜后表现出动摇和怜悯之情时，妲己则添油加醋、危言耸听地说："陛下可传旨，如姜后不招，剜去他一目，眼乃心之苗，他惧剜目之苦，自然招认。使文武知之，此亦法之常，无甚苛求也。"当纣王看到姜皇后被剜下眼睛后依然没有认罪，感到后悔不已时，妲己又进谗言："此事必欲姜后招承，方免百官万姓之口。"并提议炮烙姜后之手，逼其招认。剜目、炮烙双手，都是在妲己的怂恿下进行的。纣王犹豫不决，但妲己进一步坚定纣王的虐行："事到如此，势成骑虎，宁可屈勘姜后，陛下不可得罪于天下诸侯、合朝文武。"所以纣王只能照做。

《封神演义》开篇一回即是讲纣王去女娲宫进香，看到女娲之像顿生淫心，题淫诗于粉墙，惹怒了女娲，遂派千年的狐狸精助商灭亡。在这里，纣王就是被蒙蔽双眼、不分美丑的昏庸之人。他完全被妲己美丽的外貌所迷惑，不念夫妻之情，不识世相真伪，一步一步酿成惨剧。

《封神演义》中的雷震子，从外形来看似乎是一个异类。他是姬昌在茂林避雨时，众人在古墓边发现的婴孩。当时姬昌看到这个孩子面如桃蕊，眼有光华，于是大喜："我该有百子，今止有九十九子，适才之数，该得此儿，正成百子之兆，真是美事。"雷震子幼年上山与云中子学道，七载后，奉师父云中子之命去临潼关救姬昌，如此经年，父子相见却不相识。姬昌抬头猛见："一人面如蓝靛，发似朱砂，巨口獠牙，眼似铜铃，光华闪灼，吓的魂不附体。文王自忖，若是鬼魅，必无人声，我既到此，也避不得了。"众兵卒也以为其是鬼魅，所以禀报将军，当时殷破败、雷开也很害怕，只是强装胆量地说："好丑匹夫！焉敢口出大言，煽惑参军，欺吾不勇？"从这些描写可以看出，雷震子的相貌不但殷破败觉得丑陋怪异，连他自己的父王也心生畏惧。但是雷震子却遍体风雷，骁勇异常，不用打斗即将对手吓跑。他又谨遵师命，将文王驮至五关即要离开。当文王质疑他为什么中途将其抛弃时，雷震子说："奉师父之命，止救父王出关，即归山洞。今不敢有违，恐负师言，孩儿有罪。父王先归家国，孩儿学全道术，不久下山，再拜尊颜。"雷震子叩头，与文王挥泪而别。

雷震子不但没有妲己遥不可及的美貌，而且相貌丑陋不堪，可是他对父王的孝行、他谨遵师嘱的忠诚、他骁勇善战的英姿，恰恰带给我们以感动。《封神演义》中为我们塑造了许多这样的人物，比如纣王阵营的闻太师是一个拥有智识的贤士，"阐教"的申公豹却是一个善变的奸佞之辈。这说明，我们无法从外表的美丑来判定一个人的好坏，也很难从隶属的阵营来论断一个人的善恶。

中国文艺长河存在着优胜劣汰、大浪淘沙的机制。因此，有些作品不见经传，后人已不知晓了；而有些作品穿越时空隧道，一代一代地流传下来。流传者自有流传的原因。现在读者还对几百年前面世的《封神演义》津津乐道，乐此不疲，就是因为它在怪、力、乱、神的艺术世界里，将正、邪、智、愚、美、丑这些往往乱花迷眼的事物，进行了力所能及的辨识、评判和裁决。在世相丛生、信息爆炸的当下，人们需要这些古老却常新的智慧，擦亮眼睛，明辨是非，做一个清醒明白之人。因此，如果有时间，要认真读一读《封神演义》，定会从中获得意义。

《金瓶梅》之直面丑恶

○ 孙丹丹

　　《金瓶梅》被列为明代"四大奇书"之首，另三部是《水浒传》《三国演义》和《西游记》，这四部小说基本上代表了中国古代小说的四种类型，即世情小说、英雄传奇小说、历史演义小说和神魔小说。奇书《金瓶梅》历来为论者所称道，一般认为它是中国第一部文人独立创作的章回体长篇小说。其成书时间约在明朝隆庆至万历年间，作者署名兰陵笑笑生。兰陵笑笑生到底何许人也，至今成谜，可见他似乎也不愿以真面貌示人，或许他也知道书中某些所写有悖伦理纲常。但它将人间的丑恶相当集中、全面、深刻地暴露于光天化日之下，让我们看到各种魑魅魍魉、牛鬼蛇神，这也是《金瓶梅》在我国文学史上的最大特色。

　　《金瓶梅》描绘了一个丑恶的现实世界，上至朝廷有昏庸的皇帝、擅权的太师、贪婪的权奸；下至地方有专政的官僚、堕落的儒林、无耻的帮闲，再到市井有卑鄙的恶霸、下流的地痞、龌龊的僧尼；回到家中有暴虐的家主、淫邪的妻妾、狡诈的奴仆。这诸多众生相一同构成了这个鬼蜮世界。因此，自明朝此书问世，批评之声就不绝于耳。明人沈德符认为此书不宜流传，一旦刻板印行，则"家传户到，坏人心术"，刻印者也将"以刀锥博泥犁"，即因贪图小利而下地狱。

不仅如此，提到《金瓶梅》，无法回避的就是此书中露骨的性描写。清人袁照在《袁石公遗事录》中则直接批评："《金瓶梅》鄙秽百端，不堪入目。"连《金瓶梅》的序作者"东吴弄珠客"也不得不承认："《金瓶梅》，秽书也。"因此，一批文人咬定它是一部"坏人心术"的"诲淫"之作。直到现代，还有人将它看作是"古今第一淫书"，将它列在禁毁或半禁毁的书目上。

然而这样一朵"恶之花"却得到了全世界文学爱好者和研究者的重视，现在它已有近二十种文字的译本。当《金瓶梅》刚流行时，就引起了众多名人学者的关注。大文豪袁宏道说："伏枕略观，云霞满纸，胜于枚生《七发》多矣。"文学家谢肇淛在《小草斋集·金瓶梅跋》中盛赞："书中人物不徒肖其貌，且并其神传之。信稗官之上乘、炉锤之妙手也。"清代小说评论家张竹坡干脆把《金瓶梅》誉为"第一奇书"，这里的"奇"字既有"奇特"的意思，也有"美好"的含义，所谓"奇书"，即奇美的佳作。近代以来，很多文人学者也给出极高的评价：鲁迅先生在《中国小说史略》中用"同时说部，无以上之"八个字给予《金瓶梅》以高度评价；郑振铎在《中国文学史》中则赞扬《金瓶梅》是"中国小说发展的极峰"。

同样一本书却遭遇如此毁誉不一的尴尬局面，有人认为《金瓶梅》应当璀璨于世界文学之林，有人认为《金瓶梅》应当幽禁于十八层地狱。面对如此分歧的评价，我们究竟该怎样看待它、阅读它、欣赏它呢？让我们带着猎奇的趣味也好，带着窥探的欲望也罢，仔细看看这丑恶背后的光怪陆离。

一、丑恶之辨析——正视两性描写

谈《金瓶梅》中的丑恶，永远绕不开的话题就是它赤裸裸的性描写，无论是口诛笔伐，还是讳莫如深，抑或是急于翻案，都是一种态度。因此，要正确地解读《金瓶梅》，就必须对它的性描写做一番辨析。在学术界其实略有共识，然而除了学术界，《金瓶梅》的思想价值和社会意义却因其夹杂的"淫秽笔墨"而被遮掩，从而使《金瓶梅》背上了"淫书"的罪名。今天我们便不避"丑恶"，就此问题做出探讨。

首先性丑恶吗？答案应该是有定论的，那就是：不丑恶！性是人的本能，中国古代儒家的经典对此也比较关注，如《礼记·礼运》曰："饮食男女，人之大欲存焉。"饮食乃关乎生存，男女乃负责繁衍，人类之所以生生不息，得益于生存与繁衍，这是人类最久远、最永恒的母题。再如《周易·系辞》说："天地纲缊，万物化醇。男女构精，万物化生。"意思为：天地水气，升降循环，万物化育纯粹。雌雄两性，形体交接，阴阳相感，万物遂得以化育孕生。可见没有天地感应就没有自然万物，没有雌雄交接又何谈生灵人类，因此性不仅不是丑恶的，反而是神圣的，值得人类歌颂和敬畏。在后来的道教、佛教中，包括国外宗教的某些派别，甚至将男女交合作为一种修炼的方式，可取与否另当别论，然而从中可见这种崇拜和敬畏由来已久，并且存在于世界诸多文化当中。至此我们可以再次明确，性绝不丑恶。

那么性描写丑恶吗？我们在世界文艺殿堂的瑰宝中寻找"性"的身影，不能说俯拾即是，也可说不胜枚举。那么保守派或许认为，世界文化不能代表中国文化，中国有自己的国情和文化，那我们就基于自己的文化来谈《金瓶梅》是否是"古今第一淫书"。

中国人对于性事向来讳莫如深，男女大防，礼教谨防"男女授受不亲"，真的是这样吗？我们从中国文化的历史源头说起。古人为何会把夫妻之事称为"周公之礼"？相传，西周初年，世风日下，民间婚俗混乱不堪，男女滥情，周公发现如此不行，为明德新民，周公亲自制定礼仪。于是规定：男女在结婚前不能随便发生性关系，除非到了结婚当天才行。后来人们管这个叫"周公之礼"。

周公从婚礼入手，对当时男女交接混乱的状况进行了大幅度的改革。他把男女从说亲到嫁娶成婚，分为了七个环节，即纳采、问名、纳吉、纳征、请期、亲迎、敦伦，并且对每个环节都进行了细化，做了具体细致的规定，这些合称"婚义七礼"。这第七礼——敦伦，即敦睦夫妇之伦，含有指导新婚夫妇依礼行事的用意，只有有夫妻名分的男女才能用"敦伦"二字。以合天覆地载之理，于是阴阳和谐，乾坤有序，维纲常而多子孙。如果说"周公之礼"是汉语中关于性关系的一种委婉说法，有点儿戏谑的意味，那么"敦伦"就是另外一种更为文雅的代称。甚至大家公认清心寡欲、六根清净的佛家大师——印光大师指点信徒"求子三要"：第一，保身节欲，以培先天；第二，敦伦积德，以立福基；第三，胎幼善教，以免随流。至此我们看到，在中国文化的璀璨源头，看待性事问题是特别自然的、现实的，既没有讳莫如深，也没有上纲上线。

我们再从文学的源头《诗经》看起。《诗经》是收录自西周初期至春秋中叶约五百年间的诗篇，当时社会正处于奴隶社会向封建社会过渡，礼教尚未形成，社会风气较开放，古代男女对性的态度不像后世般受礼教禁锢，所以男女表达爱情还是比较大胆而直接的。类似的例子有很多，举一例供大家感受。

国风·召南·野有死麕
野有死麕，白茅包之。有女怀春，吉士诱之。
林有朴樕，野有死鹿。白茅纯束，有女如玉。

舒而脱脱兮！无感我悦兮！无使尨也吠！

诗的大意是：一头死鹿在荒野，白茅缕缕将它包。有位少女春心荡，小伙追着来调笑。林中丛生小树木，荒野有只小死鹿。白茅捆扎献给谁？有位少女颜如玉。慢慢来啊少慌张！不要动我围裙响！别惹狗儿叫汪汪！獐和鹿，都是古人求亲的时候必备的礼聘之物，诗中引用这獐和鹿让我们确信这是一首纯真情歌，一首在荒烟蔓草的年代任由纯真性情流淌之爱歌。谈情说爱、男欢女爱是人纯真性情的流露，不能言其淫艳、不符礼义廉耻。

《诗经》属先秦时期，之后的中国历史我们便更加了解了，秦二世而亡，汉基本继承春秋战国民风朴实开放的传统。中国有"脏唐烂汉"之说法，是真的脏烂，还是后来文化站在它的评判标准看待汉唐，有待商榷。在汉代，男子和女子可以一同宴饮，结伴同路，甚至同车而行，女子也能单独会见男宾。汉朝女人看上哪个男子可以叫家里人去提亲，女子甚至可抛头露面同男子交往，也可以离婚。司马相如一曲《凤求凰》，卓文君月夜私奔，传为佳话。唐人对女子婚前贞操并不看重，失身而又另嫁也视为常事，光唐代公主再嫁的就有23人，汉武帝刘彻的母亲王娡进宫前也曾嫁作金家妇。而婚前性行为、婚外恋较为普遍。唐人对婚外性行为并不认为是奇耻大辱，反而当作风流韵事，大家可以例数李家王朝的各色风流韵事作为参考。可见"男女授受不亲"并不是古已有之的训诫和真理，是后来文化渐渐固化的顽疾。其中的脉络，由于篇幅的关系我们无法细细理清。

至此，我们基本可以达成共识：性不丑陋，性描写不罪恶，性行为不可耻。清代的《金瓶梅》评点家文龙曾说："生性淫，不观此书亦淫；性不淫，观此书可以止淫。然则书不淫，人自淫也；人不淫，书又何当淫乎？"因此，面对《金瓶梅》，或许也可考验成年读者阅读态度是否端正，以及心理准备是否健全。

二、丑恶之寻根——窥探世情百态

在《金瓶梅》的世界里，没有对道德人格的孜孜追求，没有对政治理想的英勇献身，只有对财富和享乐的无休止的欲望和歇斯底里的追寻。《金瓶梅》没有写到美，没有写到光明与希望，不是作者没有一双发现美的眼睛，而是他所处的那个时代过于肮脏。因此，鉴赏《金瓶梅》应结合当时的文化背景、政治现状及经济情况进行溯本求源，才有望不失之偏颇。

《金瓶梅》之前的中国长篇小说，或再现帝王将相的风云业绩，或褒扬草莽英雄的心秉忠义，或描写仙佛神魔的奇异行径，这些不寻常的内容显然远离了普通大众的现实生活。而《金瓶梅》写的完全是市井平民真实的日常生活，诚如清人张竹坡在《批评第一奇书〈金瓶梅〉读法》中所言："似有一人亲曾执笔，在清河县前，西门家里。大大小小，前前后后，碟儿碗儿，一一记之，似真有其事，不敢谓操笔伸纸做出来的。"这种对日常生活的细致描摹，在我国小说史上是没有先例的。唯其细致，才更真实、更广泛地反映了当时的社会生活。明史专家吴晗早在20世纪30年代就撰文指出，《金瓶梅》反映了政治、经济、文化等，是一部明末社会史。

首先，从创作的文化背景看，到了晚明，由于经济繁荣、社会开放，皇帝与上层集团生活糜烂，佞臣们进美人、献淫药成风。士大夫们追求一种浪漫放纵的生活，公开鼓吹"好货""好色"是人的本性，狎妓纳妾，结欢女伶歌儿，认为是风流倜傥，不以为耻，反以为荣。于是，上自朝廷，下至民间，公开谈论房中之事是不以为怪的。一时间，青楼娼妓布满天下，有关的出版物如春画、艳情小说等街上随处可见。在这样的土壤中培育出《金瓶梅》是不足为奇的。

即便如此，在中华礼仪之邦，竟直言不讳地大书特书其床笫之事，成何体统！因为中国人内敛含蓄，凡事讲求度，尤其后来受到儒家文化的影响，更加走向中庸。对于情感主张"乐而不淫，哀而不伤"（快乐不能没有节制，悲哀不要没有克制）。对于快乐和悲伤的情绪都是节制和克制的，何况性的描写，怎能如此过头。那我们就看看《金瓶梅》对性事的描写是否是过头的、大书特书的。总观《金瓶梅》书中的色情文字东鳞西爪、篇幅有限，合起来不过一两万字，仅占全书的百分之一二。鲁迅先生在《中国小说史略》中写道："然《金瓶梅》作者能文，故虽间杂猥词，而其他佳处自在，至于末流，则著意所写，专在性交。"鲁迅先生清晰地写明《金瓶梅》与其他末流小说的区别。末流小说专一描写病态性欲，连篇累牍，几乎没有其他内容，情节也仅仅是被用作每次性描写场面的黏合剂，没有任何道德与美学的价值可言。

那么又会有人追问，《金瓶梅》中的性描写是必需的吗？它们与小说情节油水相隔，结合并非紧密，因此将其悉数去除，并不影响情节的连贯及阅读的顺畅。今天的一些严肃出版者，也正是如此处理。虽然性描写不足称道，但的确是必需的，它对表现和刻画人物举足轻重。事实上，《金瓶梅》中所有的性行为描写都是和人物的个性统一在一起的，只有直接描写，才能将他们的独特个性充分展示出来；只有写出角色深陷欲望，才可为他们的最终毁灭找到人物成立的根基。

如果人们的眼球仅盯着《金瓶梅》中的"色情"主题，其实会忽略太多其他重要的主题。毛泽东同志曾高度评价《金瓶梅》说："这本书写了明朝真正的历史。"什么是"真正的历史"？不是表面的、肤浅的、甚至虚假的历史，而是写出了明代这个封建社会活生生的真相。

我们通过一个人物来窥探当时社会的全貌与真相。西门庆兼有官僚、恶霸、富商三种身份，他既是官亦是商，权贵间的利益输送只是他左手到右手的权钱交易，一个人物就足以道出了当时社会的经济和政治乱象。西门庆有多条人命在手，竟靠着给蔡太师送礼行贿，不仅能逍遥法外，还能官运亨通，当上执掌刑狱的理刑官。这该是怎样一个官场，怎样一个社会？一次，西门庆隆重接待已做了两淮巡盐御史的蔡蕴，并馈赠大礼。拿了好处的蔡御史豪爽地说："有甚事，只管吩咐，学生无不领命。"就算是有几个称得上"极是清廉的官"，也是看着当道时臣的眼色，偏于人情，执法不公。

一本书中呈现出诸多丑恶：政治的黑暗、官场的腐败、经济的混乱、人心的险恶、道德的沦丧，这不是《金瓶梅》的错，更不是笑笑生的错，而是人性的弱点、社会的痼疾。将丑恶写出来，不回避，不隐晦，这不失为是一种选择、一种胆量、一种改变。这是《金瓶梅》最伟大的地方，它勇敢、真实、毫不畏惧；它粗鄙、丑恶、不假矫饰。它的千秋功罪自有后人去评说。

三、丑恶之揭露——珍视人间美好

当我们认识了何为丑恶，又理解了丑恶的土壤，接下来就是我们如何面对它。美国大百科全书介绍《金瓶梅》是中国第一部伟大的现实主义小说。世界文坛给出的至高评价，恰恰是因为《金瓶梅》在中国文学史中创造了一种全新境界。

综观我国文学艺术史，绝大多数的作品都致力于描写和歌颂真、善、美，去创造一种"正确"的文艺。在这类作品中即使存在着反面形象，那也仅仅是一种陪衬。果戈理说得好："如果你表现不出一代人的所有卑鄙龌龊的全部深度，那你就不能把社会以及整个一代人引向美。"《金瓶梅》正是一部力图暴露那个卑鄙龌龊的时代的书。它描写恶，正是在创造美，把一代人引向美。因此，不仅创造美是对美的肯定，揭露丑恶也是对美的肯定，是否定之否定的美，是对美更高一级的肯定。

恶的文学之所以能创造美，关键在于作家对他笔下丑恶的现象持否定的、批判的态度。从总体上看，《金瓶梅》中的假恶丑正是一种被否定的假恶丑，它笔墨犀利甚至恣肆，将人性、人情、人欲剥得体无完肤。以男主角西门庆为例，我们从他的人生轨迹去感受作者对作恶者的否定。西门庆出身算不上高贵，财主出身，父辈是个开药铺的。小时候不好好读书，缺乏教养。长大了，结交一群狐朋狗党，打通官宦，亦官亦商，搜索民财。背后有了坚如磐石的政治靠山，便得以独霸一方，妻妾成群，玩娼嫖妓，贪赃枉法，无恶不作。为占潘金莲，毒死武大；为奸骗自己朋友花子虚的妻子李瓶儿，将花子虚活活气死；后又指使无赖将李瓶儿的招赘医生蒋竹山打死。西门庆以性事为乐，终致纵欲而死。他死后，又有妻妾争风吃醋，偷情藏奸，直到金兵南下，西门家族彻底败亡。

　　20世纪30年代，郑振铎说过这样一句话："《金瓶梅》的社会是并不曾僵死的，《金瓶梅》的人物们是至今还活跃于人间的，《金瓶梅》的时代是至今还顽强地生存着的。"如果把这句话拿到21世纪的今天，也还是有某些现实性的。现实版的"西门庆"们存在于社会新闻中，存在于反腐题材的影视剧中。无论是社会新闻的深度剖析，还是影视剧情的创作表达，都是不同意义上的对于丑恶的暴露。像西门庆一样"贪财、好色、弄权"的人物是否绝迹了呢？答案是否定的。若把西门庆的名字换成今天的某某某，也往往都能对上景。为了钱，他们可以出卖一切，哪还管什么天理公道。在这里，我们看到西门庆的事业不仅后继有人，而且层楼更上。一些被揭露出来的贪赃枉法之人，他们的发家、罪恶与衰亡，与西门庆是何其相似！因而，《金瓶梅》作者那首聊发感慨的诗，也仍然有它的现实意义：

　　　　公道人情两是非，人情公道最难为。

　　　　若依公道人情失，顺了人情公道亏。

再来看《金瓶梅》中的女性角色的最终命运，《金瓶梅》的书名是由书中三个女性角色潘金莲、李瓶儿、庞春梅各取一字和合而成。她们是书中女性的典型代表，她们受控于人欲的放纵、人欲的压抑、人欲的冲动，最终都在无限制、无理性的膨胀欲望中走向毁灭：潘金莲因淫作孽，成了武松的刀下之鬼；李瓶儿贪恋欲望，终至缠绵病榻，死于"崩漏之疾"；庞春梅淫欲无度，搂着情人呜呼哀哉在床上，无一善终。换言之，表面上作者写欲，实则写的是由于欲望不受控制所带来的毁灭。

鲁迅把《金瓶梅》称为"世情小说"，认为："作者之于世情，盖诚极洞达，凡所形容，或条畅，或曲折，或刻露而尽相，或幽伏而含讥，或一时并写两面，使之相形，变幻之情，随在显见。""故就文辞与意象以观《金瓶梅》则不外描写世情，尽其情伪。"《金瓶梅》的作者无疑是在以"世情"警世，警示现实中的欲望膨胀之人不妨以《金瓶梅》为戒。

今天的资讯如此发达，没有什么丑恶能够永远遮蔽下去。在文学艺术作品中，如果将世界、社会、人性中的全部丑恶完全过滤掉，将世界的复杂、政治的黑暗、权贵的交易、世道的不公、人性的贪婪、欲望的膨胀通通隐去，确实可以给纯良世人缔造一个由真善美构造的桃花源。然而当人们仍然要艰难面对世情真相的时候，是否会产生错觉，现实的丑陋世界和艺术的美好世界，哪一个是真实的？因此文学艺术应该给人以真实面对世界的力量，在作品中不避丑恶。让读者直视世界的丑恶，才能更加热爱世界的美好；让读者了解社会的丑恶，才能更加珍惜身边的善意；让读者认识人性的丑恶，才能更加感恩人性的慈悲。丑恶如同阳光下的阴影，有阳光的地方总有暗影，美好存在，丑恶必然存在。那么我们如何与它共处？我们无法躲进"桃花源"，无法逃向"乌托邦"，那就勇敢地面对它、直视它，身为弱者去尽量规避它，身为强者去努力改变它，总好过去否定它的存在，如同鸵鸟将头深深埋进沙漠，自欺欺人。

读者又该如何去面对这诸多丑恶呢？想到一个曾经读到的谜语，它以《金瓶梅》序作者"东吴弄珠客"的评论作为谜面：读《金瓶梅》而生怜悯心者，菩萨也；生戒惧心者，君子也；生欢喜心者，小人也；生效法心者，乃禽兽耳。猜一成语，谜底是"一念之差"。人惯"以己之心，度人之腹"，读书、为人、行事未必不是如此，因此这"一念之差"，差在何处，可以各自思考、自省。

《警世通言》之生活艺术

〇 王士宝

"三言二拍"是我国文学史上不可或缺的作品，是晚明时期五部话本集的合称。这些小说富有浓厚的生活气息，主要描写了市民阶层的社会生活和风俗民情。"三言"是指《喻世明言》《警世通言》和《醒世恒言》，作者为明代的冯梦龙；"二拍"指的是凌濛初的《初刻拍案惊奇》和《二刻拍案惊奇》，总计共400多万字，收录故事近200篇。华语小说家张大春评价其为"八卦中的八卦，传奇中的传奇"。畅销书作家大冰评价其为"于无常处知有情，于有情处知众生"。这些小说有曲折甚至离奇的情节，有言之不尽的"情"，它并不长篇大论什么大道理，却让人从故事中体悟人生的百种况味和不尽智慧，让人们在纷繁复杂的世事中修身律己、安顿心灵。

《警世通言》完成于天启四年（1624年），收录宋、元、明时期的话本、拟话本40篇。有的故事来源于现实生活，有的是取材于前人笔记小说。内容涉及爱情婚姻、妇女生活、世事功名、奇事冤案等，展现出一幅当时人的生活画卷。其中的《杜十娘怒沉百宝箱》《李谪仙醉草吓蛮书》《俞伯牙摔琴谢知音》《庄子休鼓盆成大道》等故事比较为人们所熟悉。一些作品成为京剧、电影的创作素材，比如《玉堂春落难逢夫》一篇，据记载，清代的各地方戏曲剧种均演绎过《玉堂春》，京剧《玉堂春》更是广为人知，是中国戏曲中流传最广的剧目之一。《警世通言》的很多作品蕴含着深刻的人生哲理，依然能丰富现代人的精神内涵。

一、保持得失消涨的平衡

古人有云："失之东隅，收之桑榆。"在某处先有所失，在另一处终有所得。事物都是有价有量的，一方面太过，另外的方面必然有所失，得与失、消与涨总是保持一定的平衡。深刻领会了这样的道理，人们就不会强求太多，金钱、名誉、地位、健康、平安……只能一定程度上获得，不能太过奢望凡事都好，要留下"遗憾"的空间，要保持平和的心态。不将便宜占尽，不将聪明用尽，不将福气享尽，才是人生至理。

（一）适可而止，不将便宜占尽

老子说："祸莫大于不知足，咎莫大于欲得。"意思是说，世上最大的祸患莫过于不知足，最大的罪过莫过于贪得无厌。很多人无视眼前已经拥有的一切，费尽心力，过分追逐名利，势必招来灾祸和不幸。我们总是说"贪小便宜吃大亏"，多小的"便宜"也是便宜，不该过分占取，不需要付出的便宜往往可能需要在日后以大代价偿还。

《警世通言》中有一个故事《况太守断死孩儿》，讲的是明代宣德年间，一个叫丘元吉的人，娶妻邵氏，夫妻两人非常相爱。丘元吉不幸病死，邵氏哀伤不已，发誓终身守寡。家中仆人得贵，在附近一个不守本分的破落户支助的唆使下，设计诱奸邵氏。后来邵氏怀孕，生下一男孩，狠心将其溺死，叫得贵去掩埋。支助借死孩勒索，既得了许多钱财，却又"贪心不足"，又用生石灰腌制的男婴尸身逼迫邵氏与他相好，岂料竟遭邵氏严厉抗拒。后邵氏得知家童得贵早年的引诱等事都是受了支助的教唆，后悔万分，恨透做圈套设计自己的得贵，竟然砍死得贵后悬梁自尽。后有况钟况太守明察秋毫，顺着线索找到支助，查明真相。在况太守的审单上写有："审得支助，奸棍也。始窥寡妇之色……求奸未能，转而求利；求利未厌，仍欲求奸……惟是恶魁，尚逃法网。包九无心而遇，腌孩有故而啼，天若使之，罪难容矣！宜坐致死之律，兼追所诈之赃。"支助害人害己，就在于其"求奸未能""求利未厌"，不知餍足，枉顾王法人命，最终伏法。庄周的《逍遥游》中说："鹪鹩巢于深林，不过一枝；偃鼠饮河，不过满腹。"意思是说，鹪鹩在茂密的树林里筑巢，树林再大，也不过是占了其中的一根枝条；鼹鼠到黄河里饮水，黄河再深，也只不过是喝满肚子。也就是说，每个人真正需要的东西不多，没有必要过度追求。安分守己，不可以贪心纵欲，贪欲增加，烦恼也会随之增多，心便无法安宁了。想要的多了，有的人就会动脑筋，使用一些害人的非常手段，因而产生奸邪欺诈，于人于己都不利。

不将便宜占尽十分必要。民间有谚语"自己吃肉，别人喝汤"，一人独占好事、好处，不肯分享，不能将"利"与人共享。其实这样做使得自己与他人对立，不利于工作生活，也不利于个人的长远发展。一个自私的人是不会很好"成长"的，一个过分重视盈利的企业也必然行之不远。美国管理学大师德鲁克在《企业致命的五宗罪》中把"追求高利润率和溢价"排在企业致命因素的第一位。他指出，追求高利润率，等于给对手撑起了一把保护伞，会把自己推进困境甚至是绝境。

曾国藩曾说："凡事不可占人半点便宜。情愿人占吾便宜，断不肯吾占人的便宜。"依照"不占人半点便宜"的处世哲学行事，才能做到"无欲则刚"，才能不受制于人，才能走向广阔的天地。

（二）难得糊涂，不将聪明用尽

为人处世，切不可太过聪明，聪明过度可能招致不良后果，聪明也要掌握度。《警世通言》中说："宁可懵懂而聪明，不可聪明而懵懂。"书中有一个故事《王安石三难苏学士》：北宋神宗时期，王安石为当朝宰相，名望极高，苏轼年少成名，才华超群。一日，苏轼拜访王安石。两人谈论汉字，王安石说："坡乃土之皮。"苏东坡听后不以为然，讥讽道："如此说来，滑不就是水之骨了吗？"王安石听后不以为意，又与他讨论"驷""蚕"二字，王安石认为古人造字"定非无义"。苏东坡拱手问道："鸠字九鸟，可知有故？"王安石不知，苏东坡说道："《毛诗》云，'鸣鸠在桑，其子七兮'，连娘带爷，共是九个。"苏东坡的嘲讽让王安石"恶其轻薄"，并将他降职为湖州刺史。后来王安石曾出题考苏东坡，其中一项是出句求对，共有三句。第一句是：一岁二春双八月，人间两度春秋。苏东坡学士虽是才华超群，一时之间也没对出来合适的。（后有人替苏轼对出：六旬花甲再周天，世上重逢甲子。）王安石考苏东坡的第二句是：七里山塘，行到半塘三里半。苏东坡又被难住了。（后人假托乩语对了出来：九溪蛮洞，经过中洞玉溪中。）王安石考苏东坡的第三句是：铁瓮城西，金玉银山三宝地。镇江古名铁瓮，有金山、银山、玉山。这几个地方苏轼倒是都去过，却也不能成对，"只得谢罪而出"。不管王安石是以罚代教还是公报私仇，苏轼都为自己的"聪明"付出了代价。

《淮南子·原道训》中说："夫善游者溺，善骑者堕，各以其所好，反自为祸。"意思是说，特别会游泳的人反而易溺水，擅长骑马的人反倒容易掉下来，皆因自恃所长才招致恶果，失败的往往都是聪明人。明代文学家、书画家陈继儒也有一篇《警世通言》，其中说："聪明反被聪明误，巧甚么？"郑板桥有诗云"难得糊涂"。糊涂就是不精明，糊涂有两种：一种是真糊涂，懵懂处世；一种是装的假糊涂，明明是非黑白了然于心，偏偏装作浑然不知。太过聪明，常常容易恃才傲物，说话做事往往不考虑他人，不留余地，或者耍小聪明，投机取巧，将聪明用尽，甚至会伤人害己。

（三）知足常乐，不将福气享尽

曾国藩给其子孙留下这样的训诫："家门太盛，有福不可享尽，有势不可使尽，人人须记此二语也。"告诉他们要知道惜福，懂得知足。拥有想要的一切时，要知足，不能贪心太盛；没有的话，要珍惜眼下已有的。《警世通言》中有这样一段话："怎么说福不可享尽？常言道：'惜衣有衣，惜食有食。'又道：'人无寿夭，禄尽则亡。'晋时石崇太尉，与皇亲王恺斗富，以酒沃釜，以蜡代薪。锦步障大至五十里，坑厕间皆用绫罗供帐，香气袭人。跟随家僮，都穿火浣布衫，一衫价值千金。买一妾，费珍珠十斛。后来死于赵王伦之手，身首异处。此乃享福太过之报。"冯梦龙引用俗语和石崇王恺斗富的故事谈了福气不能享尽，以石崇生时奢靡与死状极惨的对比警醒世人：怜取眼前人，知足眼前事，不要欲壑难填。

《杜十娘怒沉百宝箱》是《警世通言》中最为人们熟知的故事。名妓杜十娘早就有从良的打算，日积月累积攒了一个百宝箱，希望将来遇到合意的人能够润色郎装。太学生李甲在赶考期间遇见杜十娘，二人情投意合，终日相守。后来李甲为杜十娘赎身。看至这个情节，读者都会感叹二人得成眷属，十娘终身有托，李甲也得遂心愿，他们都是有福气之人。但故事总有转折，风流少年孙富偶见杜十娘，垂涎美色，李甲受其挑唆，愁金银散尽、怕严父不容、恐佳人心变，竟然以千金之价将杜十娘卖与这个富家公子。杜十娘得知后五内俱焚，心如死灰。她假作同意，然后却在正式"交易"之际当众打开百宝箱，将不下万金的百宝尽数倒于江中，她痛斥李甲："妾风尘数年，私有所积，本为终身之计……谁知郎君相信不深，惑于浮议，中道见弃，负妾一片真心。今日当众目之前，开箱出视，使郎君知区区千金，未为难事。妾椟中有玉，恨郎眼内无珠……妾不负郎君，郎君自负妾耳！"杜十娘最终抱持宝匣投江而死。李甲愧悔难当，积郁成疾，终生不瘥。软弱自私的李甲不知惜福，负心薄幸，最终落得人财两空的下场。

有人说，生活好似有缺口的瓶子，这个缺口的存在才使得水不会满溢。不将便宜占尽，不将聪明用尽，不将福气享尽，《警世通言》中的话语和故事都反复讲述着这样的道理。

二、长存与人为善的美德

《孟子·公孙丑》中说："君子莫大乎与人为善。"在古人看来，君子最大的德行就是与人为善，即与人一起行善。后来，"与人为善"的含义有所拓展，多指以善意的态度对待他人，为人着想，乐于助人。与人为善是中华民族的优良品德，是国人为人处世的重要准则。《警世通言》中的一些故事充分阐扬了这一思想观点。

《范鳅儿双镜重圆》中的范鳅儿就是因为与人为善才保全了性命。范希周（因水性好被称为"范鳅儿"）本是读书君子，为人所迫成了反贼，但虽在贼中，"专以方便救人为务，不做劫掠勾当"。他出于同情救下被反贼掳进城中的宦家之女顺哥，二人结为夫妻。战事紧迫，两人以范希周的一面传家之镜作为日后相认的表记。不久，夫妻离散。几经波折，顺哥与改名换姓的范希周重逢团聚。后人评论范鳅儿在逆党中好行方便，救了许多人性命，所以才能够死里逃生，夫妻团聚。

《吕大郎还金完骨肉》中吕玉的儿子六岁时丢失，他便外出一边做些买卖一边寻访儿子。在陈留拾到二百两银子，吕玉想道："这不意之财虽则取之无碍，倘或失主追寻不见，好大一场气闷。古人见金不取，拾带重还。我今年过三旬，尚无子嗣，要这横财何用？"他设身处地，从他人角度思考问题，表现出与人为善的美德。巧遇失主后他将银两悉数归还，不想失主的小厮正是他苦苦寻找的儿子。前有还金之得，后有父子团圆之喜。父子归途中又出手搭救落水之人，没想到其中一人竟是寻找他的三弟。家中妻子险些被二弟吕宝卖掉，她使巧计逃过劫难，最终一家团聚。篇末吕玉说道："我若贪了这二百两非义之财，怎能够父子相见？若惜了那二十两银子，不去捞救覆舟之人，怎能够兄弟相逢？若不遇兄弟时，怎知家中信息？今日夫妻重会，一家骨肉团圆，皆天使之然也。"主人公不贪意外之财，找到了自己走失的孩子；舍得自己之财，救了自家兄弟。以一颗与人为善之心面对苦厄，最终一家完聚。此处虽然有一定的宣扬因果报应之意，但是其劝人向善还是值得肯定的。正如俗语所说"与人为善，于己为善；与人有路，于己有退。"与人为善、善待他人，对自己就是为善，给别人留条路，也相当于给自己留了路。

还有一篇《苏知县罗衫再合》中讲述了新任知县苏云携妻子郑氏赴任途中，官船遭遇事故后误上了水贼徐能的船，被其所劫。徐能的弟弟徐用却是个性善之人。因其"好善"，苏云免于砍头而被捆缚之后投进湖里，留下一线生机。徐用又以酒灌醉哥哥帮助郑氏逃脱。后苏云之子为监察御史，处置众贼，"只有徐用平昔多曾谏训，且苏爷夫妇都受他活命之恩，叮嘱儿子要出脱他。徐爷一笔出豁了他，赶出衙门"。徐用因"善"活了性命。

历史上，与人为善的美德在很多人身上有所体现。比如宋真宗时期，寇准和王旦同朝为官，王旦是宰相，主管中书省；寇准是副相，主管枢密院。王旦屡次向皇上进言，说寇准是个可以重用的有才之人，但是寇准却老是在皇帝面前指出王旦的不是。王旦非但不生气，还是一再对皇帝说，正因为寇准耿直才会毫无保留地指出自己的不足。有一天，中书省送到枢密院的一份文件不符合诏书的格式，寇准毫不客气地将此事禀告宋真宗，真宗责备了王旦，中书省的其他官员也被处分，可是王旦依然没有怪罪寇准，只认为是自己的失误。没想到不久后，寇准送往中书省的文件也犯了同样的错误，王旦发现之后却没有告诉皇帝，而是派人将文件送回去让寇准修改。寇准非常惭愧。王旦的与人为善、宽容对待同僚间的摩擦，不仅消除了隔阂，确保了政坛的稳定，并且以自己的"与人为善"，"善"出了一代名相——寇准。再如大家都熟悉的成语"负荆请罪"，蔺相如用与人为善的方法对待心怀不满的廉颇，打动了廉颇，化解了矛盾，两人同心协力保卫赵国，这也成为历史上的一段佳话。

与人为善是中华民族的传统美德，冯梦龙以生动曲折的故事告诉人们：只有做到与人为善，才能成就和谐的人际关系。

三、养成顺其自然的心境

《庄子》中说："古之得道者，穷亦乐，通亦乐。"意思是说，在变幻的世事和不定的人生中，通晓事理的人，身处逆境时不气馁，面对顺境时不骄傲。我们必须认识到，像季节变换、花开花落一样，困窘和通达是交替出现的，认清这一事物发展规律，顺应境遇，不强求，才能过上自由安乐的生活。不管顺境还是逆境，人都应该以顺其自然、积极乐观的心境淡定地一步一步地迈向安乐生活。

《警世通言》里有很多妙言隽语，其中关于顺其自然的话中肯清晰，发人深省。"得岁月，延岁月；得欢悦，且欢悦。万事乘除总在天，何必愁肠千万结。放心宽，莫量窄，古今兴废言不彻。金谷繁华眼底尘，淮阴事业锋头血。临潼会上胆气消，丹阳县里箫声绝。时来弱草胜春花，运去精金逊顽铁。逍遥快乐是便宜，到老方知滋味别。粗衣淡饭足家常，养得浮生一世拙。"人要开心地过好每一天，凡事尽力之后不能太认真、太执拗，要顺其自然。真正的顺其自然其实是全力付出之后的不强求，而非完全放弃的不作为。面对任何事情，只要切实努力了，就不必太在意结果，"顺其自然"地活着，自在地活着，这就是生活的哲学。心理学实践也表明，顺其自然可让人保持积极的情绪，有利于心理健康。

《警世通言》中的《李谪仙醉草吓蛮书》是一篇集李白众多传说故事于一文的力作。不管历史上真实的李白如何，本篇中的李白总体来说是一个自由洒脱、顺应自然的"谪仙"。开篇就写到他非同凡响的出生情况和名字的由来："其母梦长庚入怀而生，那长庚星又名太白星，所以名字俱用之。"又写他纵游山水，"一生好酒，不求仕进，志欲遨游四海，看尽天下名山，尝遍天下美酒。先登峨眉，次居云梦，复隐于徂徕山竹溪，与孔巢父等六人，日夕酣饮，号为竹溪六逸。"所谓"逸"者，往往指的是追求简单自然、内心平和自得，不同于世俗文化中的追名逐利。但毕竟受到时代环境影响，李白还是来到长安。他考试时才思有余，很快交卷，却因没有贿赂杨国忠、高力士而被当场羞辱。杨国忠道："这样书生，只好与我磨墨。"高力士道："磨墨也不中，只好与我着袜脱靴。"说完竟然把李白推了出去。后来因满朝文武竟没有一个能读懂番书的，贺知章推荐了李白。李白看过如鸟兽迹的番书后，微微冷笑，对着皇帝用唐音译出，宣读如流。皇帝重其才，又命李白写回书，并从李白所请，让杨国忠为其捧砚磨墨，高力士为其脱靴解袜。李白"左手将须一拂，右手举起中山兔颖，向五花笺上，手不停挥，须臾，草就吓蛮书。字画齐整，并无差落，献于龙案之上。天子看了大惊，都是照样番书，一字不识。"天子深敬李白，欲重加官职。李白不愿受职，愿得逍遥散诞。高力士因脱靴之辱中伤李白，李白屡次告辞求去，天子不允。他就整日纵酒，与贺知章等为酒友，时人呼为"饮中八仙"。后来唐肃宗要让李白为左拾遗，但李白感叹宦海沉迷，不得逍遥自在，辞而不受，游于四方。最后，有人看见李学士坐于鲸背，在音乐中腾空升仙。《警世通言》中的李白称"逸"称"仙"，到最后的飞升而去，都是其顺心之自然的主动选择。

"风来疏竹，风过而竹不留声；雁渡寒潭，雁去而潭不留影。故君子事来而心始现，事去而心随空。"这段出自洪应明《菜根谭》的话是古人对随遇而安的解释。意思是说，人遇到事情会自然地有所反应，事情过后又回到原来的安静。该进的时候不进，是自暴自弃，需要退的时候不肯退就是不懂顺应自然的道理了。顺应形势，才是应有的智慧。人与人，先天智愚有不同，但哪怕愚钝，能顺应不同环境，努力坚持下去，生活总是会迎来光明的。既顺其自然，又执着坚定；既懵懵懂懂，又似大智若愚，这样的人才是真正的智者。

冯梦龙另有一部《智囊补》，是关于智慧和计谋的类书，书中说："智无常局，以恰肖其局者为上。故愚夫或现其一得，而晓人反失诸千虑。"意思是说，真正的智慧没有固定的模式、规律可以遵循，而要依照不同的现实情况，恰到好处地采取对策，所以即使资质不佳的人，偶尔也会表现出智慧来；倒是聪明的人常常因为恪守着某些原则而考虑太多，从而做出错误的判断。善于顺应形势是最高的智。

《警世通言》就是这样一部艺术再现当时普通人生活的短篇小说集。内容上包罗万象，题材涉及爱情、传奇、公案、神怪等，人物上至皇帝官僚，下至平民百姓、富家公子、青楼名妓、行商坐贾、僧道师尼悉数亮相。这些话本小说既是市民群众自我表现、自我娱乐的文学形式，也是作者表达情感、展现思想、渗透为人处世道理的工具。有些直抒胸臆的隽语让人如饮醇醪，通悟人生，而一个个情节丰富新奇、人物形象鲜明的故事，在人世百态中饱含着启人心智的深刻道理。保持得失消涨的平衡，适度适当；长存与人为善的美德，利人利己；养成顺其自然的心境，应势而为。这些先人哲思让我们从纷繁万象中解除烦恼，从欲望泥沼中拔身而出，从人我分别中摆脱迷惑，直达生命本身的真实，如大鹏鸟一般翔翔于碧海长空，实现庄子所言的"逍遥"。

《菜根谭》之培根之道

○王士宝

意大利作家但丁在他的名作《神曲》中写道："在人生的中途，我迷失在森林里。""迷失"这个词很贴切地概括了现代人的一种生活境况。在经济高速发展、物质财富不断丰富的时代里，人们面对各种诱惑，往往会在物质利益和精神追求的天平上失衡，在优渥的物质世界里迷失。"迷失"成为一些人前行路上的绊脚石和心灵宁静的困扰源。因此，迷茫中的人们亟须具有振聋发聩之力的文学作品在处世哲学、生活艺术、审美情趣等方面给予点拨和唤醒，而明朝还初道人洪应明收集编著的《菜根谭》堪称是这样一部作品。

《菜根谭》这个书名听起来很怪，为什么叫"菜根"谭呢？这里边蕴藏着丰富的内涵。宋朝临川有一个叫汪革的儒士曾经说："咬得菜根断，则百事可做。"意思是说：菜根粗粝难食，就像艰辛的贫贱生活，人如果能甘于淡泊，鄙弃荣华，经得住贫苦生活的磨砺，那么任何事情都打不败他，它的另外一层意思是菜根虽然寡淡无味，却是果实枝叶的根本，就像生活中那些质朴真实的道理，看起来平淡无奇，但要真能品尝出味道来，那么世上诸事也就参透了。这样两层意思正能概括《菜根谭》一书的写作初衷。《重刊〈菜根谭〉序》中也说："菜之为物，日用所不可少，以其有味也。但味由根发，故凡种菜者，必要厚培其根，其味乃厚。是此书所说世味及出世味，皆为培根之论，可弗重与？"作者是将菜味比作世味，只有培本固根、静心品味，方能领悟其中妙旨。

与《小窗幽记》《围炉夜话》并称为"处世三大奇书"的《菜根谭》，融合儒、释、道三家之精髓，以心学、禅学为核心，拥有修身、齐家、治国、平天下等大道，论述修养、人生、处世、出世的智慧，在教人正心修身、养性育德等方面具有潜移默化的力量，实在是旷古稀世、不可多得的奇文宝训。它简练明隽的晓畅文字，亲切醒豁的劝导引领，雨余山色的景语点染，多是数十字、数百字的短句箴言，犹如一位智者将他对人际、人生、人性的点拨娓娓道来，文字朗朗上口，思想恰如润物甘霖，读来使人如坐春风，似饮仙醪，颇有醍醐灌顶之感。

一、待人真诚圆融，力求高效沟通

著名的心理学家阿德勒说过："人的一切烦恼都源于人际关系。上下级关系、同事关系、夫妻关系、婆媳关系、朋友关系……终其一生，人们需要面对多种关系。"他还说："要想消除烦恼，除非世界上只有你一人。"是啊，人不可能离开社会独立生存，无法独立于集体之外，身边人的一举一动都会牵扯你的情绪，有时候烦恼即随之而来。有人为朋友的欺瞒而感到痛苦心寒，有人为同事的尔虞我诈而感到意冷心灰，有人为无法融入集体而感到自卑难堪……凡此种种，常使人心力交瘁，甚至形容枯槁。《菜根谭》为人们提供了一剂剂为人处世的良药。

有效的人际沟通的前提条件是要拥有宽容的心态，这样才能真正做到消融坚冰。《菜根谭》中说："处世让一步为高，退步即进步的张本；待人宽一分是福，利人实利己的根基。"这句话是说：为人处世，能够忍让一步，最为高明，退让一步即是前进一步；待人宽厚一分，便是福气，有利于别人就是有利自己的根基。人生在世，掌握了"让、退、宽、利人"的尺度，并且依照着去做，人生就不会灰暗不明。善待他人，实际上是为日后被他人善待奠定基础。事实上，现实中真正能做到"宽厚处事，善待他人"是不容易的，道理似乎人人都懂，但做起来往往"事与愿违"。所以洪应明才说："待人宽一分是福，利人实利己的根基。"宽厚待人并不意味着一味退让纵容，而应该掌握好尺度。《菜根谭》中有："恩宜自淡而浓，先浓后淡者，人忘其惠；威宜自严而宽，先宽后严者，人怨其酷。"也就是说，施恩于他人，适宜于从淡到浓，逐渐增多，如果先浓后淡，先给别人大的恩惠，后来又逐渐减少，人们就会忘记你曾经给他们的恩惠；威严适宜于从严厉到宽舒，如果先宽松后严厉，人们就会埋怨你的严苛。所以，做事情不但要注重内容，还要讲究方法和技巧。

在人际沟通过程中，当学会换位思考、宽以待人时，就能建立良好的人际关系。当然，环境并非一成不变的，总会遇到一些突发情况和各种各样的人，这时，就需常怀虚圆立业的心态，端正审时度势的处世态度。正如《菜根谭》中谈到的应变思想，即"建功立业者，多虚圆之士；偾事失机者，必执拗之人。"人际交往过程中，需要培养一种应变的思维，让自己变得机智灵活、随机应变、适时而动，以便更好地处理错综复杂的人际关系。

无论环境和沟通对象如何变化，人际交往过程中对别人都要做到真诚相待。真诚待人是改善人际关系的重要法宝。《菜根谭》中对此也有说明："作人无一点真恳念头，便成个花子，事事皆虚。"即在人际沟通过程中，如果不是常怀精诚朴素的心态，就会变成一个无人搭理的叫花子，做任何事情都不会成功。"人心一真，便霜可飞，城可陨，金石可贯。"即只要精诚，便可以感天动地，炎炎夏日可以为之降下寒霜，坚固的城墙可以为之毁坏，金石可以为之开裂。因此，在人际沟通过程中，要常怀精诚，将心比心，换得真心。

《菜根谭》就是这样把深奥的处世之道融入这朴素的一字一句中，读了之后觉得回味无穷，让人领悟到深刻的人生智慧。因此，这部作品和其他的传世之作一样被人们奉作案头必备、常读不厌之书。

二、对己修身自律，成就理想人格

《菜根谭》在日本影响甚广，因为一些日本工商界的人士认为，《菜根谭》所阐述的思想意趣包含了丰富的人生哲理，对企业管理、用人制度和企业员工的自身修养等都能起到警策启迪的作用。现代社会，物质文明建设快速发展，对精神文明也提出了更高的要求。文明社会、和谐社会的建立需要每个人都不断提升修养。严于律己修身，不仅有利于与他人及社会的和融共生，更能使自己品识人生真境。《菜根谭》一书篇幅虽小，但内容极为丰富，"其间有持身语，有涉世语，有隐逸语，有显达语，有迁善语，有介节语，有仁语，有义语，有禅语，有趣语，有学道语，有见道语"。它们把慎独慎微、省察克治、立志存养、心存敬畏、知行合一等作为道德修养的方法，进行了全面而深刻的阐发。

（一）关注自我修养的目的和提升

一些学者在比较东西方哲学特质时指出：古希腊的哲学家们是"望天者"，穷尽心力去探究自然的奥秘，所以自然科学特别发达；而中国古代的思想家们是"平视者"或"内视者"，注重的是人与人的关系和生命的意义，所以伦理学特别发达。这种分析是否完全符合实际姑且不论，但中国传统文化重视道义和个人修养这一点是确定无疑的。《菜根谭》认为道德修养的价值高于学问和才能，把"道德"作为一个人立身的根本，提升学问和才华的目的在于提升品德、才华和能力，没有道德作为目标便是盲目而浅薄的。细看这世上百态万象，恰如该书所言："富贵名誉，自道德来者，如山林中花，自是舒徐繁衍；自功业来者，如盆槛中花，便有迁徙兴废；若以权力得者，如瓶钵中花，其根不植，其萎可立而待矣。"这句话的意思是，声名显赫、锦衣貂裘，世人皆心向往之，但是名誉地位如果是个人通过提高道德品行和修养所得的，就会名垂千古；如果是通过建立功业得来的，会因环境变动而兴盛或者衰败；如果是通过玩弄政治权术得来，即使一时风光无限，却如瓶中插花一样，没有根基，用不了多久就会凋零残败。所以，勤于修身立德才是长久之计。《菜根谭》还说："学者要收拾精神并归一处。如修德而留意于事功名誉，必无实诣；读书而寄兴于吟咏风雅，定不深心。"这句话告诉我们，求取知识一定要全神贯注，心无旁骛。提高自己的修养如果过分看重功名利禄，就会浮于表面而没有真正的造诣；读书求学如果只是在吟咏诗词上下功夫，而不顾学问的研究，就不会有深刻的体会和心得，只会学一些肤浅的皮毛而已。因此，我们求学必须下真功夫，求真学问，修行道德不能太在乎外在的名声功绩。

（二）抵御各种欲望的诱惑和控制

法国人文主义作家蒙田在散文集《为雷蒙德·塞邦德辩护》中指出："欲望，像吃喝一样，是天性的必要。"孔子在《礼记》里也讲："饮食男女，人之大欲存焉。"人有种种欲望，有欲望则烦恼随之而来。古希腊的哲学家德谟克利特认为："欲望是生命力的流露。它可以使人类兴旺，也可以毁灭一切。"对于欲望，如果不加克制，则可能会产生种种不良后果。例如，清代的和珅聚敛了巨额财富，约值八亿两至十一亿两白银，所拥有的黄金和白银加上其他古玩、珍宝，超过了清朝政府十五年财政收入的总和。因此，乾隆帝死后十五天，嘉庆帝便赐和珅自尽。儒、释、道三家都主张节欲甚至灭欲，《菜根谭》在这方面做了平衡融通，虽强调节欲，却反对灭欲，指出："爽口之味，皆烂肠腐骨之药，五分便无殃；快心之事，悉败身丧德之媒，五分便无悔。"这句话是说：美味佳肴享用过多也能伤及肠胃，但只要吃个半饱就不会伤害身体了；随心顺意的好事如果把控不好则可能导致身、德俱损。不被身体拖累和支配，不过分贪恋享受，而要极力摆脱诱惑，否则心被污染和蒙蔽，就与行尸走肉无异了。

认识到放纵欲望的后果，就要探寻控制欲望的方式。法国思想家帕斯卡尔在其理论著作《思想录》中说："能以理智克制丑欲者，必达超脱之崇高境界。"《菜根谭》中也给出了看法："涉世浅，点染亦浅；历事深，机械亦深。故君子与其练达，不若朴鲁；与其曲谨，不若疏狂。""人心有部真文章，都被残篇断简封锢了；有部真鼓吹，都被妖歌艳舞湮没了。学者须扫除外物，直觅本来，才有个真受用。"一个人必须排除一切外来物欲的引诱，直接寻求真心本性，才能具有真实用处。只有在远离诱惑和干扰的情况下，才能分辨清楚哪些是自身原有的纯洁本性，哪些是被世俗欲念"污染"和"埋没"的本性，进而探知和保持真正的自我。以清醒的认识和强有力的意志抵制欲望的诱惑，才能真正完成"修身"，成就理想人格。

（三）讲究入世与出世的界限与尺度

《菜根谭》汇集儒、释、道三家的思想精髓，融合成个人感悟，特别重视在处世、修身等方面，不管身居高位，还是隐居乡林，都要做到和谐适度。比如："士大夫居官不可竿牍无节，要使人难见，以杜幸端；居乡不可崖岸太高，要使人易见，以敦旧好。"大意是：做官的人不管是公文还是私人书信，都要注意，不能随意处置，不能让别人轻易看破弱点，否则就会给小人觊觎与幸进的机会。辞官不做以后，回到家乡，要去除一切官场的习惯与威严，平日待人要表现出和蔼可亲的风范，以便促进与众人的感情。关于在朝为官和退居乡里时的应有表现，孔子早就做出了表率。《论语·乡党》篇中说："孔子于乡党，恂恂如也，似不能言者。其在宗庙朝廷，便便言，唯谨尔。朝，与下大夫言，侃侃如也；与上大夫言，誾誾如也。君在，踧踖如也，与与如也。"意思是说孔子在家乡父老面前温和恭顺，好像不大会说话的样子，可一旦到了朝廷，就能和朝臣侃侃而谈，即使在君主面前也表现出相当的威信，就像在街边巷里跟人聊天那样边走边说。这就是"居官有节度，乡居敦旧好"的具体表现。

《菜根谭》还进一步指出："出世之道，即在涉世中，不必绝人以逃世；了心之功，即在尽心内，不必绝欲以灰心。"出世与入世动态相容。"风来疏竹，风过而竹不留声；雁度寒潭，雁去而潭不留影。"身处事外则是"君子事来而心始现，事去而心随空"。"无风月花柳，不成造化；无情欲嗜好，不成心体。"身处物外则是"只以我转物，不以物役我，则嗜欲莫非天机，尘情即是理境矣。"入世，力唱奋斗进取的人生战歌；出世，则追求旷达超脱的人生心境。"以出世之心做入世之事"便是二者兼得、进退自如的人生。

三、正确看待苦难，品识人生真境

虽然《菜根谭》与我们相隔已几百年，但那些质朴平易的话语却离我们很近，而其中浸润的精粹古今相通，依然能够让我们正确对待人生的诸多问题。人生在世，无论出身、性别、国籍、职业如何，总难避免遭逢一些不如意之事。对苦难俯首帖耳、呼天抢地，还是勇猛向前、笑脸相对，决定了人生的方向和状态。对苦难哲人早有论述。巴尔扎克说："苦难是人生的导师。"罗曼·罗兰说："英雄常食苦难与试练的面包。"《孟子》的名言："天降大任于斯人也，必先苦其心志，劳其筋骨，饿其体肤，空乏其身，行拂乱其所为，所以动心忍性，曾益其所不能。"是很多中国人砥砺奋进的座右铭。正确看待苦难才能做出正确的选择，才能品识人生真境。《菜根谭》对这一问题也是见解独到，为我们提供了正确对待困难应有的态度和处理方式。

《菜根谭》说："一苦一乐相磨练，练极而成福者，其福始久。"人生有苦也有乐，经过苦痛与快乐交替的双重磨炼，得来的幸福才能够长久。还说："欲做精金美玉的人品，定从烈火中煅来；思立掀天揭地的事功，须向薄冰上履过。"就是说：如果想拥有那种精美的璧玉一般纯洁美好的品德，必须到烈火中去锤炼；如果想做出一番惊天动地的功绩，必须尝到如履薄冰的一种艰辛。苦难就是人生最好的一个锻造炉，古今中外，多少创大业、成大事的人，都是经过困难而锤炼出来的。前行路上出现一些"沟壑"的时候，才更能锻炼一个人的心智，百炼成钢，达到最好的一种状态。这是一个变化莫测而又时局多变的时代，当你经历那些不如意的时候，从那些不如意事情中勇敢走出，便是一种成功，才能做成惊天动地的事业。

《菜根谭》说："君子处患难而不忧，当宴游而惕虑；遇权豪而不惧，对茕独而惊心。"意思是说：君子处于恶劣难当的环境中也不忧愁，而在宴游享乐时却能警醒自己，以免误入堕落之途；君子遇到有权势之人，也不惧怕，但对孤独无依靠之人却能有真切的同情。真正的君子能合理看待成功与失败，既不会因一时的成功而沾沾自喜、得意忘形，也不会因一时的失意而举步不前、一蹶不振。人生修行的目的就在于具备这种喜怒不形于色、平和淡然的高尚品格。且看北宋大文豪苏东坡，他一生三次被贬，最后也是死在从被贬之地回来的路上。1097年，已经62岁的苏东坡被贬到当时的"蛮荒之地"海南。据说在宋朝，放逐海南是仅比满门抄斩罪轻一等的处罚。突遭变故，苏轼并没有表现出多少焦虑忧愁，反而笑称"昔日富贵，一场春梦"。他不以文豪、官员自居，经常和当地百姓共话农事，雨中傲然行走，表现出他人少有的旷达乐观。其实，当时的岭南地区气候潮湿，对已经年迈的苏东坡来说，谪居生活无疑是难过的，他却不以为然，还说"日啖荔枝三百颗，不辞长作岭南人。"他去世前自题画像描述道："问汝平生功业，黄州惠州儋州。"表现出了一代文豪的豁达气度。真正的君子，不以物喜，不以己悲，对待荣辱得失镇定自若，泰山崩于前不改其色；面对他人的苦难时，却难以坐视不理，能胸怀天下、心系苍生。苏东坡的达观人生正是这种精神的生动写照。

"横逆困穷，是锻炼豪杰的一副炉锤。能受其锻炼者，则身心交益；不受其锻炼者，则身心交损。"人生往往可能突遭厄运，灾难面前、窘境之中，恰恰也是成就英雄豪杰的时候。经受得住各种锻炼，身心都能得到益处；无法承受，则会损害身心。古人说："宝剑锋从磨砺出，梅花香自苦寒来。""忧危启圣智，厄穷见人杰。"任何成就大事的人都不是一帆风顺的，任何伟业也都非一蹴而就的。只有不畏艰难，百折不挠，点滴积累，品味感受，才能跨过难关，使人生渐臻佳境。

历史上名垂后世的典范都历经磨难而不改其志。屈原"亦余心之所善兮，虽九死其犹未悔"，在美好理想面前虽"九死"而不能易志，舍生命而取高洁，给万代立下傲对挫折的榜样。司马迁说："人固有一死，或重于泰山，或轻于鸿毛。"在生死之间，他选择自身价值的最高实现，终以如椽巨笔写下一部彪炳史册、光耀古今的巨著《史记》，向世人表明了对待苦难的态度。"人生自古谁无死，留取丹心照汗青。"文天祥弃生命而取丹心，以拳拳赤诚书写一腔忠诚。而《菜根谭》的许多内容，恰恰是他们生命历程的概括与总结，因而更具有说服力和影响力。

优秀的文学作品能让迷茫失所、精神困顿的人在读懂它后去追寻豁然开朗的人生，让高傲不逊的人在读会它后有"淡泊明志，宁静致远"的平静，让萎靡不振的人在理解它后生发出奋发向上的斗志。《菜根谭》无疑就是这样一部作品。那段经典的"宠辱不惊，闲看庭前花开花落；去留无意，漫随天外云卷云舒。"不知道曾经舒缓了多少人波澜迭起的内心。优美的文字、隽永的意境、睿智的哲思，常常使人茅塞顿开。国学大师季羡林对《菜根谭》赞赏有加，认为作品耐人寻味。毛主席对它推崇备至，即使在红军长征的艰难境况下也一直将《菜根谭》带在身边。享誉全球的日本"经营之圣"稻盛和夫曾对下属说："企业管理的专著可以不读，但《菜根谭》不可不读。"《环球》杂志也认为不计其数的关于企业管理的书中，"从根本上说，多数抵不过一部《菜根谭》"。四百年前，《菜根谭》脱颖而出，石破天惊；四百年后，它穿越时光，魅力依然。我们透过那字字珠玑的短句箴言，咀嚼菜根，品味人生，看似培根，实则培心，进而培人。

《幽梦影》之意趣人生

○ 柳旭

　　著名心理学家罗杰斯说："人生最重要的，是拥有制造快乐的能力。生活每天都一样，不一样的其实是你以何种心态、何种品位、何种情调去度过每一天。"很多时候，我们想摆脱现实社会的喧嚣纷扰，让焦虑的内心得以安置，调整自己的心态，增添生活的诗意。但是行走于钢筋水泥之间，一方清幽雅静之地终难寻觅，虽心向往之，然身不能至。如此，便让灵魂给肉体放个假，让心灵驰骋于古今天地之间，进行一场逍遥游。《幽梦影》这部趣书可以带你"春听鸟声，夏听蝉声，秋听虫声，冬听雪声"，闲来读书、作文、饮酒、下棋……此书的作者张潮是晚明时期的一位才子，他"文章鼎立庄骚外，杖履风流晋宋间"，尤其善于以天地自然观照人心，笔下文字也清新妙趣，句句峭拔，充满着人生智慧与生活艺术。林语堂先生认为《幽梦影》最好地展现了生命与自然在精神层面的深度融合，他将《幽梦影》翻译成英文，孜孜不倦地推介此书，希望让西方世界见识到中国文化的博大精深。《幽梦影》是一部小品文，或者说是一部格言集，全书一共二百一十九则，八千五百八十三字，最少一则字数仅八字，最多一则是二百多字。文字简短且通俗易懂，读来令人如饮醇醪，不觉自醉，尤其适合当今时代的碎片化阅读模式。

今天，让我们忙中偷闲，领略《幽梦影》中的意趣人生，感受这似真亦幻的幽梦带给我们的静谧安然，让这份心境如影随形，伴我们挣脱羁绊，笑对人生。

一、做人要有真性情

众所周知，中华文化主张含蓄内敛，奉行中庸之道。《礼记·中庸》说："喜怒哀乐之未发，谓之中；发而皆中节，谓之和。"孔子评《诗经·关雎》，称其"乐而不淫，哀而不伤"，它们都在强调情感的适中、中和。中国人在现实生活中也特别注重行事的尺度与分寸，对情感往往是比较节制的。实践证明，一个中庸之人是较容易建立良好的人际关系，很快融入社会环境的，然而仅止于此，生命便因太"圣人化"而显得索然无味，背负了包袱，戴上了套子。我们的心底终究还需要以真性情去填充。真性情如荒漠中的甘泉，让人生绚烂多彩、趣味盎然。

何为"真性情"？有人说"真性情"应有两个层面："一面是对个性和内在精神价值的看重，另一面是对外在功利的看轻。""对个性和内在精神价值的看重"是无疑的，真性情应该具备人性的"真"与人性的"情"，尊重自我，抒发性灵。但"对外在功利的看轻"这点，的确是得大超脱、大自在之人方能做到的，对我辈凡夫俗子来说未免太过苛求。真性情除了强调"真"和"情"外，更应尊重"人性"，不拔高、不虚无，真真正正建立在大千世界、饮食男女的"真""性""情"之上。所谓真性情应该是一种品质，也是一种素质，它是一种自然感情的流露，不伪饰，不做作，不矫情，亦不世故。

（一）真性情是顺从本性做真人

《幽梦影》中言："孩提之童，一无所知，目不能辨美恶，耳不能判清浊，鼻不能别香臭。至若味之甘苦，则不第知之，且能取之弃之。告子以甘食、悦色为性，殆指此类耳。"张潮觉得，孩子在很小的时候，眼睛、耳朵、鼻子等各项器官功能还没有发育完全，却对食物的味道十分敏感，能选择自己喜爱吃的东西，这说明人的本性应该是告子所言的"食、色，性也"。既然人的本性是喜爱美食、美色这些美好的事物，那么人也就同时具有了欲望和私心。中国古人对于人的私心向来是羞于开口的，但张潮所在的晚明时期由于资本主义萌芽产生，商业经济繁荣刺激了人们的物欲，人们挣脱了"存天理，灭人欲"的思想枷锁，价值观念发生了急剧变化，主张率真适意地生活，于是自然人性在这一时期得以高标。所以张潮在《幽梦影》中可以毫不避讳地说："万事可忘，难忘者名心一段；千般易淡，未淡者美酒三杯。"他有着对生活的执念，又不完全被名缰利锁羁绊，这才是贴合人性之"真"的体现，这样的说辞一点儿也不做作，还很可爱，让人有亲近之感。他赞同前人所言"若无花月美人，不愿生此世界"，而后又增一语："若无翰墨棋酒，不必定作人身。"他的意思是说，生活中若没有花月美人、翰墨棋酒相陪，便索然无味，就算不能在世为人也没什么遗憾了。这些文字读来让人忍俊不禁，也引导着人们要在生活中寻找真趣味，爱我所爱，释放真性情。我们可以留恋山光水色，赏玩明月花香，有书当读，有酒当饮，在社会道德允许的范围内，发现和欣赏美的事物，做自己喜爱做的事情。当然，遇到不开心的事情也不必压抑在心底，不妨"清宵独坐，邀月言愁；良夜孤眠，呼蛩语恨"，找某种途径宣泄心中的不满，吐出生活的浊气。让自己做一个有喜、有怒、有哀、有乐的真人很好，不必强颜欢笑，不必无哀强哭，不是不懂得社会的生存法则，而是在灵魂深处给自己留一方净土，让自己做一个既现实又有远方的真人。

（二）真性情以"情"经纬人生

情感是人类的精神家园，是生命的最佳守护者，它令孤独的旅人心中充满暖意，使彷徨的人们坚定前行的步伐，《幽梦影》便是一部有温度的"情"书。书中说："多情者不以生死易心。"真正的情感是生死不渝的，如同苏轼与他的妻子王弗。王弗在世时，夫妻二人琴瑟和鸣，相濡以沫，而当王弗离开人世十年之久，苏轼对王弗的悼念仍然痛彻心扉。睡梦之中，苏轼看到妻子"小轩窗，正梳妆"的样子，在四目相对的刹那，二人竟连一句话都说不出来，"相顾无言，惟有泪千行"。十年对于人的一生来说是一段很长的时间，但苏轼对于妻子的情感却未曾因人故去而有丝毫的褪色。《幽梦影》还说，"情必近于痴而始真"，真性情之人定是情痴之人，苏轼便是这样的人，《幽梦影》的作者张潮也是这样的人。"'情'之一字，所以维持世界"，张潮认为整个世界需要"情"的维系，没有情感，世界也就没有了意义，所以他分外珍惜美好的事物。这样的语言在《幽梦影》中俯拾即是："花不可见其落，月不可见其沉，美人不可见其夭。""种花须见其开，待月须见其满，著书须见其成，美人须见其畅适，方有实际，否则皆为虚设。"这些话虽然让人感觉有些过于多愁善感、文人情怀，但是张潮这位多情之人，凭借着满腔热忱认真地生活，不因天气寒暑或生活忙闲而改变自己的追求，却也让人充分感受到了他那颗求取人生之趣的真心。张潮希望人们能够活得快意，活得潇洒，活得心中有爱，能够充满诗意地栖居于天地之间，活出人生的新境界。

二、快乐是一种感觉

常言道："人生不如意事十之八九。"那么人生应该是不快乐的，而人脸的面相也印证着这点：眉毛是草字头，眼睛和鼻子构成了"十"字，下面是一张口，人的整张脸便是"苦"相。佛教也说众生八苦，即"生苦、老苦、病苦、死苦、恩爱别苦、所求不得苦、怨憎会苦、忧悲恼苦"。人生有如此多的苦痛，我们该如何过活？钱钟书先生说："人生虽不快乐，而仍能乐观。"用快乐的人生观对待不快乐的人生是一种大智慧，如果我们能够珍惜当下，学会知足，且有随缘任运之心，便日日都是好日子，天天有如春花开。

（一）感恩当下拥有，学会知足常乐

"知足"是一种平和的境界，"常乐"是一种开阔的人生态度，一个懂得"知足常乐"的人懂得取舍，懂得适可而止，更懂得感恩当下的拥有。《幽梦影》言："为浊富，不若为清贫""富贵而劳悴，不若安闲之贫贱"，这便是一种取舍。功名富贵固然是人们向往追逐的对象，但是君子爱财，取之有道，孔子所谓"不义而富且贵，于我如浮云"。做人做事应该光明磊落，胸怀坦荡，只有这样获得的幸福才真正无所挂碍。人心切不可被欲望吞噬，做出违背道德底线的行为。因为人的欲望是无止境的，达到一个欲望后，会有更多的欲望滋生，在渐行渐远的路上，永远得不到内心的满足和快乐，所以宁为清贫，不为浊富。另外，富贵之人往往疲于应对各种俗务，劳心伤神且时常患得患失；清贫之家虽然生活拮据，却可以骨肉完聚，得享天伦。所以人生快乐与否，并不在于拥有多少财富、多少权势，而在于我们拥有怎样的思想和心态去对待人生，知足常乐是透着智慧的箴言。有一则穷人与上帝的故事颇为有趣：穷人家里四世同堂，房子却很小，平日里拥挤异常，令人苦不堪言。穷人向上帝求助，恳请上帝帮自己摆脱困境。上帝对他说，把你养的鸡和鸭关到你的房子里，与你们同吃同住，一周以后再来找我。过了一周，穷人再次向上帝求援，上帝告诉他，把你的牛和羊也关到房子里，与你们同吃同住，一周以后再来找我。又过了一周，穷人实在受不了了，再次恳求上帝帮忙。这次上帝说，把那些动物都赶出去吧，让它们回到原来的地方，一周以后你再来找我。过了一周，穷人跪倒在上帝脚下，深深感恩上帝的赐予，他觉得自己现在非常幸福，尝到了久违的快乐。兜兜转转，穷人拥有的东西并未增多，但是上帝赐予了他一颗懂得满足的心，于是他的人生便色彩斑斓起来。生活中，我们很多人也如那个穷人一样，总是抱怨生活的不公，总觉得自己的生活不如别人，羡慕"得不到"的，痛心"已失去"的，其实我们很可能是站在幸福里找幸福，忘却了平安是福、健康是福、衣食无忧是福、家人团聚是福……把握住当下的拥有，便可以享有稳稳的幸福。

（二）保有随缘任运的平常心

《坛经》有云："随所住处恒安乐。"苦乐随缘、得失随缘，以平常心面对人生的跌宕起伏，这是佛家的生存智慧。但凡宗教必涉及对人类灵魂的终极关怀，佛家的这份平常心在历史长河中流淌不息，滋养着一代又一代人的心田。平常心在人生中扮演着非常重要的角色，它能够让人们坦然地面对成功与失败、金钱与权势，悠闲地享受生活给予的点点滴滴，有时甚至让人感觉拥有平常心便拥有了整个世界的美好。

平常心是日日都是好日子的惬意。无门慧开禅师偈颂曰："春有百花秋有月，夏有凉风冬有雪。若无闲事挂心头，便是人间好时节。"其大意是说，春夏秋冬时时处处，各有各的美好，只要你能够体会周遭各种情况的奇妙，草木山川、日月星辰、风花雪月，皆因你而在，天大地大，你所拥有的何其之多！张潮深得其三昧，《幽梦影》中记其言："春者天之本怀，秋者天之别调。""春风如酒，夏风如茗，秋风如烟，冬风如姜芥。""春雨宜读书，夏雨宜弈棋，秋雨宜检藏，冬雨宜饮酒。"他对每个季节都由衷地赞叹欣赏，既没有对文人悲秋传统的应和，也没有同刘禹锡一般言"自古逢秋悲寂寥，我言秋日胜春朝"，表现出对哪个季节的偏爱，而是用了"别调"一词，彰显着生活多姿多彩的意趣。张潮感受着每个季节不同的风声，听每个季节不同的雨声，还常常根据不同的环境，设想不同的情境，换取的都是美的心境，这是人的主观能动性或曰"心"的最神奇所在。若要了解"心"的超强能力，阳明心学是非常有发言权的。王阳明的朋友看到山岩之中的花树，便问他："天下无心外之物，如此花树，在深山中自开自落，于我心亦何相关？"王阳明回答说："你未看此花时，此花与汝心同归于寂。你来看此花时，则此花颜色一时明白起来。便知此花不在你的心外。"可知"心"可以成为超越一切事物的最高主宰，"心外无物""心外无理"就是这个意思，倘若因"心"而能山花开，那么一年四季便自然可以日日都是好日子。即便身处闹市之中，也可如《幽梦影》中说的那样"松下听琴，月下听箫，涧边听瀑布，山中听梵呗"，感受着"山之光，水之声，月之色，花之香"；还可以"以松花为粮，以松实为香，以松枝为麈尾，以松阴为步障，以松涛为鼓吹"，享受自然带来的真趣，在心近自然的过程中，放空自我，澄净本心，由定得慧。

平常心是自在随缘的不强求。佛门有位禅师说，"平常心就是饿了就吃，困了就睡"，一切顺其自然。很多时候，面对自己力有不逮，或者是未来不可期的事情，顺其自然不失为一种理想选择。它让我们以平和之心对待周遭的事物，既不过分忧愁，也不过分欣喜。王维说："行到水穷处，坐看云起时。"当行至水的尽头该去向何方？不妨顺势而为，席地而坐，看天边云卷云舒，别有一番滋味在心头。随缘自适的思想也给贬谪期间的苏轼带来莫大的心理安慰，"小舟从此逝，江海寄余生"，与其惊魂未定，终日"梦游缧绁之中"地过活，倒不如命寄江湖，一切随缘任运。张潮也有着凡事不强求的洒脱性格，他在《幽梦影》中说："躬耕吾所不能，学灌园而已矣；樵薪吾所不能，学薙草而已矣。"（下田种地做不来的话，就学着去浇灌园圃；林间砍柴做不来的话，就学着去除草。）做自己能力范围内的事情，不要去想做不到的事情，凡事不过分为难自己，保有一颗平常之心。《幽梦影》还表达了张潮"愿在木而为樗"的愿望，樗即臭椿，《庄子》中记载这种树因长得体大臃肿，没有人愿使用它作原料，虽然无用，但樗树却因此可得永年，真可谓是"无用之用，方为大用"。所以我们不要轻易地否定自己的能力，而要以一颗平常心，让自己在浮华的世界中静下心来，做事时多一分洒脱，多一分从容，让自己拥有快乐的心情。平常心可谓我们健康人生的至高境界。

三、学会偷得浮生闲

大千世界，万物生灵，人是最为忙碌的生物。人类形成了所谓的文明社会，却在追求物欲和责任担当中，把自己的生活弄得愈加复杂，疲惫不堪。著名的精神病理学家布利尔称："健康状况良好而常坐着工作的人，他们的疲劳100%是由于心理的因素，或是所谓情绪的因素。"也就是说，人在日常工作中因生理消耗产生的疲劳是较少的，大多数的疲劳来自精神或是情绪的状态。所以我们必须学会给自己的心灵放假，偷得浮生之闲，这看似是对时间的浪费，其实恰恰是对生活的尊重。

罗刚在其《幽梦影解读》序言中说："读张潮的《幽梦影》，如入中华园林，咫尺之间，风光无限；又如与三五知己，对月品茗斗觚，十分悠闲。"整部《幽梦影》读来充满闲情、闲适和闲趣的意味。"闲"是一种人生态度，它并不是指无所事事，而是懂得给生命留白，让人生过得适意而精彩。从文字结构看，"忙"是"心"加上"亡"，即为心死之意，那么"闲"则是让心活跃起来，让死去的心能够复苏，让生命流淌着快乐的趣味。《幽梦影》言："人莫乐于闲，非无所事事之谓也。闲则能读书，闲则能游名胜，闲则能交益友，闲则能饮酒，闲则能著书。天下之乐，孰大于是？"读书、游历、交友、饮酒、著书等都是闲来可做的人生乐事。"闲"是让人有时间去做自己真正喜欢做的事情，人生的适意不是在忙碌中映现，而是在闲适中求取。

（一）读书使人快乐

书是人们必不可少的精神食粮，读一本好书，仿佛在与智者进行灵魂的对话和精神的交流。闲暇时若能捧一册在手，或坐或卧，徜徉于古今之间，实是难得的雅趣。陆游说他小时候就特别喜欢读陶渊明的诗，家人让他吃饭，他却沉迷书籍，天色很晚还不去吃。南宋诗人翁森论读书时说："读书之乐乐何如，绿满窗前草不除""读书之乐乐无穷，瑶琴一曲来薰风""读书之乐乐陶陶，起弄明月霜天高""读书之乐何处寻，数点梅花天地心"。将读书的惬意展露无遗。明人于谦也说："书卷多情似故人，晨昏忧乐每相亲。眼前直下三千字，胸次全无一点尘。"读书可以让我们尽享山川大地之美，可以涤荡我们内心的浊气，可以给予我们战胜困难的勇气，可以抚平我们的忧伤，可以化去我们身上的疲惫。《幽梦影》言："读书最乐，若读史书则喜少怒多。究之，怒处亦乐处也。"读书的确是人生乐事，在书中感受人生的悲欢喜怒之情，每一种情感都可以带给人们审美的愉悦感受，读到精妙处，忍不住拍案叫好；读到感伤处，止不住泪眼婆娑；读到激愤处，忍不住扼腕叹息；读到诙谐处，禁不住哑然失笑……《幽梦影》记载，张潮还将阅读经史子集不同种类的书籍与自然时节相关联："读经宜冬，其神专也；读史宜夏，其时久也；读诸子宜秋，其致别也；读诸集宜春，其机畅也。"读什么样的书竟然也有各自适合的阅读时节，多情若斯，可见他对于书籍的喜爱程度，也使人们感受到了他对意趣人生的专注之情。

（二）得交益友是人生之幸

人不可无友，没有朋友意味着孤独，这样的人生定是寡淡的，但交友须交益友，即所谓"友直，友谅，友多闻"是也。生活中受各种欲望和利害权衡驱使所交的朋友不能够称为真正的朋友，真正的朋友是在我们袒露心声时能使我们欢乐增倍、忧愁减半的人，能将我们生活中的疾风骤雨转变为和风细雨。还有些人对我们的品性和智识都有裨益，这也是我们愿与之结交的朋友。如《幽梦影》所言："对渊博友，如读异书；对风雅友，如读名人诗文；对谨饬友，如读圣贤经传；对滑稽友，如阅传奇小说。"不一样的朋友，带给人不一样的体验，他们都可以丰富我们的人生阅历与情感体悟。世间还有一种朋友就是内心高度相契的知己，像俞伯牙和钟子期般高山流水遇知音，《幽梦影》言："天下有一人知己，可以不恨。"然而这样的朋友可遇而不可求，得之是幸，未得亦可坦然，因为这知己毕竟是比万两黄金还要难寻的奇葩。闲来无事时能与益友对酒当歌、畅谈人生是件妙事，也不失为忙碌人生解压的一种好方法。

（三）时常开启亲近自然之旅

亚里士多德说："大自然的每一个领域都是美妙绝伦的。"人们都喜欢亲近自然，在自然中觅得宁静、从容、快乐。张潮是写自然的能手，且每每都能够将自然与生活不着痕迹地联系起来，他在《幽梦影》中言："白昼听棋声，月下听箫声，山中听松声，水际听欸乃声，方不虚此生耳。"这是他的人生宣言。他珍惜大自然赋予的美好，立志人生一定要求得闲趣，让心活起来。他"艺花可以邀蝶，累石可以邀云，栽松可以邀风，贮水可以邀萍，筑台可以邀月，种蕉可以邀雨，植柳可以邀蝉"，生活中充满了亲近自然的闲情逸致和趣味。然而，如果我们没有时间去投入自然的怀抱又该怎么办？《幽梦影》给我们的答案是："胸藏丘壑，城市不异山林；兴寄烟霞，阎浮有如蓬岛。"这是人生的大境界，心中有山林，即便身在城市，也可以心远地自偏；心中想烟霞，即便身处人间，也可心游蓬莱仙岛，所谓触目皆山水，人生满清音。倘学会如此，我们就可以随时开启心灵的自然旅程，打开那扇通往桃源之门，忙中偷闲，给自己的生活加注润滑剂。

梁启超先生说："趣味是生活的原动力。"一个无趣之人，他的生活定是一片苍白。《幽梦影》的作者张潮多次在书中提到"趣"字，他认为生活要有意趣，要以真性情，快乐而闲适地度过此生。他劝导人们"居城市中，当以画幅当山水，以盆景当苑囿，以书籍当朋友"，无论身在何时，无论身处何地，都不要忘记用心灵去深爱人生，寻求精神的自由，获得人生的趣味。那么，我们不妨将《幽梦影》这部小书放在案头，闲来翻阅，让宁静愉悦之感常萦心头，为生命增添些许暖人的色彩。

《长生殿》之爱情警示

○ 周海燕

不知何年何月，不知何男何女，也不知什么缘由，说了一句话："爱情是美好的。"从此以后，满坑满谷的文人们就大肆宣扬："爱情是美好的。"由是，人们也形成了一种心理定式："爱情是美好的。"其实，爱情是一把双刃剑、三面刀，人世间的许多悲欢离合、爱恨情仇，甚至是大业倾覆、江山易鼎，都与"爱情"牵牵相结、紧密相连。如果对"爱情"没有一个理性深刻的认识，我、你、他，还有许多人，都可能被"爱情"套牢，不管是喜剧、悲剧还是闹剧，最后"好一似食尽鸟投林，落了片白茫茫大地真干净。"

对此，我们应该感谢著名戏曲家洪昇创作了一部历史传奇戏曲——《长生殿》。洪昇生于1645年，卒于1704年，字昉思，号稗畦，今浙江杭州人。他虽然科举不第，白衣终身，但在戏曲创作上有着超世的才华。因创作《长生殿》，他与《桃花扇》的作者孔尚任媲美，人称"南洪北孔"。《长生殿》之所以称奇，就是因为它以"安史之乱"为广阔社会背景，让唐明皇和杨贵妃"现身说法"，把人世间复杂的"爱情"分为三部曲，深刻透彻、形象生动地展现出来。第一部："在天愿作比翼鸟，在地愿为连理枝"的纯真爱情，令人赞美；第二部："渔阳鞞鼓动地来，惊破霓裳羽衣曲”的爱美人丧江山，令人惊醒；第三部："七月七日长生殿，夜半无人私语时"的无限凄苦，令人扼腕。这哪是传奇戏曲，分明是一部人间"爱情"的教科书。其实，对于创作此剧的目的，作者洪昇已申明："乐极哀来，垂戒来世，意即寓焉！"因此，在红尘滚滚的今天，我们不应浪费《长生殿》这份宝贵的历史文化遗产，也不应辜负洪昇老先生的良苦用心。

谁要想了解"爱情"这座迷宫，谁要想成为这座迷宫中的清醒者，就请与我们一起走进《长生殿》，看它给了我们哪些爱情启示。

一、比翼鸟、连理枝是爱情的美好诗篇

《长生殿》首先肯定爱情是美好的。为了把美好的爱情充分地表现出来，剧中运用现实主义和浪漫主义相结合的手法，把唐明皇和杨贵妃的爱情写得情真意切、幸福美满、奇妙浪漫。

郎才女貌是爱情灿烂的基础。唐明皇之所以爱杨玉环，与杨玉环的才貌双绝是分不开的。剧中的杨玉环仙姿佚貌，绝代无双，百种娇娆，千般婀娜，她"德性温和，丰姿秀丽"。杨玉环有着不同凡响、倾国倾城的外貌特征。但如果她仅仅是个"美人"，还不至于让唐明皇魂牵梦萦。据《旧唐书·后妃列传》记载，杨玉环从小就是个美人，而且"善歌舞，通音律，智算过人，每倩盼承迎，动移上意"。她才艺超群，可以谱"天下仙音"。对于这样一个才貌双绝的美人，不要说风流成性的"三郎"，哪个男人能不春心摇动呢？

苍天作美，月老作合。一日，唐明皇和杨玉环见面了。二人一相见，犹如磁石吸铁一般，一见钟情。第二天，唐明皇便下旨道："昨见宫女杨玉环，德性温和，丰姿秀丽。卜兹吉日，册为贵妃。"接着，二人以金钗、钿盒为爱情信物郑重定情。从此，一个低回婉转、感人至深的爱情传奇在这里拉开帷幕。"惟愿取情似坚金，钗不单分盒永完"，情意永远长久是他们朴素、真诚的良愿。他们是身着华丽外衣的俗世男女，坚定地期许一份美好的爱情。此后，唐明皇对杨贵妃极尽宠爱。我们从白居易的《长恨歌》中可以领略这位皇帝对妃子的喜欢程度："春宵苦短日高起，从此君王不早朝。承欢侍宴无闲暇，春从春游夜专夜。后宫佳丽三千人，三千宠爱在一身。金屋妆成娇侍夜，玉楼宴罢醉和春。"杨贵妃集万千恩宠于一身，一时间两人恩爱无比，日夜相守。

千古知音，琴瑟和鸣，是美好爱情不可或缺的旋律。剧中第十一

出《闻月》表演道：杨贵妃原来是蓬莱仙子，因为唐明皇知音好乐，嫦娥仙子便让侍女下凡召杨贵妃的梦魂到月宫重听《霓裳羽衣》曲，将天上的仙音传向人间。杨贵妃醒来后将曲谱记下来并制谱。唐明皇看到曲谱后，毫不掩饰对杨贵妃的聪慧的赞美："妃子，不要说你娉婷绝世，只这一点灵心，有谁及得你来？"他还与杨贵妃一同点校曲谱，在《舞盘》中，杨贵妃跳舞，唐明皇"亲以羯鼓节之"。琴瑟和谐，心意相通，夫妇之情更浓，知己之意更深。

越是情谊深厚的爱情越要经历风雨，而风雨之后的彩虹会给爱情披上更加绚烂的彩练。唐明皇与杨贵妃的爱情也经历了几番波折，如唐明皇私幸虢国夫人、杨贵妃吃醋被遣归家、献发复合、唐明皇偷会梅妃等。但到第二十二出《密誓》，则峰回路转，柳暗花明。七夕之夜，杨贵妃在长生殿内乞巧。唐明皇听说杨贵妃在乞巧，就悄悄来到长生殿想听听她在祈求些什么。杨贵妃一面期待爱情能如当初所言的长久，一面担忧二人的恩情不能像牛郎织女的感情那样长远。唐明皇万分感慨，杨贵妃落下眼泪。唐明皇听了杨贵妃的伤叹，至诚的表态消除了杨贵妃郁积的忧虑。唐明皇携着杨贵妃的手，在星光月色中，在长生殿上焚香设誓。两人对着牛郎、织女二星发誓"情重恩深，愿世世生生，共为夫妇，永不相离"。"在天愿为比翼鸟，在地愿为连理枝。"对唐明皇和杨贵妃的密誓，即使牛郎和织女听到了，也会被深深地打动。

更为难能可贵的是，杨贵妃对唐明皇的爱情是专一的，她不满唐明皇偷偷与虢国夫人、梅妃相好相会，"直言犯上"，皇上派人把她遣送回府。这时的杨贵妃对唐明皇的感情已深，她借献发向唐明皇表明心迹。禁军兵变的时候，面对他们提出的"不杀贵妃，誓不护驾"的要求，杨贵妃自然明白，不遂六军心愿皇帝就无法西行，为了唐明皇，她毫不犹豫地赴死，临死前要求把两人定情的钿盒、金钗陪葬，她对情至死不变。即便死后，其魂魄也是一路追随。

唐明皇与杨贵妃的爱情，既是艺术的，也是生活的，既是皇家深院的，也是百姓人家的。它向人们说明人世间有着真挚的爱情，比翼连枝之情是人世间最美好的诗篇。因此，我们要满怀善良之心，祝愿天下有情人都成眷属，万家灯火万家团圆；我们要满怀赞美之心，讴歌爱情，让爱情之花开遍人间；我们还要满怀真诚之心，去找到属于自己的那一半，为人世间增添一个美满的家庭。

二、爱美人、丧江山是惨痛的历史教训

本来，唐明皇和杨贵妃的爱情是美好的，但深陷爱情漩涡里的人，智商百分之百都降至为零。唐明皇与杨贵妃在温柔乡里，完全忘却了夏耽喜妹、殷宠妲己、周溺褒姒而祸国殃民的历史教训，一步一步地走上了爱美人、丧江山的不归路。

唐明皇宠幸杨贵妃已经到了无以复加的程度。杨贵妃喜欢吃荔枝，唐明皇就指派专门的差员，骑马从几千里地以外的岭南运送荔枝。由于路途遥远，为保荔枝新鲜，差员不得不飞马疾驰。这正如杜牧在《过华清宫绝句》中所写的那样："一骑红尘妃子笑，无人知是荔枝来。"是的，新鲜的荔枝到了，美丽的贵妃笑了，大权在握的皇帝也龙颜大悦了。但是，快马加鞭赶路的差员，踏死了算命的瞎子，踩坏了庄稼，却无事人一样继续前进了。这不是路上的偶发事件，正如文中所说"一路上来，不知踏坏了多少人"，但皇帝不关注这样的事情，他在意的是荔枝是否新鲜。皇帝不在乎，差员自然无所顾忌，只要能完成送荔枝的任务，草菅人命又算得了什么呢？联系"一骑红尘妃子笑"中的"妃子笑"，不由得让人想起"烽火戏诸侯"的故事，昏庸无道的周幽王为博褒姒一笑，不惜兴师动众戏弄诸侯，最终身死国亡。其实，唐明皇为博妃子一笑，也拉开了爱美人、丧江山的

帷幕。

唐明皇不仅宠幸杨贵妃一人，而且宠幸她的兄弟姐妹，宠幸她的整个家族，可以说是"一人得道，鸡犬升天"。为此，白居易《长恨歌》中写道："姊妹弟兄皆列土，可怜光彩生门户。遂令天下父母心，不重生男重生女。"夸张地指出，因为杨贵妃的受宠使得天下人改变了一贯的重男轻女的观念，都想生女孩后能像杨贵妃那样送入帝王家受宠从而光耀门楣。在杨家，最受皇帝宠信的是杨贵妃的哥哥杨国忠。《长生殿》中杨国忠出场时说得明明白白，"下官杨国忠，乃西宫贵妃之兄也。官居右相，秩晋司空。分日月之光华，掌风雷之号令"。他毫不隐藏自己的势焰熏天："国政归吾掌握中，三台八座极尊崇。退朝日晏归私第，无数官僚拜下风。"杨国忠大权在握、富贵泼天，大小官员都是争相巴结、乐于攀附，而天下英雄豪杰黯然失望。

此外，杨贵妃的三个姐姐也来到长安（大姐、三姐、八姐），皇帝赐以住宅，并分别封她们三人为韩国夫人、虢国夫人和秦国夫人。三位国夫人同受恩泽。第五出《禊游》：（高力士）"今乃三月三日，万岁爷与贵妃娘娘游幸曲江，命咱召杨丞相并秦、韩、虢三国夫人，一同随驾。"皇帝贵妃出游，姐妹三人也陪伴在侧。《旧唐书·杨贵妃传》中也有记载："玄宗每年十月，幸华清宫，国忠姊妹五家扈从。每家为一队，着一色衣；五家合队，照映如百花之焕发。而遗钿坠舃，瑟瑟珠翠，璨璐芳馥于路。"杜甫的《丽人行》中即写上巳日杨家伴驾出游的盛况。《长生殿》中也写到香车过后百姓纷纷捡拾宝石、玛瑙、鞋子等的景象。如此奢靡不知收敛，怎能不引起民怨沸腾呢？

由于唐明皇过分宠信杨家，因而激起了各种各样的矛盾。第一对是太子李亨与杨国忠的矛盾。对于杨贵妃独占父皇，杨国忠专横跋扈，李亨早就看不顺眼。安禄山叛乱后，唐明皇欲让太子李亨接替皇位，但由于杨国忠及其姐妹的反对而未成。由是，李亨深深感到，不剪除杨家势力将永无出头之日。第二对是杨国忠与安禄山的矛盾。早在老谋深算的李林甫做宰相时，安禄山尚惧怕几分。李林甫病逝，杨国忠任宰相后，身兼范阳、平卢、河东三节度使的安禄山根本没有把杨国忠看在眼里，两人矛盾愈演愈烈。唐明皇为了拉拢安禄山，打算封他为宰相（加同平章事），并令太常卿张垍草拟诏敕。杨国忠得知此事后立即劝阻道："安禄山虽有军功，但他目不识丁，怎能当宰相？如果发下制书，恐怕四夷皆轻视朝廷。"唐明皇只好作罢。安禄山得知此事后，怒火中烧，恨不得直取杨国忠的首级为快。第三对是统治阶级与被统治阶级的矛盾。杨国忠身为宰相，对人民的疾苦漠不关心。753年，关中地区连续发生水灾和严重饥荒。唐明皇怕伤害庄稼，杨国忠便叫人专拿好庄稼给皇帝看，皇帝信以为真。结果，广大农民处于水深火热之中，民怨沸腾。总之，唐明皇占了情场，驰了朝纲；抱了美人，忘了民众。山雨欲来风满楼，大唐天子的宝座已经处在风雨飘摇之中了。

755年，正当唐明皇和杨贵妃在华清池醉生梦死之际，前方传来报警：安禄山叛乱了！安禄山反唐了！起初，李、杨二人都不相信一向的宠臣、贵妃的干儿子会反唐，直到平原郡太守颜真卿派人传来情报，唐明皇才大梦初醒，惊恐万分。这正是"渔阳鼙鼓动地来，惊破霓裳羽衣曲"。安禄山率领十五万大军，从范阳出发，兵不血刃，攻下东京洛阳，随后挥师西上，兵锋直逼京城长安。唐明皇虽然也组织了抵抗，但长期废弛的武备怎能挡住安禄山的大军。唐明皇带着李亨、杨国忠、杨贵妃、高力士等，在禁卫军的保护下逃出长安，奔往成都。安禄山攻进长安，建立大燕国，自称雄武皇帝，史称这次兵变为"安史之乱"。

在唐明皇的銮驾西行至马嵬驿时，扈从禁军发生哗变，杀死了杨国忠，并要求皇帝赐死杨贵妃。"不杀贵妃，誓不护驾"的喊声让一代君王胆战心惊，却又不舍痛下杀手。他无语沉吟，心乱如麻，之后抱着杨贵妃痛哭。杨贵妃觉得皇帝确实万般无奈，只有牺牲自己以平军心了。于是，她表示道，自己受皇上深恩，这种恩情是舍身也难报的。现在形势危急，就请皇上赐自己自尽以安定军心。这样皇帝就能安全到达蜀地，自己则虽死犹生。她又善解人意地打消皇帝的顾虑，说如果皇帝不如此行事的话自己的罪过又增加了。皇帝顿足痛哭后说道："罢，罢！妃子既执意如此，朕也做不得主了。高力士，只得但、但凭娘娘罢！"至此，"百年离别在须臾，一代红颜为君尽"。随后，唐明皇逃到成都，辞去皇位，成为太上皇。返京以后，又被儿子李亨监禁，几近阶下囚。这就是历史上著名的"马嵬坡兵变"。

唐明皇与杨贵妃的爱情喜剧是千古绝唱，而他们二人的爱情悲剧则是百代鉴镜。《长生殿》通过唐明皇与杨贵妃的爱情悲剧，警示人们在双刃剑、三面刀的爱情面前必须保持高度的理性，而不能有丝毫的放纵。理性的爱情是千古传唱的诗篇，而放纵的爱情则是遗笑百年的讽刺画；理性的爱情是连理枝、比翼鸟，而放纵的爱情则是劳燕分飞、生离死别；理性的爱情是百年好合、白头偕老，而放纵的爱情则是红妆断送、王冠落地。时至今天，《长生殿》发出的爱情警示仍有着极强的现实意义。在当今社会，从规律上说，成功者都有成功的爱情，而失败者则也是爱情的失败者。对此如有疑义，请看那些纷纷落马的"大老虎"抑或"小苍蝇"，又有多少不是倒在放纵爱情的白刃下？

三、越思念、越悔恨是情感的必然逻辑

渔阳鼙鼓响起以后，唐明皇和杨贵妃的一切都结束了。霓裳羽衣曲曲终人散了，华清池里死水一潭了，蛾眉惨死魂飞魄散了，君王失去权杖成为阶下囚了，剩下的是无限的思念、无限的自责、无限的悔恨。

《长生殿》到最后几出，作者本应写唐明皇的悔恨，悔恨既有今日何必当初。但是，如果粗浅直露地写悔恨，则难以达到警戒后人的效果。洪昇不愧是伟大的剧作家，他在这里抖了一个大大的包袱，浓墨重彩地写唐明皇与杨贵妃阴阳两隔的思念，越是思念，越是悔恨，是情感的必然逻辑，越写思念，越能收到悔恨的效果。因此，剧中用各种手段表现他们二人的深深思念。

杨贵妃死后，二人生离死别之哀情借助景物、言语、行为充分展开。《冥追》《闻铃》《情悔》《哭像》《神诉》《仙忆》《见月》《改葬》《雨梦》等几出写出两人的愁肠百结。他们两人或向他人倾诉以明初心，或自言自语以遣忧怀。如杨贵妃的自语自伤："我一灵渺渺，飞出驿中，不免望着尘头，追随前去。"她的魂魄竟然一路追随唐明皇西行。再如唐明皇的自悔自叹，他说是自己违背了誓言，辜负了杨贵妃的深情。他也对高力士倾诉："今日仓卒西巡，断送他这般结果，教寡人如何撇得下也！"二人生死两隔，却是一样情深、一样哀痛。早年的欢情与今日的哀情对比，效果不言而喻。

单从唐明皇来看，重回长安的唐明皇已经不是昔日呼风唤雨的皇帝了，太子李亨早已登基为帝，他只能是太上皇。已近风烛残年的唐明皇先是在叛乱中饱受惊吓，颠沛流离；叛乱平定回到长安后又被自己的儿子软禁，痛苦不堪。政治处境的艰难更让他于思念愧悔之外度日如年。《哭像》一出写因为对杨贵妃的刻骨思念，唐明皇特敕成都府建立一座祠庙，用旃檀香木雕成妃子生像，命高力士迎进宫来，然后亲自送入庙中供养。唐明皇对着妃子像尽诉相思之情，直接表达自己的孤寂痛苦："兀的不痛杀人也么哥，兀的不痛杀人也么哥！闪的我形儿影儿，这一个孤孤凄凄的样。"他感叹自己假如当时不听六军之请的话，或许他们也不会直犯君王，即使犯了，把自己也杀了，两个人在阴间也可成双啊，这种后悔和假设更像是深深的歉意。他恨不得诛杀了那提出杀贵妃要求的三军，这种看似对三军的怨恨，其实深层是对自己不能救护心爱之人的极度自责。他希望自己可以与杨贵妃同穴安葬，"做一株冢边连理，化一对墓顶鸳鸯"，这种宁可同赴黄泉不愿苟且偷生，即便舍弃性命也要相伴相偎的愿望，既是对真情的眷恋，也是万般的无奈。

作者让唐明皇和杨贵妃在现实的世界中经受磨难，品尽辛酸，最后在月宫中重圆。天孙出于鉴怜，让他们二人于月宫重聚，再续断缘。二人相见后相抱痛哭。唐明皇告诉杨贵妃，在回驾途中，路过马嵬驿，改葬妃子时发现墓穴中玉骨全无，只剩一个香囊。后来朝夕思想，又让方士上天入地遍觅芳魂。他又提起当初长生殿上乞巧时二人许下的海誓山盟。杨贵妃拿出自己的钗盒。作为爱情信物的钿盒、金钗见证了百转千回的感情，比翼连枝的誓言重回耳边。经遍死生仙鬼，他们做了天宫里的并蒂莲。

以上种种思念确实至情至性，感人肺腑。但就像大海退潮以后留下的是裸露的海滩一样，唐明皇深深的思念背后则是深深的自责和无限的悔恨。唐明皇本来是一位很有作为的好皇帝，他悔恨自己放纵爱情，独宠杨家激起了各种矛盾；他悔恨自己放纵爱情，不理政事混乱了朝纲；他悔恨自己放纵爱情，废弛了武备致使关键时刻无兵可用……可惜，一切都晚了，世间有百药能治百病，唯独没有后悔药。这是洪昇抖包袱的真正用意，也是《长生殿》最有价值的地方。他告诉世人不要做后悔的事，因为后悔是无济于事的。

至此，我们应该明白了《长生殿》对爱情的警示：比翼鸟、连理枝是爱情的美好诗篇，人人都应该珍惜；爱美人、丧江山是惨痛的历史教训，人人都应汲取；越思念、越悔恨，是情感的必然逻辑，人人都应该避免。从而，让理性健康的爱情洒满人间！

《桃花扇》之离合寻绎

李婷婷

提到"南洪北孔",大家一定会想到清朝初期的著名历史剧作家洪昇和孔尚任,他们的代表作品《长生殿》和《桃花扇》,在康熙年间的剧坛上名声大震,被世人争相传唱。清朝有个叫金埴的诗人曾题诗说:"两家乐府盛康熙,进御均叨天子知。纵使元人多院本,勾栏争唱孔洪词。"可见其影响之大。《桃花扇》与《长生殿》集前人传奇成就之大成,被并称为"清代戏曲双璧"。两部作品都将爱情的离合与政治的兴衰结合起来,结构排场精妙,文辞音律精美,是不可多得的佳作。

《桃花扇》共四卷,四十出。作者孔尚任借明末清流名士侯方域与秦淮歌妓李香君悲欢离合的爱情故事来书写南明朝廷的兴亡,揭露南明腐败和衰亡的原因。作品的主题即像他自己所说的那样:"借离合之情,写兴亡之感。"清代的刘中柱在《桃花扇题辞》中评价道:"一部传奇,描写五十年前遗事,君臣将相,儿女友朋,无不人人活现,遂成天地间最有关系文章。往昔之汤临川,近今之李笠翁,皆非敌手。"近代的梁启超在《小说丛话》中说道:"但以结构之精严,文藻之壮丽，寄托之遥深论之，窃谓孔云亭《桃花扇》冠绝千古矣！"

数百年来，《桃花扇》被改编成多种艺术形式，以更丰富饱满的姿态呈现在观众面前，历久弥新，传唱不衰。今天，让我们一起在爱情与家国的离合中来寻绎历史留给后人的经验和启示！

一、忠贞是爱情的崇高之美

爱情，是每一个青年男女心之所向的一种情感体验。因着这份向往，为爱痴迷，忠贞不渝，自古以来这样的佳话不胜枚举。比如《上邪》中的女子指天为誓："我欲与君相知，长命无绝衰。山无陵，江水为竭，冬雷震震，夏雨雪，天地合，乃敢与君绝。"再比如元好问的《雁丘词》中的词句："问世间，情为何物？直教生死相许。天南地北双飞客，老翅几回寒暑。欢乐趣，离别苦，就中更有痴儿女。"词人对爱情的惊叹发问，其实也是对爱情的震撼赞美，就连动物也是痴情款款。这些爱情誓言千百年来感动着人们，鼓舞着人们。《桃花扇》中的女主人公李香君就是这样一个在爱情中勇敢选择、忠贞坚守的女子。

李香君是秦淮河畔的名妓，以她的才貌身价，委身一个富贵公子，一生衣食无忧、坐享荣华并非难事。可她却始终坚持自己独立的爱情观，不倾慕荣华享乐而追求清高义气，于是她爱上了一个囊中羞涩的清流名士侯方域。在《访翠》一出中，她有意以冰绡汗巾包裹樱桃抛给侯生，行令时与侯生双饮合卺，是定情之始的"目挑心许"，也是摆脱身份局限勇敢追求爱情的决心。二人结合后竟遭到奸佞阮大铖的迫害，侯方域被诬陷独自逃难，孤身一人的李香君作为一个"平康巷"里的风尘女子却闭门谢客，"能将名节讲"，这是她最宝贵的品质。

阮大铖逼迫李香君嫁给漕抚田仰，面对威逼利诱，她也丝毫没有动摇，誓死坚守着对侯方域的爱情，明确自己已经嫁人不能改志。《拒媒》中有这样一段描写：李香君独守空楼，感慨自己青春已逝，年华不再，整日以泪洗面。旁人问她为什么不再招一个新夫婿。李香君坚定地说："奴家已嫁侯郎，岂肯改志。"旁人又说漕抚田仰肯出三百金来取她做妾，问她愿不愿意。李香君决绝地回答："可知定情诗红丝拴紧，抵过他万两雪花银。""奴是薄福人，不愿入朱门。"纵使万两的金银财宝也买不动一个歌妓的改嫁，这使所有人都出乎意料。在《守楼》一出中，李香君对爱忠贞表现得更为突出。面对田仰的强"娶"、杨龙友的劝婚，李香君的态度更加坚决而强硬，她说道："便等他三年，便等他十年，便等他一百年，只不嫁田仰。""我立志守节，岂在温饱。忍寒饥，决不下这翠楼梯。"说罢，香君便以头撞地，鲜血溅到侯方域送给她的定情诗扇上，失望乃至绝望的香君宁死也要坚守住自己的爱情。以血的代价吓走了前来娶亲的人。侯方域的朋友杨龙友也大受触动，借着血迹在扇面上画出一树桃花，这便是桃花扇的来历。桃花是女子美好青春的象征，而这桃花扇便是李香君对爱忠贞的象征。这至死不休的忠贞也最终使得她"保住这无瑕白玉身"。

侯方域送给她的定情诗扇是她对爱坚守的力量，两地相隔，强权迫害，李香君依然为爱忍受着孤单与苦楚。狭隘卑鄙的阮大铖并没有就此放过李香君，等李香君伤愈后，他又打着圣谕的幌子将其征入官中充当歌姬。李香君无奈，只能紧抱着她用鲜血画成的诗扇，带着对侯方域无限的眷念和遗恨进了官。

侯方域曾赞叹香君道："俺看香君天姿国色，摘了几朵珠翠，脱去一套绮罗，十分容貌，又添十分，更觉可爱。"还曾说过："这等见识，我倒不如，真乃侯生畏友也。"姿色出众、心灵美好的李香君不仅让侯方域爱慕敬重，也让世人为其赞叹。拥有美好青春时对爱情的向往，面对心上人时自由勇敢的追求，面对威逼利诱时忠贞的坚守，青春流逝爱人远去时苦楚的孤寂，这些选择使得李香君的人物性格生动而饱满，她的品行操守不由得令人心生敬畏。然而她的气节却远不止于此。她对爱执着却不盲从，南明覆亡，侯、李重逢，李香君却在道士的点化下，放弃了曾经坚守不渝的爱情，遁入空门。足以见得香君之爱是以关切家国命运为前提，高尚的道德情怀使她的爱情不能在家国破碎时苟且。古罗马美学家朗吉驽斯说：“崇高就是伟大心灵的回声。”李香君的忠贞便是她美好、高洁心灵的回声，忠贞使她的爱情具有崇高之美。

中国古代文学作品中如李香君般的女子并不少见，《陌上桑》里聪明机智的罗敷为坚守节操奚落位高权重却态度轻浮的太守，盛赞丈夫的高洁端正，言辞坚决，据理力争；《孔雀东南飞》里知书达理、勤劳贤惠的刘兰芝为坚守爱情拒绝再婚，于无可奈何之下，深夜揽裙投水自尽；《倩女离魂》中对爱忠贞不渝、为爱献身的倩女；等等。这些女性的忠贞节操散发着人性美的光芒，回响着伟大心灵的音声，她们的气节、精神使爱情绽放出崇高之美。这种精神品质在当下的爱情关系中同样适用和需要。它不仅是引领男女之爱向着积极健康方向发展的风帆，还是书写美好心灵、共筑理想佳话的力量。

二、权奸是家国的倾颓之害

《桃花扇》虽是以侯方域、李香君的爱情为明线，实则是“借离合之情，写兴亡之感”。通过侯、李个体爱情的离合与个体品质的善与恶，以小见大地揭露了弘光小王朝灭亡的深层原因——国家的败落自然有着不可抗的外力因素，但归根到底，还是内部混乱、心力不合导致的必然结局，而这一切又与那些权奸作乱脱离不了干系。阮大铖即是整部戏剧祸国权奸的代表，别说是南明小朝廷，就是再强大的国家将大权交由阮大铖之流掌控，恐怕也将永无安宁之日。

其实，阮大铖为官之初也是才华过人、一腔抱负的东林党先锋，《明史》中称阮大铖是“机敏猾贼，有才藻”。但当他个人政治升迁因所持立场受到阻碍时，他便抛弃了自己的操守，投奔了曾经嗤之以鼻的魏忠贤一党。崇祯皇帝即位后，魏忠贤被处死，阮大铖也被削籍免官，但是他贼心不死，企图有朝一日东山再起。正如阮大铖自己所说："幸遇国家多故，正我辈得意之秋。"他的意图被复社文人看穿，并被大肆揭露，这使得阮大铖对复社一党怀恨在心。阮大铖攀附魏党马士英，想要勾结魏氏余党拥立福王建立南明小朝廷，又遭到拥护史可法、左良玉的复社文人的极力反对。当福王即位，马士英、阮大铖当权后，他们便开始一边荒淫无道，倒行逆施，一边公报私仇，极力迫害复社文人。

先来看他对侯方域、李香君之"家"的迫害。复社名士侯方域客居南京，与江淮名妓李香君相爱，但囊中羞涩，没有梳拢之资，阮大铖便托杨龙友送去三百金，希望网罗侯方域。但让阮大铖失算的是，李香君得知妆奁之钱是阮大铖出的，便将其掷之于地并严词拒绝了，这使得阮大铖怀恨在心。福王登基，阮大铖诬陷侯方域结好试图"清君侧"的左良玉，侯方域无奈抛下李香君只身逃难投奔史可法。阮大铖的这一罪恶行径导致侯方域、李香君这对恋人被迫分离。

接着阮大铖又进一步迫害李香君，他先是强迫李香君嫁给漕抚田仰，遭到李香君以死抵抗，血溅诗扇；又以为南明宫廷选妓为由逼迫李香君参选，李香君痛骂阮大铖却难逃被选入宫中教戏的惨痛命运；当苏昆生受李香君之托，将由溅血点染成桃花的诗扇交给侯方域时，侯方域赶回南京探望香君，又被阮大铖逮捕入狱。阮大铖这一系列的迫害行径，是在彻底摧毁侯、李爱情，以达到泄私愤的目的。而在整部戏剧中，李香君与侯方域的爱情命运就是国家的命运，断送侯、李爱情和家庭的罪魁祸首也正是倾覆国家的千古罪人。

在明末政治动荡、内外交困之时，阮大铖之流不顾福王"三大罪、五不可立"的事实，力捧马士英拥立福王弘光，并为了得到权势而上下操持，殷勤谄媚，得势后更是卖官鬻爵，结党营私。为谋军权，他挑拨重要的军事力量——江北四镇的首领内讧不已。当清军长驱直下时，阮大铖、马士英正忙着经营自己的既得利益，排除异己，捕杀复社忠臣。在国家危难之际，各方权势不能以大局为重一致对外，上无可忠之君，下无主事之臣，军事、政治一盘散沙。当时被视为国家柱石的史可法也只能被迫在各方政治势力之间周旋，并没有在抵抗清军上发挥实质性作用，最终困于孤城，以身殉国，部下也纷纷投降了。当清军列兵长江时，昏聩的南明皇帝仍沉浸于纸醉金迷之乡，结果南明小朝廷仅仅存在了一年就灭亡了。正如孔尚任所说："《桃花扇》何奇乎？其不奇而奇者，扇面之桃花也；桃花者，美人之血痕也；血痕者，守贞待字，碎首淋漓不肯辱于权奸者也；权奸者，魏阉之余孽也；余孽者，进声色，罗货利，结党复仇，隳三百年之帝基者也。"《桃花扇》以一个歌妓对爱、对国的忠贞与一个权奸祸国殃民的丑恶相比较，可谓是一个巨大的讽刺。同时它也警示后人，如果国家权力被权奸鼠辈掌握，那么国将不国也。

中国历史上的许多朝代，都有奸臣弄权危害家国的惨痛教训。他们像是蛀虫一样从内部破坏国家基业，谗言操纵君主，残暴压榨百姓，结果使黎民遭殃，家国动摇。我们都知道历史上赫赫有名的汉武帝，在政治上加强中央集权，经济上大刀阔斧改革，文化上"罢黜百家，独尊儒术"，对外破匈奴开丝绸之路，是极有魄力的一代明君。但是晚年却因崇信方术，重用奸臣而导致巫蛊之祸，给家国都造成了巨大伤害。对此，唐代诗人汪遵曾有一首诗："不忧家国任奸臣，骨肉翻为蕣路人。巫蛊事行冤莫雪，九层徒筑见无因。"讲的是汉武帝妄图长生不老，晚年因体弱多病，受巫蛊所惑，任用奸臣江充、刘屈髦、苏文等执掌国事，他们屡进谗言，汉武帝竟不分黑白冤杀自己的骨肉刘据，导致皇后卫子夫自尽、两皇孙亦死的悲痛结局。虽然后来汉武帝已经不太相信巫蛊之事，知道太子之死实为冤屈，处死奸臣并修建了望思台表达对儿子的思念，但是死者已矣，再做什么都已经无济于事了。秦二世时的赵高，曾为立胡亥为帝，伪造诏书，逼死长公子扶苏，又在得势之后独揽大权，结党营私，残害忠良，将秦朝的暴虐之政推向顶峰，加速了国家的灭亡。唐朝的李林甫、杨国忠既狼狈为奸又互相倾轧，内斗加外患，导致安史之乱爆发，最终使盛极一时的大唐江山板荡。南宋的宰相秦桧，陷害忠良，横征暴敛，卖国求和，害民害国。明朝的严嵩窃权夺利，诛杀异己，收受贿赂，操纵朝政，造成朝廷黑暗，边防松弛。历史上的这些权奸，给百姓、给社会、给国家都带来了巨大的灾难，惨痛的历史教训已经深深地刻在了中华民族的记忆中。

三、国破是苍生的离散之苦

任何一个时代，作为个体的黎民苍生的命运总是与国家的命运息息相关，家是最小国，国是千万家。覆巢之下安有完卵？国破必然导致苍生的离散之苦。清军渡江，南明覆亡后，侯方域终于得以出狱，避难栖霞山时，在白云庵与李香君相遇。两人向前拉住彼此，放声悲哭，苦诉离情，不忍放手。可是，历经沧桑的侯、李二人团圆之日也正是国家破碎之时。国破则家亡，这段从一开始就承载政治命运的爱情故事此时自然也不可能有圆满的结局。第四十出《入道》，描写了道士张瑶星与侯方域的一段对话。张瑶星质问侯方域："你们絮絮叨叨，说的俱是那里话？当此地覆天翻，还恋情根欲种，岂不可笑？"侯方域答道："此言差矣！从来男女室家，人之大伦；离合悲欢，情有所锺，先生如何管得？"张道士骂道："呵呸！两个痴虫，你看国在那里，家在那里，君在那里，父在那里？偏是这点花月情根，割他不断么？"从这段对话我们可以看出，侯方域的醒悟并不是主动，而是被动的，他对儿女私情仍存有幻想和憧憬。也可能是受时代所限，作者孔尚任也没有找到国家支离破碎时作为个体情感的归宿和出路。

所以安排一个道士来点醒侯方域、李香君。正如剧中批语所说："非悟道也，亡国之恨也。"并不是他们真的参透了什么，而是国破家亡的遗恨。侯、李二人被张道士的一席话说得"冷汗淋漓，如梦忽醒"。江山倾颓，他们的爱情在哪里能找到一方净土可以生根、生长呢？只有双双出家，求取内心的安宁才是解脱吧。

　　侯、李的结局是一种影射，国家倾覆，天下苍生的命运莫不如是。最后一出《余韵》中，说书艺人柳敬亭和李香君的曲艺老师苏昆生共话沧桑，有一段沉痛的"渔樵对话"。苏昆生说，他前些天到南京卖柴，凭吊故都遗迹，见到曾经的孝陵已成刍牧之场，全城满地的蒿莱，秦淮已无人迹。他痛心疾首，在回程途中编成一套北曲《哀江南》，描写他目睹的凄凉景象，表达他心中的亡国之痛。过去的粉黛笙箫早已不见了踪迹，国家覆亡，民不聊生，残败的旧时故地，饿殍遍野。这所见所闻、所感所想不只是末世文人的失落忧患，更是抒发着国破家亡的黍离之悲、沧桑之叹："眼看他起朱楼，眼看他宴宾客，眼看他楼塌了！这青苔碧瓦堆，俺曾睡风流觉，将五十年兴亡看饱。那乌衣巷不姓王，莫愁湖鬼夜哭，凤凰台栖枭鸟。残山梦最真，旧境丢难掉，不信这舆图换稿！诌一套《哀江南》，放悲声唱到老。"即使是能够幸存的南明遗民内心也已千疮百孔，有谁能够幸免呢？苏昆生也在左良玉病死九江后，去九华山削发为僧。

　　作为明朝延续的南明王朝的皇帝弘光的命运，更是与国家、民族、王朝的兴衰紧密相连。王朝兴盛，皇帝才能有所仰仗，最初的弘光还是明谙此理的，还抱有一丝复国之志，可是转年就将此念头抛却了。抛却了作为一个皇帝该有的责任和担当，沉迷于美色风流，全然不顾国家的安危和百姓的存亡。当清军攻入，他在逃跑之际竟奢望："寡人只要苟全性命，那皇帝一席也不愿再做了。"失去了王朝的依托、国家的依托，弘光连一个普通百姓都不如，性命不保，嫔妃散逃，无人庇佑。

曾经想要全身避害，将逃难的弘光拒之门外的南明旧臣徐宏基也不能幸免。《余韵》中徐宏基的儿子发出感慨："生来富贵，享尽繁华。不料国破家亡，剩了区区一口，没奈何在上元县当了一名皂隶。"至于权奸阮大铖、马士英之流的命运呢？"报长江锁开，石头将坏，高官贱卖没人买。"曾经卖官鬻爵、中饱私囊的阮大铖、马士英在国家破败时也权势尽失，曾经的金帛、细软、娇艾也被乱民一抢而空。清流名士复社文人在国家蒙难之际也没有进行有力的抵抗，只是饮酒看花，观灯作赋，即便是曾经奋力抵制反抗阮大铖的迫害，但对于保护国家、百姓并没有起到什么实质性的作用。直至南明灭亡、山河破碎，他们才恍然醒悟，每一个人的命运都与国运相连。

正如作者发出的感慨："帝基不存，权奸安在？惟美人之血痕，扇面之桃花，啧啧在口，历历在目，此则事之不奇而奇，不必传而可传者也。人面耶？桃花耶？虽历千百春，艳红相映。问种桃之道士，且不知归何处矣！"个人和家国永远是相互依存的关系，有国才能有家。有家，个人才能安心地生产和生活，因此，家国的兴旺发达离不开每个人的努力和贡献。翻看历史，历朝历代无不如此。且看杜甫的《无家别》：

> 寂寞天宝后，园庐但蒿藜。我里百馀家，世乱各东西。
> 存者无消息，死者为尘泥。贱子因阵败，归来寻旧蹊。
> 人行见空巷，日瘦气惨凄。但对狐与狸，竖毛怒我啼。
> 四邻何所有，一二老寡妻。宿鸟恋本枝，安辞且穷栖。
> ……

安史之乱爆发后，唐朝六十万大军败于邺城，惨无人道的兵役制度让老百姓苦不堪言。正所谓："人生无家别，何以为蒸黎。"普通的黎民百姓以家为归是最大的心愿，可是国家破败，使得众生无家可别，这是多么哀痛的情感。宋代文天祥的"山河破碎风飘絮，身世浮沉雨打萍"，同样道出了家国破碎个体飘零的悲哀。国破使苍生难免离散之苦，个体命运与国家命运紧密相连是历史留给我们永恒的真理。

一部《桃花扇》用一段悲欢离合的爱情故事诉说一个王朝的兴亡衰败。寻绎爱情与家国的离合，我们为爱情不能善终而惋惜，为王朝不能兴盛而伤怀。而惋惜、伤怀之余，以理性的眼光审视其中蕴含的深刻道理，我们在忠贞的操守之中领略了爱情的崇高之美，在国家的倾颓之下认清了权奸的祸国之害，在山河破碎之中感受了群黎百姓的离散之苦，这就是这部剧坛巨作给后人留下的历久弥新的精神财富。

《聊斋志异》之警世真言

○ 赫灵华

谈起中国古代最好的小说，大家马上会想到《红楼梦》。《红楼梦》是中国古代白话长篇小说的巅峰，而中国文言小说的扛鼎之作就要属蒲松龄的《聊斋志异》了。聊斋红楼，一文一白，一短一长，成为中国文学的骄傲和世界文学的瑰宝。

蒲松龄一生坎坷，阅历丰富，慧眼独具，才气纵横。他洞悉了黑白颠倒的现实、官虎吏狼的嚣张和饮食男女的异化，因而他决计续一部"幽冥"之录，成一篇"孤愤"之文，以警示世人。为达此目的，他特为自己立下了座右铭："有志者，事竟成，破釜沉舟，百二秦关终属楚；苦心人，天不负，卧薪尝胆，三千越甲可吞吴。"以此自勉。经过数年努力，他最终创作出491篇短篇小说，结成《聊斋志异》一书。《聊斋志异》借助民俗民风、奇谈异闻、花妖狐魅、人鬼交替、阴阳相通等广泛题材，通过曲折离奇的故事情节、独具特色的艺术手法和生动鲜明的人物形象，批判社会黑暗，揭露制度腐败，直戳人性软肋，猛刺心灵魔障，痛击道德病灶，为红尘滚滚中的众生敲响了唤起良知的警钟，发出了劝人为善的忠告。此书一经面世，立即影响四布，深受广大读者欢迎，对世道人心起到了劝诫的作用、警醒的作用和棒喝的作用。

今天，我们抽丝剥茧，再走进300多年前《聊斋志异》光怪陆离的奇幻世界，听一听蒲松龄老先生那一句句劝世真言，仍有着醍醐灌顶、振聋发聩的感觉。

一、看人凭相貌，难识人本真

俗话说：人不可貌相，海水不可斗量。美丽的相貌固然能吸引不少倾慕者，但是真正持久地吸引人还得靠内在的魅力。歌德曾说："外貌美只能取悦一时，内心美才能经久不衰。"雨果笔下《巴黎圣母院》中丑陋的敲钟人卡西莫多就是这种外貌丑而内心美的典型。《聊斋志异》以金玉其外、败絮其中的嘉平公子，外表奇丑而内心美好的乔女，被美艳外表迷惑而落入陷阱的王生等形象，向我们昭示了"看人凭相貌，难识人本真"的道理。

《嘉平公子》讲的是安徽嘉平有一位公子，风度翩翩，仪态秀美，偶经妓院，被美人温姬看中，并愿意终身相许。一天，温姬冒雨来到公子住处，听着窗外的雨声，温姬吟诗一句："凄风冷雨满江城。"她让公子对下句，公子对不出来，温姬觉得很扫兴。又一天，公子写了一张纸条给仆人，结果"椒"误写成了"菽"，"姜"误写成了"江"，"可恨"误写成了"可浪"。温姬看了，在条子后面写道："何事'可浪'？'花菽生江'。有婿如此，不如为娼！"她对公子说："当初以为你是个文人雅士，才不避羞惭自荐终身，没想到你徒有美丽的外表。我只凭相貌取人，岂不被天下人笑话吗？"说完就消失了。嘉平公子的美貌曾让名妓温姬一见钟情。公子父母得知温姬是女鬼后，用各种驱鬼的法术赶温姬走，她也不为所惧，坚决跟随公子。温姬是一个执着于爱情的女人，但她发现嘉平公子内心空虚、徒有其表之后，无法忍受和这样的人共度一生。嘉平公子腹中空空、不学无术的内在和英俊潇洒、一表人才的外貌形成了巨大反差。人的外貌与学识、德行并不是成正比例的关系，无论是择偶、交友，还是选拔人才，都不能仅凭相貌取舍，内外兼修才是最重要的。

《聊斋志异》中不乏貌美如花的美女，不管是妖娆的女鬼，还是妩媚的狐仙，"美"都是她们突出的标签。但《乔女》这一篇讲的却是一位丑得出奇的女子，名叫乔女，她又黑又丑，塌鼻子，还瘸着一条腿，二十五六岁才嫁给贫穷的四十多岁的穆生，婚后三年，生了儿子，不久穆生病死。乔女请求娘家帮忙，母亲不耐烦，乔女就自己靠织布艰难度日。后来，同县家境富裕的孟生死了老婆，带着一岁的儿子乌头，着急再娶，偶然见到乔女，非常中意乔女的德行，但乔女坚决谢绝孟生的求亲。不久，孟生暴病而亡，村里的无赖趁机将孟生的家产抢劫一空，还想瓜分孟生的田产。乔女找到孟生的朋友林生，托林生写状纸到官府给孟家维权，但无赖扬言要杀死林生，林生吓得不敢出门。这时，非亲非故的乔女挺身而出，到官府告状，县官问："你是孟生什么人？"乔女说："您管理一个县，凭的是一个理，如果说的话没道理，就是至亲也有罪；如果说的话有道理，就是路人的话也可以听。"县官很恼火，把乔女赶出衙门。乔女又到本地知名官绅家哭诉，有一位先生听到后，觉得乔女很重义气，便替她向县官诉说事情原委。无赖终于被严惩，孟家的田产和财物全部被追回。之后，乔女把孟生的孤儿乌头抚养成人，给他请老师，帮他积累数百石粮食，又给他娶了大户人家的女儿，整修了孟家宅子，将产业交还给乌头，让他独立门户。乔女和孟生之间是一种超越世俗的精神上的恋爱，因此，当孟生家遭遇变故时，乔女既是为报孟生的知己之情，也是一种正义感，使她不顾礼教的束缚和旁人的非议，毅然挺身而出扮演了孟生遗孀的角色。乔女没有美艳的外表，却重情重义，洁身自好，丑陋的外表下有一个善良、正义、勇敢、坚强的内心。她感念孟生不嫌其丑，钟情于他的情义，无所畏惧地替孟家申诉维权；她照看孟家，抚养乌头的几十年，没有占过孟家一分钱；乌头读私塾，自己的儿子学干活；乌头吃穿不愁，自己和儿子自食其力；即使随乌头到孟宅生活，也靠纺织、管理家务过活。乔女的一生清清白白、坚守信条，有节有义，有勇有廉，外貌丑而心灵美，是一个值得敬佩的女性形象。

　　"画虎画皮难画骨，知人知面不知心"，虽是如此说，但人们还是更倾向于赏心悦目的外表，所以有的时候就会被美艳的外在所迷惑，而无法看清事物的真实面目。《画皮》是《聊斋志异》中非常有名的故事，被改编成多种艺术形式广为流传。说的是太原王生在路上遇到一个美丽的少女，女子说父母把她卖给有钱人做妾，实在受不了大老婆的打骂就逃了出来，王生便把女子带回家藏到书房里，同居起来。妻子劝他把女子送回去，王生根本不听。一天，王生在街上遇到一位道士，道士说王生身上有邪气，王生不相信。后来他回到家，发现门关着，他就从墙头跳进去，从窗缝向房里看，只见一个狰狞恶鬼，翠绿色的脸，牙齿像一排排尖利锯齿，恶鬼把一张人皮铺在榻上，手拿彩笔在描画，画完了，把笔一丢，把人皮举起来，抖衣服似的抖几下，披在身上，立刻变成了美女。王生吓得魂飞魄散，手脚并用，狗爬一样逃了出来。王生找到道士，请求救命。道士给了他一把驱蝇的拂尘，让他把拂尘挂在卧室的门上。那女子回来，看到拂尘，不敢进去，气得咬牙切齿，离开后又返回，骂道："道士吓唬我，我要不进去，难道把吃到嘴里的肉又吐出来？"说着它扯去拂尘撕碎，破门而入，撕开王生的胸膛，挖出心脏就走了。妻子过来一看，王生胸口血肉模糊，已经死了。《画皮》劝谕世人：猎艳的结果是自己丧了命。人常受到外在假象的迷惑，美丽的外表下却隐藏着致命杀机，要警惕披着美女画皮的罗刹恶鬼。现代社会也有很多人善于用"画皮"来包装，不管是华而不实的礼品，还是道貌岸然的贪官，终有被撕掉画皮显现真身的时候，我们要擦亮眼睛，控制自己的贪念，学会用理智来约束、调节和引导个人的欲望。

　　孔子曾说"以貌取人，失之子羽"。因为曾经有一个叫子羽的年轻人到孔子门下拜师求学，这个人额头很低，嘴巴窄小，鼻子又低又扁，乍一看其貌不扬，根本不像是能成大器的人。一向贤明的孔子看到这个长相不堪的人竟然一副嫌弃的样子，对他冷眼以待。后来，这个年轻人走了，边游历边求学，创立了一个草堂，并广招贤才，门下弟子络绎不绝。子羽的美名孔子也有所耳闻，他对自己当年以貌取人的事情深感遗憾，感叹道："我因以貌取人，失去了子羽这样一个大有前途的人才啊！"圣贤也犯了以貌取人的错误，更何况我们普通人？所以蒲松龄用美与丑的对比、外表与内在的反差来告诫世人：对人，以德、以才取人，不以貌之美丑取人，第一眼的印象往往是靠不住的，一个人的品行要通过时间来证明。正如现在网上比较流行的一句话：欣赏一个人，始于颜值，敬于才华，合于性格，久于善良，终于人品。

二、廉隅而自重，财色无所惑

孔子在《礼记》中说："饮食男女，人之大欲存焉。"人的生命离不开这两件大事，饮食男女，一个是生存问题，一个是繁衍问题。孔子对这两件事是肯定的。同时，这两件事也是人性的试金石。古往今来，许多帝王将相、高官巨贾、文人骚客私欲无限，结果都倒在了财色这道关前。而有些人则理性清醒、慎独自爱、不愧屋漏、不欺暗室，视不义财色如粪土，保持了清白的一生。为此，《聊斋志异》除了描写贪财好色之徒，同样为我们刻画了廉隅自重拒财色的正面形象。

《聂小倩》是人们耳熟能详的故事：书生宁采臣慷慨豪爽，洁身自好。他来到金华，在城北一间寺院休息。寺院荒无人烟，只有南边一间房里住着一个叫燕赤霞的房客。深夜有个美丽的女子偷偷来到宁采臣房中，要和他亲热。宁采臣断然拒绝，喝道："快走！不然我喊南房书生了。"女子害怕地退出，又拿出一锭黄金放在褥子上，宁采臣把黄金扔到院子里，说："不义之财别脏了我的口袋！"女子羞惭地拾起金子，自言自语道："这汉子真是铁石铸成。"第二天早上，有个兰溪书生和仆人住进了东厢房，结果晚上书生和仆人脚心流血而死。半夜，那女子又来了，对宁采臣说：她叫聂小倩，十八岁时夭亡，被葬在寺庙旁，常被妖精威胁，让她用美色勾引人，摄取人血供妖精饮用。兰溪书生就是受她引诱后刺透脚心而死，那诱人的金子根本不是真的金子，而是罗刹鬼的骨头，谁留下它，就能摘走谁的心肝。小倩还告诉宁采臣：因为他不受美色和金钱的诱惑，夜里妖精要派夜叉来对付他，住在南房的燕生能帮他免除灾祸。聂小倩还请求宁采臣收拾她的尸骨，安葬到平安的地方，以此脱离苦海。当晚，宁采臣在燕生的帮助下免遭妖精迫害，把小倩的遗骨挖出，租船回家，将坟墓建在自家书斋外，希望她不再受妖鬼欺凌。重新安家的小倩再次出现，要给宁采臣做妾，宁母不敢让儿子娶鬼为妾，小倩便要求以兄妹相称。小倩每天问候宁母，堂下操持劳作，晚上灯下诵经，直到宁采臣要睡觉了才离去。宁母也逐渐接纳了小倩，久病的宁妻死后，小倩嫁给了宁采臣。

故事开篇就写道："宁采臣，浙人。性慷爽，廉隅自重。"廉隅自重指品行端方正直。宁采臣在美色和金钱的诱惑下，丝毫没有动心，反而理性自制力超强，难怪小倩称他为"铁石之人"。女鬼用色诱人，然后吸其鲜血；用恶鬼的骨头幻化成金子，诱人上钩后，摘走其心肝，就是在利用人性贪财好色的弱点。宁采臣免于一死，正是因为他克服了这种弱点，而兰溪主仆就是没有经受住诱惑而暴死他乡，所以，人的内在品行修养决定了自己的命运。而且，在宁采臣的感化下，聂小倩弃暗投明，近朱者赤，和宁采臣相处的过程中，逐渐激活了"人性"，淡化了"鬼性"，从最初的不食人间烟火到慢慢喝些稀粥，再到跟常人吃饭无异，从惧怕燕生送给宁采臣的镇鬼剑袋到主动把剑袋挂到卧室，女鬼聂小倩的人性渐渐显露，终于脱胎换骨，这和宁采臣方正人格的影响是分不开的。

还有一个故事叫《长清僧》，讲的是山东长清有个老和尚，佛门修养境界很高。七八十岁身体还很健壮，但突然有一天圆寂归天了。他的魂灵随风飘荡，不知不觉附到了一个坠马而死的官僚世家公子身上。原本摔死的公子渐渐苏醒了，很疑惑地问："我怎么到了这个地方？"仆人们把他抬回家。一进家门，一个个浓妆艳抹的女人上来问长问短，他反问道："我是和尚，怎么会到这种地方来？"家人以为他神志不清，就多方提醒开导。公子不再申辩，闭上眼睛不说话，送来的饭菜，他不食酒肉，夜里独自成眠，不要妻妾侍奉。家人让他过目钱粮收支的账本，他一概不理。后来他要去长清县游览，从长清寺回来后从不过问家事，过了几个月就偷偷跑到长清寺当起和尚来。家里人哀求他回去，他连看也不看，家里送来的金银绸缎，他只收下一件布袍。故事的结尾，异史氏说："人一死魂灵就消散了，而那飘游千里不散的魂灵，是由于本性不移的缘故。我对老和尚并不奇怪他的死而复生，而只是惊奇他进入豪华富丽的家室，却能摆脱人事，逃出凡尘世俗。倘若眼睛一迷乱，而被香兰熏心，见异思迁，恐怕成了求死不能的人了，何况去做和尚呢？"长清僧转世面对富贵奢华毫不动心令人钦佩。

首先，他不迷女色。附尸还魂后面对花枝招展的女眷毫不动心，甚至闭眼默念，靠理智约束自己，执着于修行。其次，他视荣华富贵如浮云。长清僧还魂到官僚世家，但他只吃糙米淡饭，只穿粗布麻衣，身体好转后，趁机摆脱尘世羁绊，义无反顾地回到清贫的寺院。如果说长清僧还魂前在寺院中保持高洁的品行是值得敬佩的，那么在还俗为富家子弟后，还能在脂粉地、富贵乡中无动于衷，不受媚惑，不喜荣华，才是最了不起的。正如《菜根谭》中所说："势利纷华，不近者为洁，近之而不染者为尤洁。"

财与色归根到底都是人的贪欲，儒家认为人"无欲则刚"，克制自己的私欲方能刚正不阿，顶天立地。我们所说的克制欲望，是克制那些邪恶的、与人生毫无意义的、违背道德准则的欲望。《聊斋志异》中这些"人到无求品自高"的形象，是我们今人应该时刻警醒自己的一面镜子。

三、善恶终有报，公道在人心

蒲松龄的长子在《祭父文》中曾谈到父亲创作《聊斋志异》的目的："大抵愤抑无聊，借以抒劝善惩恶之心，非仅为诙谐调笑已也。"也就是说，这本书不单单是讽刺谈笑之作，而是以此来抒发劝善惩恶的主旨。因此，那些朝三暮四的负心汉、陷害无辜的坏人、贪赃枉法的官吏、不负责任的父亲、强占民女的恶霸等都被押上聊斋的道德法庭，得到应有的惩罚；与人为善者、坚持道义者、廉洁自律者、助人为乐者、忠诚专一者等都被笔歌墨舞，大加颂扬。《聊斋志异》的开篇故事名为《考城隍》，老廪生宋焘在将死之时被神差带去考试，最后其才华被众神所赏识，委派他任河南城隍，而他选择在做官之前先侍奉母亲终老。九年后，母亲去世，他才去阴司赴任。文中不仅赞扬了宋焘的才德孝行，还暗讽了埋没人才的社会和那些官迷心窍、不重孝道的人。清代的聊斋点评家认为，一部大书，以《考城隍》开篇，带有寓言性，"赏善罚淫之旨见矣"。用惩恶扬善的故事警醒世人，构成聊斋故事中耐人寻味的诸多名篇。

《席方平》讲的是一个平民百姓在阴间一级一级打官司的故事。席方平的父亲是个老实人，和豪绅羊某有矛盾，羊某死后向阴间行贿，用酷刑折磨席方平的父亲，使他浑身红肿而死。席方平悲痛至极，魂灵来到阴间为父申冤。到了阴司，发现受贿的小鬼日夜拷打父亲，席方平写纸诉状向城隍喊冤，城隍受贿，置之不理；他又到郡司，郡司受贿，对席方平用刑。他又告到阎王府，阎王也收了好处，上来就打席方平二十大板，席方平厉声问道："小人何罪？"阎王装聋作哑，席方平喊道："我活该挨打，谁叫我没钱呢！"阎王恼羞成怒，把席方平放在火架上烤得骨肉烧焦。阎王问他还告不告了，席方平说一定上告。阎王又让小鬼把席方平锯成两半，严刑拷打之后又利诱他，许他来世有千金之产，百岁之寿。席方平托生为婴儿，但愤不食乳，降生三天后死亡，又回到阴间继续告状，终于告到了二郎神跟前，二郎神判决冤狱，把阴司的贪官一网打尽。在判词中痛骂各级官吏飞扬跋扈，贪赃枉法，臭骂金钱导致吏治腐败，使得席方平终于替父申了冤。

毛主席特别欣赏《席方平》这篇文章，认为席方平在阴司的遭遇，实际上是人间官吏鱼肉人民的真实写照，是封建社会人间酷吏官官相卫、残害人民的控诉书。阴间的官吏，小到狱吏，大到阎王，都是"向钱"不"向理"，官职越大，受贿枉法的胆子越大，对席方平的迫害越残忍。一个无钱、无权、无势的平民百姓，即便有理而无处申冤，还要遭受阴间的酷刑。蒲松龄借阴间之事，寓阳间之理，把当时社会中司法腐败的现实揭露得淋漓尽致、令人汗颜。席方平在多次受挫后仍然坚定告状申冤的决心，做到酷刑不动志、诱骗不乱心。终于有二郎神替其主持公道，那些阴司腐败的贪官得以严惩，所以，要惩治腐败，不能缺了像席方平这样的敢于反抗、不畏强暴的斗士，同时也需要国家管理体制的完善和制约。

《窦氏》是一个惩治负心汉的故事。恶霸南三复骗了农家女窦氏失身后将其抛弃，窦氏生下儿子找到南三复家，南三复连大门都不让进，窦氏抱着孩子冻死在南家门口。窦老头到官府告南三复，官府收了南三复一千两银子，对案子不管不顾。这时，窦氏的鬼魂出现了，劝告南三复要迎娶的富家小姐父亲，不能把女儿嫁给这个负心汉，但大户贪图南家家产，还是把女儿嫁了过去，结果几天后女儿就吊死在后花园了，而窦氏的尸体却出现在南三复房间。当时的法律规定"开棺见尸"要判死罪，窦老头状告南三复盗窃窦氏尸体，但官府再次受贿，南三复蒙混过关。后来，南三复又要重金迎娶曹进士的女儿，窦氏又冒充曹家送亲之人进入南家，把刚刚死了不久的姚举人女儿的尸体放到南三复床上，有钱有势的姚家断定是南三复开棺偷尸，去告状，南三复被判杀头。窦氏早年因为幼稚上了坏人的当，变成鬼魂后，逐步看清了南三复背后的强梁社会，第一次用自己贫贱的尸体告官，官府不理；第二次用有权势的姚家女儿的尸体告官，才让这个负心汉遭到了惩罚。在这个故事里，窦氏活着无法报复南三复，只能在死后让自己的鬼魂一次次折磨仇人，最后致南三复于死地，寄予了作者鲜明的反抗精神和惩治恶人的决心。此外，《聊斋志异》中还刻画了女扮男装、聪明果敢、为父报仇的商三官；谈笑不惊、沉着冷静、为夫报仇的庚娘等，她们都是具有复仇精神的女性形象，也是其在男女不平等的封建社会，对被侮辱、被损害的刚强女性寄托的美好希望。

《聊斋志异》中的许多篇章用神鬼狐妖画苍生，画尽人间世俗百态。不管是把鬼怪神异现实化，还是把社会现实神话化，《聊斋志异》中的每一个艺术形象都映射着世间的芸芸众生。细读此书，我们就会感到：我在书中，你在书中，他在书中，许多现实社会中的人就是书中的主人公。这就是蒲松龄的伟大，这就是《聊斋志异》的不朽。《说聊斋》的那首歌曲是这样唱的："你也说聊斋，我也说聊斋，喜怒哀乐一起那个都到那心头来。鬼也不是那鬼，怪也不是那怪，牛鬼蛇神它倒比正人君子更可爱。笑中也有泪，乐中也有哀。几分庄严，几分诙谐，几分玩笑，几分那个感慨。此中滋味，谁能解得开？"我们说：此中滋味，我们要解开！

《儒林外史》之众生群相

○ 孙丹丹

在中国古代的最后一个盛世——清代乾隆时期的中国文坛上，两部古典小说的巅峰巨著先后出现，那就是《儒林外史》和《红楼梦》。《红楼梦》把中国古代白话小说从俗文学提升到雅文学的文化品位，《儒林外史》将中国古代白话小说从市井文学提升到文人文学的文化品位。中国古典小说中只有这两部作品被鲁迅先生认可为"伟大"。而胡适则说："我向来感觉，《红楼梦》比不上《儒林外史》……如果拿曹雪芹和吴敬梓二人做一个比较，我觉得曹雪芹的思想很平凡，而吴敬梓的思想则是超过当时的时代，有着强烈的反抗意识。"

为什么说《儒林外史》具有强烈的反抗意识，其思想越过当时的时代？是因为它以高超的艺术彩笔，刻画了一幅惟妙惟肖的众生群相。这群众生相既是腐朽的专制制度、礼教制度和科举制度的产物，具有特定的历史性，同时它们又是人性丑恶一面的表现，又具有恒久的时代性。因此，惺园退士在序中写道："慎勿读《儒林外史》，读之乃觉身世酬应之间，无往而非《儒林外史》。"天目山樵评价《儒林外史》道："描写世事，实情实理，不必确指其人，而遗貌取神，皆酬接中所频见，可以镜人，可以自镜。"

历史发展到今天，我仍然轻易不敢读三百多

年前的《儒林外史》，因为一打开此书，在书中描摹的众生群相中，一不留神，就看到了身边人们的影子，甚至于自己的影子，后背不禁惊出几丝冷汗。今天，我们就透过《儒林外史》这面镜子，反照众生群相，镜人镜己，获得启迪。

一、科举出仕滋生功利主义

"儒林"，寓意主要描写对象为儒林文士，"半生落魄已成翁，笑尽天下读书人"，如鲁迅先生所说，"机锋所向，尤在士林"。书中人物，大多有当时真人真事的影子，但为了避免清代统治阶级的迫害，吴敬梓假托明朝，完成书稿。清代人在阅读《儒林外史》的时候，就经常把《儒林外史》当作儒林群相的一面镜子来看，透视科举时代的现实社会和世态人情。"儒"虽然今天很少提及，但是我们清楚任何时代都不缺乏读书人。读书人在社会中扮演着重要角色，起着中流砥柱的作用，而读书人群体的精神风貌也影响着时代的兴衰，关乎着家国的运势。我们借由《儒林外史》去体味一下科举出仕所滋生出来的功利主义，同时也期望找到读书人理性面对功利的前行方向，为社会与时代正确引航。

读书有没有功利目的呢？当然有。儒家的最高理想"修齐治平"，第一步是齐家，即首先要承担起最基本的家庭责任，行有余力之后才能再去帮助社会，实现治国平天下的宏愿，而承担家庭责任最基本的就是安身立命，即保障一家老小的吃穿用度。因此，功利是人生逃不开的命题。

"富家不用买良田，书中自有千钟粟。安居不用架高楼，书中自有黄金屋。出门莫恨无人随，书中车马多如簇。娶妻莫恨无良媒，书中自有颜如玉。男儿欲遂平生志，五经勤向窗前读。"这是宋真宗的《励学篇》，其中"书中自有黄金屋，书中自有颜如玉"这两句被人们所熟知，可见读书的功利性是一个千古课题。然而，当这种功利性畸变成功利主义，彻底取代了风骨精神，取代了理想人格，并且渗透到人生的各个领域，从安身立命到读书科考，从亲情到爱情，转而成为人生的主宰，那么它实质上就已经将人异化，最终成为一种桎梏人灵魂的枷锁。

书中第十六回"大柳庄孝子事亲，乐清县贤宰爱士"，这位事亲孝子就是匡超人，他出身贫困，却纯洁朴实，对父母兄嫂克尽孝悌，博得乡亲称赞、县宰赏识。后来逐渐热衷举业，功利心逐渐膨胀、失控，为二百两银子，冒坐牢之罪，潜入学道考场，替"一字不通的"童生考取一个秀才。他拿这钱，典房、娶妻、生女。接着他迅速飙升，混到京城，停妻再娶，当上给事中的甥婿。从"超人"蜕变为"非人"，不仅失去纯良天性，更失去了道德底线，言谈举止不堪入目，成为读书人中的败类。匡超人之所以快速地被异化腐蚀，说明儒林群体中不乏如此为人做事的前辈和同辈。讽刺的是，他们都是熟读圣贤书的所谓儒生，可是他们并没有真正领会书中的道义真言，或者说是放弃了道义真言，只留取了书中的"黄金屋"和"颜如玉"。这种功利主义的读书之道，只会使读书人在面对诱惑、强权、暴政的时候退化成动物，屈从于动物本能，失节失志。真正的读书人应该在内心之中稳住"道义之锚"，面对不同人生境遇时，都能坚持仁、义、礼的原则，以道进退。

科举出仕滋生出来的功利主义，不仅改变了人的纯真本性，而且改变了人的伦理亲情。范进连考二十余次不中，贫困潦倒，听到中举的消息，竟至发疯，直到挨了丈人胡屠户的耳光才清醒过来。打完女婿，胡屠户"不觉那只手隐隐的疼将起来"，然后"心里懊恼道：'果然天上文曲星是打不得的，而今菩萨计较起来了！'想一想，更疼的狠了……"胡屠户这个丈人对女婿的态度是前倨后恭、大为不同的。中举前称范进为"现世宝""没用的人"，骂他"像你这尖嘴猴腮，也该撒泡尿自己照照。不三不四，就想天鹅屁吃！"范进中举后，胡屠户马上变换了称呼，称之为"贤婿""老爷""天上的星宿""文曲星下凡"。范进中了秀才，胡屠户大摇大摆地进他家里"道贺"，只拿一副大肠和一瓶酒，"吃的醉醺醺的"，却又唠唠叨叨地教训范进一顿，然后"横披了衣服，腆着肚子去了"。范进中举后，他却备了七八斤肉、四五千钱来道贺；范进清醒后回家，他一路低头替范进把滚皱了的衣裳后襟扯了几十回。胡屠户将人性中的功利主义暴露得淋漓尽致。

胡屠户固然不是读书人，他的异化似乎和读书科举没有直接的逻辑关系，真的如此吗？无论在哪种社会体制中，平民尊敬什么样的人？有社会地位和名望的精英阶层，他们的品德受人尊敬，他们的行为受人传扬，所谓的上行下效大抵如此。如果社会中受人尊敬与传扬的东西不再是人格修养，不再是知识智慧，不再是道德水平，而是权势、地位，至此权势与地位获得了精英阶层的认可，获得了充分合理的证明，获得了道德上的通行证、资格证甚至是荣誉证，继而就是获得全社会的争相效仿。因此，社会上就会出现更多像胡屠户一样"前倨后恭"的人，这种人在弱者面前表现为"倨"，在强者面前表现为"恭"，他们衡量人的唯一标准是对方的权势地位，反而缺少对人最基本的尊重。而践踏别人的尊严，也暴露了自己人格的低贱，反而是对自己的自轻自贱。《儒林外史》所写者，即是这样的一个社会，包括这个社会中拥有话语权的读书人和蝇营狗苟的芸芸众生。

科举制曾经为寒族读书人提供了跻身上层社会、实现自身价值的机遇，虽然在后来的时代僵死没落，但它在中国历史长河中曾经发挥了非常积极而重要的作用，功不可没。"莫道科举误，诗书不负人"，更应该反思的是读书的人。"为中华之崛起而读书"，周恩来总理的少年壮志，任何时候读起来都让人钦佩。我们或许缺乏这样的宏志，但是它或许能提醒我们不要走向极端的反面。

北大中文系钱理群教授说过一段话："我们的一些大学，包括北京大学，正在培养一些'精致的利己主义者'，他们高智商、世俗、老道，善于表演、懂得配合，更善于利用体制达到自己的目的。这种人一旦掌握权力，比一般的贪官污吏危害更大。"钱教授的话给我们以振警，如果社会的精英阶层都是如此行事，那么又应该由谁去承担社会责任，由谁去引领价值走向，由谁去实现家国抱负？这是读书人，尤其是精英阶层应该深思的问题。

二、功名富贵扭曲众生人格

在《儒林外史》的第一回楔子中有首《蝶恋花》，其中两句是："功名富贵无凭据，费尽心情，总把流光误。浊酒三杯沉醉去，水流花谢知何处。"首篇诗词就开宗明义，点明了功名富贵的主题。书中第一回又说道："人生富贵功名，是身外之物；但世人一见了功名，便舍着性命去求他。及至到手之后，味同嚼蜡。自古及今，那一个是看得破的？"

站在一个比较客观的角度去看，功名富贵不应是褒义词，也不应是贬义词，它向哪一边倾斜都会打破这个社会应有的平衡。它是一把双刃剑，正面用之，它激励人们奋斗，只争朝夕；反面用之，它容易使人误入歧途，迷失方向。我们作为芸芸众生、世俗之人，谁也逃不脱现实的羁绊和枷锁，我们就借读《儒林外史》来看看迷失在功名富贵中的众生，也可反躬自省，自己是否是吴敬梓笔下的那些可怜众生之一。

时代在变，历史发展的规律却总是相似的，对于功名富贵的追求古今一辙。功名富贵的佳处不消多说，我们从范进的人生转折就能窥视一二。范进，一个生活在最底层的知识分子，人到中年，仍旧是一贫如洗，事业毫无起色；爱情，仅是娶了一个屠夫的女儿。中举之后，生活便发生了翻天覆地的变化：有送田产的，有送店房的，还有那些破落户，两口子来投身为仆，图荫庇的。到两三个月，范进家奴仆、丫鬟都有了，钱、米是不消说了。张乡绅家又来催着搬家，搬到新房子里，唱戏、摆酒、请客，一连三日。总之，中举前，他是一介穷书生，备受讥讽嘲笑，清贫压抑；中举后，他是一名官老爷，尽享众生仰慕，举世皆亲。

诚然，功名富贵人人皆爱，但是在追寻的过程中，如何恪尽本分，而不是放弃尊严，在得到之后，能否抱有初心，而不是迷失自我，这是对大多数人人性、定力的考验。

闲斋老人在《儒林外史序》中评价此书："其书以功名富贵为一篇之骨：有心艳功名富贵而媚人下人者；有倚仗功名富贵而骄人傲人者；有假托无意功名富贵自以为高，被人看破耻笑者；终乃以辞却功名富贵，品地最上一层，为中流砥柱。"由是观之，被功名富贵扭曲的人格有以下几种表现。

第一种，心艳功名富贵而媚人下人者。

周进就是这样一个因为没有考取功名居于人下者。周进皓首穷经，六十多岁仍然是个老童生。他依靠在私塾教书勉强糊口，之后随姐夫经商记账，受尽别人的白眼和嘲讽。在贡院参观时，"周进看着号板，又是一头撞将去，……放声大哭起来……周进也听不见，只管伏着号板哭个不住。一号哭过，又哭到二号、三号，满地打滚，哭了又哭，哭的众人心里都凄惨起来。……同行主人一左一右架着他的膀子。他那里肯起来，哭了一阵又是一阵，直哭到口里吐出鲜血来。"后来商人们看他可怜，为他捐了一个监生进场，"周进道：'若得如此，便是重生父母，我周进变驴变马，也要报效！'爬到地下，就磕了几个头。"周进如此被功名富贵所累，已经忘却或者从来不知人生还有多种可能，可怜、可悲、可叹。借此反思我们是否也被裹挟在了某些旋涡里苦苦挣扎，希望我们所追寻的种种，不至陷我们于如此痛苦和失去尊严。

第二种，倚仗功名富贵而骄人傲人者。

说到骄人傲人者，梅玖之流可谓是当仁不让。周进在没有功名之前，几次遭到秀才梅玖的嘲弄。一次，薛家集众人给周进接风，周进年长，又是主宾，但是梅玖却道："你众位是不知道我们学校规矩，老友是从来不同小友序齿的；只是今日不同，还是周长兄请上。"虽然座位勉强屈尊周进之下，但是还得表明自己的秀才即老友身份是高于周进这个童生即小友身份的。梅玖又念了一首一字至七字诗给周进："呆！秀才，吃长斋，胡须满腮，经书不揭开，纸笔自己安排，明年不请我自来！"念罢，"把周先生脸上羞的红一块，白一块"。梅玖觉得自己考中秀才是天命使然，说："就是侥幸的这一年，正月初一日，我梦见在一个极高的山上，天上的日头，不差不错，端端正正掉了下来，压在我头上……彼时不知甚么原故，如今想来，好不有准！"在当时，秀才和童生的差别并不很大，二者都无法取得为官的资格，梅玖的自大让我们觉得好笑至极，面对稍不如己的人，优越感立刻油然而生，这种骄傲我们今人是否也应该时刻引以为戒？

第三种，假托无意功名富贵自以为高，被人看破耻笑者。

从科举制开始，士人就将学而优则仕作为出人头地的重要途径，然而有些人却想走"终南捷径"，代之以更便捷的方式实现目标。唐朝书生卢藏用因为没有考取进士，便隐居终南山。其隐居的原因比较特殊，是想凭借隐居之举抬高自身声望，以此来谋求官职。朝廷往往也会任用隐居的人，以表示自己对人才的重视。《儒林外史》中的杨执中和权勿用等人也可看作是一心渴望功名，却又假托无意于此的代表。他们以退为进，以隐邀名，近乎诡道，赢得广泛的社会声誉。杨执中通过在市井中讲时事赢得了一定声望，从而得到了娄家公子的多次拜访，并以之为民间的贤人。可是作为读者的我们却看得清清楚楚，他并不具备经世济用的真才实学，被人识破耻笑。我们或许很难做到学富五车、满腹经纶，至少我们可以做到实事求是、才配其位。

无论是在古代还是当今，一个社会如果纯粹以是否取得功名富贵来衡量一个人的成功与否，那么这个社会是低级的、落后的，人格也是扭曲的、畸形的。我们要做的就是在这个熙熙攘攘的社会里，至少清楚我们不要成为什么样的可悲、可叹、可恨之人。这就需要我们有自己的清醒认知，有自己的价值取舍，有自己的理想追求，有自己的人格坚守，同时尽量保持自己的一丝纯良、一丝质朴。人随心安，留一份自由给别人，留一份潇洒给自己。

三、精神独立追求高格人生

闲斋老人在《儒林外史序》中说道："'善者感发人之善心，恶者惩创人之逸志'。是书有焉。"讲的是美好的东西能够感奋激发人美好的心灵；丑恶的东西能够惩戒人的纵欲放荡之心。我们在这本书中都可以看到。正如他的总结，《儒林外史》中不仅描摹了以上种种被科举、功名、富贵异化的儒林众生，值得欣慰的是，其中尚有"异类"，即闲斋老人所说的最后一种人："终乃以辞却功名富贵，品地最上一层，为中流砥柱。"吴敬梓让我们看到了诸多"遗世而独立"的高拔人格，他们才德出众，卓尔不群。让我们随着吴敬梓的笔触去领略敢于超脱俗世的真正的儒士阶层，去膜拜独属于他们的精神独立。

说到儒生的精神独立性，"富贵不能淫，贫贱不能移，威武不能屈，此之谓大丈夫。"这是孟子金声玉振的名言，闪耀着独立精神和人格力量的光辉，在历史上曾鼓舞不少志士仁人，这才是真正儒生所追寻的正"道"，而在书中我们也看到了这些"道义"的继承者。

开篇有王冕——避官不做，率性生活。

王冕出身贫寒，七岁丧父，十岁便辍学给人放牛。东家给的钱，他都攒着买书来读。加之天性聪明，不满二十岁，就上知天文，下晓地理，学贯古今，但他性情孤傲，远离富贵功名。后来，在放牛之际，靠自学画得一手好荷花。靠这门手艺，王冕卖画赚钱补贴家用，孝敬母亲。知县来请，王冕也不赴约；朝廷征聘王冕做官，他连夜逃到会稽山，自此闲云野鹤，过着悠然自得的生活，隐居终老。王冕避官不做，与书中那些追名逐利、迂腐固陋之辈形成了鲜明的对比，是寄托了吴敬梓理想人格的楷模。

中间有真儒——鄙视世俗，安贫乐道。

所谓"真儒"是与"儒林众生"相对应的，被称为"中流砥柱"的正面人物，他们轻视功名富贵和科举制度，不刻意钻营与权贵相交，注重"文行出处"，即文人的学问、品行和对待出仕隐退的态度，如杜少卿、虞育德等人。

杜少卿对科举功名不甚热心，中过秀才以后就不再考了，甚至还装病不应征辟，就留在南京"看花，吃酒"，后来穷到以卖文为生，仍然"心里淡然"。他最著名的一件事乃是携着妻子的手游清凉山，吓得两边的游人目眩神摇，不敢直视。这并不是他一时兴起，唐突作秀，而是他一贯的精神主张。他反对纳妾，笃于夫妇之情，"娶妾的事，小弟觉得最伤天理"。他的这种思想在当时可谓是惊世骇俗的，今天看来都足以称道，这种不流于俗的思想行为正是他独立人格的外在彰显。

虞育德人称虞博士，他四十来岁中举。中举以前，虞博士也过着像周进那样乡村塾师的清苦日子，妻子有病，他无钱买药，每天只吃三顿白粥，他却安贫乐道，心泰无不足。孔子曾称赞他的弟子颜回："贤哉，回也！一箪食，一瓢饮，在陋巷，人不堪其忧，回也不改其乐。"借此教导学生，"士"应当安贫乐道。孔子教导弟子"安贫乐道"，并不是让他们与功名富贵绝缘，而是当二者发生冲突时，不能因为外物而放弃"道义"。子曰："不义而富且贵，于我如浮云。"在孔子心目中，行义是人生的最高价值，如果能像颜回、虞博士这样做到人格自足，就不会为了追求外物而痛苦、而疯狂，更不会变得寡廉鲜耻。试想如果谁能做到尽管生活清贫，但内心是平静快乐的，这在任何时代都可以称为富足之人，他得到了人格上的自我完善，精神上的相对超脱，心理上的平静和谐。

结尾有四客——不求功名，坚守爱好。

结尾四客乃是四位市井奇人：荆元抚琴，王太爱棋，季遐年写字，盖宽作画。四位的才华皆可为他们带来盛名财富，但他们选择不入仕途，全凭热爱，自得其乐。如果功名富贵是追求外在的辉煌，那么琴棋书画是讲求内在的精神，是两条不同的道路。子曰："富而可求也，虽执鞭之士，吾亦为之。如不可求，从吾所好。"意思是说，如果富贵合乎于道就可以去追求，虽然是给人执鞭的下等差事，我也愿意去做；如果富贵不合于道就不必去追求，那就还是按我的爱好去做事。四位奇人正如孔夫子所讲，称得上是真正的儒士。

陈寅恪在1929年作王国维纪念碑铭，碑文如下："先生之著述，或有时而不章；先生之学说，或有时而可商。惟此独立之精神，自由之思想，历千万祀，与天壤而同久，共三光而永光！"这种"独立之精神，自由之思想"，不仅应该成为中国知识分子共同追求的学术精神与价值取向，更应该成为所有华夏子孙的理想人格，而这种价值取向和理想人格恰恰是我们获得高格人生和生命意义的保障。每个人一生下来都会被文化传统、时代氛围以及家庭背景打上各种各样的烙印，教育正是让人们摆脱客观环境的限制，走向广阔开放的人生空间，而不是将我们洗脑成僵化的心态和惯势的思维。希望我们都能在时代、社会、群体的洪流之中，保有一丝独属于自己的独立精神，而不是成为千人一面的千分之一。

1754年，吴敬梓客死扬州。他的朋友金兆燕为其买棺收殓，将其归葬于南京。金兆燕在悼念诗中写道："著书寿千秋，岂在骨与肌。"的确，斯人已逝，但是《儒林外史》成了不朽的经典篇章。经典之所以成其为经典，自有其超越时代的永恒价值。《儒林外史》对于世情的描摹、人性的表现，能令读者，尤其是身处今日之"儒林"者，在读此书时，能依稀看到自己。其感受或悔、或愧、或惊、或惧、或坦然、或喟然，都能在这种映照中，更清楚地认识自我。正是由于读者与文本不停地心灵碰撞，才使《儒林外史》具有永恒的现代价值。

《红楼梦》之生命哲思

○ 孙丹丹

清朝嘉庆年间，有位叫得硕亭的文人，写了《京都竹枝词》，又名《草珠一串》，诗中有云："闲谈不说《红楼梦》，读尽诗书也枉然。"意思是：你再饱读诗书，但对《红楼梦》毫无所知，读书也成枉然。在当时，如果文人在平时的谈话当中不谈《红楼梦》，似乎不合时宜；不会谈《红楼梦》，更显才情寡陋。可见《红楼梦》成书不久，读红楼、品红楼，就已是一种社会时尚了。

《红楼梦》作为四大名著之首，此皇皇巨著可以说前无古人，至今后无来者。品读的人络绎不绝，每个人都从中领略到不同的人生况味，为之痴迷、震撼、扼腕、倾心。对于《红楼梦》，每个人都是平等的，无论你的红楼知识是多是少、是深是浅，无论你是红学家还是初读者，无论你地位显赫还是家道平庸，不同的时代，不同的读者，都能品鉴出独属于自己的一份"红楼情"。例如，毛泽东同志作为政治家、军事家、历史学家，他说："《红楼梦》不仅要当作小说看，而且要当作历史看。他写的是很细致的、很精细的社会历史。"鲁迅先生站在文学批评的角度探讨《红楼梦》："单是命意就因读者的不同而有种种，经学家看见《易》，道学家看见淫，才子看见缠绵，革命家看见排满，流言家看见宫闹秘事……"所以，一千个读者有一千个林黛玉。

　　曹雪芹身处封建时代的最后一抹辉煌中，因其追求个性张扬，崇尚自然本色，不同流俗而显示出进步性。知识分子需要这样的超前意识去反思时代和社会，用自己的思考去追寻更理想的愿景。一个时代有一个时代的世界观、价值观和文化观，让我们也试着追随曹公的脚步，踏着经典的足迹寻访属于今天的生命哲思。

一、感性与理性平衡并举

感性是处理事情时以个人情感为依据的心理过程，通俗地说是感情用事。感性是生而俱有、不带修饰的，野性而原始的感性可以直接获取快乐；理性是指可以客观地几乎不带个人色彩地评判事物。理性可能暂时抑制快乐，但最终仍会获得满足。感性和理性并存在人性之中，一个完善的人就是将感性和理性融合于己身的人。曹公在《红楼梦》中塑造了诸多鲜活的生命，我们去领略一下她们的感性人生和理性人生，希冀从中得到智慧和启迪。

《红楼梦》第五回"游幻境指迷十二钗，饮仙醪曲演红楼梦"是全书的精髓，草蛇灰线，伏脉千里。在此回中，《红楼梦》十二支曲子中的首曲《终身误》，唱道："都道是金玉良缘，俺只念木石前盟。空对着，山中高士晶莹雪；终不忘，世外仙姝寂寞林。叹人间，美中不足今方信。纵然是齐眉举案，到底意难平。""世外仙姝寂寞林"与"山中高士晶莹雪"是美的互照。黛玉的美是感性而充满诗意的，宝钗的美是理性而沾染世俗的。

林黛玉，"多情总被无情恼"。《葬花吟》的风流蕴藉，《秋窗风雨夕》的声声血泪。因为落花而流泪，因为树叶凋零而自怜。时而敏感善良，时而尖酸刻薄，"闲静时如娇花照水，行动处似弱柳扶风"，是感性人格的代表。薛宝钗，"任是无情也动人"。举止娴静，明事达理，待人接物罕言寡语，安分随时，"事不关己不开口，一问摇头三不知"，尊上睦下，维护封建体统，有时甚至委曲求全，是理性人格的代表。

谈到《红楼梦》，林黛玉和薛宝钗总是难分轩轾。第五回中金陵十二钗判词，"可叹停机德，堪怜咏絮才。玉带林中挂，金簪雪里埋。"将二者融为一词；到贾元春省亲评点诗词"终是薛林二妹之作与众不同"；再有贾琏的跟班向尤二姐介绍贾府里的众人情况"怕吹倒了姓林的，……吹化了姓薛的"；甚至行酒令，黛玉抽到花名签"牡丹陪饮一杯"，薛宝钗乃是牡丹花神。由此看出，曹公也是有意让两个女子站在一起比较一番。

黛玉感性，外冷内热。外冷是对自己的充分尊重，内热是对世间真情的珍重，对精神理想的忠诚。她孤芳自赏，仙气十足，绛珠仙草来到人间却缺失了一点儿世俗的烟火气。宝钗理性，外热内冷。外热是对世俗规则的尊重，内冷是对"克己复礼"的清醒，是不敢越雷池半步的谨慎。她安分守己，随矩从分，举案齐眉虽然成就了最后的金玉良缘，却因为缺少一点儿真性情而葬送了最终的幸福。

"叹人间，美中不足今方信。"她们都很优秀，可优秀的人同样会有遗憾，因此黛玉和宝钗的感性和理性是美中不足的。曹公将这样极端的美展现给大家，然而判词又将她们写在一起，或许正是期待这样一个兼具感性美与理性美的人。这个兼美的人就是一个完美的人，如果说"红楼"中能有谁堪此重任，我推举贾家的至尊者——贾母。

贾母感性，她喜欢真性情的女孩，她喜欢凤辣子、晴雯、鸳鸯，她们都是牙尖嘴利、聪明机智的女孩子。她对林黛玉更是宝贝至极，在贾府各种大事小情上，黛玉和宝玉的待遇不相上下，都是贾母照拂的结果。贾母理性，她也喜欢善解人意、贞淑娴静的女孩，她对李纨，颇为体贴照顾；她对袭人信任有加，委以重任；她同薛姨妈夸奖宝钗，虽然有客套之意，但也绝不是违心之语。贾母兼具理性与感性，所以从贾母房中出来的丫鬟，性情各异，却都成为各房中的佼佼者。可见，以贾母的心胸，可以欣赏各种不同类型的美。她将袭人和晴雯两个丫鬟都给了宝玉，自然是觉得两个都不错，各有各的好处，一个是风流灵巧，一个是温柔可人。

贾母一生尽享荣华，可一旦临难，她也能处变不惊。她很疼爱子孙，但是遇到他们争执，她处理纷争，清清楚楚，这是理性；而当贾家遭遇不测，她向上天祈祷，让上天惩罚她，替子孙代罪，非常动人，这是她感性的一面。她以大悲之心来看芸芸众生，所以她对每一个人，刘姥姥也好，小道士也好，都有一种了解、怜惜在里面，充满了人情味。这人情味是冷静的宝钗和骄傲的黛玉都稍显缺失的。这是一种看透人世之后的彻悟和悲悯。

也许贾母在书中最被诟病的就是最终成全了宝钗和宝玉的金玉良缘，黛玉因此香消玉殒，最终铸成三个人的悲剧。但在我看来这悲剧是注定的，从命运、社会、性格任何一个角度，黛玉都注定是悲剧的结局，只是假借贾母之手而已。而这一选择似乎也验证了贾母的感性与理性。从感情上来说，贾母自然是偏疼黛玉的；但从理性上来看，她无法不从一个祖母和一个当家人的身份去考量利弊。这同样不涉及对错，只是一种选择。

我们生活在自己的《红楼梦》中，有时候是黛玉，与孤独为伴；有时候是宝钗，在意现实的成功。我们不是扮演不同的角色，而是不同的生命阶段会有不同的心境。少年时钟情黛玉，敏感多思又自命清高；成年后欣赏宝钗，成熟圆融，世故隐忍；老年后佩服贾母，明明什么都看得清，却像小孩儿一样，只要现世的快乐。今天的我们，应该如何既感性又理性地面对人生呢？可以选择理性深沉、冷静有度，但不必冷漠无情；也可选择感性痛快、真实洒脱，但不可沉湎其中。让理性的智慧和感性的情愫使我们的人生更加惬意完满。

二、洞明与痴顽瑕瑜互见

《红楼梦》第一回讲《石头记》的缘起，诗云："满纸荒唐言，一把辛酸泪。都云作者痴，谁解其中味？"痴迷写书的曹公在书中写了太多痴顽之人。同样是第一回，由跛足道士唱出了《红楼梦》的主题曲《好了歌》，为整部小说奠定了基调。

世人都晓神仙好，惟有功名忘不了！
古今将相在何方？荒冢一堆草没了。
世人都晓神仙好，只有金银忘不了！
终朝只恨聚无多，及到多时眼闭了。
世人都晓神仙好，只有娇妻忘不了！
君生日日说恩情，君死又随人去了。
世人都晓神仙好，只有儿孙忘不了！
痴心父母古来多，孝顺儿孙谁见了？

歌里道出了各种痴迷之人，痴迷于功名金银，痴迷于娇妻儿孙，到头来均是一场空，"落了片白茫茫大地真干净"。有冥顽不灵就有世事洞明，有执迷糊涂就有清醒精明，然而谁是清醒洞明之人，谁是糊涂痴迷之辈，或许看客需要一双慧眼去看个清楚。

先说精明伶俐的，王熙凤一定是榜上有名。她爽利聪明、能言善语，初次登场就浓墨重彩，"丹唇未启笑先闻"，深得贾母之疼爱，爱称她为"凤辣子"。她精明强干、杀伐决断，第十三回"秦可卿死封龙禁尉，王熙凤协理宁国府"，凤姐的才干显现得淋漓尽致。然而为何如此精明的人结局却是"机关算尽太聪明，反误了卿卿性命"？因为她太过于执迷。她执迷于权势，协理宁国府一节，秦可卿的丧礼无人主持，贾珍来求王熙凤帮忙。"那凤姐素日最喜揽事办，好卖弄才干，虽然当家妥当，也因未办过婚丧大事，恐人还不服，巴不得遇见这事。今见贾珍如此一来，她心中早已欢喜。先见王夫人不允，后见贾珍说的情真，王夫人有活动之意，便向王夫人道：'大哥哥说的这么恳切，太太就依了罢。'王夫人悄悄的道：'你可能么？'凤姐道：'有什么不能的。外面的大事已经大哥哥料理清了，不过是里头照管照管，便是我有不知道的，问问太太就是了。'"王熙凤对权势的贪恋由此可见一斑。

权力固然好，但是玩弄权术最终只会引火烧身。第十五回中"王凤姐弄权铁槛寺"，凤姐在铁槛寺受静虚撺掇，也为了证明自己的能力，答应替人解决问题，假借丈夫贾琏名义发了一封信，收了三千两办事银子。可见她贪恋的已不仅仅是贾家的权力，还要利用贾家在外的权势谋取私利。她执迷于眼前利益，因此弄权敛财、罔顾人命。而且权力的运用轻车熟路，书中且说："自此凤姐胆识愈壮，以后有了这样的事，便恣意的作为起来，也不消多记。"可见这样的赃银还收了不知多少。她将尤二姐骗回贾府后，马上叫人把家具古玩、金银细软装了几马车，拉进了自己的保管室。然后，再将贾琏花钱买的大宅院转卖他人，随便几千两白花花的银子，落入了她手里。她掌管家族银钱，延时发放例银，拿去放高利贷，按平儿的说法，"每年有上千两的体己收入"。在江南甄家、史家被抄时，她仍在疯狂地收藏赃物。然而当所有事情败露之日，就是她自食恶果之时，猜想平时最庇护和器重她的贾母和王夫人，如果知道，也定不能容她。

王熙凤执迷于丈夫的独宠，因此对平儿严防死守，旁敲侧击；对尤二姐先甜后苦，借刀杀人；对鲍二家撒泼打滚，大打出手；对秋桐善加利用，一石二鸟。结局也都遂了凤姐的愿，平儿委曲求全，尤二姐吞金自尽，鲍二家自缢而亡，秋桐"打入冷宫"。然而当尤二姐死后，贾琏在怀念中渐渐理清事情的真相，对凤姐的心也彻底转凉。凤姐彻底磨没了贾琏对她的爱，可见她能设计人的生死，却设计不了人心。书中痴顽的人，何止凤姐一人。黛玉对宝玉的钟情，最后焚稿断痴情，香消玉殒；宝玉对黛玉的痴傻，最后出家断尘缘，看破红尘；贾雨村执迷官场，在尘世里翻腾起伏，落得个流放下场。无关对错，说到底都是一种执迷。

而清醒之人也大有人在。第十三回"秦可卿死封龙禁尉"，秦可卿临终托梦给王熙凤："常言'月满则亏，水满则溢'，又道是'登高必跌重'。如今我们家赫赫扬扬，已将百载，一日倘或'乐极悲生'，若应了那句'树倒猢狲散'的俗语，岂不虚称了一世的诗书旧族了？""否极泰来，荣辱自古周而复始，岂人力能可保常的。但如今能于荣时筹画下将来衰时的世业，亦可谓常保永全了。""莫若依我定见，趁今日富贵，将祖茔附近多置田庄房舍地亩……便败落下来，子孙回家读书务农，也有个退步，祭祀又可永继。若目今以为荣华不绝，不思后日，终非长策……万不可忘了那'盛筵必散'的俗语。此时若不早为后虑，临期只恐后悔无益了。"秦氏提醒王熙凤不要一味贪图眼前的富贵，要学会居安思危，早早为贾府做好退步抽身的打算。月满则亏，盛极必衰，王熙凤如是，贾府亦如是。秦氏清醒洞明，可惜过早撒手人寰。

在凤姐患病期间，探春清醒地看到大观园的痼疾，因此兴利除弊，大胆改革。探春虽然清醒精明，可惜身份尴尬，最终远嫁他乡。探春改革，富贵闲人宝玉颇有抱怨，黛玉却夸探春做得好："我虽不管事，心里每常闲了，替你们一算计，出的多进的少，如今若不省俭，必致后手不接。"一句闲话，看似简单，却能反观林妹妹的缜密和见识。黛玉虽然清醒智慧，可惜寄人篱下，人微言轻。

精明的凤姐，似乎又糊涂至极；聪慧的林妹妹，对外玲珑通透，事关乎己却又沉醉痴迷，又有几人能够清醒地意识自己是否清醒呢？就像我们在通往圣山的各条道路上，看到一年四季络绎不绝朝圣的人们，一步一叩首或三步一叩首地磕着长头，义无反顾地用身体丈量着大地。你可以说他们是痴迷的，然而用他们的眼睛审视我们，我们又在痴迷什么呢？房子、车子、孩子、票子，还是功名利禄、流芳千古。苏格拉底曾说过："未经审视的人生，是不值得过的。"我们的人生，的确需要审视之后再清醒地度过。审视自己是冥顽不灵的痴迷，还是清醒理智的执着，认识自己是自认精明的糊涂人，还是难得糊涂的清醒者。

三、美与丑互渗共存

说到美，这是《红楼梦》中最不缺乏的元素，美食华服、雕梁画栋、美人美景，不可胜收。十二金钗的美更是春兰秋菊，各有千秋。然而我想谈谈刘姥姥的美。是的，没错，我要谈谈她的"美"。似乎提到刘姥姥大家想到的都是她三进大观园的"丑态"，那我们就慢慢来品味刘姥姥的"丑"和"美"。

第六回"刘姥姥一进荣国府"。刘姥姥是一个到贾府打秋风、谋生活的乡野村妇，言语粗鄙可笑。女婿家穷得叮当响，还不好意思去攀附，她骂女婿扭扭捏捏"拉硬屎"。被凤姐赏了银钱后她说："俗语说的，'瘦死的骆驼比马大'，凭他怎样，你老拔根寒毛比我们的腰还粗呢！"没见过阵仗的她，看到荣府门口的石狮子，满门口的轿马，不敢上前，"溜到角门前""只得蹭上来问"；进了屋子被座钟的响动"吓的不住的展眼儿"。第四十回"史太君两宴大观园"，刘姥姥二进大观园，这一次更加丑态百出。"凤姐将一盘子花横三竖四的插了一头。贾母和众人笑的了不得。刘姥姥笑道：'我这头也不知修了什么福，今儿这样体面起来。'众人笑道：'你还不拔下来摔到他脸上呢，把你打扮的成了个老妖精了。'刘姥姥笑道：'我虽老了，年轻时也风流，爱个花儿粉儿的，今儿老风流才好。'"插科打诨，出丑卖乖，极尽能事地逗人发笑："'老刘，老刘，食量大如牛，吃个老母猪，不抬头！'自己却鼓着腮不语。众人先是发怔，后来一听，上上下下都哈哈的大笑起来。"第四十一回"怡红院劫遇母蝗虫"，刘姥姥酒后误入宝玉的房间，"袭人一直进了房门，转过集锦槅子，就听的鼾齁如雷。忙进来，只闻见酒屁臭气满屋。满屋一瞧，只见刘姥姥扎手舞脚的仰卧在床上。"

在我们的印象中，刘姥姥就是这样一个没见过世面的、话语粗野、不拘小节、洋相出尽的乡野老太太。然而在读宗白华的《美学散步》时，他说在文学价值上，刘姥姥的美不亚于林妹妹。我们再来感受一下刘姥姥独特的"美"。

刘姥姥心胸宽广，进退得宜。姥姥被凤姐丫头们拿来取乐，之后鸳鸯给姥姥赔罪，姥姥笑道："姑娘说那里话，咱们哄着老太太开个心儿，可有什么恼的！你先嘱咐我，我就明白了，不过大家取个笑儿。我要心里恼，也就不说了。"虽然受到耍弄，她却觉得无伤大雅，只为博贾母一笑。可见她聪慧有趣，明晓事理，心胸开阔。刘姥姥不图虚名和颜面，行动力强。姥姥的女婿不肯舍了脸面去攀附，姥姥自己到贾府讨得了银子，解决了生活的窘迫；渡过难关后，开荒种地，再来荣府时姥姥道"庄家忙"，"今年多打了两石粮食……瓜果菜蔬也丰盛"，可见日子渐渐好了起来，这都得益于姥姥爽直的行动力。刘姥姥生机勃勃，生命力强。贾母每天山珍海味，仆从众多，身体却不比刘姥姥硬朗。姥姥常年下田劳作，吃粗茶淡饭，却体格强健。贾府极尽奢华，太太小姐们如温室的花朵，不堪摘折。姥姥却得为了生存拼尽所有，她有着野草般顽强的生命力。刘姥姥淳朴真实，知恩图报。姥姥二进大观园就带了自家的瓜果粮食，虽然对于锦衣玉食的贾府这算不得什么，但是能看到刘姥姥将恩情记在了心里，得了恩典会尽自己的力量一点点偿还。第一百一十三回"忏宿冤凤姐托村妪"，因听说贾府抄家，刘姥姥忧心难熬，又听闻贾母噩耗，悲痛欲绝："我在地里打豆子，听见了这话，唬得连豆子都拿不起来了，就在地里狠狠的哭了一大场。"次日天没亮，姥姥就费尽周折赶到贾府，探望凤姐并受托照顾巧姐。

第五回的判词道："后面又是一座荒村野店，有一美人在那里纺绩。其判云：势败休云贵，家亡莫论亲。偶因济刘氏，巧得遇恩人。"暗示贾府没落时，那些素日与贾家交好、有身份地位权势的人没一个出手，却是当日被众人看作笑话的刘姥姥不惜变卖家产全力相助，最终让巧姐得救。正所谓"滴水之恩，涌泉相报"。刘姥姥虽贫贱却善良，闪烁着小人物的万丈光芒。最丑态百出的刘姥姥，在贾家失势之时却用自己的人性光辉，画出最灿烂荣耀、最"美"的一笔。

什么是美？什么是丑？通过刘姥姥这个人物，我们可以重新思考。庄子云："德有所长而形有所忘。"刘姥姥外在的"丑"，更加凸显了她内在的美。这两者互为明镜，照出了天差地别。《红楼梦》中的诸多人物，美丑兼具的大有人在，我们不要简单地脸谱化任何角色和现实中的任何人。

美丑有绝对之分吗？《庄子·知北游》道："人之生，气之聚也。聚则为生，散则为死。若死生为徒，吾又何患？故万物一也，是其所美者为神奇，其所恶者为臭腐。臭腐复化为神奇，神奇复化为臭腐。故曰：'通天下一气耳。'圣人故贵一。"腐朽和神奇看上去决然对立，却只是一物的两种不同形态而已。同样，美丑似乎天然对立，然而透过现象看本质，美丑本质是相同的，美与丑是可以相互转化的。当今社会，我们如何让自己独具慧眼，辨别美丑，是一个严肃而又重要的命题。我们应该从社会、生活、人性的表面看到更深层次的本质，让自己更加智慧地认识美和识别丑。

道不尽的百世"红楼"情，解不完的千古"石头"意。《红楼梦》书写了太多事，陪伴了太多人。给人濡养、启迪、鞭策、警醒；给人视野、格局、历史、人性。读也读不完，品也品不尽，但是我们会一直读下去，一年又一年，一代又一代……

《老残游记》之惊梦铃声

○ 柳旭

　　清朝末年，西方资本主义列强用坚船利炮悍然轰开中国的大门，清政府无力抵抗，签下了"量中华之物力，结与国之欢心"的卖身契，中国面临着"数千年未有之变局"。乱世之中，仁人志士希望能够挽狂澜于既倒，还中华以清平，于是在文坛上掀起了"文界革命""诗界革命"和"小说界革命"的浪潮。小说虽为俗文学，却胜在浅显易懂、乐而多趣，在当时被视为"文学之最上乘"。1902年，梁启超在《新小说》的创刊号上发表《论小说与群治之关系》一文，文中说："欲新一国之民，不可不新一国之小说。故欲新道德，必新小说；欲新宗教，必新小说；欲新政治，必新小说；欲新风俗，必新小说；欲新学艺，必新小说；乃至欲新人心，欲新人格，必新小说。"于是一批反映社会现实、传播改良思想的小说应时而出，《老残游记》便是这一时期的佳作。作者刘鹗以笔传心，用二十回篇章记述了一个摇铃的江湖游医——老残于乱世中的所见所为。小说以浓郁的沧桑之感和家国之悲，唤人觉醒，且警钟长鸣，至今读来仍令人感慨万千，思绪联翩。

一、晚清末路——国家落后必挨打

落后就要挨打，这是中国近代历史给每一位中国人最深刻的教训，哪怕拥有无比辉煌的过去，一旦落后，国家仍难逃被他国欺凌的命运。中国是四大文明古国之一，与古埃及、古印度、古巴比伦一道成为人类文明的发源地。15世纪以前，中国在农业、建筑、天文、地理、冶金、医药等方面遥遥领先于世界其他国家，我们发明了火药、指南针、造纸术、活字印刷，生产的丝绸、瓷器蜚声海外，美国学者罗伯特·坦普尔在其著作《中国·文明的国度》中说："如果诺贝尔奖在中国的古代已经设立，各项奖金的得主，就会毫无争议地全都是中国人。"但是，任何事物都是发展变化的，国家的发展亦然。随着瓦特发明双向运动蒸汽机，欧洲大陆的人们如获一盏"阿拉丁神灯"，迅速崛起壮大，掀起了工业革命的浪潮。这场革命"创造了完全不同于埃及金字塔、罗马水道和哥特式教堂的奇迹；它完成了完全不同于民族大迁移和十字军东征的远征"，短短几十年中创造的财富却比人类几千年来积累的还要多。然而在世界发生深刻变化的同时，中国却封闭了帝国的国门，对外界一无所知，自顾自地仍做着"天朝上国"的迷梦，直至英国舰队直逼国门，才猛然发现"四夷宾服""万国来朝"的日子已一去不复返，一场三千年未有之变局、一支三千年未有之强敌突然出现在眼前，落后挨打的厄运降临了。

《老残游记》第一回写当时的中国犹如一艘在洪波巨浪中险行的帆船：

　　原来船身长有二十三四丈，原是只很大的船。船主坐在舵楼之上，楼下四人专管转舵的事。前后六枝桅杆，挂着六扇旧帆，又有两枝新桅，挂着一扇簇新的帆，一扇半新不旧的帆，算来这只船便有八枝桅了。

这艘大船是清政府的象征。二十三四丈的船身是中国当时的二十三四个行省与藩属。船主自是清朝的最高统治者，四个转舵人为四位内阁军机大臣，六枝旧桅指旧有的吏、户、礼、兵、刑、工六部，两枝新桅则是新设立的学部和那时的农商部。这艘船虽然骨架健全，但是却千疮百孔。

> 这船虽有二十三四丈长，却是破坏的地方不少：东边有一块，约有三丈长短，已经破坏，浪花直灌进去；那旁，仍在东边，又有一块，约长一丈，水波亦渐渐侵入；其余的地方，无一处没有伤痕。

东边约三丈长的地方是中国的东北三省，另一块东边一丈长的地方指的是山东省，这些国土正遭受着沙皇俄国和日本的残暴欺凌，而其余的地方居然也无一处没有伤痕。堂堂中华，国耻累累，究其原因是国力孱弱，而国力孱弱的背后则是清政府的愚昧与腐朽。

长期以来，清政府实行闭关锁国的政策将自己与世隔绝，统治阶级一直沉浸于"上下五千年，纵横九万里"的国史辉煌中，对世界的巨大变化不闻、不知，亦不问，清政府从未对中国与世界发展的差距做过横向比较。然而西方国家早就对马可·波罗笔下金光闪闪的中国垂涎三尺，中国丰富的资源和巨大的市场成为他们攫取的目标。鸦片战争，英国终于用坚船利炮轰开了中国的大门，清政府被迫签订了中国近代史上第一个不平等条约——《南京条约》，割地、赔款、开设通商口岸，落后自然是要挨打的。其实早在鸦片战争前，林则徐就曾上书道光皇帝，主张"应当不惜经费"加强海防，却被皇帝斥为"无理、可恶，一派胡言"。鸦片战争后，魏源提出"师夷长技以制夷"，学习西方的先进技术抵御列强，仍未被统治者理睬。我们不得不说，鸦片战争军事上的失败不是中国的致命伤，失败后统治阶级仍无动于衷，不总结军事失败背后的深刻原因，更没有改革图强的意图，这才是中国的致命伤。著名史学家蒋廷黻先生认为："倘使同治、光绪年间的改革移到道光、咸丰年间，我们的近代化就要比日本早二十年。远东的近代史就要完全变更面目。"但中国直到咸丰末年，英法联军入侵北京城后，才出现了民族的觉醒和进步，"中华民族丧失了二十年的宝贵光阴"！可以看出，清政府统治阶层故步自封、愚昧无知，对世界风云变幻缺乏清醒的认知，更无法对国家的发展做出正确的判断，在国家发展危急的关口，他们扮演着并不光彩的角色。小说中老残说大船上"驾驶的人并未曾错"，显然是作者身在其中没有办法超越时代的局限性所得出的并不客观的结论，但书中暴露的国家乱象仍值得人们警醒深思。

政治制度腐败必然带来时局的动荡不安。纵观中国历史，凡是政治清明的时代，王朝都是非常兴盛的，反之亦然。晚清时期，政治腐败、官吏贪污现象已非常严重，这使得本来就遭受外界风雨击打的中国更快走向了衰败没落。《老残游记》写到了那些象征着地方官吏的水手，"只管在那坐船的男男女女队里乱窜""搜他们男男女女所带的干粮，并剥那些人身上穿的衣服"，甚至还杀了几个人，抛下海去。"坐船的男男女女"自然是中国的百姓。当此国难之时，这些地方官吏不思如何为国效力，反而无情搜刮民脂民膏满足私欲；不知抵御外辱，反而拿自己人开刀，成为不折不扣的"中国之蠹"。吏制的腐败使得本就处于内忧外患中的国家局面变得愈发不可收拾，社会矛盾加剧，国计民生遭到巨大破坏，百姓的生活处于水深火热之中。

更为可悲的是，当清政府这艘大船在洪波巨浪中颠簸漂流不知方向时，摇铃老残给这艘大船送去最准的向盘，希望大船能够驶向正确的方向。结果因为送来的向盘是外国向盘，老残竟被船上的下等水手和"演说的英雄豪杰"诬为"洋鬼子差遣的汉奸"！可见，腐败的清政府不仅不给这些新生事物提供生长的土壤，而且其自身就是这些新生事物发展的巨大阻碍，如筹建北洋水师的军费被挪用去重修颐和园，袁世凯泄密致使光绪被囚、维新运动失败等事件。愚昧腐朽的清政府拖住了中国前行的脚步。

《南京条约》以后，清政府又与列强签订了《北京条约》《马关条约》《辛丑条约》等一系列不平等条约，最终把中国推入了半殖民地半封建社会的深渊。这种瓜分豆剖、亡国灭种的危机形势，正像资产阶级革命宣传家陈天华在《猛回头》一书中所描写的那样："俄罗斯，自北方，包我三面；英吉利，假通商，毒计中藏；法兰西，占广州，窥视黔桂；德意志，领胶州，虎视东方；新日本，取台湾，再图福建；美利坚，也想要，割土分疆。这中国，那一点，还有我份；这朝廷，原是个，名存实亡；替洋人，做一个，守土官长；压制我，众汉人，拱手降洋。"

资产阶级维新斗士谭嗣同哭诉："四万万人齐下泪，天涯何处是神州。"这就是落后的结果！这就是挨打的滋味！这就是历史的教训！

二、官场殊途——清官苛政甚于虎

《老残游记》在第一回让读者意识到国家处于内忧外患的困境后，便将笔触引入国家的内忧中来，尤其通过描写官吏的苛政反映民不聊生的社会现实。晚清时期，吏制异常腐败，贪官比比皆是，李宝嘉写的《官场现形记》就是专门写形形色色的贪腐官员。《老残游记》写的却不是贪官，而是"清官"，但这些清官对国家和百姓所造成的伤害却比贪官还要大，这不免让人对"清官"生出困惑。

所谓"清官"，《辞海》中解释是"公正廉洁的官吏，与'贪官'相对。"清官之"清"，应具备清廉、清正、清明的品质。清廉即廉洁节俭，不谋私利；清正即刚直不阿，伸张正义；清明即忠于职守，明辨是非。将这些品质叠加起来，真正的清官应是毫无私欲，严于律己，明察秋毫，爱民如子，以天下为己任，"为官一任，造福一方"。刚正不阿的寇准、爱民如子的范仲淹、断案如神的包拯、铁面无私的海瑞、廉洁奉公的于成龙都是人们心目中的清官。但凡遇到一位这样的官员，百姓必定能够安居乐业，但是《老残游记》中的清官却令百姓生活得战战兢兢，惶惶不可终日。仔细看来，小说中的"清官"概念是绝对狭义的清官，他们只是摆脱了对金钱的追逐，不贪钱财而已，但是对名利的渴望非常强烈，甚至不惜将百姓的冤屈换作自己仕途的踏阶石，实际上是贪名之辈。小说主要刻画了玉贤和刚弼两个清官形象，他们名为清官，实为酷吏。

　　玉贤是曹州府的太守，上任不到一年，所治地方上竟有路不拾遗的景象，受到了上级官保的赏识，打算专折明保他。但在曹州府衙门口立着十二架站笼，在未到一年的时间里竟站死了两千多人，人说："冤枉一定是有的，自无庸议，但不知有几成不冤枉的？"可知玉贤是个视人命如草芥的酷吏。这位玉大人听闻有人说自己糊涂，好冤枉人，便称说话之人妖言惑众，将其关入站笼，不到两天那人便站死了。遇到官司，玉贤也不详加审问推敲，见卖布人的布与丢失的布匹颜色尺寸相符，也将卖布人扯进站笼站死了。百姓暗地里说玉贤"赛过活阎王，碰着了就是个死"，然而表面是万万不敢表现出来的，若有人访问玉贤的政绩，"竟是异口同声说好，不过都带有惨淡颜色"，玉贤真真做到了"防民之口，甚于防川"！

　　最令人发指的是玉贤审讯于家酿成的惨祸。于家本是庄上财主，与强盗有怨，因而被强盗栽赃。不过凭借几件前天城里失盗的衣物，玉贤便拿于家父子三人回城听审，也将其送入站笼。恰逢十二架站笼已满，没了空位。玉贤便令把大前天站的四个人拉来，见人还有点儿游气，传令"'每人打二十板子，看他死不死！'那知每人不消得几十板子，那四人就都死了。"站笼腾出了空，于家父子进去，结果也可想而知了。于家的二儿媳吴氏想尽办法，磕头几千，也没能救成人，于是跪到府衙门口对着气若游丝的丈夫痛哭，而后自尽了。衙门里的班头、书吏觉得吴氏节烈，求玉大人怜悯，放她丈夫出站笼，以慰烈妇芳魂。

玉大人笑道："你们倒好，忽然的慈悲起来了！你会慈悲于学礼，你就不会慈悲你主人吗？这人无论冤枉不冤枉，若放下他，一定不能甘心，将来连我前程都保不住。俗语说的好，'斩草要除根'，就是这个道理。况这吴氏尤其可恨，他一肚子觉得我冤枉了他一家子。若不是个女人，他虽死了，我还要打他二千板子出出气呢！你传话出去：谁要再来替于家求情，就是得贿的凭据，不用上来回，就把这求情的人也用站笼站起来就完了！"

可以看出，玉贤贪恋自己的前程，且行事狠辣，斩草定要除根。也许他并非不知于家是冤枉的，连一个班头听下事情原委都知道这是强盗设下的圈套，他堂堂太守又怎会如此愚昧！后来，这伙强盗被抓了五六人，"有三四个牵连着别的案情的，都站死了；有两三个专只犯于家移赃这一案的，被玉大人都放了"。这样的父母官才最令人毛骨悚然。"民家被官家害了，除却忍受，更有什么法子？"这个可恨的酷吏用百姓的鲜血染红了顶珠，他才是真正的死有余辜之人！

另一位"清官"名叫刚弼，很显然是借"刚愎"的谐音，"清廉得格登登的"，小说以一桩十三条命案来写此人。命案的苦主，一家姓贾，一家姓魏，取其"假伪"之意。贾、魏两家本是姻亲，魏家的女儿嫁给贾家的大儿子，但贾家大儿子早亡，贾魏氏成为寡妇，贾家还有一子、一女。八月十四那天，贾家除了大女儿外，算上仆人全家一十三口全部丧命。后来贾家女儿告她的嫂子贾魏氏与人通奸，在月饼中下砒霜谋害一家十三口性命。案子落在刚弼手里，他办案从来都是"先有成竹在胸"，臆测一段故事，所以"一跑得来，就把那魏老儿上了一夹棍，贾魏氏上了一拶子"，弄得两人都昏厥过去，却没录得任何的口供。魏家仆人救主心切，通过门路拿钱给刚弼希望能平息此案，没想到此事反而成为刚弼审案的重要依据。刚弼说："倘若人命不是你谋害的，你家为什么肯拿几千两银子出来打点呢？"断此等人命官司居然不就事论事，寻求证据，细细推究，反而因为嫌疑人家给他行贿便断定嫌犯有罪，而且不惜用重刑使其招供。刚弼令行刑的差役不得拶死贾魏氏："但看神色不好，就松刑，等他回过气来再拶，预备十天工夫，无论你什么好汉，也不怕你不招！"果然，不到两天贾魏氏已气若游丝，又不忍年迈的父亲受刑，便真的招供了。这简直是《窦娥冤》的翻版，案中二女的罪名都是药死公公，贾魏氏的罪名更大些，她是药死了公公全家一十三口性命。窦娥是在受尽酷刑后，为了婆婆不得不招；贾魏氏是为了老父情愿招认。所不同的是一个审案的是贪官梼杌，一个审案的是清官刚弼，但他们都是千古奇冤的缔造者。

虽然清官之害人与贪官实同，但"清官"的危害却往往更加隐晦，让人难以察觉。因为贪官自知自己不是什么好官，又有把柄摆在那里，所以行事并不敢过分声张，还算有所顾忌，但是"清官"却因着自己清廉，以为全天下都是小人，只有他一个正人君子，于是做起事来更加草率狠绝，令百姓有口难言。《老残游记》是第一部揭露"清官"之恶的小说。小说中慨叹人们无比羡慕那些冻馁中啼叫的鸟雀，因为它们能够自由地发声，而百姓却不敢言语，如此上面官员自然也不知道实际情况，又兼"清官"做事的数量在那里摆着，所以这些"清官"常有不受贿赂、颇有政绩的美名，被提拔得很快。但这样的官吏官做得越大，对社会的危害就越大，他们"守一府则一府伤，抚一省则一省残，宰天下则天下死"，"清官"乱作为所造成的危害绝不比贪腐的危害小。因此为官绝不能"一廉遮百丑"，官员不仅要成为奉公的"廉吏"，还得是具有仁心的"能吏"。

三、乱世突围——社会需要摇铃人

晚清社会遭遇了中国历史上任何一个朝代都不曾出现过的危机。为了挽救民族危局，许多豪杰志士殚精竭虑，努力为国家的发展做出各种尝试，却仍然找不到方向。林则徐说："苟利国家生死以，岂因祸福避趋之。"但利国之计在何方，中国人究竟该如何做才能使国家摆脱困境，这成为人们最大的困惑。所以很多时候，我们比较清楚地知道问题"是什么"，能够分析出"为什么"，却难以回答该"怎么办"。能够知晓"怎么办"的人是智者，他们往往是时代的先驱者，是社会的摇铃人，他们用铃声警醒世人，启迪民智，凝聚力量，富国强兵。

《老残游记》是一部充满乱世悲情的作品。刘鹗自序中说："《离骚》为屈大夫之哭泣，《庄子》为蒙叟之哭泣，《史记》为太史公之哭泣，《草堂诗集》为杜工部之哭泣；李后主以词哭，八大山人以画哭；王实甫寄哭泣于《西厢》，曹雪芹寄哭泣于《红楼梦》。"那么他自己则是寄哭于这部《老残游记》。但刘鹗之哭并不是为个人的独哭，而是为我中华民族四万万同胞而哭，他想以这种哭诉唤醒世人。他设计了老残这个摇铃江湖郎中的形象，因为"举世皆病，又举世皆睡，真正无下手处。摇串铃先醒其睡，无论何等病症，非先醒无法治。具菩萨婆心，得异人口诀，铃而日串，则盼望同志相助，心苦情切"。小说以老残一路所见种种不平之事，揭露社会的黑暗，哭百姓生活的艰辛，希望以此引发国人思想的共鸣。

老残以悲悯的目光注视着这个社会，他想到"现在国家正当多事之秋，那王公大臣只是恐怕耽处分，多一事不如少一事，弄的百事俱废，将来又是怎样了个局，国是如此，丈夫何以家为？"总会不觉地流下清泪。为了让百姓受到的迫害少一些，他尽可能地帮助那些需要帮助的人。当山东巡抚张宫保想明折保举酷吏玉贤时，是老残写信给宫保，备述玉贤之事，使得宫保承诺再不明保玉贤。又是老残请来江湖朋友刘仁甫出山，使得盗贼不敢擅动，帮助玉贤属下申东造较好地解决了盗匪问题，百姓获得了暂时的安宁。遇到刚弼胡乱断案，老残再次写信请宫保叫停审案，更换主审官，解救了魏家父女两条人命。这位老残是有能之人，且具有较高的社会声望，他本可以不摇铃去为官，张宫保就曾想举荐他为官，但被他拒绝。老残说："摇串铃，诚然无济于世道，难道做官就有济于世道吗？"他对官场是绝望的，虽然有忧国之心，却无意于肮脏官场，因为即便是那做了很多好事的张宫保，也曾决意废民埝，致黄河决堤，酿成十几万人家的惨祸。老残认为："天下大事，坏于奸臣者十之三四，坏于不通世故之君子者，倒有十分之六七也！"张宫保便是那无知的庸吏，仍为祸国殃民之属。还有官员黄人瑞，他与老残一样有仁心，是他将刚弼处置贾家人命案的事情告知老残，老残才想尽办法让此案真相大白，他又与老残一道解救出因黄河决堤而家破人亡沦为妓女的翠环，但这位黄老爷却也爱抽鸦片去消遣，可知当时中国整个官场都是病态的发展。而官场的病态致使百姓生活在水深火热之中，这也是老残哭之所在。

老残知道中国的处境"是什么"，也在一定程度上揭示了"为什么"，这对当时的人来说已属难得。但他无法突破时代局限，如他认为大船"驾驶的人并未曾错"，封建制度本身是可以维持的，统治者可以通过自上而下的改良实现国家自救，这显然是受到英国、日本等国君主立宪制度的启发而有此论断，然而后来的事实证明君主立宪在中国是行不通的。同时，老残又否定义和团农民起义和资产阶级革命，甚至说"北拳南革都是阿修罗部下的妖魔鬼怪"，这都说明面对纷乱的时局老残是茫然的，等待他的只能是棋局已残人将老的现实，他的铃声终究无法真正地摇醒世人。

老残虽然没有摇醒世人，但五四运动以后，中国伟大的摇铃人出现了，唤起工农千百万，齐参战，乾坤变！

《老残游记》是资产阶级提倡"小说革命"的产物。梁启超说：新小说应具备"熏""浸""刺""提"四大功效。所谓"熏"，就是小说如烟雾一样，无孔不入，使人处于其包围之中，无法逃脱其感染；所谓"浸"，就是读小说者受其浸润，与主人公同欢乐，共悲哭，无法逃脱；所谓"刺"，就是受小说中的人物、事件、社会境况所刺激，当头棒喝，意味无穷；所谓"提"，就是通过读小说提神，提高思想认识，领悟人生哲理，顿悟经国治世之道。《老残游记》基本具备了这四个功能。不要说在当时，就是今天读起来，仍能感受到它"熏""浸""刺""提"的冲击波。